Al Rey

Tageswandler
~Shaun~

Für Jule

Über die Autorin

Al Rey ist in Solingen geboren und aufgewachsen. Jetzt lebt sie im schönen Rheinland.

Kontakt:
al-rey.jimdo.de
al-rey@gmx.de

Bibliografische Information der Deutschen Nationalbibliothek: Die Deutsche Nationalbibliothek verzeichnet diese Publikation in der Deutschen Nationalbibliografie; detaillierte bibliografische Daten sind im Internet über dnb.dnb.de abrufbar.

© 2019 Al Rey
Herstellung und Verlag:
BoD – Books on Demand, Norderstedt
Covergestaltung: VercoDesign, Unna

ISBN: 9783735742483

Al Rey

Tageswandler

~Shaun~

1. Prolog

Der Überwachungsmonitor flimmerte heftig. Shaun überlegte ernsthaft, ob es nicht sinnvoller war, selbst über den Flughafen zu marschieren. Schließlich war kaum etwas zu erkennen. Neben ihm drehte Hugh sich nun schon die dritte Zigarette, seit sie mit Keith ihre Schicht begonnen hatten. Ein sicheres Zeichen dafür, dass auch er langsam die Geduld verlor. Irgendwo im Vereinigten Königreich vermutete ihr Auftraggeber ihre Feinde. Die drei Söldner und noch ein zweites Team warteten jetzt schon seit über drei Wochen auf dem Flughafen London Heathrow auf einen ersten Hinweis.
„Vielleicht fliegen sie gar nicht mit öffentlichen Linien", murmelte Hugh mit der Zigarette im Mundwinkel und durchsuchte seine Taschen nach seinem Feuerzeug.
„Du weißt, wie egal diese Vermutung dem General ist", blockte Shaun die Diskussion sofort ab. Befehl war Befehl.
„Shaun!", meldete sich ihr dritter Kamerad über Funk, der gerade eigenmächtig einen Rundgang machte. „Da sind gerade zwei Subjekte aus Italien eingetroffen. Sie wollen weiter nach Schottland."
Shaun suchte unter den zahllosen Videoübertragungen nach der einen, die das Gate für den entsprechenden Flug zeigte. Als er sie gefunden hatte, betrachtete er den überschaubaren Menschenstrom einen Augenblick, dann griff er zum Funkgerät. „Geht das etwas genauer, Keith? Wen meinst du?"
„Einen Mann und eine schwangere Frau. Ihn kannst du nicht übersehen, der ist ziemlich groß."
Shaun entdeckte das Paar, das Hand in Hand über den Gang lief. Ihr gewölbter Bauch war ebenfalls unübersehbar.

„Bist du nah genug dran für den Scanner?", fragte er ins Funkgerät hinein.
„Gib mir noch ein paar Sekunden", gab Keith zurück. Einen Moment später meldete er sich wieder. „Also entweder haben sie beide ordentlich Fieber, oder es ist normal, dass ihre Temperatur bei 38 Grad liegt."
„Gestaltwandler also." Shaun griff sich seine bereitliegende Ausrüstung. Hugh drückte zuvor noch seine Zigarette aus. „Dass die beiden keine Vampire sind, hätte ich dir gleich sagen können. Zu gesunde Gesichtsfarbe."
Shaun schnaubte nur und sie machten sich auf den Weg. Am Eingang der Wartehalle trafen sie auf Keith. Shaun näherte sich dem verdächtigen Paar von vorn, Hugh und Keith machten einen großen Bogen, um ihnen die Fluchtwege abzuschneiden.
„Guten Tag. Würden Sie mir bitte folgen", forderte er die beiden Gestaltwandler unmissverständlich auf, als er sie erreichte. Sie blieben ruhig sitzen und musterten ihn eindringlich.
„Was ist denn, Officer?", fragte die Schwangere freundlich. Ihrem Gesicht nach war sie Anfang zwanzig. Shaun vermutete jedoch, dass sie schon wesentlich älter war.
„Ihr Gepäck ist bei der Kontrolle aufgefallen. Bestimmt nichts Ernstes, aber Sie wissen ja... die Vorschriften."
„Außer dieser Tasche haben wir kein Gepäck", erwiderte der kräftig gebaute Mann und wies auf die kleine Reisetasche zu seinen Füßen. „Sie müssen uns verwechseln."
Shauns Miene wurde eisern. „Ihr zwei steht jetzt auf und folgt mir. Sonst seid ihr nämlich gleich zwei tote Terroristen. Und das ist immer noch wesentlich glaubwürdiger, als dass ihr euch in Tiere verwandeln könnt."

„Wer bist du?", knurrte der Gestaltwandler bedrohlich leise, doch die schwangere Frau legte ihm eine Hand auf den Arm. „Bitte, Marcus. Nicht hier unter hunderten von Menschen."
Wenige Minuten später erreichten sie den Verhörraum, den ihnen die Flughafenpolizei für solche Fälle überließ. Keith und Hugh hatten zu ihnen aufgeschlossen und bewachten die beiden, während Shaun noch kurz in ihr Büro verschwand, um zu telefonieren. Die Nummer ihres Bosses war auf der ersten Kurzwahltaste eingespeichert.
„Ich hoffe, es ist wichtig", meldete sich seine kratzige Stimme.
„Wir haben zwei Subjekte am Londoner Flughafen, General." Shaun wunderte sich im Stillen immer noch darüber, dass sein Boss darauf bestand, mit seinem militärischen Rang angesprochen zu werden. Schließlich war er seit Jahren nicht mehr im Dienst der Armee. Näheres über seine Entlassung wusste allerdings niemand.
„Und?", fragte der General ungeduldig.
„Eins davon ist schwanger."
Einen Augenblick herrschte Schweigen am anderen Ende der Leitung. Shaun begann, mit den Fingerspitzen auf dem Rand eines Monitors zu trommeln.
„Das könnte höchst interessant sein. Bringt sie her. Das hat ab jetzt oberste Priorität!" Der General legte ohne ein weiteres Wort auf. Shaun straffte die Schultern und marschierte in den Verhörraum hinüber. Die beiden Gestaltwandler fühlten sich sichtlich unwohl in ihrer Haut. Weder hatten sie Platz genommen, noch hatte der große Mann mit den dunklen Haaren die Reisetasche abgestellt. Es fehlte wohl nicht mehr viel und sie würden zum Angriff übergehen. Dennoch setzte Shaun sich gelassen auf die Tischkante.

„Was wollt ihr von uns?", fragte der männliche Gestaltwandler ohne Umschweife.
„Ihr werdet mit uns kommen", antwortete er kühl. „Macht kein Theater, dann wird es auch nicht ganz so schmerzhaft." Der Gestaltwandler fuhr sich mit der Zunge über die Zähne wie eine Raubkatze. Im Bruchteil einer Sekunde ließ er die Tasche fallen und sprang in einer riesigen schwarzen Panthergestalt auf Shaun zu.

Zu Marcus' Erstaunen wich ihm der seltsame Soldat mit Leichtigkeit aus. Dass diese drei Männer keine gewöhnlichen Flughafenpolizisten sein konnten, war ihm sofort bewusst gewesen, als ihr Anführer sie angesprochen hatte. Sie rochen fremdartig und sie bewegten sich nicht so plump wie Sterbliche. Auch Tove hatte sich verwandelt und griff einen der Männer an, doch auch ihre Attacke ging ins Leere. Einer der Soldaten warf eine Rauchgranate auf den Boden. Der leicht violette Rauch, der sich rasend schnell im Raum ausbreitete, brannte fürchterlich in der Kehle und vernebelte die Sicht. Marcus hustete unwillkürlich gegen das Kratzen in seinem Hals an, aber es schien nur noch schlimmer zu werden.
„Idiot! Der Frau darf nichts passieren!", brüllte der Wortführer der Soldaten. Um Tove ging es also. Und um das Baby, das seit fast sieben Monaten in ihr heranwuchs, daran gab es für Marcus keinen Zweifel mehr. Blind vor Zorn ging er zum nächsten Angriff über. Dieses Mal erwischte er einen der Soldaten mit der Pranke. Sein Körper wirbelte durch die Luft und sprengte die Tür aus ihren Angeln. Wie viele Sterbliche in der Nähe sein mochten, interessierte Marcus nicht mehr. Sie mussten aus diesem fürchterlichen Rauch heraus. Er hörte Tove gequält husten. Hastig folgte er ihrer Stimme,

bekam sie zu fassen und zerrte sie hinaus auf den Gang, auf dem der Rauch weniger dicht war. Marcus spürte, dass seine Kräfte zunehmend nachließen. Was auch immer in diesem violetten Gas enthalten war, es schwächte ihn und seine Geliebte. Die drei Soldaten schienen hingegen immun gegen seine Wirkung zu sein. Sie gingen von der Verteidigung zum Angriff über. Ihr Anführer schoss mit einer Handfeuerwaffe auf ihn, die anderen beiden stürzten sich auf Tove. Marcus verspürte brennende Schmerzen in der Brust. Die Kugeln waren nicht wieder ausgetreten, sondern von seinen Rippen gestoppt worden. Ihm blieb die Luft weg.
„NEIN!", hörte er die Stimme seiner Gefährtin durch den dichten Schleier, der sich zunehmend über alles legte. Marcus sank auf die Knie.
„Schafft sie weg", befahl der Soldat gelassen, der auf ihn geschossen hatte. „Um den hier kümmere ich mich."
Marcus musste sich auf den Fäusten abstützen.
„Ich hab' dich ja gewarnt." Der Soldat beugte sich zu ihm herunter. „Aber Sturheit und Aggressivität ist unter den Unsterblichen sehr weit verbreitet, wenn ich mich nicht irre."

„Was bist du?", keuchte der Gestaltwandler angestrengt.
Shaun verzog die Mundwinkel. „Nun, zum Teil bin ich wie du. Aber das verstehst du noch früh genug, *Marcus*. Jetzt nimm brav die Hände auf den Rücken."
Stattdessen hustete er heftig, obwohl sich das Gas langsam verzog. Die Schwangere schrie nach ihm. Shaun wollte ihn gerade endgültig auf dem Boden festnageln, als der Gestaltwandler plötzlich hochschnellte. Er erwischte ihn mit voller Wucht unterm Kinn, wobei Shaun sich auf die Zunge biss. Ein zweiter unkontrollierter, wütender Schlag traf ihn an der Schulter. Shaun nahm ein leises Knacken wahr, als sein

Schlüsselbein brach und er zu Boden ging. Es war bei weitem nicht das erste Mal, dass er sich einen Knochen brach. Dennoch ließ es ihn die eine Sekunde innehalten, die der Gestaltwandler brauchte, um sich aus seiner unmittelbaren Reichweite zu entfernen. Shaun schmeckte Blut. Mit der Waffe im Anschlag stemmte er sich auf die Knie hoch. Wider Erwarten lief der Gestaltwandler nicht in die Richtung seiner schwangeren Frau. Sondern direkt auf die Flughafenpolizisten zu, die mittlerweile am anderen Ende des Ganges aufgetaucht waren. Shaun fluchte leise. Natürlich starrten sie Marcus nur entsetzt an und hielten ihn nicht auf. Und jetzt war es auch zu spät, um zu schießen. Der Gestaltwandler drängte sich an den Polizisten vorbei und ergriff die Flucht.
„Was zur Hölle ist hier passiert?", rief einer der uniformierten Männer. Shaun erhob sich wortlos. Inzwischen hatte sich eine erstaunliche Menge Blut in seinem Mund gesammelt, daher antwortete er lieber nicht. Er winkte ihnen nur und lief in menschlicher Geschwindigkeit Keith, Hugh und der Schwangeren hinterher. Erst als Shaun die ungenutzte Einfahrt erreichte, in der sie ihren Van geparkt hatten, spuckte er das Blut aus. Keith beobachtete ihn dabei und hob die Brauen. „Hast du dir auf die Zunge gebissen?"
„Ja und wie", brummte er.
„Verdammt kräftiger Bursche. Verfolgen wir ihn?"
„Nein." Shaun schüttelte entschieden den Kopf. „Wir haben die Frau, das genügt. Alles andere kann jetzt Team zwei übernehmen."
Sie stiegen in den hinteren Teil des Vans. Keith hatte die Gestaltwandlerin an beiden Handgelenken angekettet. Sie sah ein wenig mitgenommen aus, doch auf den ersten Blick schien sie sich problemlos zu erholen. Hugh lenkte den Wagen bereits aus der Einfahrt, während Shaun und Keith

sich noch anschnallten. Einige Minuten vergingen in tiefem Schweigen. Die Gestaltwandlerin musterte sie alle nacheinander. Letztendlich blieb ihr durchdringender Blick an Shaun hängen.
„Möchtest du etwas sagen?", fragte er irgendwann, damit sie endlich aufhörte, ihn so anzustarren.
„Wie habt ihr uns gefunden?"
Selbstverständlich meinte sie nicht nur sich und ihren flüchtigen Gefährten. Shaun stützte die Ellbogen auf die Knie. „Ihr habt wirklich gut darauf geachtet, im Schatten zu bleiben oder Geschichten über euch zu Legenden zu machen. Aber es gab da eben jemanden, der es Leid war, sich zu verstecken."
Ihre grünen Augen weiteten sich ein wenig. Die Erkenntnis verraten worden zu sein war nie schön, Shaun konnte ihr Entsetzen durchaus nachvollziehen. Sie fing sich allerdings recht schnell wieder.
„Und jetzt glaubst du, du weißt, mit wem du dich anlegst?", fragte sie überraschend selbstsicher. Keith konnte sich ein belustigtes Schnauben nicht verkneifen. Shaun lehnte sich noch ein wenig weiter vor. „Ja, das wissen wir, meine Liebe."
Sie schüttelte mit einem leisen Lächeln den Kopf. „Du hast keine Ahnung."
Nach einigen Stunden Fahrt nahmen sie die Fähre zum Festland. Die Gestaltwandlerin verhielt sich erstaunlich ruhig. Hin und wieder schloss sie die Augen, als würde sie lauschen. Shaun vermutete, dass sich der Fötus in ihrem Bauch bewegte. Es interessierte ihn normalerweise herzlich wenig, was aus gefangenen Subjekten wurde, aber was würde die Forschungsabteilung wohl mit einer Schwangeren anfangen? Dr. Morgan konnte es nicht ausstehen, wenn Söldner

ihr Labor betraten. Shaun würde wohl nie etwas darüber erfahren, außer er zog sich in den kommenden Tagen eine nennenswerte Verletzung zu und musste im Labor verarztet werden. Aber das war sehr unwahrscheinlich. Sobald sie die belgische Grenze überquert hatten, dauerte es nur noch eine halbe Stunde, bis sie den Außenposten der Firma erreichten, in dem Dr. Morgan sich derzeit aufhielt. Shaun hatte nie geplant, als Söldner für eine Firma wie diese zu arbeiten. Nun war es eben so gekommen und sie bezahlten wirklich gut. Der General erwartete ihren Van persönlich auf dem Innenhof des alten Produktionsgeländes. Er begutachtete die schwangere Gestaltwandlerin, während Shaun, Keith und Hugh sie von der Ladefläche holten und ihr Handschellen anlegten. Das genügte dem General offenbar schon. Er nickte ihnen zufrieden zu und verschwand wieder in seine Kommandozentrale, von der aus er mit den Söldner-Teams weltweit kommunizierte. Dr. Morgan lief wie immer hastig von einem Labortisch zum anderen, als Shaun mit seinem Team in der Schleuse zum Labor ankam.

„Ihr braucht sie gar nicht erst herein zu bringen!", rief sie ihnen mit ihrer hohen, nasalen Stimme entgegen. „Ich wechsle morgen den Stützpunkt."

Shaun spürte, dass sich der Widerstand der Gestaltwandlerin erhöhte, während sie die Wissenschaftlerin in ihrem weißen Kittel auf sich zukommen sah. Sie hatten ihr die Arme auf den Rücken gedreht, um sie zu fesseln. Shaun verdrehte ihren linken Arm weiter im Gelenk. „Nicht bewegen."

„Was du nicht sagst", knurrte die Gestaltwandlerin angriffslustig. Die Wirkung des Giftgases konnte noch nicht verflogen sein, doch ihr Kampfgeist war offenbar schon wieder hell wach.

„Faszinierend!", sagte Dr. Morgan mehr zu sich selbst als zu Shaun und seinem Team. Die Sicherheitsvorschriften für sie und ihre Assistenten bestimmten eigentlich, dass sie sich den Gefangenen nicht nähern durften, wenn sie wach waren. Dr. Morgan kümmerten die Vorschriften jedoch recht wenig. Gedankenlos streckte sie eine Hand nach dem Gesicht der schwangeren Gestaltwandlerin aus. Nur weil Shaun gerade noch reagieren konnte, gelang es der Leopardenfrau nicht, ihr die Finger abzubeißen. Mit aller Gewalt rang er sie zu Boden und fixierte sie zwischen seinen Knien. Keith setzte sich auf ihre Beine.
„Sie dürfen sie nicht unterschätzen, nur weil sie schwanger ist, Doktor", ermahnte er die Wissenschaftlerin, obwohl er wusste, dass es ihr egal war. Dr. Morgan winkte nur ungeduldig ab und wies sie an, die Gestaltwandlerin in eine Transportzelle zu verfrachten. „In der Lagerhalle links vom Labor stehen ein paar. Ich untersuche sie frühestens morgen."
Shaun und Keith schleiften die Gestaltwandlerin in besagte Richtung, während Hugh ihnen das Tor zur Halle öffnete. Die Leopardenfrau knurrte sie finster an, als sie die Transportzellen sah. Es handelte sich um Panzerglaswürfel. Shaun wusste nicht genau, woraus sie bestanden, aber sie waren unheimlich stabil. Allerdings waren sie auch relativ klein, die schwangere Leopardenfrau würde darin nur sitzen können. Hugh drückte auf die Taste am Deckel des vordersten Kubus, woraufhin sich der Verschluss mit einem lauten Zischen öffnete. Ein Laborassistent hatte Shaun einmal erklärt, dass sich zwischen der Membran des Deckels und dem Rand des Kubus ein Vakuum bildete, weshalb selbst die Unsterblichen die Transportzellen nicht aufbrechen konnten. Wie das funktionierte, hatte der Söldner nicht verstanden, es brauchte ja

auch nur zu funktionieren. Sie steckten die Gestaltwandlerin wie befohlen in den Kubus, verschlossen den Deckel und verließen die Lagerhalle anschließend wieder. Shaun hatte zwar bemerkt, dass eine weitere Transportzelle belegt gewesen war, aber das Subjekt darin kannte er zur Genüge seit seinem letzten Ausbruchsversuch. Ihm brauchte er keine weitere Aufmerksamkeit zu schenken. Neugierig folgte er Hugh und Keith in die Einsatzzentrale. Wahrscheinlich hatten sie neue Befehle und mussten nicht an den Flughafen von London zurück.

Tove tastete den Deckel ihres merkwürdigen Gefängnisses ab. Leider fand sich nirgendwo eine Schwachstelle, die Luftlöcher darin waren zu winzig, um hineingreifen zu können. Das Panzerglas ließ sich weder mit Tritten beschädigen, noch durch Druck auseinanderzerren. Resigniert lehnte sie sich zurück. Das Kind trat so fest wie noch nie gegen ihre Bauchdecke. Bestimmt spürte es ihre eigene Wut und auch ihre Furcht. Tove strich über ihren Bauch. „Hab keine Angst. Sie werden alles tun, um uns zu finden. Wir sind nicht allein auf der Welt."

Ihr selbst half dieser Gedanke auch ein wenig. Schließlich besaß Asheroth ihre Signatur. Vielleicht hatte Marcus es schon bis zu ihm nach Aberdeen geschafft. Er war im Moment ihre größte Hoffnung. Mit zusammen gekniffenen Lippen warf Tove einen Blick nach rechts. Sie hatte befürchtet, dass noch mehr Unsterbliche hier sein würden und ausgerechnet in dem Kubus, der ihrem am nächsten stand, lag ein bleicher Körper. Dem Geruch nach handelte es sich um einen Vampir. Er war fast nackt und lag mit dem Rücken zu ihr, weshalb sie sein Gesicht nicht sehen konnte. Dennoch kam er ihr irgendwie bekannt vor. Tove überlegte fieberhaft, um wen es sich handeln mochte. Auf seinem Glaskubus stand ein Gerät, auf dessen Bildschirm immer wieder eine gezackte Linie erschien. Einige dünne Kabel führten von dem Gerät durch die Luftlöcher zum Körper des Vampirs. Offenbar maß es seinen Herzschlag. Tove beschlich ein ungutes Gefühl, nachdem sie eine Minute lang mitgezählt hatte. Selbst für einen Vampir schlug sein Herz unheimlich langsam. Plötzlich zuckte er heftig zusammen. Dann drehte er sich quälend langsam auf den Rücken. Tove schluckte schwer. Über seinen gesamten Oberkörper zogen sich zahllose schnurgerade Narben in unterschiedlichen Heilungsstadien. War er etwa mit einem Skalpell aufgeschnitten worden? Sein Gesicht wirkte seltsam ausgemergelt wie Pergament. Dennoch erkannte sie den Vampir wieder, der damals die Garde der Leibwache gegen sie in den Kampf geführt hatte. Sein Name war Marek, er war der stellvertretende Hauptmann der Garde und er hatte nach Cinrics und Dragos Tod die Schlacht aufgegeben. Mehr wusste sie nicht über ihn. Das spielte auch keine Rolle, Tove empfand sofort Mitgefühl für ihn. Und das obwohl er ihr nicht unbedingt freundlich gesinnt sein würde. Leise flüsterte sie seinen Namen. Marek riss die Augen auf und starrte in ihre Richtung. Sie glühten eisblau, als wäre er mitten im Kampf um sein Leben. Vermutlich lag Tove damit gar nicht so falsch, seine Kräfte mussten fast völlig aufgezehrt sein. Nach ein paar Atemzügen schloss er die Augen wieder, bewegt hatte er sich keinen Millimeter mehr. Bedrückt lehnte Tove den Kopf gegen die Scheibe ihrer Transportzelle. Das Kind und die Nachwirkungen des Kampfgases machten sie unheimlich müde. Als sie am nächsten Morgen in aller Frühe in einen Transporter verladen wurden, nahm Tove nur noch verschwommen wahr, dass sie der Söldner begleitete, der auf

Marcus geschossen hatte. Während der Fahrt schlief sie endgültig ein.

2. Erkenntnis

Bitter kalter Regen prasselte unaufhörlich auf ihn herab. Marcus hatte es nicht gewagt, noch einmal in die Nähe von Menschen zu gehen. Zu Fuß hatte er sich immer weiter nach Norden geschleppt. Nicht ein einziges Mal war er stehen geblieben, bis er endlich die Festung der Vampirältesten nahe Aberdeen gefunden hatte. Die Schusswunden in seiner Brust heilten nur sehr langsam, das Atmen fiel ihm schwer. Marcus tastete nach seinen unteren Rippen. Er war sich nicht mehr ganz sicher, wie lange er gebraucht hatte. Das Giftgas der Soldaten hatte noch eine ganze Weile nachgewirkt. Die Mauern der Vampirfeste schienen gar nicht mehr so weit entfernt, als Marcus über einen Stein stolperte und der Länge nach hinschlug. Seine Erschöpfung ließ nicht zu, dass er wieder aufstand. Trotzig streckte er die Arme vor und zog sich ein paar Zentimeter über den Boden. Da war plötzlich das Geräusch von Schritten, ein bekannter Geruch. Mühsam öffnete Marcus die Augen. Er wurde auf die Seite gedreht. Etwas unscharf erkannte er Asheroths Gesicht über sich. Wie immer bleich und starr. Seine dunklen Augen durchbohrten ihn wie Dolche.
„Du musst mir helfen", würgte Marcus hervor. „Sie haben Tove!"
Der Vampir stellte überraschenderweise keine Fragen. Er wuchtete ihn auf seine Schultern und trug ihn den Rest des Weges in seine Festung. Marcus hielt die Augen geschlossen. Auch als Asheroth ihn bäuchlings auf einem kalten Metalltisch ablegte und begann, seinen Brustkorb abzutasten.
„Bring mir Skalpelle. Es stecken vier Kugeln in seiner Brust", forderte der Vampirälteste von jemandem, den Marcus nicht sehen konnte. Bestimmt war es Leandros oder der

Junge mit den markanten blauen Augen. Asheroth drückte auf einige Punkte an seinem Rücken, woraufhin Marcus endgültig die Besinnung verlor. Als er wieder zu sich kam, lag er mit nacktem Oberkörper auf einem Bett. Es war dunkel vor dem kleinen Fenster, aber immerhin hatte es endlich aufgehört zu regnen. Er setzte sich auf, atmete tief durch und zog das Shirt an, das neben seinem Bett bereitgelegt worden war. Offenbar hatte der Vampirälteste alle Kugeln gefunden und entfernt. Seine Wunden waren verheilt. Dennoch fühlte Marcus sich hundsmiserabel. Tove war verschleppt worden und er hatte sie nicht beschützen können. Wie sollte er Asheroth erklären, was vorgefallen war, wenn er selbst nicht wusste, von wem genau sie angegriffen worden waren? Nur eins wusste er mit Bestimmtheit. Es waren keine gewöhnlichen Sterblichen gewesen. Das Geräusch sich nähernder Schritte ließ Marcus aufhorchen. Asheroth und auch die beiden anderen Ältesten betraten wenige Sekunden später sein karges Quartier. Mit so großem Interesse hatte er nicht gerechnet.

„Nun? Was genau wolltest du mir sagen?", begann Asheroth das Gespräch ohne jegliche Umschweife. Marcus schilderte ihnen die Ereignisse am Londoner Flughafen so genau wie möglich.

„Warum wollten sie nur Tove?", fragte Asheroth, als er geendet hatte.

„Ich bin nicht sicher, ob sie sie wollen...", setzte Marcus zögerlich an. „Sie ist schwanger."

Das Ausgleichsgeschöpf seiner Geliebten schnaubte bedrohlich, wobei seine Mimik immer noch starr blieb. Marcus unterdrückte den kalten Schauer, der ihm den Rücken hinauf kriechen wollte. Achilleas rieb sich derweil die Stirn. „Warum kommt mir das so bekannt vor?"

„Dieses Mal kämpfen wir nicht gegen die Werwölfe", mahnte Commodus an. „Was auch immer diese Geschöpfe genau waren, wir müssen die Situation ernst nehmen. Ich informiere die Clans und alle anderen Unsterblichen, die ich erreichen kann."

Marcus erhielt keine Gelegenheit zu fragen, auf welchen Krieg mit den Werwölfen die Vampire anspielten. Asheroth stob aus dem Raum, Achilleas folgte ihm auf dem Fuß. Der Panthermann gab Commodus die Nummer von Vincent für den Fall, dass er sie nicht sowieso kannte, dann lief er Asheroth und Achilleas hinterher. Sie wollten doch nicht etwa ohne ihn aufbrechen? Erst in der großen Eingangshalle der Festung holte er die beiden Ältesten ein. Sie standen sich gegenüber, die anwesenden Leibwachen hielten gehörigen Abstand zu ihnen.

„Wir haben keine Zeit, darüber zu diskutieren!", grollte Asheroth.

„Verrate mir wenigstens, was du darüber denkst." Achilleas' Gelassenheit seinem Bruder gegenüber war beneidenswert.

„Wir wurden verraten! Oder wie erklärst du dir, dass diese Soldaten Kampfgas gegen Gestaltwandler besitzen?"

Marcus senkte den Kopf. Er teilte diese Befürchtung.

„Was bedeutet; *zum Teil bin ich wie du*?", fuhr Achilleas unbeirrt fort. „Wie haben die Sterblichen es geschafft, ihre Soldaten so stark zu machen?"

Asheroth hob ungeduldig die Arme. „Das weiß ich, wenn ich einen von ihnen studiert habe. War das dann alles? Ich will nicht noch mehr Zeit verlieren!"

„Großvater?", rief eine weibliche Stimme. Marcus wandte sich irritiert um. Ein blondes Mädchen mit eisblauen Augen betrat die Halle aus dem Korridor gegenüber. Sie war recht zierlich für eine geborene Vampirin und äußerlich ungefähr sechzehn.

„Was ist geschehen?", fragte sie verunsichert. Asheroth streckte ihr eine fahle Hand entgegen, die sie ohne das geringste Zögern ergriff. Marcus kam nicht umhin, verblüfft die Brauen zu heben.

„Es tut mir leid, aber ich muss fort. Sag Anzheru, er soll dich persönlich abholen und die öffentlichen Flughäfen meiden." Asheroth zog sie näher an sich und küsste sie auf den Haaransatz. „Ich muss nach Tove suchen."

„Ich komme mit dir. Gib mir eine Minute, um meine Sachen zu holen." Achilleas setzte sich in Bewegung. Tatsächlich war er barfuß.

„Du hast eine halbe", grollte Asheroth leise. Das Mädchen löste sich aus seinem Arm. Marcus dämmerte langsam, um wen es sich handeln musste.

„Bist du nicht die Kleine von Violetta und Konstantin?", fragte er, um sicher zu gehen. Sie nickte sacht. „Sie wurden vor sechs Jahren getötet. Mira und Anzheru haben mich in ihre Familie aufgenommen."

Davon hatte Marcus nichts gewusst. Tove hatte die Welt sehen wollen, nachdem sie sich die ersten siebzehn Jahre ihres Lebens immer hatte verstecken müssen. Seit sie damals nach dem Kampf gegen Dragos Hunde gemeinsam aufgebrochen waren, hatten sie sich nur ein einziges Mal telefonisch bei ihren verbündeten Vampiren gemeldet. Und das bevor es einen neuen Familienzuwachs unter ihnen gegeben hatte. Betreten erwiderte der Gestaltwandler den Blick der geborenen Vampirin. Er wollte lieber nichts dazu sagen.

„Anzheru wird ein paar Tage brauchen, um eine solche Reise vorzubereiten, oder?", fragte Letizia wenig begeistert an

Asheroth gewandt. Er nickte streng. „Du wirst auf ihn warten. Und bis dahin wirst du brav auf Commodus hören." Sie warf ihm noch einen trotzigen Blick zu, dann schwebte sie elfengleich hinaus. Letizia sah ihrer Mutter nicht nur äußerlich ähnlich, sie bewegte sich auch so anmutig wie sie.
„Ich komme auch mit", sagte Marcus. Asheroth verneinte jedoch mit einer Selbstverständlichkeit, als wäre sein Wort automatisch Gesetz.
„Aber natürlich! Ich will meine Gefährtin zurück!", hielt der Gestaltwandler fassungslos dagegen. Was fiel diesem Vampir eigentlich ein?
„Nein, du bleibst hier. Dein Körper hat sich noch nicht vollständig von dem Giftgas erholt." Asheroth verschränkte die Arme vor der Brust und würdigte ihn nicht einmal mehr eines Blickes.
„Du brauchst doch sowieso noch Zeit, um sie zu finden. Bis dahin hat sich das erledigt." Marcus war lauter geworden als nötig. Die Leibwachen rührten sich aber noch nicht. Offenbar würde sich niemand einmischen.
„Das kümmert mich nicht", grollte der Vampirälteste bedrohlich. „Du wirst mir weder zur Last fallen, noch ein zweites Mal versagen."
Der Panthermann fletschte zornig die Zähne. „Das kann nicht dein Ernst sein!"
Sobald er nur einen Schritt auf Asheroth zu gemacht hatte, erschien Leandros an seiner Seite und schob sich in seinen Weg. Ähnlich wie sein Gebieter verzog der Leibwächter keine Miene, dennoch lag eine unmissverständliche Drohung in seiner Haltung. Marcus schnaubte, was schon beinahe wie das Knurren seiner Panthergestalt klang. Asheroth beachtete ihn jedoch kaum. Achilleas kehrte mit einer länglichen Tasche in die Eingangshalle zurück, woraufhin die beiden

Vampirältesten allein aufbrachen. Marcus blieb voller Zorn zurück. Er hatte geahnt, dass Asheroth ungehalten reagieren würde. Es überraschte ihn auch nicht, dass der Vampir ihm die Schuld an Toves Entführung gab. Aber nutzlos in der Festung zurückbleiben zu müssen, trieb ihn zur Weißglut. Leandros' eiserne Miene tat ihr Übriges.

„Stell seine Entscheidungen nicht in Frage", sagte der Leibwächter überflüssigerweise. Marcus schnaubte erneut. „Was würdest du denn tun, wenn Kila in Gefangenschaft gerät?"

„Mich auf meinen Gebieter verlassen", antwortete der stämmige Vampir prompt. „Wenn er mir nicht hilft, würde er mich immer noch von meinem Dienst freistellen, damit ich nach ihr suchen kann."

Der Gestaltwandler marschierte kopfschüttelnd davon. Die Ergebenheit der Leibwachen gegenüber den Ältesten kannte wohl keine Grenzen. Er beschloss, die Festung der Vampire auf eigene Faust zu verlassen. Asheroth besaß seine Signatur nicht, dennoch wartete Marcus bis zum Morgengrauen, um ihm und Achilleas vorsichtshalber reichlich Vorsprung zu lassen. Lautlos schlich er in seiner Panthergestalt auf den Wehrgang hinauf. Das Tor der Festung war geschlossen, also musste er einen anderen Weg hinaus finden.

„Du verlässt uns?", fragte plötzlich eine tiefe ruhige Stimme hinter ihm. Marcus fuhr herum. Commodus stand im Schatten eines Turmes in einigen Metern Entfernung. Widerwillig nahm er seine erste Gestalt an, um mit dem Vampir zu reden. „Ich kann nicht hier herumsitzen! Tove... Unser Kind!"

Der Hüne unter den Ältesten nickte bedächtig. „Ich kann deine Sorge nachvollziehen, aber bedenke, was mein Bruder gesagt hat. Dein Körper hat sich noch nicht vollkommen regeneriert."

Marcus wandte sich kurz ab. Mit Asheroth zu streiten machte einen unfassbar wütend. Commodus hatte hingegen eine Art an sich, die es wesentlich schwieriger machte, lauthals zu widersprechen.

„Wo willst du hin?", fragte der Älteste. „Ohne Pass. Ohne Geld."

Der Gestaltwandler rieb sich die Stirn. „Aufs Festland. Ich glaube nicht, dass sie in Großbritannien geblieben sind."

„Wie kommst du darauf?"

„Es ist nur so ein Gefühl!", gab Marcus unwirsch zu. Der Vampirälteste schaute ihn skeptisch an, was durchaus berechtigt war. Trotzdem schwang er sich behände auf die Zinnen der Mauer, um sich endlich auf den Weg zu machen.

„Ich sehe, ich kann dich nicht umstimmen, Marcus", sagte Commodus immer noch genauso ruhig wie zu Beginn ihres Gesprächs. „Aber nimm wenigstens das hier mit."

Er warf ihm eine Rolle Geldscheine zu. Marcus fing sie auf und bedankte sich zögerlich.

„Meine Gemahlin reist derzeit quer durch Europa. Falls du sie zufällig treffen solltest, sag ihr, sie möge bitte nach Hause kommen", fügte der Vampirälteste hinzu.

„Hast du sie nicht angerufen, um sie zu warnen?", fragte Marcus ungläubig. Seines Wissens nach hüteten die Vampire ihre Gefährtinnen wie ihre Augäpfel.

„Natürlich habe ich das, aber… sie besitzt ein großes Talent dafür unauffällig zu bleiben und meint, dass sie ihre Reise wie geplant fortsetzen möchte. Vielleicht kann dein Bericht sie umstimmen."

Wie ausgerechnet eine Frau wie Elvera unauffällig bleiben wollte, war Marcus vollkommen schleierhaft. Sie war damals kurz vor der Schlacht gegen Drago, Cinric und ihr gesamtes Gefolge auf der Bildfläche erschienen. Ihre

Willensstärke hatte vielen ihrer Verbündeten Mut gegeben. Zudem war sie so wunderschön, dass man sie schlicht nicht übersehen konnte. Dennoch versprach Marcus dem hünenhaften Vampir, nach ihr Ausschau zu halten.

Asheroth drückte die Handflächen auf den Boden. Das Echo von Toves Schritten hatte ihn von London nach Belgien geführt. Achilleas kauerte direkt neben ihm im nassen Gras. Vor ihnen lag ein stillgelegtes Produktionsgelände, auf dem sich vier Geschöpfe befanden. Ihre Schritte waren fremdartig, nur eines spürte Asheroth deutlich. Sie waren stark und trotzdem noch sehr jung.
„Ist sie hier?", flüsterte Achilleas.
„Nein, ihr Echo ist mehrere Tage alt. Sie haben sie fortgebracht."
Ihre Spur führte nach Osten. Dennoch wollte Asheroth nicht sofort weiter. Eines der Geschöpfe entfernte sich gerade von den anderen.
„Lass uns herausfinden, womit wir es zu tun haben."
Achilleas nickte grimmig, legte seine Tasche im Gras ab und folgte ihm lautlos in den Gebäudetrakt, in dem sich ihre Feinde aufhielten. Sie griffen ohne jede Begrüßung an, obwohl dies unter den Unsterblichen nicht üblich war. Der Soldat fuhr entsetzt zu ihnen herum und duckte sich gerade noch unter Asheroths erstem Hieb weg. Achilleas fiel ihm in die Seite und stieß ihn so heftig gegen die Wand, dass sie unter der Wucht des Aufpralls einbrach. Der Soldat rappelte sich wenig beeindruckt wieder aus den Trümmern auf und ging zum Gegenangriff über. Asheroth stellte nebenbei fest, dass er die Bewegungen ihres Gegners recht gut vorausahnen konnte. Wenigstens das hatte der Soldat mit anderen Geschöpfen gemein. Asheroth wich ihm mühelos aus und trat

ihm seitlich gegen sein ungeschütztes Knie. Der Soldat strauchelte nur einen kurzen Moment. Achilleas rammte ihm, ohne zu zögern, einen Dolch ins Rückgrat, woraufhin Asheroth ihm die Kehle durch schnitt. Sein Blut roch wie erwartet fremd und sogar bitter, allerdings lag auch der unverkennbare Geruch eines Vampirs darin. Asheroth beschlich ein grausiger Verdacht. Durch den Lärm waren die übrigen Geschöpfe im Gebäude aufgeschreckt worden. Sein Tastsinn verriet ihm, dass sie bereits auf der Treppe zu diesem Korridor waren. Achilleas riss seinen Dolch aus dem Rückgrat ihres Gegners und stieß ein zweites Mal direkt neben den Halswirbeln zu. Mittlerweile ließen die Kräfte ihres Gegners merklich nach, aber er setzte sich immer noch zur Wehr. Achilleas wich einem unkontrollierten Schlag aus und zuckte zusammen. Ein kleiner, metallener Pfeil steckte in seiner Schulter. Die Wunde, die er verursacht hatte, war kaum der Rede wert. Das konnte jedoch nur eins bedeuten. Gift. Asheroth benutzte den schwer verletzten Soldaten als Schild, als die drei anderen am Ende des Korridors auch auf ihn schossen. Achilleas zog den Pfeil aus seiner Schulter und stieß ein durchdringendes Grollen aus, bevor er sich auf die Neuankömmlinge stürzte. In dem kurzen Moment, in dem sein Bruder die gesamte Aufmerksamkeit auf sich zog, berührte Asheroth den schwer verletzten Soldaten im Gesicht, dann am Hals. Anschließend griff er in den klaffenden Schnitt und trennte seinen Kopf mit einem kräftigen Ruck vom Körper. Der erste Soldat war tot. Zufrieden stellte der Älteste fest, dass diese Geschöpfe wie er selbst diesem einen Grundsatz unterlagen. Die übrigen überwältigten die beiden Vampire effektiver, um Zeit zu gewinnen. Asheroth spürte nämlich, dass Achilleas langsamer wurde. Als wieder Stille

herrschte, legte er die Hand auf die Schulter seines Bruders. „Ich denke nicht, dass es dich umbringen wird."
„Wie beruhigend", erwiderte Achilleas trocken. „Ich spüre meinen Arm kaum noch."
Asheroth nickte. „Es lähmt, aber das sollte sich wieder geben."
Der Spartaner machte eine wegwerfende Handbewegung mit dem anderen Arm. „Was zum Henker sind die?"
„Hybriden."
Darauf hob Achilleas fragend die Brauen. „Aus uns und den Gestaltwandlern?"
„Ja." Asheroth ging in die Hocke, um einen der Toten näher zu untersuchen.
„Aber es müssen doch einige sein. Wenn so viele verbotene Hybriden geboren worden wären, wäre es dir doch mit Sicherheit nicht entgangen."
„Da hast du Recht, Bruder." Er ertastete einen winzigen metallischen Gegenstand in der Brust des toten Hybriden. Mit Hilfe seines eigenen Dolches setzte Asheroth einen gezielten Schnitt, um ihn herauszuholen. Es handelte sich um eine Art Chip, aus dem zwei Drähte herausragten, die kaum dicker als Haare waren.
„Sie wurden nicht als Unsterbliche geboren. Irgendwie haben sie einen Weg gefunden, sich unsere Stärken künstlich anzueignen." Asheroth erhob sich. „Ich schlage vor, wir bitten Anzheru und Mira um Hilfe. Wenn das Interesse dieser Hybriden an Tove wirklich so groß ist, wie Marcus befürchtet, wird sie sicher gut bewacht."
Achilleas nickte schwach. Inzwischen hatte sich sein Herzschlag auf den eines Schlafenden verlangsamt. Asheroth musste ihn auf dem Weg hinaus stützen. Glücklicherweise fand sich auf dem Innenhof ein Wagen. Er setzte seinen

Bruder auf den Beifahrersitz und holte anschließend seine Tasche. Während Asheroth den Wagen vom Hof lenkte, wählte er die Nummer seines Sohnes. Bereits nach dem zweiten Freizeichen meldete sich Anzheru mit einem angespannten Unterton. „Commodus hat mir gesagt, was du vorhast. Seid ihr in Schwierigkeiten?"

„Das kann ich noch nicht genau abschätzen. Ich wäre dir sehr verbunden, wenn ihr uns beisteht."

„Ich bin schon auf dem Weg nach Aberdeen, um Letizia abzuholen. Mira wird euch helfen. Sofern diese Geschöpfe lichtempfindlich sind."

Asheroth seufzte leise. „Auch das kann ich noch nicht sagen."

„Aber mittlerweile bist du ihnen begegnet, nicht wahr?" Es war mehr eine Feststellung als eine Frage. „Gegen wen kämpfen wir, Vater?"

„Gegen die Menschen." Asheroth biss sich auf die Unterlippe. „Sie haben künstliche Hybriden erschaffen."

Anzheru erwiderte nichts und unterbrach die Verbindung. Das Nötige war gesagt. Achilleas hielt sich immer noch mit aller Kraft wach. Asheroth überließ ihm das Gespräch mit Mira, um ihn zu beschäftigen. Sie verabredeten einen Treffpunkt, von dem aus sie gemeinsam mit der Tageswandlerin und ihrer Leibwache nach dem nächsten Stützpunkt ihrer Feinde suchen würden.

3. Vampirin

Ein paar recht ereignislose Tage waren vergangen, seit Shaun, Keith und Hugh die schwangere Gestaltwandlerin abgeliefert hatten. Wie üblich hatten sie seitdem die Teams und ihren Einsatzort gewechselt. Shaun hatte Dr. Morgan nur für eine Etappe ihrer Reise begleitet, nun saß er in einer kleinen unauffälligen Einrichtung der Firma mitten in Deutschland fest. Zu seinem Erstaunen hatte Dr. Morgan den Vampir, der unter der Bezeichnung VA1 geführt wurde, in diesem Stützpunkt zurückgelassen und nur die Leopardenfrau mitgenommen. Warum sie VA1 nicht mehr brauchte, hatte ihm niemand gesagt. Meistens erhielten die Teams ihre Befehle vollkommen unabhängig voneinander, weshalb Shaun nicht einmal wusste, was Keith und Hugh gerade taten. Den General hatten sie jedenfalls nicht begleitet, als auch er Belgien verlassen hatte. Über die Befehle der Laboranten erfuhr Shaun erst recht nichts. Als er gerade eine Runde um das alleinstehende Laborgebäude drehte, rief ihn eins seiner jetzigen Team-Mitglieder über Funk. „Komm sofort rein. Der General will dich sprechen."
Shaun bejahte knapp. Mit diesem Team war nicht viel anzufangen. Das wusste er, seit sie es nicht einmal geschafft hatten, VA1 in seinem Gefängniskubus in Ruhe zu lassen. Vier erwachsene Männer hatten allen Ernstes an die Scheibe geklopft und Witze gerissen, bis die bleiche, ausgezehrte Kreatur aufgewacht war und entsprechend reagiert hatte. Hoffentlich würden ihm bei der nächsten Rotation wieder fähigere Männer zugeteilt werden. Er eilte hinauf in den Raum, der mit einem großen Bildschirm für Videokonferenzen ausgestattet worden war. Das leicht aufgedunsene Gesicht des

Generals erwartete ihn bereits. Allerdings wirkte er seltsam zufrieden, während sie sich begrüßten.
„Sie können VA1 jetzt eliminieren, Subjekt 12. Wir haben heute großartiges Material erhalten."
Shaun nickte. Das einzige, das er an diesem Job noch mehr verachtete als unfähige Söldner waren ihre Bezeichnungen. Der General und auch Dr. Morgan sprachen sie ausschließlich mit ihren *Personalnummern* an. Er besaß mit 12 tatsächlich die Niedrigste.
„Muss ich mich auf Lieferungen einstellen?", fragte er mit aller Begeisterung, die er angesichts seines Teams aufbringen konnte. Der General überlegte einen Augenblick. „Das ist durchaus möglich. Wir..."
Ein schriller Alarm unterbrach ihn. Shaun wandte sich wortlos ab und stürmte hinaus. War etwa jemand auf die Idee gekommen, VA1 aus seinem Kubus zu lassen? Er stellte sich vor, wie er denjenigen zusammenfalten würde, als er die Überwachungsmonitore erreichte. Mit dem Gefangenen war alles in Ordnung. Das Team allerdings hatte sich geschlossen nach unten begeben. Die Außenkamera zeigte eine weibliche Gestalt, die vor dem leergeräumten Labor aufgetaucht war. Dieses Gebäude war im Gegensatz zu dem alten Produktionsgelände in Belgien bereits mit Temperaturscannern ausgerüstet worden. Der Alarm war offenbar ausgelöst worden, weil die Scanner sich bewegende Körper mit sehr niedriger Temperatur erfasst hatten. Aber die schwarzhaarige Frau konnte es nicht sein, sie besaß laut der Anzeige normale 36 Grad Körpertemperatur. Wenn die Vampire glaubten, sie mit einem menschlichen Köder überlisten zu können, hatten sie sich geirrt. Shaun übersprang die Treppe, die nach unten führte. Diese Fähigkeit gefiel ihm am besten an seinem Hybridenkörper.

„Da sind Vampire!", zischte einer der Söldner, als er sie erreichte. Shaun warf ihm einen finsteren Blick zu. „Das weiß ich auch! Ihr zwei geht vor, wir geben euch Deckung."
„Und die Frau?"
„Schont sie, wenn möglich", knurrte Shaun und schluckte den sarkastischen Kommentar herunter, der ihm auf der Zunge lag. Als ob es nicht selbstverständlich wäre, Zivilisten nach Möglichkeit eben nicht zu erschießen. Mit entsicherten Waffen marschierten die beiden Söldner auf die schlanke Frau zu, während Shaun und die zwei übrigen Männer zurückblieben und die Umgebung sicherten. Bestimmt hielten sich die Vampire hinter den seichten Hügeln in Deckung.
„Alles in Ordnung?", rief der größere der beiden Söldner, als sie nur noch wenige Schritte von der Frau entfernt waren.
„Ich weiß nicht", antwortete sie leise und griff sich an den Hals. Shaun vermutete, dass sie gebissen worden war. Das verwandelte sie nicht, aber wahrscheinlich war ihr schwindlig und sie fürchtete sich. Es rührte sich immer noch nichts außer den Grashalmen, die vom Wind niedergedrückt wurden. Shaun warf wieder einen kurzen Blick zu der Frau. Ihre Augen glühten.
„Sag du es mir!", grollte sie und plötzlich war es vor dem Laborgebäude mitten in der Nacht taghell. Shaun konnte nicht anders, als eine halbe Sekunde lang ungläubig hinzustarren. Seine beiden Kollegen gingen sofort zu Boden, die anderen in seiner Nähe eröffneten blindlings das Feuer, trafen jedoch nichts. Der Mann rechts von Shaun wurde von einem Speer durchbohrt, der auch noch in die Gebäudewand einschlug. Hektisch machte Shaun einen Satz rückwärts. Hier konnte er nicht mehr gewinnen, aber er musste unbedingt Meldung an das derzeitige Hauptquartier des Generals machen. Er erreichte gerade einmal die obere Hälfte der

Treppe, bevor ihn das gleißend helle Licht erfasste. Es war nicht wie Feuer, trotzdem hatte Shaun das Gefühl, lebendig zu verbrennen. Der Schmerz fraß sich durch seine Kehle in seine Lungen. Der Aufschlag auf den Betonstufen der Treppe kam ihm dagegen lächerlich vor. Das Licht verschwand so plötzlich, wie es sich ausgebreitet hatte.
„Sie haben dich tatsächlich nicht erkannt."
Die männliche Stimme drang nur sehr undeutlich zu Shaun durch. Er versuchte, weiter nach oben zu kriechen, aber es war aussichtslos. Schritte näherten sich, dann packte ihn eine Hand, zerrte ihn auf den Treppenabsatz und drehte ihn auf den Rücken.
„Woher sollten sie auch wissen, dass ich eine Vampirin bin", sagte die schwarzhaarige Frau über ihm. Jetzt waren ihre Augen normal wie die eines Menschen. Niemand würde vermuten, dass sie Licht erzeugen konnte. Sie wirkte so unschuldig. Und nebenbei war sie auch noch schön.
„Der hier lebt noch."
„Ändere das. Wir durchsuchen das Gebäude", rief ihr ein anderer Vampir zu. Sie musterte Shaun eindringlich. Erst jetzt registrierte er, dass er nicht atmen konnte. Unter großen Schmerzen und elend langsam winkelte er seinen Arm soweit an, dass er nach seiner Kehle tasten konnte. Sein bloß liegendes Fleisch fühlte sich immer noch grauenhaft heiß an, aber wenigstens schien er nicht mehr zu brennen. Die schwarzhaarige Vampirin packte ihn an den Haaren und schleifte ihn mit sich in den Konferenzsaal, aus dem die aufgeregte Stimme des Generals über die Lautsprecher zu hören war.
„Subjekt 12! Machen Sie sofort Meldung! Was geht da vor?", brüllte er. Als die Vampirin für ihn auf dem Bildschirm erschien, blieb ihm sein nächster Befehl im Halse

stecken. Shaun konnte sich kaum rühren. Sie hielt ihn immer noch gepackt. Wenigstens sein verbranntes Gesicht musste im Radius der Kamera liegen.

„Da Sie die angreifende Partei sind, schlage ich vor, Sie beginnen." Ihre Stimme war so weich und gleichzeitig so schneidend, dass sie keinen Widerspruch duldete. Shaun konnte trotz allem nicht umhin, zu erschaudern.

„Wir sind die Angreifer?", wiederholte der General abfällig. „Ihr Parasiten versteckt euch seit Jahrhunderten und tötet unschuldige Menschen, wie es euch gefällt. Aber das hat jetzt ein Ende!"

Die Vampirin erwiderte nichts, sie neigte nur leicht den Kopf. Eine Ader an der Stirn des Generals trat bedrohlich hervor. „Für Monster wie euch ist kein Platz in dieser Welt."

„Woher, glauben Sie, kommen wir?", fragte die Vampirin.

„Was spielt das schon für eine Rolle?", giftete der General zurück. Shaun war selbstverständlich nicht mit solchen Hintergrundinformationen versorgt worden. Ob sie überhaupt vorlagen?

„Ich werde nicht ruhen, bis ich euch alle ausgerottet habe!"

„Nun, hier liegt schon der entscheidende Unterschied zwischen uns. Wir trachten nicht danach, die Sterblichen zu vernichten", setzte ihm die Vampirin entgegen.

„Natürlich nicht! Der Jäger rottet seine Beute niemals ganz aus, sonst verhungert er selbst." Der General schnaubte verächtlich. Die Vampirin blieb vollkommen ruhig. Shaun nahm erst jetzt bewusst wahr, dass ihre Fingerspitzen warm waren. Die Scanner hatten fehlerfrei funktioniert.

„Und wenn ihr uns alle vernichtet habt, was dann?", fragte sie. „Was ist dann mit diesen Männern?"

Sie zog Shaun an den Haaren ein Stück in die Höhe. Er spürte, dass die verbrannte Haut an seiner Kehle weiter aufriss. Mehr als einen kratzigen Laut bekam er dennoch nicht heraus.

„Ihr werdet sie nicht mehr brauchen. Werdet ihr auch sie alle vernichten, bevor sie sich gegen euch auflehnen? Macht verführt."

„Nein, das wird nicht nötig sein." Der General grinste sie selbstgefällig an. Dann beendete er die Übertragung, ohne ein einziges Mal auch nur angedeutet zu haben, dass sie Shaun gehen lassen sollte. Offensichtlich war er gerade aufgegeben worden. Als sie endlich seine Haare losließ, sank er kraftlos zu Boden. Ein weiterer Vampir betrat den Raum. Er war groß, blond und blutüberströmt.

„Der Rest der Anlage ist verlassen", sagte er mit einem herablassenden Blick auf Shaun. „Er ist der letzte."

„Ich will ihn mitnehmen. Ich werde ihn befragen, wenn er wieder atmen kann." Die Vampirin musterte Shaun erneut. „Er scheint der Stärkste in diesem Stützpunkt gewesen zu sein. Er heilt sogar aus eigener Kraft."

Der Blonde nickte. „Das wird interessant werden."

„Er ist *mein* Gefangener", warnte ihn die warme Vampirin. „Asheroth und du werdet vorerst die Finger von ihm lassen."

„Wie du wünschst, Liebes." Mit einem ergebenen Lächeln ging der Blonde an ihr vorbei und wuchtete Shaun auf seine Schultern. Auf dem Rasen vor dem Gebäude wurden sie schon erwartet. Einer der Vampire trug ebenfalls einen Mann über der Schulter. Shaun konnte sein Gesicht nicht erkennen, aber es konnte sich nur um VA1 handeln.

„Wie geht es ihm?", fragte die warme Vampirin besorgt.

„Sie haben ihn extrem ausgezehrt. Ich bekomme ihn nicht einmal dazu zu trinken", antwortete eine harte erbarmungslose Stimme. Sehen konnte Shaun den zugehörigen Vampir nicht mehr. Der Blonde ließ ihn einfach fallen und er landete mit dem Gesicht im Dreck.

„Ich kümmere mich darum. Gib ihn mir", hörte er die Vampirin sagen.

„Den hier nehmen wir mit." Offenbar verstanden die Vampire diese Aussage des Blonden gleichzeitig als Befehl. Mindestens drei Männer knieten sich auf Shaun und begannen, seine Arme und Beine zu verschnüren.

„Was ist das?", fragte einer der Vampire und zerrte an seinem ohnehin schon verdrehten Arm. Er fuhr mit dem Finger über die Stelle, an der Shaun sein Peilsender eingesetzt worden war. Seine Verletzungen mussten ihn zum Teil freigelegt haben. Im nächsten Moment spürte Shaun einen brennenden Schmerz in seinem Unterarm. Er wollte aufschreien, doch es drang nur ein heiseres Röcheln aus seiner Kehle, während der Vampir seelenruhig den Peilsender aus seinem Arm herausschnitt. Danach hörte Shaun ein metallisches Knirschen. Der Sender war zerstört. Die Firma hatte keine Chance mehr, ihn zu finden. Falls der General denn überhaupt nach ihm suchen ließ. Ein paar Sekunden später konnte Shaun sich keinen Millimeter mehr rühren. Woraus auch immer dieses Seil bestand, selbst im vollen Besitz seiner Kräfte würde er es nicht zerreißen können. Die Vampire schleiften ihn mit sich. Darum, dass Shaun eine Infektion durch den Dreck in seinen offenen Wunden davontragen könnte, schienen sie sich nicht zu sorgen. Er wurde in den Fußraum eines Militärhubschraubers gewuchtet. Eine eisig kalte Hand zerrte ihn ins Sitzen und hielt seinen Kopf gepackt, während sie abhoben. Die warme Vampirin hielt

Subjekt VA1 im Arm. Nachdem sie die Hand eine Weile auf seinen Brustkorb gedrückt hatte, schlug er die Augen auf. Sie glühten eisblau. Und richteten sich unmittelbar auf Shaun.
„Trink." Die Vampirin hielt ihm ihr Handgelenk hin. Ungläubig sah VA1 zu ihr auf. Shaun glaubte auch nicht ganz, was er da beobachtete. Es hatte immer geheißen, dass Vampire kaltherzig und gnadenlos waren. Nun halfen sie einander und waren sogar bereit, ihr Blut zu opfern.
„Marek", ermahnte sie ihn nachsichtig. „Dein Körper ist so gut wie blutleer und Wärme allein wird dich nicht heilen."
Zum Glück nahm der Vampir ihr Angebot an. Shaun war sich sicher, dass sonst er dran gewesen wäre. Sie schloss die Augen, während er aus ihrem Handgelenk trank. Zum einen war Shaun erstaunt darüber, wie kontrolliert es ablief, zum anderen widerte es ihn ungemein an, dabei zuzusehen. Als die warme Vampirin erschauderte, ließ VA1 abrupt von ihr ab.
„Meine Güte…", murmelte sie entsetzt.
„Warum wollte ich wohl nicht, dass du dir das ansiehst?", knurrte er. „Die wussten nicht, dass ich die meiste Zeit über wach war."
Shaun zuckte zusammen, soweit sein Zustand und seine Fesseln es zuließen. Er hatte nur ein einziges Mal zufällig beobachtet, wie Dr. Morgan Zellproben aus dem Körper des Vampirs entnommen hatte. Im Grunde hatte sie VA1 lebendig aufgeschnitten und jedes seiner Organe beschädigt. Shaun warf ihm einen verstohlenen Blick zu. Seine Haut regenerierte sich zusehends. Die Geschwindigkeit seiner Heilung war schon fast beunruhigend. VA1 starrte düster zurück. Betont langsam erhob er sich.
„Ich will ihn lebend!", fuhr die warme Vampirin ihn an.

„Ja..." Er kam trotzdem auf Shaun zu. Der Vampir hinter ihm zerrte seinen Kopf hoch. Trotz allem wagte er es, diesen Marek direkt anzusehen. Noch nie hatte er so tiefe Verachtung in den Augen eines anderen gesehen. Der Vampir schlug ihn unvermittelt mit der Faust ins Gesicht. Shaun registrierte noch, dass sein Kiefer gebrochen sein musste, bevor er das Bewusstsein verlor.

Marek setzte sich Mira gegenüber auf den einzigen freien Platz im Hubschrauber und tastete seine rechte Hand ab. Offenbar war sein Körper noch längst nicht wieder bereit zu kämpfen. Er hatte sich gerade zwei Mittelhandknochen gebrochen. Die Tageswandlerin schüttelte sacht den Kopf, schien ihm den kleinen Ausbruch aber nicht übel zu nehmen, nach allem, was sie in seinen Erinnerungen gesehen hatte. Wie gern er das Hybridengeschöpf auf der Stelle in Stücke gerissen hätte. Marek kannte ihn. Dieser Mann hatte seine einzige Chance vereitelt, aus dem Labor der grässlichen Frau im weißen Kittel zu entkommen. Dabei hatte sein Gesicht noch nicht einmal eine Regung verraten, der Hybrid hatte lediglich seine Arbeit getan. Achilleas saß neben Mira und musterte ihn eindringlich. „Kannst du wieder klar denken?" Marek nickte.
„Wie lange warst du in Gefangenschaft? Ich dachte, ich höre nichts von dir, weil du bei Jacky bist." Sein Gebieter machte ihm tatsächlich keinen Vorwurf. Dennoch fühlte Marek sich hundsmiserabel, da er nicht einmal diese erste Frage beantworten konnte. „Nein, sie... hat mich abgewiesen", stammelte er stattdessen.
„Das ist jetzt wirklich nebensächlich. Was wollten sie mit deinem Blut?", fragte Asheroth ungeduldig. Der Leib-

wächter wandte ihm das Gesicht zu. Asheroth würde erfahrungsgemäß erst aufhören, wenn er alles Relevante erfahren hatte. Es war ratsam, ihm zu berichten, so demütigend es auch werden würde. Den Biss eines Ältesten wollte Marek in diesem Zustand wirklich nicht riskieren.

„Welcher Tag ist heute?", fragte er trotzdem so ruhig wie möglich und erschauderte, als Mira ihm antwortete. Es waren über dreizehn Monate vergangen, seit er den Hauptsitz des Östlichen Clans enttäuscht verlassen hatte und auf dem Rückweg nach Aberdeen gefangen genommen worden war. Die Männer, die ihn am Flughafen von Moskau aufgegriffen hatten, hatten im ersten Moment wie Gestaltwandler gerochen. Um keinen Krieg zu provozieren, war Marek ihnen gefolgt und daraufhin in einen Hinterhalt geraten. Seine Erklärung stimmte Asheroth seiner Miene nach kaum milder. Der Älteste verurteilte ihn nur mit seinem Blick dafür, dass er nicht aufmerksamer gewesen war.

„Die Sterblichen wollten herausfinden, welcher unserer Zellen unsere Macht entspringt", fuhr Marek etwas heiser fort. „Dass es unser Blut ist, war ihnen schnell bewusst, aber sie wollten unbedingt eine Alternative."

„Um Männer wie ihn zu erschaffen?" Achilleas wies auf den gefesselten Hybrid auf dem Boden des Hubschraubers.

„Ich nehme es an. Zeitweise hatte ich den Geruch von echten Gestaltwandlern in der Nase. Wahrscheinlich haben sie es mit ihnen genauso gemacht. Also Zellen herausgeschnitten und herumexperimentiert…"

Mira wandte den Blick ab. Marek ertrug ihre Gegenwart nicht besonders gut. Es beschämte ihn, dass sie sein Elend in seinen Erinnerungen gesehen hatte. Und natürlich wusste die Tageswandlerin auch, wie schuldig er sich fühlte. Hätte er sich bloß nicht so sehr von seiner Enttäuschung über Jackys

Entscheidung ablenken lassen, dann wäre das alles nicht passiert und die Sterblichen hätten ihre Soldaten nicht zu halben Vampiren machen können. Als Verräter hingerichtet zu werden, erschien Marek nicht als die schlechteste Alternative. Da er Achilleas' oberster Leibwächter war, lag die Entscheidung jetzt allerdings bei ihm und nicht bei Asheroth. Marek presste gespannt die Lippen zusammen.

„Hoffentlich nimmt Vincent die Warnung unseres Bruders ernst. Werwolf-Hybriden will ich mir gar nicht erst vorstellen", sagte sein Gebieter und rieb sich die Stirn, statt eine Verurteilung auszusprechen. Asheroth stimmte ihm mit einem Nicken zu. Marek würde wohl warten müssen. Ein leises Piepsen unterbrach die eingetretene Stille. Mira zog ein Handy hervor und nahm einen Anruf entgegen. „Ja?"

„Lass die anderen mithören", sagte Anzheru am anderen Ende der Leitung, ohne seine Gefährtin zu begrüßen. Sie drückte auf ein Symbol im Display, damit der Lautsprecher des Telefons die Fluggeräusche übertönte.

„Aberdeen ist gefallen", sagte Asheroths Sohn, wobei ihm sein Entsetzen deutlich anzumerken war. Marek wünschte sich, es wäre Tag und er könnte sich ins Sonnenlicht stürzen. Allerdings würde ihm selbst das im Moment nichts nützen. Dank Miras Heilung war er warm wie ein Mensch und würde trotz seines elenden Zustands nicht verbrennen.

„Die Leibwächter wurden besiegt. Sie werden gerade in durchsichtigen Würfeln auf einen LKW verladen. Ich glaube, sie leben noch."

Marek nickte gezwungen. „Das machen sie so mit Gefangenen."

„Wie viele Hybriden sind es?", fragte Asheroth atemlos.

„Ich weiß es nicht genau. Bisher habe ich etwa 40 gezählt", antwortete Anzheru. Er zwang sich offenbar, leise zu sprechen, um nicht entdeckt zu werden.
„Greif sie nicht allein an, sie haben Betäubungsgift! Wer weiß, was sie erst mit deinem Blut anstellen könnten. Siehst du Commodus?", fragte Achilleas.
„Ihn haben sie schon weggebracht."
Mira war mit dem Telefon in der ausgestreckten Hand zu einer Säule erstarrt. Jetzt bewegte sie leicht die Lippen. Marek sah das blanke Entsetzen in ihren Augen.
„Letizia?", hauchte sie ängstlich.
„Ich weiß nicht. Sie habe ich nirgendwo gesehen." Anzheru schwieg einen Augenblick, während Achilleas Mira tröstend an sich zog. „Wir verschwinden jetzt von hier."
„Wir?", fragte Asheroth irritiert.
„Batiste ist bei mir. Nachdem du und Achilleas aufgebrochen ward, wollte er nach Marek suchen, hat ihn aber nicht gefunden."
Der Leibwächter verzog die Mundwinkel. Batiste stand ihm näher als jeder andere in der Leibwache der Ältesten und kannte seine Rückzugsorte. Bestimmt fühlte er sich gerade ähnlich schlecht beim Anblick ihrer gefangenen Brüder.
„Ihn haben wir schon zurück. Sag Batiste, es geht ihm gut", brachte Mira mühsam heraus. Ihre Tränen bewirkten das absolute Gegenteil, aber Marek schwieg lieber. Seine erbärmliche Entschuldigung würde ihr nicht helfen, solange ihr Kind vermisst wurde. Anzheru beendete das Telefonat daraufhin mit dem Versprechen, dass sie sich bei ihrem Clan treffen würden. Hoffentlich zögerte der geborene Vampir nicht, sein Schattenwesen gegen die Hybriden einzusetzen, wenn er unterwegs auf sie traf. Dagegen waren auch sie sicher nicht immun. Achilleas hielt Mira nach wie vor fest

im Arm, aber das schien ihr nicht wirklich zu helfen. Vermutlich malte sie sich gerade aus, was mit ihrer Tochter in diesem grauenhaften Labor geschehen würde. Marek lehnte sich mit verschränkten Armen zurück und schloss die Augen, um sie nicht mehr ansehen zu müssen. Obwohl er seit Wochen nie richtig bei Bewusstsein gewesen war, war er unheimlich müde. Er hörte noch, wie Asheroth Elvera telefonisch darum bat, umgehend zum Hauptquartier des Nördlichen Clans zu reisen. Den Rest des Fluges verbrachten die Vampire in tiefem Schweigen. Erst als sie landeten, wurde Marek wieder wach. Anzherus Vampire erwarteten sie auf dem Platz vor ihrem Hauptquartier. Mira hatte sich mittlerweile halbwegs gefangen und teilte den Ältesten und ihm Gästequartiere zu. Marek mied es, ihr in die Augen zu sehen. Das würde er frühestens wieder fertig bringen, wenn sichergestellt war, dass Letizia noch lebte. Anschließend informierte Mira ihren Clan über das Geschehen und ließ die Wachen verdoppeln. Den gefangenen Hybriden ließ sie in den Keller verfrachten. Marek vermutete, dass selbst Anzheru ein paar Zellen in seinem Haus aufrechterhielt. *Subjekt 12* hatte während der gesamten Reise keinen Laut mehr von sich gegeben. Dafür waren seine Brandwunden schon teils verheilt. Was Mira mit ihm vorhatte, interessierte Marek weniger, nur seine Hinrichtung wollte er sehen. Auf dem Weg in sein Quartier begegnete er Asheroth. Er lehnte auf dem Korridor an der Wand. Seine Miene verhieß nichts Gutes.

„Du wünschst, Gebieter?", fragte Marek tonlos.

„Du sagtest, es waren Gestaltwandler in diesen Laboren. Hast du sie gesehen?" Der Älteste durchbohrte ihn erneut mit seinem Blick. Der Leibwächter schüttelte betreten den Kopf.

„Bist du ganz sicher? Mein Mündel ist nämlich ebenfalls in die Fänge dieser Hybriden geraten." In seiner Stimme lag

keine Drohung mehr, nur die leise Hoffnung auf irgendein Lebenszeichen von dem kleinen Halbblut, das er vor Jahren in seine Familie aufgenommen hatte. Marek hielt den Atem an und suchte fieberhaft in seinen verschwommenen Erinnerungen nach einem Hinweis auf sie. Eine weibliche Stimme hatte seinen Namen gesagt, nicht seine Objektnummer.
„Ich glaube, ich habe sie gesehen", sagte er zögerlich.
„Es kann nicht lange her sein. Und Tove trägt ein Kind in sich." Asheroth drückte sich von der Wand ab. Wieder einmal hatte er sich aus Vorsicht entschieden, barfuß zu sein, um ihre Feinde früher auszumachen. Marek betrachtete seine nackten Füße, um seinem Blick auszuweichen. Das Gesicht der Frau, die neben ihm in einem dieser Glaswürfel gesessen hatte, lag wie alles andere hinter einem dichten Vorhang. Aber an den gewölbten Bauch konnte er sich erinnern. „Ja, dann war sie es."
„Gut", gab Asheroth zufrieden zurück. „Und sieh mich gefälligst an."
Marek hob ruckartig den Blick. „Gebieter, ich…"
Der Älteste gebot ihm mit einer Geste zu schweigen. „Dass du dich schämst, ist mir klar. Aber wir werden jeden Vampir in diesem Krieg brauchen. Du wirst kämpfen."
Der Leibwächter schluckte seinen Widerwillen herunter. Er hatte geschworen, den Ältesten zu dienen. Sein Stolz musste dahinter zurückstehen.
„Tove war in dem Gebäude, in dem wir dich gefunden haben", fuhr Asheroth ungerührt fort. „Aber sie müssen sie schnell fortgebracht haben. Hast du eine Ahnung, wohin?"
Marek verneinte erneut. „Mich haben sie auch ständig von einem Labor zum anderen gebracht. Man könnte fast meinen, die Hybriden wissen, dass du dir bekannte Geschöpfe finden…"

Der Verdacht ließ ihn ins Stocken geraten. Asheroths Miene verhärtete sich. „Ja, meine Fähigkeit scheint bekannt zu sein. Commodus ist sofort sehr weit weggebracht worden, um fürs Erste seine Spur zu verwischen."

Marek fluchte unwillkürlich in der Sprache seiner menschlichen Heimat. „Wer hat den Sterblichen das alles verraten? Außer mir war dort kein Vampir und die Gestaltwandler fangen sie doch auch!"

Der Älteste nickte grimmig. „Vielleicht weiß Miras Gefangener mehr. Du wirst allerdings nicht an den Verhören teilnehmen. Sie fürchtet, du erschlägst ihn bei der ersten Gelegenheit."

„Da hat sie nicht ganz Unrecht", gab Marek freimütig zu. Asheroth hob streng eine Braue. „Solange er von Nutzen ist, hältst du dich von ihm fern."

„Ja, Gebieter." Irgendwann würde Subjekt 12 seinen Nutzen schon verlieren, da bestand für Marek kein Zweifel.

4. *Chip*

Die Luft war kühl und etwas feucht. Zuerst nahm Shaun den Geruch von altem Holz wahr, also hatte er sich wohl so weit regeneriert, dass er wieder atmen konnte. Er öffnete die Augen und kniff sie sofort wieder gegen das grelle Licht zusammen. Direkt über ihm an der Decke war eine Neonröhre, die hell genug war, um eine Sporthalle auszuleuchten. Beim Versuch, nach seinem Kiefer zu tasten, stellte Shaun enttäuscht fest, dass er sich nicht bewegen konnte. Seine Gliedmaßen waren überstreckt und festgebunden worden. Irgendwann mochte das seltsame Holzgerüst unter ihm einmal als Folterinstrument gedient haben. Das konnte ja heiter werden. In seiner Zeit als Berufssoldat und später als Söldner war er nie in Gefangenschaft geraten. Jetzt war er einer Horde aufgebrachter Vampire ausgeliefert, über die er offenbar längst nicht alles wusste. In der Begrüßungsansprache des Generals war damals nur die Rede von ihrem unstillbaren Blutdurst und ihrer Aggressivität gewesen. Von einer Frau, die Licht erzeugen konnte, hatte Shaun noch nie gehört. Wie hatte sie das bloß angestellt? Für einen Trick hatten sich die Brandwunden viel zu echt angefühlt. Dr. Morgan würde ihm diese Geschichte wohl kaum glauben, falls er sie denn je wieder traf. Das Geräusch von Schritten drang durch die Decke zu ihm durch. Es mussten sich einige Vampire in dem alten Gebäude befinden. Nun hörte Shaun auch Schritte, die näher kamen. Kurz darauf betraten zwei Vampire den Raum. Der eine blieb außerhalb seines Sichtfelds. Um ihn zu sehen, hätte Shaun den Kopf heben müssen, aber auch um seinen Hals lag ein fester Strick. Die warme Vampirin jedoch setzte sich keinen halben Meter von seinem Kopf entfernt auf einen Hocker. Ihre Züge waren noch einen Augenblick starr, dann

lächelte sie ihn allen Ernstes an. „Du befindest dich im Quartier meines Clans. Ich bin Mira."
Shaun erwiderte nichts. Sie wurde ihm immer unheimlicher.
„Es ist unhöflich, sich nicht vorzustellen. Selbst als Gefangener." Die Drohung in ihren Worten war unverkennbar. Shaun entschied, trotzdem noch nichts zu sagen. Er wollte testen, wie schnell sie Gewalt einsetzen würde, damit er den Mund aufmachte.
„Ich sehe, dass du atmest. Also benutze deine Stimme." Sie legte den Finger auf seinen Nasenrücken. Augenblicklich wurde ihre Fingerkuppe so heiß, dass Shaun mit aller Kraft den Kopf wegzog. Er kam allerdings nicht weit. Der Strick hielt ihn dicht an dem massiven Holzbalken.
„Du bist das erste Geschöpf, das solche Verletzungen aus eigener Kraft heilen kann. Also habe ich eine Menge Haut zur Verfügung", sagte Mira kalt. Shaun bejahte mit zusammengebissenen Zähnen. Da hatte sie leider Recht.
„Hast du nur diese Nummer? *Subjekt 12*?" Ihre Augen wurden schmal. „Hat man euch eure Namen genommen?"
„Ja", gab Shaun tonlos zurück. Vielleicht brachte es ihm irgendeinen Vorteil, wenn diese Vampirin glaubte, er würde seine eigene Identität nicht mehr kennen. Der zweite Vampir im Raum scharrte leise mit dem Fuß. Er langweilte sich offenbar jetzt schon.
„Na dann, 12. Wie bist du ein Hybrid geworden? Etwas, das in unserer Welt übrigens streng verboten ist." Mira stützte ihr Kinn auf.
„Warum das?", fragte Shaun verwundert. Es hieß zwar, die unsterblichen Rassen wären untereinander verfeindet, aber Ausnahmen gab es immer. Das wusste er aus Erfahrung. Die Vampirin schlug die Augen nieder. „Lass mich eins klar stellen, 12. Du bist noch am Leben, weil ich es so will. Bis jetzt

hast du geschwiegen, gelogen und mit einer Gegenfrage geantwortet. Hältst du das mir gegenüber für klug?"
Shaun biss erneut die Zähne zusammen. Er war noch nie ein guter Lügner gewesen und auch wenn sie sich nicht kannten, hatte Mira ihn durchschaut. Möglichst emotionslos nannte er ihr seinen Vornamen. Der genügte ihr zum Glück.
„Also, woher kommen deine Kräfte?", fragte sie. Natürlich interessierte das die Vampire am allermeisten. Wenn er schon jetzt darauf antwortete, war er nutzlos. Shaun musste irgendwie Zeit schinden und dieses Verhör in die Länge ziehen. Nur solange, bis sie ihn von diesem Foltergerüst herunter ließen, um eine Pause zu machen. Dann hatte er wenigstens eine Chance zu entkommen. Allerdings war er sich nicht sicher, ob Mira ihn überhaupt je losbinden würde. Mächtige Vampire mussten nie schlafen, warum sollten sie Rücksicht auf einen Sterblichen nehmen? Seine Gedanken überschlugen sich.
„Shaun", ermahnte ihn die warme Vampirin. Ihre Geduld mit ihm schien zu Ende zu gehen. Jetzt wünschte er sich, er hätte ihr seinen Namen nicht gesagt.
„Ich habe ein paar Eigenschaften von euch und auch von den Gestaltwandlern. Kraft, Schnelligkeit, Sinne…", begann der Söldner zu erklären, obwohl diese Informationen überflüssig waren. Daraufhin strich Mira einmal mit der Fingerkuppe über ihre eigene Nase. Die Geste war unmissverständlich.
„Na ja… Es gibt da ein Forschungsteam", plapperte Shaun weiter. Vielleicht konnte er von sich ablenken. Die Firma hing bekanntlich nicht so sehr an ihm und im Moment war er auf sich allein gestellt, also konnte er belanglose Dinge über sie erzählen.
„Ich vermute, sie verstehen sich sehr gut auf Physiologie und Zellen." Mira klang nicht sonderlich interessiert.

„Ja, die leitende Wissenschaftlerin gilt als wahre Koryphäe auf diesem Gebiet. Aber mehr kann man auch nicht mit ihr anfangen."

Die Vampirin hob kurz den Blick. Offenbar gab der zweite Vampir im Raum ihr ein Handzeichen oder Ähnliches.

„Du bist nicht von ihr überzeugt?", fragte sie anschließend.

Shaun versuchte ein Nicken. „Sie verbrennt mir nicht das Gesicht, aber besonders nett ist sie auch nicht. Frag mal VA1."

„VA1? Du meinst den Vampir, den wir in deinem Stützpunkt gefunden haben."

„Genau." Langsam fühlte er sich wieder etwas sicherer. Solange er redete, setzte Mira nicht dieses fürchterliche Licht gegen ihn ein. Es wunderte Shaun sowieso, dass es ihn verletzen konnte. Mit Tageslicht hatte er nie ein Problem gehabt.

„Werden diese Nummern wiederholt vergeben?", fragte sie jetzt.

„Natürlich nicht."

„Wie viele VA-Nummern gibt es noch?"

Shaun zögerte. Er wusste es nicht, da der General ihm nichts darüber gesagt hatte. Fest stand nur, dass es neue Gefangene gab, die er als großartiges Material bezeichnet hatte.

„Ein paar", gab er ausweichend zur Antwort.

„Wie viele?", wiederholte Mira mit einem bedrohlichen Unterton in der Stimme.

„Sieben", gab Shaun trotzig zurück, woraufhin wieder ein leises Scharren ertönte. Die Vampirin hob die Hand über sein Gesicht. „Lüg mich nicht an!"

„Ich weiß es nicht!" Shaun zerrte mit aller Kraft an seinen Fesseln. Hatte sie einen Lügendetektor, von dem er nichts spürte? „Und ich würde es auch nicht erfahren!"

Sie stand auf und krempelte die Ärmel ihrer schneeweißen Bluse hoch. Auf Handrücken und –gelenken hatte sie stark verblasste Tätowierungen, die ein sehr aufwendiges Muster ergaben. Zumindest glaubte Shaun, eine Art Muster darin zu erkennen. Seelenruhig zog sie ein Messer hervor und schnitt sein Shirt vom Hals bis zum unteren Saum auf.

„ICH WEISS NICHT, WIE VIELE GEFANGENE ES GIBT!", brüllte er, auch wenn es aussichtslos war. Am Ende dieses Verhörs würde er aussehen wie ein verbranntes Steak.

„Das sagtest du bereits", gab Mira kühl zurück und berührte ihn mit den Fingerspitzen knapp unterhalb seiner Rippen. „Woher stammt diese Narbe?"

Es war eine seiner alten Narben aus seiner Zeit als richtiger Soldat. Shaun zwang sich, ruhiger zu atmen. „Ich wurde angeschossen. Im Irak."

„Du warst Soldat?"

„Ja." Warum interessierte sie sich plötzlich so sehr für seine persönliche Geschichte? Diese Befragung ergab zunehmend weniger Sinn. Aber solange Mira sich von ihren wichtigen Fragen ablenken ließ, sollte es Shaun recht sein.

„Und jetzt bist du ein Söldner, der Befehle ausführt und sonst nichts?"

„Ja!" Es war nie sein explizites Ziel gewesen, bei dieser Firma zu arbeiten. Besonders stolz war er auch nicht darauf, aber wenigstens die Bezahlung stimmte, und an dieser Stelle brauchte er nicht zu lügen.

„Nach Gestaltwandlern brauche ich dann wohl nicht zu fragen", fügte Mira seltsam tonlos hinzu. Es waren mindestens zwei, das wusste Shaun. Er hielt den Atem an, während sie die Operationsnarbe an seiner Brust nachzog. Darunter war der Hauptchip eingesetzt worden, der über Impulse zwei winzige Dispenser in seinem Körper steuerte. Diese gaben

regelmäßig die Stoffe in sein Blut ab, die ihm seine Kräfte verliehen. Davon musste er sie ganz dringend ablenken.
„Willst du dir meinen gesamten Körper so genau ansehen?", fragte Shaun und versuchte, es unverfänglich klingen zu lassen. Mira hob eine Braue, statt zu antworten.
„Ich meine ja nur..." Es gelang ihm tatsächlich, ein Lächeln auf sein Gesicht zu zwingen. „Es wäre leichter zu ignorieren, wenn du nicht so verdammt hübsch wärst."
Der zweite Vampir im Raum schnaubte belustigt. „Der Junge hat Nerven."
Shaun erkannte die Stimme wieder. Es handelte sich um den großen blonden Vampir, der Mira auch schon bei seiner Gefangennahme begleitet hatte. Sie warf ihm einen ironischen Blick zu und wandte sich damit tatsächlich von seinen Narben ab.
„Ich bin siebenunddreißig. Zähle ich da wirklich noch als Junge?", brummte der Söldner. Vielleicht ging er damit zu weit, aber alles war ihm recht, um Zeit zu schinden.
„Im Vergleich zu ihm bist du sehr jung." Mira lächelte sanft.
„Und du?", fragte Shaun vorwitzig. „Wen hast du alles aufsteigen und sterben sehen? Elisabeth die Erste, Karl den Großen?"
Sie antwortete nicht, sondern sah wieder zu dem blonden Vampir hinüber. „Wo, sagtest du, hat Asheroth diesen Chip in dem toten Söldner gefunden?"
Shaun unterdrückte mit aller Macht einen Aufschrei oder sonst irgendeine Regung. Diese Vampirin raubte ihm langsam den letzten Nerv. Und sie brachte es tatsächlich fertig, dabei vollkommen unschuldig zu klingen.
„In der Brust, auf Höhe der fünften Rippe."
Niemand hier würde Mitgefühl für ihn aufbringen, das war Shaun bereits bewusst gewesen. Allerdings ließ ihn die

Leichtfertigkeit erschaudern, mit der der blonde Vampir gerade seinen Schwachpunkt offenbart hatte. Der Chip war recht empfindlich, sonst hätte Dr. Morgan ihn nicht unter die Rippen der Söldner setzen müssen. Das war natürlich unter Narkose geschehen. Mira würde ihn doch nicht genauso aufschneiden, wie sie es mit seinem Hemd getan hatte? Erneut fuhr sie mit den Fingern über die Operationsnarbe. Wer Asheroth sein könnte, spielte in Shauns rasenden Gedanken schon gar keine Rolle mehr. Trotzdem hörte er noch die Schritte auf dem Gang, die sich ihnen schnell näherten. Die Tür schabte über den Boden, woraufhin eine Stimme nach einem Gebieter rief. „Elvera ist eingetroffen. Asheroth bittet dich, nach oben zu kommen."
Der blonde Vampir erhob sich dem Geräusch nach. „Kommst du mit, Liebes?"
„Ja, sofort." Mira warf Shaun einen letzten Blick mit ihren undurchdringlichen dunklen Augen zu. „Denk solange besser über deine Antworten nach. Ich werde sie nicht mehr lange von dir fernhalten können."
Sie verließ den Raum und Shaun war allein. Er hatte es nicht über sich gebracht zu fragen, wen sie im Moment noch von ihm fernhielt. Am liebsten wollte er es gar nicht wissen, aber das würde ihm wohl kaum erspart bleiben. Shaun testete, ob er sich nicht doch irgendwie von diesen Fesseln befreien konnte. Losbinden würden die Vampire ihn schließlich nicht, bis sie mit ihm fertig waren. Darauf zu hoffen, war sinnlos. Resigniert starrte er in die grelle Lampe an der Decke. Die Stricke ließen sich nicht einen Millimeter verschieben.

Mira erreichte hinter Achilleas den oberen Treppenabsatz. Ihre Vampire bedeuteten ihnen, direkt in den alten Empfangssaal zu gehen. Der Älteste wirkte nicht mehr ganz so gelassen wie während des Verhörs.

„Sie weiß noch nicht, was mit Commodus geschehen ist, oder?", wisperte Mira. Achilleas schüttelte den Kopf und hielt ihr die schwere Saaltür auf. Mit Elvera war auch Marcus hergekommen. Er schien sich allein unter den vielen Vampiren auf dem Gelände nicht ganz wohl zu fühlen. Mit verschränkten Armen hatte er sich an einem Fenster postiert. Asheroth würdigte ihn offenbar keines Blickes. Der Älteste nickte Achilleas kurz zu, dann schaute er wieder konzentriert Elvera an.

„Würde mich jetzt jemand gütigerweise darüber aufklären, was geschehen ist?", fragte die älteste aller Vampirinnen ungewohnt barsch. Ihr Sanftmut, den Mira so sehr an ihr bewunderte, war restlos verschwunden.

„Es ist den Sterblichen gelungen, künstliche Hybriden zu erschaffen, die alle unsere Stärken besitzen. Laut ihrem Anführer wollen sie uns restlos auslöschen. Allerdings erforschen sie uns auch, deshalb töten sie uns nicht sofort. Unsere Festung in Aberdeen wurde besetzt. Sie haben die Leibwächter und auch Commodus gefangen genommen", sagte Asheroth emotionslos. Allerdings wirkte er ähnlich wie sein Bruder etwas angespannt.

„Wo ist er?", wollte Elvera nach einem schier endlosen Moment der Fassungslosigkeit wissen.

„Sie haben ihn sofort weit fortgebracht, ich vermute in die USA. Mehr kann ich im Moment nicht ertasten. Mein Sinn ist den Hybriden oder besser gesagt den Menschen, die sie erschaffen haben, offenbar bekannt. Sie transportieren die Gefangenen ständig von einem Ort zum anderen."

Die Erklärung genügte ihr offensichtlich nicht. „Und wann gedenkst du, ihn aufzuspüren?"

„Elvera…"

„Finde ihn! Oder suche jemanden, der die Transportrouten kennt", forderte sie, wobei sie ein paar Schritte auf Asheroth zuging. Mira beobachtete die Szene aus sicherer Entfernung. Sie hatte nicht erwartet, dass die sonst so besonnene und gütige Vampirin plötzlich so zornig werden würde. Die wenigen Vampire im Saal schufen vorsichtshalber mehr Abstand zwischen sich und Asheroth und Elvera. Nur Marek rührte sich nicht von der Stelle.

„Wir dürfen nichts übereilen, so sehr es auch schmerzt, Commodus in diesem Konflikt nicht an unserer Seite zu haben", versuchte der Älteste, sie zu beschwichtigen. „Wir brauchen eine Strategie, um gegen…"

„Wir vernichten sie alle! Sie dürften doch sowieso nicht existieren!", fuhr Elvera ihn an. „Das ist unsere Strategie."

„Das ist ein Ziel", kommentierte Achilleas, was ihm einen sehr undankbaren Blick von Asheroth einbrachte. Die älteste Vampirin wirbelte zu ihm herum, wobei ihr ellenlanges Haar anmutig wie eh und je um ihr Gesicht fiel. Es stand im Moment in einem merkwürdigen Kontrast zu ihrer düsteren Miene und schien sie zum ersten Mal zu stören.

„Diese Hybriden besitzen effektive Gifte gegen die Gestaltwandler und auch gegen uns." Langsam gingen dem Vater ihres Gefährten wohl die Argumente aus. Mira traute sich nicht, sich in ihr Gespräch einzumischen. Ein bisschen Wärme würde Elvera auch nicht gegen ihre Angst um ihren Gemahl helfen.

„Das hat mir der Panther auch schon gesagt." Sie wandte sich wieder zu Asheroth um und streifte fahrig ihre Haare zurück.

„Dann müssen wir ihnen eben zuvorkommen. Rechnen sie mit Gegenangriffen von unserer Seite?"
„Da wir bereits zwei ihrer Stützpunkte vernichtet haben, kann ich das nicht ausschließen", gestand Asheroth. „Bitte sei vernünftig und..."
„Ich bin zwei Jahrtausende lang vernünftig gewesen! Was hat es mir genützt?" Mittlerweile sprach Elvera so laut, dass sie das gesamte Hauptquartier hören musste. „Wenn du unsere Feinde nicht jagen willst, tue ich es eben."
„Sie haben Tove und wahrscheinlich auch Letizia! Was glaubst du, was ich seit Stunden tue, wenn mich niemand ablenkt?", erwiderte Asheroth genauso gereizt. „Ich fürchte, unsere Feinde sind näher, als uns lieb ist!"
„Gut!"
„Wenn ich etwas einwenden dürfte...", setzte Achilleas an, doch Elvera schnitt ihm mitten im Satz das Wort ab. „Du darfst nicht!"
Wieder folgte ihr Haar nur schwerfällig ihrer ruckartigen Kopfbewegung. Mit einem wütenden Schnauben fasste Elvera sie wie zu einem Zopf zusammen und schnitt sie kurzerhand mit einem Dolch ab, der irgendwo unter ihrer Kleidung verborgen gewesen sein musste. „Ich werde kämpfen, ob es euch passt oder nicht!"
Die beiden Ältesten betrachteten mit geweiteten Augen ihre abgeschnittenen Haare, die wie kastanienbraune Seide zu Boden glitten. Elveras Entschlossenheit würden sie definitiv nie wieder anzuweifeln. Mira vermutete, dass es der erste Schnitt seit ihrer Verwandlung gewesen sein mochte. Vampirisches Haar wuchs extrem langsam.
„In welche Richtung muss ich gehen?", fragte Elvera ungerührt, als wären ihre Haare wertloser Abfall gewesen. Asheroth fing sich sofort wieder. „Du gehst nirgendwo hin."

Die älteste Vampirin packte ihn mit eisblauen Augen am Kragen. „Du erteilst mir keine Befehle. Sag es mir!"
Sie würde ihn beißen, um sich die Antwort in seinem Blut zu holen, daran hegte Mira nicht den geringsten Zweifel. Asheroth wand sich aus ihrem Griff und musste sofort ihrem nächsten Angriff ausweichen. Achilleas versuchte, sie von hinten zu packen, kassierte aber nur einen schweren Treffer gegen sein Jochbein. Sie waren beide sichtlich bemüht, die Gefährtin ihres ältesten Bruders nicht ernsthaft zu verletzen. Einige Stühle, Tische und achtlos stehen gelassene Gläser gingen zu Bruch, bevor die beiden Ältesten Elvera halbwegs unter Kontrolle bekommen hatten. Asheroth drückte blitzschnell auf einige Nervenpunkte an ihrem Rücken, woraufhin sie betäubt in Achilleas' Armen zusammensank. Der Spartaner legte sie über seine Schulter. Mit der freien Hand wischte er sich das Blut aus dem Gesicht. „Wenn sie aufwacht, bist du dran."
Asheroth nickte gezwungen. „Bis dahin brauchen wir dringend Antworten. Ich werde sie nicht in Ketten legen." Sein Blick wanderte zu Mira. Natürlich spielte er damit auf ihren persönlichen Gefangenen an.
„Sie bringt ihn immerhin dazu, Dinge auszuplaudern, von denen er glaubt, sie seien unwichtig", sagte Achilleas ruhig. „Gib ihr noch etwas Zeit."
„Elvera wird kaum bis heute Abend schlafen." Asheroth durchbohrte Mira nun regelrecht mit seinem Blick. „Mehr Zeit hast du nicht."
Sie wandte sich wortlos ab und ging zurück in die Eingangshalle ihres Hauptquartiers. Bisher war Shaun den wichtigen Fragen ausgewichen. Was sollte er auch sonst tun, er befand sich im Feindeslager und schien nicht besonders viel über die Unsterblichen und noch nicht einmal seinen eigenen Auftrag

zu wissen. Es gab nicht mehr viele Möglichkeiten, ein paar Informationen aus ihm heraus zu bekommen. Achilleas trug Elvera in ein freies Gästezimmer in der ersten Etage, solange wollte sie warten. Das Fahrgeräusch eines Autos ließ Mira aufhorchen. Anzheru und Batiste betraten nur wenige Atemzüge später die Eingangshalle. Ihr Gefährte kam direkt auf sie zu und schloss sie in die Arme. Mira wurde ein zweites Mal von der Angst um ihr gemeinsames Mündel überrollt. Seine Umarmung erwiderte sie nur zögerlich, Zärtlichkeit war jetzt irgendwie fehl am Platz. Schließlich würde sie wieder in den Keller hinuntergehen, um Shaun im schlimmsten Fall zu foltern, so sehr es sie auch anwiderte.
„Es tut mir so leid", flüsterte Anzheru ihr ins Ohr. „Ich kam zu spät."
„Du trägst nicht die Schuld daran." Mira schob ihn sanft von sich und wischte die eine Träne fort, die sie nicht hatte unterdrücken können. Dabei fiel ihr auf, dass Batiste ähnlich wie Marek angestrengt an ihr vorbei starrte. Offenbar fühlte sich nicht nur Anzheru schuldig. Marek begrüßte seinen alten Waffenbruder, nachdem er den Saal verlassen hatte, und sie gingen nach draußen. Anzheru nahm Miras Gesicht in beide Hände, obwohl sie sich ein wenig sträubte. „Ich nehme an, du hast Vater schon längst gefragt, ob er sie finden kann."
Sie nickte. „Er sagt, er hat ihre Signatur nicht neu aufgenommen, seit sie ihren letzten Wachstumsschub hatte. Sie lebt, mehr weiß er nicht."
Anzheru ließ enttäuscht die Schultern sinken. Als sich ihnen Achilleas näherte, wurde sein Blick ernster. „Habt ihr außer Marek noch etwas gefunden?"
„Ich habe einen Gefangenen." Mira löste sich von ihm.
„Eines dieser Hybridengeschöpfe?" Sein Interesse war zweifelsohne geweckt.

„Ja, aber du kommst bitte nicht mit nach unten." Je weniger Vampire sie bei dem Verhör direkt beobachteten desto besser. Nur auf Achilleas' Gehör wollte Mira nicht verzichten. Der Spartaner hatte sich bereits als sehr hilfreich erwiesen. Es verunsicherte Shaun ungemein, dass seine Lügen sofort durchschaut wurden.

„Ihr habt eins davon?", fragte Marcus ungläubig. Er stand noch in der Tür zum Saal. „Kannst du seine Gedanken in seinem Blut lesen?"

„Ich besitze diese Fähigkeit nicht", gab Mira kühl zurück. Egal, wessen Blut sie trank, sie sah nichts darin. Nebenbei hatten die Wunden dieses Hybriden widerlich bitter gerochen.

„Was tust du dann mit ihm?" Es klang nach einer Erwartung. Mira antwortete nicht. Mareks Reaktion auf ihren Gefangenen hatte ihr schon genügt. Bei allem Verständnis für die Wut des Panthermanns, ihn konnte sie jetzt genauso wenig brauchen wie den aufgebrachten Leibwächter.

„Tötet es lieber sofort." Marcus erweckte den Eindruck, dies nur zu gern persönlich zu übernehmen. Mira schüttelte abweisend den Kopf. „Du wirst dich wie Marek da heraus halten."

Bevor er widersprechen konnte, wandte sie sich ab und stieg die Treppe in den Keller hinunter. Nur Achilleas folgte ihr.

Marcus ballte zornig die Fäuste. Niemand schien Mira in diesem Fall in Frage zu stellen. Ihr Gefährte rührte sich nicht vom Fleck, sondern starrte ihn durchdringend an. Seine immer eisblauen Augen riefen einen leisen Abwehrreflex in Marcus wach, doch er hielt seinem Blick verbissen stand.

„Du solltest lieber gehen. Lauere ihr nicht auf", riet ihm der geborene Vampir.

„Darum geht es mir nicht", erwiderte Marcus gereizt. „Was verspricht sie sich davon?"

„Es ist nicht falsch zu erfahren, was genau unsere Gegner sind. Irgendeinen Schwachpunkt werden sie haben."

„Abgesehen davon, dass Köpfen sie umbringt?", fragte der Panthermann sarkastisch. Anzheru brachte er damit natürlich nicht aus der Fassung.

„Ja", sagte der Vampir ruhig und sogar nachsichtig. Das machte es für Marcus aber nicht erträglicher. Anzheru bedeutete ihm, mit ihm nach oben in die erste Etage zu gehen.

„Ihr wart auf dem Weg nach Aberdeen?"

„Ja... Tove wollte Asheroth gern einen Überraschungsbesuch abstatten. Soweit das bei ihm möglich ist." Sobald Marcus nur ihren Namen aussprach, wurde sein Mund seltsam trocken. Seit er die Festung der Vampirältesten verlassen hatte, war keine Minute vergangen, in der er nicht an sie und ihr ungeborenes Kind gedacht hatte. Zuerst war er zum Hauptsitz der Europäischen Gestaltwandler gereist und unterwegs tatsächlich Elvera begegnet. Geduldig hatte sie abgewartet, bis er sein ergebnisloses Gespräch mit dem Oberhaupt der Gestaltwandler beendet hatte. Darius' Clan hatte weder etwas Auffälliges beobachtet, noch vermissten sie Angehörige. Dann hatte Asheroth sie angerufen und sie hatten den schnellsten Weg her genommen.

„Es gibt noch keinen Hinweis auf Tove, oder?", fragte Marcus, obwohl er die Antwort zu kennen glaubte. Andernfalls wäre der Vampirälteste wohl so gnädig gewesen, ihn darüber zu informieren.

„Nein, aber Vater wird sie finden", gab Anzheru zuversichtlich zurück. Die Sorge um sein adoptiertes Vampirmädchen konnte er allerdings nicht verbergen. Wie der Geborene es fertig brachte, überhaupt noch so ruhig zu bleiben, war

Marcus schleierhaft. Er bekam ein Zimmer zugewiesen und zog sich dankbar zurück. Zu seinem Ärger waren die Nachwirkungen der Vergiftung immer noch nicht völlig abgeklungen. Er fühlte sich kampffähig, wurde aber immer noch verhältnismäßig schnell müde.

Der flache Atem des Söldners verriet seine Anspannung, als sie den Raum betraten. Mira betrachtete seinen Brustkorb einen Moment, der sich hob und senkte.
„War ganz schön laut da oben", bemerkte er beiläufig.
„Wurde jemand verletzt?"
„Warum interessiert dich das?", gab Mira tonlos zurück. Selbst wenn kein Vampir mehr im Haus war, der ihn bewachte, könnte Shaun nicht entkommen. Asheroth persönlich hatte seine Fesseln kontrolliert, als er noch bewusstlos gewesen war. Seine Brandwunden waren zu diesem Zeitpunkt bereits verheilt gewesen und er hatte selbstständig wieder angefangen zu atmen. Seine Hybrideigenschaften waren bemerkenswert. Shaun musste atmen, um sich bewegen zu können, er starb allerdings nicht davon, wenn er es eine ganze Weile nicht tat.
„Nur so", gab er zu und starrte zur Decke. In den Minuten, die Mira fort gewesen war, waren ihm offenbar keine neuen Ablenkungsmanöver eingefallen.
„Von wie vielen gefangenen Gestaltwandlern weißt du?", fragte sie, da er zuvor nicht auf ihre Bemerkung eingegangen war. Seiner Miene nach zu urteilen hatte Shaun schon gehofft, um diese Frage herum gekommen zu sein. „Keine Ahnung."
„Er lügt", sagte Achilleas, was Mira nicht wirklich überraschte. Der Söldner schaute verwirrt zu ihr auf. „Woher zum Teufel weiß er das immer?"

„Er hört es", gab sie schlicht zurück. Näher erklären konnte auch der Spartaner es nicht. Shaun biss die Zähne zusammen. Offenbar hatte er sich nun für die Strategie entschieden, überhaupt nichts mehr zu sagen. Mira drückte unvermittelt ihre gesamte Handfläche auf seine Brust und ließ dem Licht freien Lauf. Shaun schrie auf vor Schmerz und stemmte sich mit aller Kraft gegen seine Fesseln, doch sie hielten. Der sengende Handabdruck sah grässlich aus. Würde es nicht um Tove und Letizia gehen, hätte Mira niemals darauf bestanden, dieses Verhör selbst zu führen.
„Antworte mir", sagte sie mit Nachdruck. „Glaub mir, du willst nicht, dass jemand anderes die Fragen stellt."
Achilleas hob die Brauen, verkniff sich aber den Kommentar, der ihm wohl auf der Zunge lag. Shaun zwang sich, ruhiger zu atmen, und wandte ihr das Gesicht zu. Erneut spiegelte sich in seinen Augen, dass er nicht ganz glauben konnte, wozu sie in der Lage war.
„Es sind mindestens zwei", presste er hervor.
„Hast du sie gesehen?" Miras Augen wurden schmal.
„Nur eine."
„Und weiter?", bohrte sie ungeduldig nach und streckte eine Hand nach seinem Ohr aus.
„Die andere ist die Grundlage für das Forschungsteam!"
„Danach habe ich nicht gefragt." Sie versengte sein Ohr, obwohl sie nun wusste, dass das erste Forschungsobjekt weiblich war. Ob der Verrat von einem ganzen Clan ausging, der eine seiner Frauen geopfert hatte, würde sich noch zeigen. Nachdem Shaun es endlich aufgegeben hatte, nach seinem Ohr tasten zu wollen, sah er müde zu ihr auf. „Die, die ich gesehen habe, ist eine Leopardenfrau."
„Wo wurde sie hingebracht?", grollte Mira.
„Ich weiß es nicht."

Achilleas verdrehte die Augen, also war es wieder nicht die ganze Wahrheit. Bevor die Vampirin seine Wange berührte, wandte Shaun hastig den Kopf. „Von da, wo ihr mich geschnappt habt, ist der Konvoi nach Süden gefahren, aber ich kenne den Zielort nicht!"
Dieses Mal nickte Achilleas. Dennoch hatte Mira das Gefühl, dass ihr Gefangener noch nicht alles preisgegeben hatte. Sie bohrte die Fingernägel direkt unter seinem Kinn in seine widerstandsfähige Haut und überstreckte seinen Kopf. Die Andeutung genügte, um ihn in Panik zu versetzen.
„Wir haben sie am Londoner Flughafen aufgegriffen und sie ist schwanger", keuchte Shaun. „Ihr Gefährte ist uns entkommen. Mehr weiß ich wirklich nicht!"
„Du warst dabei?", fragte die Vampirin eher perplex als gebieterisch.
„Ja." Der Söldner sah sie wieder an. Natürlich hatte er die Änderung in ihrem Tonfall bemerkt. Daher konnte sie sich auch angestrengt die Stirn reiben. Es machte keinen Unterschied.
„Und da waren seine Überlebenschancen bei null", kommentierte Achilleas diese Erkenntnis. Vor ihnen lag einer der Entführer von Tove. Sobald Asheroth davon erfuhr, war er der Meinung des Spartaners nach tot.
„Hol ihn bitte", sagte Mira trotzdem. Achilleas warf ihr einen ungläubigen Blick zu, dann trat er ein paar Mal mit dem linken Fuß auf der Stelle. Offenbar hatten die beiden Ältesten Zeichen vereinbart, mit denen sie sich rufen konnten. Denn es dauerte kaum fünf Sekunden und Asheroth stemmte die Tür zum Verlies auf. Mira erklärte ihm auf phönizisch, was Shaun soeben gestanden hatte. Erwartungsgemäß wurden seine Augen schlagartig eisblau und er bewegte sich auf Shaun zu, obwohl Mira zwischen ihnen stand. Sie legte die

Hände so sanft wie möglich gegen ihn. „Töte ihn nicht. Wir können noch von ihm lernen."
„Was?", grollte Asheroth.
„Er hat Angst um den Chip." Dieses moderne Wort konnte sie natürlich nicht übersetzen und tatsächlich horchte Shaun merklich auf, als er es aus ihrem Dialog heraushörte.
„Nimm ihn heraus", schlug Mira vor. „Vielleicht ist er die Quelle seiner Kräfte und wir können sehen, was geschieht." Asheroth ergriff ihre Hände, führte die Rechte an seine Zähne und biss in ihr Handgelenk. Er gab sich keine Mühe, ihr möglichst wenig wehzutun. Und das obwohl Achilleas neben ihnen stand. Mira spürte seinen grenzenlosen Zorn. Der Älteste ließ sich auf ihren Vorschlag ein, allerdings bezahlte sie gerade den Preis für Shauns Aufschub. Nachdem er von ihr abgelassen hatte, trat Asheroth neben das alte Holzgerüst. Seine Aura war vor Jahren restlos verschwunden, dennoch stockte dem Söldner der Atem. Auch er schien ein Gespür dafür zu haben, ob er einem Vampirältesten begegnete. Zu Miras Erstaunen legte Asheroth zuerst die Fingerspitzen gegen seinen Hals und schob sie dann gewaltsam unter Shauns Schulterblätter.

„Er ist tatsächlich weit genug von einem Menschen entfernt. Ich kann sie aufnehmen", sagte der Vampir, dessen Stimme Shaun auch schon einmal gehört hatte. Er hatte es sich nicht eingebildet. Dieser Unsterbliche hatte etwas beunruhigend Gnadenloses an sich. Was auch immer mit *sie* gemeint war, der Söldner ahnte, dass dieser Vampir es gegen ihn verwenden konnte. Als Nächstes zückte er einen Dolch. Shauns Herz schlug hart gegen seine Rippen. Von Narkose hatte dieser Vampir bestimmt noch nichts gehört.
„Asheroth", sagte Mira leise. „Er hat genug geschrien."

Obwohl die warme Vampirin ihm große Schmerzen zugefügt hatte, war Shaun ihr tatsächlich dankbar für den Versuch. Asheroth warf ihr einen Blick über die Schulter zu, dann schob er die Fingerspitzen in seinen Nacken. Sie kamen Shaun gar nicht mehr so kalt vor, aber vielleicht spielten ihm seine Nerven nur einen Streich. Der Vampir drückte zu und er spürte nichts mehr. Weder den langsam abklingenden Schmerz an seinem Ohr, noch den auf der Brust. Wenn er die Finger bewegte, war da kein raues Holz. Der Vampir bewegte die Lippen, aber Shaun konnte ihn nicht hören. Nur sehen konnte er noch und das gestochen scharf wie seit der ersten Behandlung mit den Gestaltwandlerstoffen. Einen Atemzug später war da immerhin ein leichtes Druckgefühl in seiner Brust. Shaun wünschte sich, er hätte die Augen geschlossen. Dann hätte er nicht gesehen, wie Asheroth seinen Hauptchip betrachtete und dann dem blonden Vampir an seiner Seite reichte. Dr. Morgan hatte ihm und den anderen Subjekten ausführlich erklärt, dass die Chips nicht beschädigt werden durften, geschweige denn entfernt. Ohne ihre Impulse wurden keine Stoffe mehr aus den zwei kleinen Dispensern ausgeschüttet und seine Kräfte würden schwinden, bis er wieder ein einfacher Mensch war. Asheroth war noch nicht fertig. Als hätte er ein Röntgengerät, fand er die beiden Dispenser sofort und entfernte sie ebenfalls. Shaun wollte ihn anflehen aufzuhören, aber er war sich nicht sicher, was aus seiner Kehle drang. So ähnlich musste sich VA1 gefühlt haben, wenn Dr. Morgan ihn aufgeschnitten hatte. Asheroth warf ihm einen mehr als geringschätzigen Blick zu, dann verschwand er endlich aus seinem Sichtfeld. Daraufhin löste der blonde Vampir seine Fesseln, rühren konnte Shaun sich aufgrund des seltsamen Nervenblocks aber nicht. Vollkommen machtlos musste er über sich ergehen lassen, von dem

Verhörraum in eine mittelalterlich anmutende Zelle geschleift zu werden. Sie bestand aus fensterlosen Steinwänden, einem breiten Eisengitter, in das die Tür eingelassen war, und nacktem Boden. Mehr nicht. Er wurde in der Mitte abgelegt, immerhin mit dem Gesicht nach oben. Ein paar Atemzüge lang lag Shaun einfach nur da, dann löste sich der Nervenblock elend langsam. Er brauchte eine gefühlte Ewigkeit, um zur hinteren Wand zu kriechen und sich aufzusetzen. Die Schnittwunden an seiner Brust und knapp über seinem Beckenkamm hatten schon aufgehört zu bluten. Noch war die Wirkung der künstlichen Hybridstoffe nicht abgeklungen, aber das war nur eine Frage der Zeit. Als der Söldner den Kopf hob, entdeckte er zu seiner Überraschung Mira, die mit den Ellbogen an seinem Eisengitter lehnte.

„Was willst du noch?", würgte er kraftlos hervor.

„Was geschieht jetzt? Du weißt es doch, oder?" Ihr Tonfall war nicht mehr feindselig, einschätzen konnte Shaun sie trotzdem nicht richtig. Ihm gegenüber stand ein echtes Monster, trotzdem wurde er das Gefühl nicht los, dass sie ein winziges Fünkchen Mitgefühl für ihn übrig hatte. So unwahrscheinlich es ihm zuvor auch erschienen war. Shaun wäre gern aufgestanden, um ihr direkt in die Augen zu sehen. „Ich werde wieder ein Mensch", flüsterte er. „Sonst hätte ich mich doch nie auf diese *Operation* eingelassen." Die Vampire würden in den kommenden Tagen bemerken, dass sich sein Geruch veränderte und er immer schwächer wurde. Daher konnte er es auch gleich verraten. Wieder ein Mensch sein zu können, war Shaun nur recht, aber doch nicht jetzt! Wenn er so langsam wie ein Mensch war, konnte er nicht wegrennen. Vorausgesetzt die Vampire töteten ihn nicht sowieso. Er hing an seinem Leben, er *durfte* hier nicht sterben. Schließlich gab es noch jemanden, der ihn brauchte. Aber das würde wohl kaum jemanden interessieren. Mira musterte ihn noch einen Augenblick, dann ließ sie ihn in dem finsteren Kerker allein. Nur sehr schwach drang ein bisschen Licht von einer entfernten Lampe zu Shaun.

5. Flucht

Zwei Nächte und der folgende Tag vergingen und keiner der Vampire schaute nach dem Gefangenen. Marcus wurde ungeduldig. Mira und die Ältesten hatten ihm und einigen anderen erklärt, was es mit den Hybriden auf sich hatte und auch, worauf sie nun warteten. Asheroth saß einige Schritte entfernt vom Hauptsitz des Clans und drückte die Handflächen auf den Boden, die anderen verhielten sich ruhig. Der Panther streifte fahrig durchs Haus. Das Warten trieb ihn langsam zur Weißglut. Bisher hatte er sich den Gefangenen wie befohlen nicht angesehen, um Streit mit den Vampiren zu vermeiden. Jetzt führte sein Weg am Durchgang zum Keller vorbei. Marcus blieb stehen und atmete tief durch. Was würde ihm eine Auseinandersetzung mit dem Herrn des Hauses im schlimmsten Fall einbringen? Ein paar Knochenbrüche wären nicht so schlimm, eingesperrt werden würde er hingegen nicht aushalten. Der Panther wollte sich gerade abwenden, als er bemerkte, dass der Geruch aus dem Keller eine bekannte Spur enthielt. Marcus vergaß seine Vernunft und lief hinunter. Erst hinter einigen verschlossenen Räumen fand er zwei sich gegenüberliegende Zellen. Die linke war leer. In der rechten kauerte der Söldner, der ihm am Londoner Flughafen mehrfach in die Brust geschossen hatte. Als er Marcus erblickte, sprang er auf und hob zur Verteidigung die Arme, obwohl sie durch das schwere Eisengitter getrennt waren.

„Ausgerechnet du!", grollte der Panther. Im nächsten Moment stand er in seiner menschlichen Gestalt direkt vor dem Gitter und umklammerte die Stahlstreben. „WO IST SIE?"

„Ich weiß nicht, wo sie deine Frau hingebracht haben", sagte der Söldner. Seine Stimme war ziemlich kratzig. „Frag den, der Lügen hören kann! Genau weiß ich es nicht."
„Marcus!"
Widerwillig wandte er den Kopf. Nach kaum einem Atemzug erschien Anzheru auf dem Gang. Der geborene Vampir starrte ihn ausdruckslos an. „Einen Schritt zurück!"
Der Gestaltwandler stieß sich von dem schweren Eisengitter ab. „*Er* hat Tove verschleppt!"
„Das weiß ich. Es wurde dir nicht gesagt, um genau diese Eskalation zu vermeiden."
„Weiß Asheroth es auch?" Marcus konnte nicht fassen, wie gelassen der Vampir blieb.
„Ja und auch er hat zugestimmt, ihn zu beobachten", sagte er kühl.
„Kaum zu glauben, nicht wahr?", fragte eine weitere männliche Stimme von weiter vorn im Keller, bevor Marcus etwas erwidern konnte. Marek kam mit den Händen in seinen Hosentaschen auf sie zu. „Selbst die Ältesten hören auf seine Tageswandlerin."
Das hatte der Panthermann sich gedacht, seit sie ihm befohlen hatte, sich von dem Gefangenen fernzuhalten. Normalerweise entschieden die Ältesten über alles. Warum sie dieses Mal davon abwichen, interessierte ihn nicht. Sein Blick zuckte zu dem gefangenen Söldner, der sich rücklings gegen die Wand presste. Bis auf sein zerrissenes Hemd und ein bisschen Schmutz war er unversehrt.
„Hat Asheroth ihn nicht aufgeschnitten? Dafür scheint es ihm ja prächtig zu gehen!", knurrte er voller Abscheu. Anzheru musterte den Gefangenen kurz. „So scheint es. Wir wissen nicht, wie lange die künstlichen Stoffe in seinem

Körper ihm noch unsere Kraft geben. Wenn es abflaut, wird er wahrscheinlich schwächer."
„Will Mira ihn dann als Blutsklaven behalten?", fragte Marcus mit einem gehässigen Blick auf Subjekt 12. „Ihm würde ich es gönnen."
„Die Idee ist nicht übel", kommentierte Marek seinen Vorschlag. „Dann versteht er, was Ohnmacht bedeutet."

„Du solltest jetzt lieber gehen", sagte der Rothaarige mit den blau glühenden Augen, der Asheroth verdächtig ähnlichsah. Shaun krallte die Finger in die bloßen Steine hinter sich. Er hatte nicht damit gerechnet, dass ein Gestaltwandler unter den Vampiren auftauchen würde. Und dann war es auch noch ausgerechnet der Panther vom Londoner Flughafen. Katzen konnten sich angeblich überall durchzwängen. Wenn er nicht solchen Lärm gemacht hätte, hätte Marcus ihn vielleicht sogar angreifen können. VA1 hätte sich offensichtlich prächtig darüber amüsiert. Die Verachtung in seinem Blick hatte sich kein bisschen verändert.
„Ihr lasst ihn nicht davon kommen!", forderte der Panther mit einem dumpfen Knurren. Der Rothaarige blieb immer noch vollkommen ruhig. „Das liegt nicht allein in meinem Ermessen. Du wirst jetzt wieder nach oben gehen."
Marcus wirkte sehr unzufrieden mit dieser Antwort, aber er zog endlich von dannen. VA1 und der Rothaarige blieben noch. Sie warteten, bis der Panther den Keller verlassen hatte. Es war sogar eine Tür zu hören, die zugeschlagen wurde. Dann war es wieder still.
„Ich kann den Jungen verstehen", brummte VA1. „Bring dein Weib zur Vernunft, Anzheru. Und die Sache erledigt sich für dich von selbst."

Der Rothaarige schüttelte sacht den Kopf. „Wie oft haben wir Seite an Seite gekämpft, Marek?"
VA1 überlegte kurz. „Die Kriege kann ich zählen, die Schlachten nicht."
„Gab es auch nur eine, in der du dich nicht auf mich verlassen konntest?"
Er verneinte, wobei sich etwas in seinem Gesicht veränderte. Im Gegensatz zu Shaun verstand er wohl, worauf dieser Anzheru hinaus wollte.
„Genauso konnte ich immer auf dich zählen. Zwischen Mira und mir ist es nicht anders. Folglich geschieht hier nichts gegen unsere Vereinbarung, geschweige denn hinter ihrem Rücken." Der Rothaarige schaute VA1 durchdringend an. Shaun schenkten die beiden Vampire keine Aufmerksamkeit mehr, als hätte er sich in Luft aufgelöst.
„Sie ist noch so jung", wandte VA1 ein.
„Das rechtfertigt keine Ausnahme", blockte Anzheru ihn ab. Danach musste er VA1 nicht einmal mehr auffordern, den Kerker zu verlassen. Der Vampir neigte leicht den Kopf nach vorn, wandte sich ab und ging. Shaun konnte nicht umhin, leise aufzuatmen. Einen so glimpflichen Ausgang der Situation hatte er nicht erwartet. Anzheru hatte ihn bloß leider gehört und richtete seine verwandelten Augen wieder auf ihn. Normalerweise sahen Vampire dann so aus, wenn sie kampfbereit waren. Der Firma war nur eine Ausnahme bekannt.
„Du bist ein geborener Vampir, oder?", fragte Shaun gedankenlos. Was hatte er schon zu verlieren? Anzheru nickte.
„Du riskierst ja einiges für Gefangene", bemerkte der Söldner trocken. So etwas hatte er noch nie miterlebt. Eher waren Gefangene zu Tode geprügelt oder zutiefst erniedrigt worden, als dass sich je jemand so für sie eingesetzt hätte.

„Du missverstehst", sagte der Vampir. „Ich habe überhaupt nichts riskiert, weil diese Männer mich respektieren."
Eine kurze Pause trat ein. Shaun wusste nicht, was er darauf erwidern sollte.
„Gibt es das, wo du herkommst?", fragte Anzheru nun leicht abfällig. „Respekt."
Der Söldner schnaubte und schüttelte den Kopf. Die Firma hatte als Hauptziel ihrer Mission die Vernichtung der Unsterblichen angesetzt und dafür Männer angestellt, die für Geld töteten. Respekt herrschte wirklich selten in den Teams, nur Keith und Hugh waren in dieser Hinsicht anders gewesen. Dieses Verhalten jetzt unter den Unsterblichen mitzuerleben, widersprach den Informationen der Firma. Der General hatte immer nur von instinktivem Handeln und Aggressivität gesprochen. Und dem unersättlichen Blutdurst der Vampire, der sie zu Mördern machte.
„Dein Körper hat sich erstaunlich gut regeneriert", merkte Anzheru an. „Bis auf deine alten Narben."
Das stimmte, dennoch fühlte Shaun sich miserabel. Vorsichtig fragte er nach einem Schluck Wasser. Seine Kehle war völlig ausgetrocknet und langsam bekam er Kopfschmerzen. Der Vampir hob die Brauen und ging ohne ein weiteres Wort. Hieß das nun ja oder nein? Shaun hatte die Hoffnung schon fast aufgegeben, als er erneut Schritte hörte. Anzheru stellte ihm genau ein Glas Wasser auf seine Seite der Eisenstreben und ließ ihn wieder allein. Gierig stürzte der Söldner das Wasser herunter, konnte sich jedoch beherrschen und einen kleinen Schluck übrig lassen. Wer wusste schon, wann Anzheru oder ein anderer Vampir wieder so gnädig sein würde, ihm etwas zu trinken zu geben. Die Dispenser hatten seinen Bedarf an Nahrung und Wasser immens gesenkt, aber nicht ganz ausgelöscht. Shaun interpretierte seinen extremen

Durst als schlechtes Zeichen. Die Wirkung der Hybridstoffe ließ bestimmt schon nach.

Ein weiterer Tag war vergangen. Mira schaute zum vierten Mal seit dem Sonnenuntergang auf ihr Handy. So unwahrscheinlich es auch war, sie hatte die Hoffnung noch nicht aufgegeben, dass Letizia wie durch ein Wunder aus Aberdeen entkommen und auf dem Weg zu ihnen war. Oder vielleicht versteckte sie sich irgendwo und brauchte Hilfe. Leider war immer noch kein Anruf eingegangen, kein Nachrichtensymbol erschien auf ihrem Display. Anzheru kam durch den Empfangssaal auf sie zu. Sie saß auf einer der breiten Fensterbänke. Ihr Gefährte küsste sie auf den Haaransatz und zog sie an sich. Dieses Mal schmiegte Mira sich bereitwillig an seine Schulter.
„Immer noch nichts?", fragte er leise.
„Nein. Hast du etwas von Charles gehört?"
„Leider nicht. Aber unsere Vampire sind mittlerweile alle hier." Anzheru strich sanft mit den Fingerknöcheln über ihre Wange. „Dein Gefangener hat sich soweit erholt, aber ein paar menschliche Bedürfnisse scheinen übrig zu sein. Oder zurückzukehren."
Mira nickte stumm. Asheroth saß im Moment absolut regungslos draußen innerhalb ihres Sichtfeldes und drückte die Handflächen auf den Boden.
„Seine Geduld ist beneidenswert", murmelte sie.
„In diesem Fall ist es nicht Geduld, sondern Selbstbeherrschung. Ich würde wetten, dass er am liebsten wie Marcus sofort losstürmen würde." Anzheru schaute seinen Vater nachdenklich an. Er bemerkte sie mit Sicherheit, drehte sich aber nicht zu ihnen um.

„Was hält ihn davon ab?", fragte Mira. Achilleas bestimmt nicht, impulsiv wie er war. Wie gerufen erschien der Spartaner im Empfangssaal und bat eine der Clan-Vampirinnen um ein Glas Wein. Mira bemerkte mit einem Schmunzeln, wie verträumt Yvette den Ältesten anstarrte, als sie ihm das Glas überreichte. Er hätte auch um einen Kuss oder sogar Blut bitten können, sie hätte sich vermutlich nicht allzu lange geziert. Diese Wirkung hatte er auf die meisten ungebundenen Vampirinnen im Clan und das, obwohl er einer der Ältesten war. Mit seinem Wein und recht finsterer Miene gesellte Achilleas sich zu Mira und Anzheru ans Fenster.

„Commodus' Abwesenheit hält ihn hier", brummte er. „Wir haben ausgiebig darüber... *diskutiert*, wie es weiter gehen soll. Er sagt, wir tragen immer noch die Verantwortung für unseren gefangenen Bruder und natürlich für euch alle. Zudem wissen wir nicht, wie groß diese Hybriden-Armee tatsächlich ist. Also lassen wir uns nicht zu einem direkten Angriff hinreißen, obwohl seine angenommene Tochter und seine Enkeltochter vermisst werden."

Elvera hatte nicht sofort wieder Streit angefangen, als ihr diese Entscheidung mitgeteilt worden war. Stattdessen hatte sie die Tür ihres Gästezimmers hinter sich zugeschlagen und kein Wort mehr mit den Ältesten gesprochen. Mira konnte es ihr nicht verdenken.

„Beabsichtigt ihr, Aberdeen zurückzuerobern?", fragte Anzheru. „Vielleicht gibt es dort Spuren, die uns weiterhelfen."

„Asheroth hat es an den anderen Stützpunkten schon versucht, aber diese elenden Panzerglaswürfel blockieren wohl das Echo, das er von anderen wahrnimmt. Also können wir damit noch warten. Unsere Festung mag symbolischen Wert haben, aber am Ende sind es doch nur Steine auf Steinen.

Dafür riskieren wir nicht unnötig das Leben von Verbündeten." Achilleas' Tonfall war anzumerken, dass er in dieser Ansicht mit Asheroth übereingestimmt hatte. Mira nickte resigniert. In dem Moment, in dem der Vater ihres Gefährten sie gebissen hatte, war er sehr nah daran gewesen, sein Verantwortungsbewusstsein über Bord zu werfen. Offensichtlich hatte er sich mittlerweile gefangen. Noch einmal schaute die Vampirin auf ihr Telefon. Anzheru ergriff ihre Hand, als wollte er es ihr wegnehmen. Sie starrte ihn finster an. „Wag es nicht!"

„Mira, so leid es mir tut, wir müssen uns langsam mit dem Gedanken abfinden, dass die Söldner Letizia erwischt haben."

Sie hätte ihn am liebsten geohrfeigt, auch wenn ihr Gefährte nur vernünftig war. Mira hielt sich die Hand vor den Mund, um ein Schluchzen zu unterdrücken. Sie wollte doch nur hoffen, dass ihr Kind nicht in irgendeinem Labor gequält wurde, wie es mit Marek geschehen war. Anzheru drückte sie fester an sich. „Ich werde sie dir zurückbringen, hörst du?"

Achilleas legte ihm die Hand auf die Schulter. „Das werden wir. Asheroth ist aufgestanden."

Mira wandte ruckartig den Kopf zu ihrem Schwiegervater. Der Älteste bedeutete ihnen, aus dem Gebäude zu kommen.

„Was gibt es, Bruder?", fragte der Spartaner gespannt, als sie sich ihm näherten.

„Ein Auto kommt von Norden auf uns zu. Fangt es vorsichtshalber ab, bevor es das Gelände erreicht." Asheroth hielt die Stimme gesenkt, da er niemanden sonst einbeziehen wollte. Anzheru und Achilleas begaben sich sofort zum nördlichen Tor und verließen das Clan-Gelände, um dem Fahrzeug aufzulauern. Mira wartete draußen bei Asheroth. Ein wenig frische Luft tat ihr gut, auch wenn der Kummer blieb. Sie überlegte, wer dort auf sie zukommen mochte. Der Überfall auf Aberdeen war schon ein paar Nächte her. Die Hybriden-Söldner konnten folglich schon wieder überall sein. Mira zählte die Sekunden, bis sie das Motorengeräusch hörte. Der Wagen hielt genau vor der großen schweren Doppeltür des Hauptquartiers. Tatsächlich stiegen Anzheru und Achilleas zuerst aus dem Auto aus, dann Jacky vom Fahrersitz. Irritiert ging Mira ihrer alten Freundin entgegen, die sich vor sechs Jahren dem Östlichen Clan der Vampire angeschlossen hatte. Sie wirkte ziemlich mitgenommen, als hätte sie viel zu lang nicht geschlafen. Über ihre Schulter hinweg konnte Mira sehen, dass Anzheru so behutsam wie möglich Jasmina aus dem Auto hob. Die Geborene war blutverschmiert und kaum bei Bewusstsein.

„Was ist passiert?", fragte Mira atemlos. Bevor sie Jacky in die Arme schließen konnte, fuhr sich die Vampirin nervös durch die kurzen Haare. „Sie haben uns angegriffen. Ich…"
„Es ist gut", versuchte Mira, sie zu beruhigen. „Du hast es hergeschafft und ihr seid in Sicherheit." Das schien bei weitem nicht auszureichen. Der Überfall musste grauenhaft gewesen sein. Jacky klammerte sich schluchzend an sie, aber immerhin war sie unverletzt. Anzheru trug Jasmina ins Haus, die Ältesten folgten ihm.

„Lass uns hinein gehen. Du solltest dich ausruhen." Mira spürte, dass Jacky den Kopf an ihrer Schulter rieb, also nickte sie. Hand in Hand liefen sie hinauf in die zweite Etage. Als die rothaarige Vampirin mit ihr kommen wollte, verfrachtete Mira sie mit sanfter Gewalt in ein freies Gästezimmer. „Asheroth wird wissen, was zu tun ist. Versuch zu schlafen." Jacky verzog trotzig das Gesicht, aber sie fügte sich. Auf dem Korridor begegnete Mira Marek, der mit Sicherheit bemerkt hatte, wer soeben eingetroffen war.

„Wie geht es ihr?", fragte er leise. Auch wenn Jacky ihn abgewiesen hatte, machte er sich Sorgen um sie.
„Sie ist sehr müde, aber unverletzt."
Das beruhigte den Leibwächter fürs Erste. Mira hatte dennoch den Eindruck, dass er jeden Muskel anspannte, als sie die Krankenstation am Ende des Korridors betraten. Erwartungsgemäß war Asheroth damit beschäftigt, Jasmina zu untersuchen. Ihre eisblauen Augen öffneten sich halb.
„Sie sind alle…"
Der Rest war nur noch unverständliches Gemurmel. Mira verschränkte die Arme vor der Brust. Jasminas Vampire waren vielleicht nicht ganz so stark wie die Gardekämpfer der Ältesten, dafür waren sie zahlreicher. Trotzdem waren auch sie besiegt worden. Asheroth fuhr mit den Fingerspitzen über ihren Kiefer hin zum Kinn und dann ihre Kehle hinab. Das viele Blut auf Jasminas Kleidung stammte offenbar aus einer Platzwunde an ihrem Kopf und dem Geruch nach auch von anderen Geschöpfen.
„Wie viele Betäubungspfeile müssen sie getroffen haben, damit sie so neben sich steht?", fragte Achilleas skeptisch.
„Es ist nicht das Gift, das sie gegen uns eingesetzt haben." Asheroth richtete sich auf und trat einen Schritt zurück. „Es wütet immer noch in ihrem Körper, obwohl der Angriff schon einige Stunden her sein muss. Ich fürchte, es zerstört sie."
Mira zog sich im Gehen den Ärmel hoch. Das würde sie zu verhindern wissen. Als sie Jasminas Gesicht berührte, hustete die Geborene plötzlich heftig. Es schien gar nicht mehr aufzuhören, bis sie schließlich Blut hustete.
„Meine Güte…", Anzheru schüttelte sacht den Kopf. „Es wird noch schwieriger als gedacht, gegen diese Hybriden zu bestehen."

Mira nahm im Augenwinkel wahr, dass Marek nach diesen Worten hastig den Raum verließ. Als er von ihr getrunken hatte, hatte sie gespürt, wie schuldig er sich fühlte. Es wurde Zeit, dass der Leibwächter eine Gelegenheit bekam, gegen die Hybriden zu kämpfen. Danach würde er sich besser fühlen. Mira nahm Jasminas Gesicht in beide Hände. „Sieh mich an, Jass!"
Die Geborene murmelte erneut irgendetwas vor sich hin, doch sie richtete ihre eisblauen Augen auf sie. Mira drückte ihr rechtes Handgelenk auf ihre Lippen. „Du musst trinken."
Das musste sie kein zweites Mal sagen. Jasmina biss zu und begann sofort, ihr gierig das Blut aus den Adern zu saugen. Sie wollte ihre Gedanken verbergen. Trotzdem fand Mira unter ihrem Entsetzen und ihrem Schmerz recht schnell die Erinnerung an den Angriff auf den Östlichen Clan. Er war erschreckend schnell vonstattengegangen. Jasmina und ihre Leibwachen hatten buchstäblich bis zum letzten Mann gekämpft, der Großteil des Clans war gefangen genommen worden. Die geborene Vampirin war letztendlich vor dem Portal ihres Schlosses unter dem vielen Gift zusammengebrochen. Mindestens ein Dutzend Pfeile hatte sie getroffen. Ein Mann, dessen Gesicht Mira bereits kannte, hatte befohlen, die toten Vampire hinter dem Schloss zu verbrennen. Ein Söldner hatte Jasmina an einer Hand zu dem schwelenden Haufen aus Körpern geschleift. Mira erschauderte heftig, so intensiv nahm sie den Gestank in Jasminas Erinnerung wahr. Sie hatte schreien wollen beim Anblick ihrer Toten, auch ihre Mutter war darunter gewesen. Doch kein Laut war über ihre Lippen gedrungen. Plötzlich war der Söldner auf die Knie gesunken, das Gesicht blutüberströmt. Jacky war in Jasminas Sichtfeld aufgetaucht, um dem Söldner ein zweites Mal in den Kopf zu schießen und sie fortzubringen. Wie die

rothaarige Vampirin es geschafft hatte, unbemerkt mit ihr zu verschwinden, hatte Jasmina nicht mehr bei vollem Bewusstsein miterlebt. Fest stand nur, sie waren ohne eine einzige Pause bis zum Gelände des Nördlichen Clans durchgefahren. Mit einem erschöpften Keuchen ließ die Geborene von Miras Handgelenk ab. Asheroth drehte sie auf die Seite und legte die Fingerspitzen in ihr Genick. „Dein Blut stoppt es. Die Heilung beginnt."
Seine Erleichterung war unüberhörbar. Mira nickte und schloss einen Moment die Augen, um zu verarbeiten, was sie gerade gesehen hatte. Anzheru berührte sie besorgt am Arm. „Es geht. Ich werde ihr helfen zu baden."
Jasmina gelang es, wenigstens ein Auge vollständig zu öffnen und sie direkt anzusehen. „Ich wollte nicht, dass du das siehst."
„Ich weiß, aber es erspart dir die Erzählung. Ich kann es ihnen sagen, wenn du schläfst." Mira versuchte, es nach einem Angebot klingen zu lassen und nicht nach einem Befehl. Die Geborene stimmte ihr zu und ließ sich widerstandslos ins nächste Bad tragen. Nachdem sie gebadet und ihr stahlblondes Haar ausgekämmt hatte, war die Heilung ihres Körpers so weit vorangeschritten, dass sie selbstständig gehen konnte.
„Ich habe Nadja nirgendwo in deiner Erinnerung gesehen. Weißt du, wo sie während des Angriffs war?", fragte Mira, als sie Jasminas Gästezimmer betraten. Die Geborene überlegte kurz. „Jetzt, wo du es sagst... Sie war nicht zu Hause! Leihst du mir dein Telefon? Meins habe ich verloren."
„Natürlich."
Hastig tippte Jasmina die Nummer ihrer Vertrauten ein und versuchte, sie anzurufen. Nach vier Freizeichen meldete sich

leider nur eine Mailbox. Entmutigt hielt die Geborene Mira ihr Handy wieder hin.

„Ich sage dir sofort Bescheid, wenn sie zurückruft", versprach sie, wobei ihr kein aufmunterndes Lächeln gelingen wollte. Ihre eigene Sorge um Letizia hielt sie davon ab. Mira wartete noch einen Augenblick ab, bis Jasmina auf ihrem Bett zur Ruhe gekommen war. Dann ging sie hinunter in den Empfangssaal, in dem die Ältesten inzwischen mehrere Tische zusammengeschoben hatten, um Karten von Europa und Asien darauf auszubreiten. Die Clan-Vampire hatten sie hinaus geschickt, dafür war Elvera aus ihrem Gästezimmer gekommen. Sie lehnte einige Schritte von den großen Landkarten entfernt an einem massiven Eichentisch. Asheroth markierte gerade die beiden Stützpunkte in Belgien und Deutschland, die sie bereits überfallen hatten. „Wir müssen davon ausgehen, dass sie ein paar ihrer Söldner in Aberdeen und vielleicht auch in Jasminas Schloss zurückgelassen haben." Er setzte die entsprechenden Kreuze.

„Haben sie Außenposten auf meinem Land?", fragte Anzheru.

„Ich kann es auf dieses Gebiet eingrenzen." Der Älteste markierte ein recht großes Gebiet, das halb auf norwegischem, halb auf schwedischem Boden lag. „Ich müsste näher heran, um sicher zu gehen."

„Tu das bitte bei der nächsten Gelegenheit."

Asheroth nickte. „Auf dem Weg von Belgien nach Deutschland war ich mir sicher, dass ihre Spuren in die unterschiedlichsten Richtungen führen. Leider sind sie nicht so eindeutig wie unsere."

„Und was willst du tun, außer auf dem Boden herumzusitzen?", fragte Elvera ungeduldig. Der Älteste gab sich unbeeindruckt. „Einer offenen Schlacht gegen mindestens 30

Hybriden sind wir meiner Meinung nach nicht gewachsen. Aber wir könnten ihre Stützpunkte einzeln angreifen, um sie nach und nach zu dezimieren."

„Nimm es mir nicht übel, Bruder, aber es dauert zu lange, bis du sie auf deine Weise findest." Achilleas stützte sich mit der Faust auf die Tischkante.

„Nicht, wenn ich nach unseren Gardekämpfern suche. Die meisten sind wieder in Europa."

„Und wenn es uns gelingt, sie zu dezimieren. Erschaffen die Menschen nicht ständig neue von ihnen?", wandte die älteste Vampirin ein.

„Eben darum ist es wichtig, dass wir das Forschungsteam ausschalten, von dem 12 gesprochen hat. Sollte sich eine Gelegenheit dazu bieten, müssen wir sie nutzen." Asheroth war von seiner Idee überzeugt. Mira stand mit verschränkten Armen da und hörte konzentriert zu. Eine bessere Alternative fiel ihr auch nicht ein. Nachdenklich schaute sie zu Boden.

„Was denkst du?", fragte Anzheru, weshalb sie den Kopf wieder hob. Mira ging näher an den Tisch heran, um die Karte zu betrachten. „Wie viele Stützpunkte werden es wohl sein?"

„Im Moment kann ich acht Gardekämpfer an verschiedenen Orten ausmachen", gab Asheroth sachlich zurück, wobei er Elveras bohrenden Blick ignorierte. Über Commodus' Verbleib hatte er noch kein Sterbenswörtchen verloren.

„Ich frage mich, wo das alles herkommt… Die Forschung, die Waffen, die technische Ausrüstung, die wir gesehen haben. Und dann noch die vielen Söldner. Wer bezahlt das alles?"

Die Ältesten tauschten einen skeptischen Blick aus.

„Sie führen einen Krieg gegen uns. Und Krieg, egal in welcher Form, verschlingt für die Sterblichen immense

Summen. Erzähl mir nicht, dass deine Spartaner von Luft und Sonnenschein gelebt haben und aus reiner Freude mit ihrem König in den Krieg gezogen sind." Mira zupfte den Rand der Karte zurecht.

„Natürlich nicht", gab Achilleas zu. „Aber ist das so wichtig für uns?"

„Wenn ihnen irgendwann das Geld ausgeht, limitiert das alles. Das ist nur eine Frage der Zeit."

„Wenn sie anfangen, unsere Vampire zu töten, haben wir keine Zeit mehr!", fuhr Elvera sie an. „Abwarten, bis ihnen das Geld ausgeht, ist wohl kaum der richtige Ansatz!"

„Glaubst du, du bist hier die Einzige, die sich sorgt?", gab Mira gereizt zurück. „Ich will auch nicht, dass wir ein Jahrhundert warten, bis sie diesen Irrsinn von allein aufgeben. Ich meine ja nur, dass wir die Chance nutzen müssen, falls wir diese Söldner irgendwie von ihrem Nachschub abschneiden können. Im Gegensatz zu den Werwölfen würde es ihnen wirklich etwas ausmachen!"

„Da gebe ich dir Recht", sagte Asheroth ruhig. „Es wird bloß schwierig werden, die Quelle des Geldes auszumachen."

Mira nickte gezwungen. Ihre Vermutung darüber, dass dieses *Hybriden-Projekt* illegal war und es vielleicht sogar Menschen gab, die versuchten, dem Ganzen auf die Schliche zu kommen, behielt sie für sich. Es war ohnehin nur so ein Gedanke gewesen, nichts, worauf sie zu hoffen wagte.

„Wie vielen deiner Vampire traust du diesen Kampf zu?", fragte Achilleas an Anzheru gewandt. Ihr Gefährte überlegte kurz. „Artorius, Yvette, Gwen... und vier weitere meiner Leibwächter. Die Übrigen sind durchaus dazu in der Lage, dieses Haus zu verteidigen, aber ich werde sie nicht in die aktiven Angriffe unsererseits einbeziehen."

„Wir sind fünf, zwei Gardekämpfer und Marcus macht insgesamt fünfzehn", stellte Elvera zufrieden fest. „Bis Jasmina sich erholt hat, versteht sich."
„Wir werden uns in drei Gruppen aufteilen. Such dir aus, wen du willst."
Dieses Zugeständnis von Asheroth besserte die Laune der ältesten Vampirin schlagartig. Mira hoffte im Stillen, nicht mit ihr gehen zu müssen. Ihre Angst und ihre Wut machten Elvera unberechenbar. Achilleas war impulsiv, aber ihn konnte sie im Moment besser einschätzen. Da die sieben Clan-Vampire nicht anwesend waren, würde sich die Wahl ohnehin noch etwas verzögern.
„Was ist mit dem Gefangenen?", wollte Elvera wissen. Anzheru berichtete ihr von seinem derzeitigen Zustand.
„Überprüfe endlich, ob er sich verändert." Der Befehlston der ältesten Vampirin war genauso unmissverständlich wie der von Asheroth. In diesem Fall gab der Älteste sofort nach und machte sich auf den Weg in den Keller. Mira blieb vor den Karten stehen und betrachtete die markierten Positionen. Ihre Feinde waren wirklich näher als gedacht, wie Asheroth gesagt hatte.
„Wir sollten nie alle gleichzeitig fort sein", ergänzte Anzheru den bisherigen Strategieentwurf. „Ich weiß, dass meine Vampire stark sind. Aber ohne jemanden, der sie im Kampf anführt, wäre es sehr schwierig für sie."
„Wie du meinst", gestand Achilleas ihm zu. Elvera würde nicht hier bleiben, das offenbarte ihre abwehrende Miene. Mira vermisste ihre grenzenlose Güte und ihre friedliche Ausstrahlung so sehr. Sie hätte ein wenig Trost spenden können. Andererseits war die finstere Stimmung der ältesten

Vampirin natürlich nachvollziehbar. Commodus war normalerweise der Letzte, um den man sich zu sorgen brauchte und nun war ausgerechnet er in Gefangenschaft der Menschen.

Shaun drehte das leere Wasserglas in der Hand hin und her. Er hatte keine Ahnung, wie viel Zeit mittlerweile vergangen war, denn dummerweise war er eingenickt. Seit er zum Hybriden geworden war, hatte er nur selten schlafen müssen und dann auch nur für ein bis zwei Stunden. Dieses Mal konnten es auch zehn Stunden gewesen sein. Ohne Tageslicht oder irgendeinen anderen Anhaltspunkt war es nicht festzustellen. Shaun stand auf und lehnte die Stirn gegen die kühlen Eisenstreben seines Gefängnisses. Sein Magen knurrte und der letzte Schluck Wasser, den er nun auch getrunken hatte, hatte seinen Durst nicht gelöscht. Sie würden ihn hier unten verhungern lassen. Immer wieder ging ihm der seltsame Dialog zwischen Anzheru, Marcus und Marek durch den Kopf. Die Unsterblichen hatten sehr wohl ein ausgeprägtes Sozialverhalten, das stand außer Frage. Die Informationen der Firma waren fehlerhaft und unvollständig. Was genau war ein Blutsklave? Im Nachhinein war Shaun froh, nicht nachgefragt zu haben. Es konnte nichts Gutes bedeuten. Sehr leise Schritte kamen auf ihn zu. Der Söldner hob den Kopf, trat jedoch nicht von seiner Zellentür zurück. Asheroth stand bereits direkt vor ihm. Der Vampir war barfuß, deshalb hatte Shaun ihn erst so spät gehört. Seine dunklen, durchdringenden Augen musterten ihn feindselig. So irrsinnig es auch war, Shaun wich nicht vor ihm zurück, sondern biss die Zähne zusammen.

„Rühr dich nicht!", befahl der Vampir barsch. Dann streckte er eine Hand durch das Gitter und berührte Shauns Stirn. Das war alles. Weder zeigte Asheroth irgendeine Regung, noch sagte er etwas. Er verließ den Kerker genauso schnell und leise, wie er hergekommen war.

„Und jetzt?", rief Shaun ihm wütend hinterher. „Was passiert jetzt?"

Natürlich bekam er keine Antwort. Zornig schlug er gegen die Eisenstreben, auch wenn es niemanden interessierte. Er musste unbedingt hier raus. Wenn Asheroth gerade festgestellt hatte, dass er wieder ein gewöhnlicher Mensch war, war seine Zeit so gut wie abgelaufen. Unzählige Male hatte er die Wände nach Schwachstellen abgesucht, aber es gab keine. Jetzt spielte Shaun ernsthaft mit dem Gedanken, sich durch das Gitter zu zwängen. Einen Arm konnte er mühelos hindurchstecken, die zugehörige Schulter ebenfalls. Für seinen Kopf wurde es eng, aber erstaunlicherweise nicht unmöglich. Shaun schob sich Stück für Stück weiter, auch auf die Gefahr hin, dass einer der Vampire ihn später direkt neben der Zellentür feststeckend vorfinden könnte.

Marek hatte die Lagebesprechung zwischen den Ältesten, Elvera, Anzheru und seiner Tageswandlerin nicht aktiv belauscht. Jetzt stand er mit Batiste in der Eingangshalle neben ein paar von Anzherus Clan-Vampiren. Das genügte ihm schon, um zu erahnen, wie sie entschieden hatten. Commodus' Gefährtin suchte sich zuerst Marcus und dann drei Clan-Vampire aus. Offensichtlich wollte sie sofort aufbrechen. Asheroth hielt sie am Arm zurück, während der Panther und die drei Vampire schon das Gebäude verließen.

„Sei vorsichtig!", ermahnte er sie. „Commodus verzeiht mir nie, wenn dir etwas zustößt."

Elvera versprach es ihm ungeduldig.

„Und hab ein Auge auf Marcus. Wenn er stirbt, hat Tove nichts mehr von ihm."

Diese Bitte schien die älteste Vampirin etwas ernster zu nehmen. Sie verabschiedete sich mit einem Nicken und folgte ihrer kleinen Truppe hinaus. Marek fragte sich im Stillen, ob er sich hätte freiwillig melden sollen, damit sie auf ihn aufmerksam geworden wäre. Der Leibwächter brannte regelrecht darauf, gegen die Hybriden in den Kampf zu ziehen. Andererseits war er natürlich Achilleas verpflichtet. Leider machte sein Gebieter keine Anstalten, den Hauptsitz des Nördlichen Clans zu verlassen. Im Gegenteil, er zog sich mit Asheroth in den Empfangssaal zurück. Anzheru und Mira begaben sich nach oben, um nach Jasmina zu sehen. Ein paar ereignislose Stunden vergingen bis zum Sonnenaufgang, in denen Batiste ihm belanglose Dinge über die letzten dreizehn Monate erzählte. Marek ging nach oben in sein Gästezimmer und setzte sich aufs Bett. Die Auswirkungen seiner Unachtsamkeit nahmen wahrlich bedrohliche Ausmaße an. Da nach den Gardekämpfern nun Jasminas Clan besiegt worden war, schien es nur noch eine Frage der Zeit zu sein, bis Anzherus Clan angegriffen wurde. Dieses Mal würde er dabei sein und so viele Hybriden vernichten, wie er nur konnte. Marek ballte unwillkürlich die Fäuste. Niemand sah ihn vorwurfsvoll an oder redete schlecht über ihn, wenn er in der Nähe war. Dennoch fühlte er sich nach wie vor schuldig. Leise Schritte näherten sich seinem Quartier. Es konnten nicht allzu große Füße sein. Einen Atemzug später kam Jacky herein und schloss die Tür sofort wieder hinter sich. Sie öffnete den Mund, schien dann aber selbst nicht mehr zu wissen, wie sie dieses Gespräch hatte anfangen wollen. Marek konnte riechen, dass sie gerade erst geduscht hatte. Ihre Haare waren sogar noch nass und sie trug nur eine Shorts und ein Trägertop. Genau wie damals, als er sie im Bad beim Haareschneiden erwischt hatte. Im Nachhinein hatte er sie für ihren Mut sich aufzulehnen bewundert und ein wenig bereut, dass er sie mit Klebeband gefesselt und ihr Angst gemacht hatte. Andererseits hatte Jackys Wut darüber ihm kurzzeitig ihre Aufmerksamkeit verschafft. Marek hatte ihren menschlichen Geruch schon gemocht, jetzt als Vampirin duftete Jacky geradezu verführerisch. Ihre letzte Unterhaltung hatte damit geendet, dass sie ihm gesagt hatte, sie sei nicht bereit eine neue Beziehung einzugehen. Fast fünf Jahre hatte sie für diese Erkenntnis gebraucht. Zugegeben, sie hatten sich kaum gesehen, dennoch war Marek enttäuscht und traurig gewesen.

„Was willst du?", fragte er mürrisch.

„Batiste hat mir erzählt, dass du lange in Gefangenschaft warst", setzte sie zögerlich an. Er würde diesem Bastard den Hals umdrehen.

„Ich wollte wissen, wie es dir geht." Jacky versuchte, ihn anzulächeln. Sie sorgte sich wirklich um ihn, aber das machte es für den Leibwächter nur schlimmer. Es erinnerte ihn daran, wie sehr er sie gewollt hatte, und verschlimmerte seine Schuldgefühle nur noch.

„Ich bin müde", knurrte er. Jacky nickte bedrückt. „Jass auch. Das dauert wohl eine Weile."

„Ja."

Sie machte ein paar Schritte auf ihn zu. Marek brauchte nur noch den Arm auszustrecken und er konnte ihre Oberschenkel berühren. „Geh jetzt", forderte er barsch. Jacky zuckte zurück. „Ich wollte nur…"

„Was auch immer", schnitt er ihr das Wort ab. „Ich habe jetzt keinen Nerv dafür, deine Launen zu ertragen."

Sie machte auf dem Absatz kehrt und marschierte hinaus. Marek war bewusst, dass er sie verletzt hatte, aber das war erträglicher als ihre Gegenwart. Erst gegen Mittag sank er in einen unruhigen, wenig erholsamen Schlaf. Nur wenige Stunden später wurde der Leibwächter von einigem Lärm auf dem Korridor geweckt. Er sprang auf und riss die Tür auf, sah aber nur Asheroth und Mira. Die Tageswandlerin stemmte sich gegen den Ältesten und redete leise in dieser merkwürdigen Sprache auf ihn ein, die ausschließlich der Familie zu eigen war. Asheroth packte ihr Kinn und gab nur eine sehr kurze, wütend klingende Antwort. Dann ließ er abrupt von ihr ab und marschierte nach unten. Marek warf Mira einen fragenden Blick zu. Sie rieb sich das Kinn. „Dir wird die Idee auch nicht gefallen."

Der Leibwächter wartete irritiert ab, aber sie sagte nichts weiter. In einer düsteren Vorahnung lief Marek hinunter ins Erdgeschoss und dann in den Keller. Wie er vermutet hatte, war die Zelle, in der 12 gesessen hatte, nun leer. Mit einem dunklen Grollen wandte er sich ab und wollte sofort nach oben, um die Verfolgung aufzunehmen. Allerdings stand ihm Achilleas im Weg, der ebenfalls hergekommen war, um sich von der Flucht des Gefangenen zu überzeugen.

„Wie hat er bloß dadurch gepasst?", fragte der Älteste kopfschüttelnd.

„Das spielt doch keine Rolle!", grollte Marek. „Wir müssen sofort aufbrechen!"

Er würde 12 jeden Knochen im Leib brechen, sobald er ihn zu fassen bekam. Innerhalb eines Atemzugs erreichten sie die Eingangshalle des Hauptquartiers, doch Achilleas hielt ihn am Arm zurück. Mira stieg hinter ihnen in aller Ruhe die Treppe herunter. „Ich wäre euch sehr verbunden, wenn ihr hier bleibt."

„Du *willst* ihn entkommen lassen?" Marek wollte seinen Ohren nicht trauen. Die Tageswandlerin nickte gelassen. Der

Älteste schaute sie verständnislos an. „Erkläre es mir. Ausführlich."
„Ihm wurde zu Beginn dieses Synthetik-Programms gesagt, dass sich der Verwandlungsprozess umkehren lässt. Wenn man den Chip und die anderen Geräte entfernt, die ihm seine Kräfte verschaffen, sollte er wieder normal werden." Sie näherte sich ihnen durch die Halle.
„Ja, und?", fragte Marek ungeduldig.
„Asheroth hat seine Dispenser in seiner ersten Nacht hier entfernt, dennoch hat sich nichts an ihm verändert. Im Gegenteil, sein Zustand hat sich sogar gebessert. Ob er in dieser Sache bewusst belogen worden ist oder ob ein schlichter Irrtum vorliegt, weiß ich natürlich noch nicht, aber fest steht, Shaun ist unsterblich." Mira verschränkte die Arme vor der Brust.
„Setzt du etwa darauf, dass er sich für sein Schicksal rächt?", fragte Achilleas skeptisch. „Ich denke nicht, dass ein Mann unseren Feind nennenswert schwächen kann."
„Das nicht, aber wenn die Sterblichen erkennen, was tatsächlich passiert ist, müssen sie reagieren. Und ich will sehen, wie."
„Du spielst ein gefährliches Spiel", sagte der Spartaner noch, bevor er sich zum Gehen wandte. Er gab sich schon mit Miras Erklärung zufrieden. Marek rührte sich jedoch noch nicht von der Stelle. „12 könnte die Firma direkt hierher führen!"
„Die Angriffe auf Aberdeen und Jasminas Schloss waren extrem zielsicher. Ich fürchte, sie wissen längst, wo wir sind. Vielleicht haben sie Satellitenbilder."
Da musste Marek ihr Recht geben. „Hast du es ihm gesagt?"
Die Tageswandlerin schüttelte langsam den Kopf. „Shaun wird es früh genug erfahren, wenn er es nicht sowieso schon ahnt."

„Du lässt ihn also ins offene Messer laufen", folgerte Marek mit einem zynischen Lächeln. Mira zuckte nur mit den Schultern und setzte sich in Bewegung.
„In deinen Methoden machst du bald Asheroth Konkurrenz", fügte der Leibwächter amüsiert hinzu. Anzherus Gefährtin erwiderte nichts darauf.

„Findest du, er hat Recht?", fragte sie Anzheru, als sie ihm auf dem Vorplatz des Hauptquartiers begegnete. Er hob zögerlich die Schultern. „Marek ist wie ich... von deiner Entschlossenheit in dieser Sache überrascht."
„Das hast du sehr nett ausgedrückt." Mira lehnte sich vor, um ihn auf die Wange zu küssen. Seine Haut war warm. Anzheru war seit Jahren nicht mehr auf die normale Körpertemperatur eines Vampirs abgekühlt. Er legte einen Arm um ihre Taille. „Wenn ich an das verängstigte Mädchen zurückdenke, das ich aus einem Hotelzimmer in Oslo entführt habe, muss ich ja sagen. Du hast dich sehr verändert."
„*Entführt*? Hast du mich nicht vor James und seinen Männern gerettet?"
„Achilleas nimmt unsere Geschichte sehr genau und befindet sich in Hörweite. Da gehe ich kein Risiko ein."
Mira lachte leise und schmiegte sich dichter an ihn. Zum Glück hatten der Älteste und ihr Gefährte diese Streitigkeiten längst beigelegt.
„Es stimmt, ich bin entschlossener als damals. Und ich bin selbst überrascht, wie grausam ich sein kann."
Ihrem Tonfall merkte Anzheru an, wie unwohl sie sich fühlte. Er strich tröstend über ihr Haar. „Halte dir vor Augen, wofür du kämpfst. Und für wen."
„Auch das darf nicht alles rechtfertigen."

6. *Irrtum*

Nahm dieser Wald denn nie ein Ende? Shaun hatte das Gefühl, seit Stunden zu rennen, und sein Orientierungssinn war gut genug, um nicht im Kreis zu laufen. Am Stand der Sonne konnte er ablesen, dass es später Nachmittag war. Bald würde er in der Dunkelheit wohl nicht mehr viel sehen können. Hoffentlich schaffte er es bis dahin, so viel Land zwischen sich und diese Vampire zu bringen, dass er fürs erste außer Gefahr war. Shaun wollte sich nicht vorstellen, was sie mit ihm tun würden, wenn sie ihn einholten. Nachdem er sich durch das schwere Eisengitter gequetscht hatte, hatte er sich mit aller Macht dazu gezwungen, ruhig zu bleiben und den richtigen Moment abzuwarten. Zu seinem Glück hatte ein unachtsamer Vampir die Türen des großen Hauses, in dem Mira mit ihrem Anhang hauste, offen stehen lassen und als kurz darauf niemand in der Empfangshalle zu sehen gewesen war, war Shaun unbemerkt entwischt. Eine Lücke zwischen den Mauerwachen zu finden, hatte ähnlich gut funktioniert. Allzu lange konnte es allerdings nicht gedauert haben, bis irgendeiner von ihnen Alarm geschlagen hatte. Diese Hoffnung durfte der Söldner sich nicht machen. Wenn er doch bloß auf Menschen treffen würde, dann wäre er schon fast in Sicherheit. Schließlich vermieden es die Vampire und Gestaltwandler, sich unter Menschen zu begeben und aufzufallen. Oder stimmte auch diese Information der Firma nicht? Waren sie vielleicht doch wütend genug, um alle Sterblichen in seiner Umgebung abzuschlachten, wenn sie ihn fanden? Shaun stolperte über die Wurzeln eines Baumes und schlug der Länge nach hin. Sofort rappelte er sich wieder auf und lief weiter. Bloß nicht stehen bleiben, bloß nicht zurücksehen. So sehr ihm die abkühlende Luft auch in den Lungen stach, Shaun musste weiter. Auch als es längst dunkel war, schleppte er sich noch keuchend durch den Wald. Zuerst hielt er die drei Lichter vor sich für eine Illusion, doch es waren erleuchtete Fenster. Ohne zu zögern, klopfte der Söldner an die Tür des kleinen Holzhauses, obwohl er schmutzig und mit zerrissenem Hemd dastand. Der alte Mann, der ihm öffnete, schaute ihn verwundert an und fragte schließlich, ob er von einem Bären angegriffen worden wäre. Er nickte erschöpft und wurde hereingelassen. Nachdem sich die Herrin des Hauses davon überzeugt hatte, dass Shaun unverletzt war, bekam er eine Schüssel Wasser, um sich zu waschen, und Pullover und Hose. Zu seinem Glück war der alte Norweger etwa so groß und breitschultrig wie er, sodass sie ihm passten. Anschließend bekam er eine gute Portion warmen Eintopf. Shaun zwang sich, nicht allzu sehr zu schlingen, um seinen Magen nach den langen Tagen in Miras Kerker nicht zu überfordern. Währenddessen betrachtete er die Fotos an der Wand. Sie zeigten einen lächelnden Mann, der etwa in seinem Alter war. An einem der Rahmen war ein schwarzes Band an der oberen rechten Ecke angebracht. Ein einziges Mal schaute die alte Frau verstohlen zu den Bildern hinüber, sagte jedoch kein Wort über den Mann darauf. Nach dem Essen fühlte Shaun sich schon erstaunlich gut erholt. Es hätte ihn nicht gewundert, wenn er noch am Tisch vor Erschöpfung eingeschlafen wäre. Aber seine Muskeln schmerzten überhaupt nicht mehr und er war hellwach. Um dem alten Ehepaar nicht unheimlich zu werden, legte Shaun sich trotzdem auf die eigens für ihn bezogene Gästecouch und schloss die Augen. Nachdem die beiden ins Bett gegangen waren, setzte der Söldner sich auf und lauschte. Der Alte schnarchte, sonst war kein Geräusch zu hören. Allerdings war Shaun sich nicht sicher, wie viel er von seinem feinen Hybriden-Gehör schon eingebüßt hatte. Wenn er aus dem Fenster schaute, glaubte er, mehr zu sehen als vor seiner Behandlung mit den Dispensern. War das Einbildung? Die ganze Nacht blieb er am Fenster und erwartete blau glühende Augen, die aus dem Wald auftauchten. Doch nichts geschah. Am folgenden Morgen fuhr ihn der Alte mit einem mindestens genauso alten Truck in die nächste Stadt. Shaun bedankte sich zum Abschied für die Hilfe und im Stillen auch dafür, dass sie ihm keine Fragen gestellt hatten. Er wurde das Gefühl nicht los, dass es etwas mit dem vermutlich verstorbenen Sohn auf den Fotos zu tun gehabt hatte. Falls er je wieder nach Norwegen kommen sollte, würde er die beiden noch einmal besuchen und dem Alten helfen, nach der Quelle des bedenklichen Rumorens im Motor seines Trucks zu suchen. Shaun sah dem alten Mann in seinem Truck reumütig nach und versuchte, diesen vorschnellen Gedanken sofort wieder zu vergessen. Es war höchst unwahrscheinlich, dass er noch einmal herkam. Außer er erhielt neue Dispenser und wurde darauf angesetzt, Miras Clan anzugreifen. Dann würde er allerdings andere Sorgen haben. Der Alte hatte ihm noch ein paar Münzen gegeben. Diese benutzte der Söldner nun, um die Firma anzurufen. Es dauerte kaum eine Stunde, bis er außerhalb der norwegischen Kleinstadt von einem Hubschrauber abgeholt wurde. Shaun wunderte, wie viel Aufwand die Firma plötzlich wieder in ihn investierte, nachdem der General ihn schlicht aufgegeben hatte. Es gab einen skandinavischen Stützpunkt der Firma, aber er wurde direkt nach Tschechien gebracht. Er hatte die alte Kaserne kaum betreten und ihm wurde befohlen, in die Kommandozentrale des Generals zu gehen. Zuerst musste er in allen Details erklären, was in dem Stützpunkt in Deutschland vorgefallen war. Offenbar hatten die Vampire jegliche Videoaufzeichnung vernichtet. Als Shaun Mira und ihre Fähigkeit, Licht zu erzeugen beschrieb, schien ihm der General nicht zu glauben. Und das, obwohl er Shauns verbranntes Gesicht gesehen hatte. Der Vampir, der Lügen erkennen konnte, sobald sie ausgesprochen waren, entlockte ihm nur einen skeptischen Blick.

„Was haben Sie denen alles verraten, Subjekt 12?", fragte er schließlich entnervt. Shaun gab das Wenige über das Forschungsteam und die Nummerierung der Söldner und Gefangenen wieder. „Und sie haben mir die Dispenser herausgeschnitten, um zu sehen, was passiert."

Zum ersten Mal horchte der General wieder merklich auf. „Und?"

„Ich weiß nicht..." Shaun hob ratlos die Schultern. „Die Wunden sind abgeheilt und ich fühle mich nicht schlecht, aber..."

„Gehen Sie sofort in den Labortrakt. Dr. Morgan wird das ausführlich untersuchen."

Mehr wollte der General nicht hören. Shaun marschierte aufgebracht aus der Kommandozentrale. Weder hatte er seinen Bericht beendet, noch waren seine Warnungen ernst genommen worden. Wie viele Söldner sollten denn bitte bei einem Angriff auf Miras Clan sinnlos geopfert werden? Als ihm die nervtötende Stimme von Dr. Morgan entgegenschallte, blieb Shaun mitten auf dem Gang zum Labor stehen.

„Alles in Ordnung?"

Er wandte sich um. Hugh stand hinter ihm und musterte ihn aufmerksam. „Es hieß, du wärst denen in die Hände gefallen und nicht mehr zu retten gewesen."

„Tja, das stimmt nicht ganz. Wie vieles hier."

Hugh warf ihm einen fragenden Blick zu, woraufhin Shaun vorsichtshalber die Stimme senkte. „Die Vampire haben sehr wohl ein ausgeprägtes soziales Gefüge, sie opfern sogar ihr Blut füreinander."

Sein Gegenüber hob ratlos die Schultern. „Und?"

„Und überhaupt sind ein paar von ihnen viel gefährlicher, als uns gesagt wurde." Shaun biss sich auf die Unterlippe. Hugh konnte nichts von Mira und ihrem merkwürdigen Gefolge wissen, denn niemand außer dem General und seinen engsten Mitarbeitern erhielt die Einsatzberichte.

„Wie lange bist du noch hier?", fragte er.

„In einer halben Stunde muss ich los", gab Hugh arglos zur Antwort. Dr. Morgan stand mittlerweile in der Schleuse zu ihrem Labor und forderte Shaun mit einer unmissverständlichen Geste auf, endlich hereinzukommen. Offensichtlich hatte der General ihn über die Sprechanlage angekündigt.

„Wenn du nach Norwegen versetzt wirst, hau bloß ab", sagte er knapp und setzte sich in Bewegung. Seiner Mimik nach nahm wenigstens Hugh seine Warnung ernst. Er war nicht unbedingt der stärkste Nahkämpfer, aber das hatte er in den bisherigen Einsätzen durch seine Intelligenz wettgemacht. Shaun hoffte, dass es ihm und auch Keith erspart bleiben würde, von Mira verbrannt zu werden. Wenig begeistert legte er sich auf den Untersuchungstisch im Labor und ließ die anstehenden Tests über sich ergehen. Unzählige Blut- und Zellproben später schickte Dr. Morgan ihn in eins der provisorischen Quartiere, um sich auszuruhen. Allerdings war Shaun überhaupt nicht müde. Stunden lang hockte er unruhig in dem kargen Zimmer herum und sah den Einstichen in seiner Haut beim Heilen zu. Es ging wesentlich schneller als gedacht. Am nächsten Morgen bekam er nichts von dem reichhaltigen Frühstück herunter, das ihm sogar auf sein Quartier gebracht wurde. Warum hatte Dr. Morgan nichts von neuen Dispensern gesagt? Und wie lang brauchte sie noch für seine Ergebnisse? Der ganze Tag verstrich und nichts geschah. Am Abend wurde Shaun zum Wachdienst am Tor des Stützpunktes eingeteilt, als wäre nichts geschehen. Der zweite Söldner warf ihm von Zeit zu Zeit einen Blick von der Seite zu, vermutlich wusste er Bescheid. Gegen vier Uhr morgens hielt ein großer Transporter für Gefängniszellen vor der alten Kaserne. Nur ein einzelner Kubus wurde ausgeladen. Shaun betrachtete das Geschöpf darin aufmerksamer, als er es je mit anderen Gefangenen getan hatte. Der Vampir war riesig, das war offensichtlich, obwohl er zusammengekrümmt in dem Kubus lag. Er atmete nicht und hielt die Augen geschlossen. Bestimmt hatte das Einsatzteam mehrere Betäubungspfeile für ihn gebraucht, er roch so alt wie Asheroth und der große Blonde und musste unheimlich stark sein. Shaun genügte dieser erste Eindruck schon vollkommen, aber leider wurde ihm befohlen, den Gabelstapler mit dem Kubus in den Labortrakt zu begleiten. Dr. Morgan winkte den Fahrer und ihn nur ungeduldig in den hintersten Flügel durch und wandte sich sofort wieder zu ihrem Mikroskop um. Das wunderte Shaun ein wenig. Normalerweise ignorierte sie sogar die Sicherheitsvorschriften, wenn ein neues Subjekt geliefert wurde, das großes Potenzial versprach. Der Gabelstaplerfahrer stellte den Kubus vor einer leeren Zelle ab und verabschiedete sich mit einem müden Nicken. Shaun war mit dem Riesen allein. Dieser rührte sich immer noch nicht, er würde ihn wohl in seine Zelle schleifen müssen. Gerade als der Söldner die Verriegelung deaktivierte, schlug der Vampir die Augen auf. Sie waren dunkel und besaßen einen eigenartigen Glanz wie Edelsteine. Die Miene des Vampirs blieb ausdruckslos, aber seinem Blick war kaum Stand zu halten.

„Beweg dich nur, wenn ich es sage", brummte Shaun finster. Wie sehr dieser bohrende Blick ihn verunsicherte, durfte er sich auf keinen Fall anmerken lassen.

„Wie du meinst", sagte der Vampir mit einer tiefen, ruhigen Stimme. Das machte es nicht besser. Wenn Mira sich ruhig verhalten hatte, war sie ihm noch wesentlich gefährlicher vorgekommen. Shaun hielt die obligatorischen Handschellen bereit. „Aufstehen!"

Der Riese schob sich aus dem für ihn recht kleinen Glaskubus, erhob sich und hielt ihm schon fast bereitwillig die Handgelenke hin. Da konnte etwas nicht stimmen.

„Der Mann im Hof hat dich Subjekt 12 genannt. Hast du auch einen Namen?", fragte der Vampir.

„Für dich nicht", erwiderte Shaun ungerührt. Es schien unter den Vampiren tatsächlich normal zu sein, sich ausführlich vorzustellen. Vorausgesetzt das Gegenüber spielte mit. Da er sich nicht auf die Unterhaltung einließ, schwieg der riesige Vampir. Allerdings rührte er sich auch nicht, als der Söldner energisch auf die offene Zellentür wies.

„Hast du dich verbrannt?", fragte der Vampir unvermittelt. Shaun widerstand dem Impuls, nach seiner Kehle und seinem Nasenrücken zu greifen. Von den Verbrennungen war nichts mehr zu sehen, also woher wusste dieser Riese bloß davon?

„Ja, hast du", sagte er nachsichtig. Shaun überlegte hastig, wie er reagieren sollte. Einfach so konnte er diese Bemerkungen nicht im Raum stehen lassen, aber einen Gefangenen zu verletzen war das Privileg von Dr. Morgan. Sie würde ihn auf der Stelle feuern lassen, wenn er einem so großartigen Subjekt etwas tat, nur um sich zu behaupten. Das konnte der Vampir wiederum nicht wissen.

„Ich schätze mal, du leidest noch unter den Nachwirkungen des Nervengifts." Er schob den Vampir in seine Zelle. „Ich werde heute ausnahmsweise darüber hinwegsehen." Shaun gab sich alle Mühe, großmütig zu klingen. Ob er damit Erfolg hatte, konnte er nirgendwo in diesen Edelsteinaugen ablesen. Sie waren nach wie vor starr auf ihn gerichtet, ohne ein einziges Mal zu blinzeln. Während sich die Verriegelung der Zellentür schloss, löste der Riese endlich den Blick von ihm. Shaun verkniff es sich mit aller Gewalt aufzuatmen und wandte sich um, um zu sehen, was den Vampir nun so brennend interessierte. Aus der dunklen Ecke der Zelle gegenüber hatte sich eine hagere Gestalt gelöst. Ihre blauen Augen waren ähnlich unheimlich, als könnten sie alles durchdringen. Ihr aschblondes Haar fiel spröde um ihr fahles Gesicht. Laut dem Schild an ihrer Zelle handelte es sich um GW0. Folglich war sie die Gestaltwandlerin, auf der Dr. Morgans gesamte Forschung basierte. Von ihr stammten die Zellen, mit denen die ersten synthetischen Hybriden und das Kampfgas gegen Gestaltwandler entwickelt worden waren. Sie war in einem etwas besseren Zustand, als VA1 es im Labor gewesen war, immerhin konnte sie laufen. Vielleicht regenerierte sie sich noch besser als ein jahrhundertealter Vampir. VA1 musste alt sein, das hatte Shaun aus seiner Unterhaltung mit dem Geborenen namens Anzheru geschlossen.

„Du bist der, den sie Commodus nennen, nicht wahr?", fragte sie leise. Der riesige Vampir neigte den Kopf, als würde er sich verbeugen, sein Rücken blieb jedoch gerade. „Erster des Ältestenrats der Vampire."

„Das dachte ich mir." Sie deutete ein Lächeln an und erwiderte seine respektvolle Geste. „Ich habe mich immer gefragt, wann Horatio es wohl soweit bringt, dass seine eigenen Brüder ihn vernichten."

„Du kanntest ihn?"

„Flüchtig. Er war der Schatten des Mannes, der vor langer Zeit unter uns nach seiner Schwester suchte. Hector war, glaube ich, sein Name."

Shaun lauschte dem seltsamen Dialog interessiert. Die beiden schienen sich nicht im Geringsten an seiner Gegenwart zu stören. Wie gern er einfach gefragt hätte, wann sich diese Dinge zugetragen hatten und wer Hector und Horatio gewesen waren.

„Du liegst richtig. Mit wem habe ich die Ehre?", fragte Commodus.

„Ich bin Freya." Sie verschränkte die Arme vor der Brust. „Ich hatte einmal den Rang der Heilerin meines Volkes, aber das ist schon lange ohne jegliche Bedeutung."

„Das tut mir leid." Der Vampir schaute sie mitfühlend an. Er war anders als Asheroth und der Blonde. Er war weniger zornig, dafür auf seine Art erhaben. Selbst in Gefangenschaft verhielten sich die Unsterblichen nicht so, wie der General es vor Shauns erstem Einsatz geschildert hatte. Sie waren alles andere als wilde Tiere. Shaun schob die Hände in die Hosentaschen. „Ich lasse euch beide jetzt allein. Wie es aussieht, habt ihr noch reichlich Zeit, um über eure Vergangenheit zu plaudern."

Sie ignorierten ihn, bis er ein paar Schritte gegangen war.

„Subjekt 12", sagte der Vampir schließlich leise. „Falls du die Gelegenheit bekommst, frage einen wahren Gestaltwandler nach der Bedeutung, wenn es so weit ist."

Shaun marschierte missmutig weiter und war heilfroh, dass Commodus sein Gesicht nicht mehr sehen konnte. Wonach zum Henker sollte er fragen? Er wünschte sich, er könnte das

Gerede von Unsterblichen noch genauso ignorieren wie vor seiner Gefangenschaft bei Mira. Sein Instinkt sagte ihm allerdings, dass es ihm nicht egal sein durfte. Vor der Ecke zum hell erleuchteten Hauptkorridor blieb er noch einmal stehen. Die beiden Gefangenen unterhielten sich wieder.
„Weißt du, wer für all das verantwortlich ist?", fragte der Vampir.
„Ja. Sie hat zuallererst mich verraten. Ihr Name ist Soraya, sie ist Jalas erstes Kind gewesen", erwiderte die Gestaltwandlerin voller Abscheu. Shaun hatte keine Ahnung, um wen es sich nun wieder handelte. Seine Schicht würde in zwei Stunden vorüber sein. Er beschloss, sich danach einen freien Computer in der Einsatzzentrale zu suchen, um endlich alle Akten zu lesen, auf die er Zugriff hatte.

Commodus beobachtete die Geschöpfe auf dem Gang ganz genau. Die meisten von ihnen trugen weiße Kittel und waren gewöhnliche Menschen. Außer Subjekt 12 hatte er im Labortrakt nur einen künstlichen Hybrid gesehen, er hatte eine zweite Transportzelle hergebracht. Allerdings waren seine Kräfte bei weitem nicht so hoch entwickelt gewesen wie bei Subjekt 12. Woran das wohl liegen mochte?
„So kann es nicht weitergehen, General", zischte die Wissenschaftlerin, die offenbar das Labor leitete, in einigen Schritten Entfernung. „Subjekt 12 hat eine Entwicklungsstufe erreicht, die nie beabsichtigt war!"
„Kommen Sie zur Sache, Doktor", erwiderte eine ungeduldige, männliche Stimme.
„Er... ist unsterblich geworden. Es lässt sich nicht mehr umkehren! Die Entfernung der Dispenser hatte keinen Einfluss mehr darauf."

Einen Augenblick herrschte Stille. Commodus warf Freya einen fragenden Blick zu.
„Sie haben ihnen versprochen, dass sie wieder Menschen sein können", formte sie mit den Lippen, ohne dass der geringste Laut zu hören war. *„Sie haben sich geirrt."*
Der Älteste nickte bedächtig. Er hatte keine genaue Vorstellung davon, was man tun musste, um sich die Kräfte von Gestaltwandlern anzueignen. Die Macht eines Vampirs lag hingegen zweifelsfrei in seinem Blut, aber dieses forderte eben seinen Preis.
„Ich kümmere mich darum", sagte der General schließlich. „Sie werden Ihre Forschung nach dem Stützpunktwechsel wie geplant fortsetzen. Ich will wissen, wie viel Wahres daran ist, dass dieser Riese angeblich alles sieht."
Commodus hörte seine Stiefel über den glatten Boden kratzen. Er bezweifelte, dass ein Mensch verstehen konnte, wie er die Welt sah. Schließlich hielten selbst Vampire es kaum aus, seine Erinnerungen zu sehen. Wie die Wissenschaftlerin dem auf den Grund gehen wollte, war ihm schleierhaft. Freya saß regungslos auf ihrer Pritsche und schaute ihn besorgt an. Ihr brauchte er seinen Sehsinn nicht zu erklären, ihre Augen waren genauso mächtig wie die seinen. Das war ihm sofort bewusst geworden, als sie aus dem Schatten ihrer Zelle getreten war. Aufgrund ihrer gemeinsamen Notlage war diese Gestaltwandlerin im gleichen Atemzug zu seiner Verbündeten geworden. Auch darüber brauchten sie nicht zu sprechen. Commodus konzentrierte sich wieder auf jedes noch so kleine Geräusch innerhalb des alten Gebäudes. Es galt, einen Ausweg finden. Allerdings war er noch nicht wieder im Besitz seiner vollen Kräfte. Noch mussten sie geduldig sein.

Die abrufbaren Daten durchzugehen, war noch frustrierender, als Shaun erwartet hatte. Es gab ein paar Einträge über lange zurückliegende Kriege zwischen den Unsterblichen, Grundsätzliches über ihr Erscheinungsbild, das er schon aus seinen Einsätzen wusste, und eine Karte, auf der die Gebiete markiert waren, in denen die Firma nachweislich Unsterbliche gesichtet hatte. Norwegen war natürlich auch darunter. Erst ein Dokument mit dem Titel „Hierarchie" war schon etwas interessanter. Shaun reimte sich gerade zusammen, wer die Ältesten unter den Vampiren sein mochten, als das Mail-Programm eine neue Nachricht meldete. Zu seiner Überraschung handelte es sich um einen Einsatzbefehl. Shaun las die Nachricht ein zweites Mal. Keine Testergebnisse, kein Operationstermin für neue Dispenser, nicht einmal eine Nachfrage, ob er sich nach seinen Erlebnissen in Gefangenschaft überhaupt schon dazu bereit fühlte. In nicht einmal einer Stunde hatte er sich bei einem Transport nach Polen zu melden. Shaun loggte sich kopfschüttelnd aus dem System aus. Die Firma schien ähnlich wie die Vampire beobachten zu wollen, wie lange die Wirkung der Hybridstoffe noch anhielt. Anders konnte Shaun es sich nicht erklären. Wie nervös ihn diese Sache machte, interessierte einfach niemanden. Für einen Moment spielte er mit dem Gedanken, noch einmal in den Labortrakt hinauf zu gehen und Commodus zu fragen, was er gemeint hatte. Was würde passieren, wenn *es so weit war*? Neugier wurde in der Firma jedoch alles andere als gern gesehen. Davor hatte Hugh ihn bei ihrem ersten gemeinsamen Einsatz gewarnt. Er hatte einmal nach den Subjekten mit den Nummern 1 bis 11 gefragt und war anschließend eindeutig darauf hingewiesen worden, er habe seine Befehle zu befolgen und keine Fragen zu stellen. Damals hatte Shaun Hughs kurze Erzählung nicht weiter

ernst genommen, aber jetzt verließ er sich lieber auf die Aussage des befreundeten Söldners und begab sich in sein Quartier. Nach diesem Wachdienst hatte er erst einmal das Bedürfnis zu duschen. Gerade noch pünktlich erreichte Shaun den Transportkonvoi nach Polen. Außer ihm wurde nur sein Einsatzteam dorthin verlegt, die Gefangenen und Dr. Morgan würden in einen anderen Stützpunkt gebracht werden. Die Übergabe des vorherigen Teams im Stützpunkt nahe der Ostseeküste war wie gewohnt kurz und nichtssagend. Nur der letzte Halbsatz ließ Shaun aufhorchen. Eine der Zellen war offenbar mit einer vampirischen Gefangenen belegt.
„Gibt es Befehle, die sie betreffen?", hakte er nach. Subjekt 14 zuckte mit den Schultern. „Noch nicht."
Er würde als einziger vom vorherigen Team noch bleiben. Insgesamt waren sie somit zu sechst. Shaun erkundete zuerst die nähere Umgebung, dann die Strukturierung des Gebäudes. Es wäre leicht zu verteidigen, aber dafür waren sechs Männer definitiv zu wenig. Bei einem Angriff durch Miras Vampire würden sie ein ernstes Problem bekommen. Missgelaunt setzte Shaun sich in die Einsatzzentrale. Nach Verstärkung brauchte er den General wohl kaum zu fragen, er würde ihn sowieso nicht ernstnehmen. Diese Anlage der Firma war mit Temperaturscannern und immerhin vier Überwachungskameras ausgerüstet. Auf einem der Monitore konnte Shaun die belegte Gefängniszelle sehen. Die Frau darin war recht klein und offenbar bewusstlos. Subjekt 14 schaute ihm über die Schulter. „Hoffentlich versucht sie nicht nochmal, auszubrechen. Wenn man sie so ansieht, ist sie klein und niedlich, aber wehe sie ist wach."
Shaun konnte sich ausmalen, wie die Vampirin sich dann verhielt. Sie hatte die Bezeichnung VA49 erhalten. Die

Firma hatte während seiner Abwesenheit reichlich Gefangene gemacht.

„Worauf wartet der General? Was sollen wir hier mit ihr?", fragte er nachdenklich. Subjekt 14 zuckte mit den Schultern. „Sie wird bestimmt bald abtransportiert. Ich habe neulich die Laborassistenten darüber diskutieren hören, ob man Unsterbliche nachträglich zu Hybriden machen kann."

„Wie soll das funktionieren?" Shaun konnte sich nicht vorstellen, dass vor allem vampirische Zellen noch irgendetwas an sich heranließen.

„Keine Ahnung, ich bin kein Genetikexperte, aber mit uns hat es schließlich auch funktioniert", gab 14 unbeteiligt zurück. Sie waren allerdings noch nicht unsterblich gewesen, schoss es Shaun durch den Kopf. Sicher spielte das eine Rolle. Eine ganze Weile saß er still vor den Monitoren und dachte darüber nach. Vielleicht bildete Shaun es sich ein, aber es kam ihm vor, als wären seine Sinne sogar noch schärfer geworden. Er hörte jeden Herzton und jeden Atemzug des Söldners neben ihm und auch die der beiden Wachen auf dem Korridor. Schwächer fühlte er sich auch in keiner Weise. Im Gegenteil, es ging ihm bestens. Irgendetwas stimmte hier nicht. 14 verließ den Raum, weshalb Shaun die Gelegenheit nutzte, erneut auf dem Computer in seinen Einsatzbefehl zu sehen. Etwas war ihm seltsam vorgekommen, es wollte ihm bloß nicht mehr einfallen. Der kurze Text besagte nicht mehr, als vorübergehend diesen Stützpunkt zu bewachen und gegebenenfalls Lieferungen von Gefangenen zu betreuen. Verärgert schloss er das Dokument wieder und verschränkte die Arme vor der Brust. Normalerweise fand Shaun es unheimlich langweilig, nur vor den Überwachungsmonitoren zu sitzen, aber ein weiterer Rundgang war ebenso überflüssig. VA49 rührte sich keinen Finger breit und vor den Außenkameras spielte sich auch nichts ab. Trotzdem hatte Shaun das Gefühl, dass irgendetwas bevorstand. Es war nur eine instinktive Ahnung, aber er wollte sie nicht ignorieren. Noch einmal öffnete er den Einsatzbefehl. Statt hinunter zum Text zu scrollen, starrte der Söldner auf die Beteiligten. Außer ihm und 14 besaßen alle eingesetzten Söldner Subjektnummern ab 90. Es musste sich um jene Männer handeln, die vor etwa sechs Wochen von der Firma engagiert worden waren. Shaun lauschte dem Gespräch der beiden Wachen auf dem Korridor. Sie diskutierten gerade aus, wer den nächsten Rundgang machen würde. Daran war nichts verdächtig, aber sein Instinkt sagte ihm, er müsse dringend hier weg. Oder zum Angriff übergehen. Vielleicht hatten ihn die Tage in Miras Gefangenschaft nur paranoid gemacht? Kein Militärpsychologe der Welt hätte Shaun direkt wieder zum Dienst eingeteilt. Allerdings war er schon lange nicht mehr beim Militär. Der Söldner fuhr sich unwirsch durchs Haar und starrte wieder auf den Monitor, der die Gefängniszelle von VA49 zeigte. Sie hatte sich bewegt. Es war kaum zu erkennen gewesen, dennoch war Shaun sich absolut sicher. Er drückte auf den Knopf, der die Übertragung unterbrach. Dann stand er auf und nahm sich eins der Betäubungsgewehre aus dem offenen Waffenschrank.

„Was hast du vor?", fragte eine der Wachen, als Shaun den Überwachungsraum verließ.

„Willst du das Vampirmädchen ärgern?", ergänzte der andere belustigt.

Er schulterte lässig das Betäubungsgewehr. „Warum nicht? Hier passiert doch eh nichts."

Sie schüttelten grinsend die Köpfe, hielten ihn jedoch nicht auf. Als er um die Ecke gebogen war, unterhielten sie sich

wieder, dieses Mal darüber, dass er von den Vampiren gefangen genommen worden war.
„Verübeln kann ich es ihm nicht, wenn er noch wütend ist", sagte der eine.
„Stimmt, aber wir sollten ihn nicht zu lange aus den Augen lassen. Wenn sie schreit, greifen wir ein."
Shaun umklammerte den Gewehrkolben fester. Das würde nicht nötig sein. Er erreichte den Zellentrakt, wobei er bemerkte, dass seine Schritte praktisch kein Geräusch mehr verursachten. Vorsichtshalber deckte er die Überwachungskamera mit einem dunklen Tuch ab, falls die Wachen sie wieder einschalteten. Die Vampirin stellte sich immer noch bewusstlos, als Shaun vor ihrer Zelle in die Hocke ging.
„Ich weiß, dass du wach bist", flüsterte er. „Zu wem gehörst du?"
Sie riss die Augen auf. Ansonsten änderte VA49 nichts an ihrer merkwürdigen Körperhaltung. Es sah aus, als wäre sie an einem Knöchel in die Zelle geschleift und dann fallen gelassen worden. In ihrem linken Oberschenkel steckte sogar noch ein Betäubungspfeil. Sie antwortete nicht, dafür durchbohrte sie ihn mit ihrem Blick.
„Egal. Die wichtige Frage lautet: werden sie nach dir suchen?" Shaun flüsterte so leise, dass sie eher von seinen Lippen ablesen musste. Jetzt zog VA49 die Mundwinkel zu einem freudlosen Grinsen breit, was wohl ja bedeutete. Ein entferntes, lautes Krachen ließ den Söldner aufhorchen. Der Alarm der Temperaturscanner war allerdings nicht ausgelöst worden. Nun ertönte auch ein Schrei. Es war Subjekt 14. Shaun biss sich auf die Unterlippe. Sein Instinkt hatte ihn nicht getäuscht. „Kannst du aufstehen?"
Die Vampirin schüttelte kaum merklich den Kopf. Shaun erhob sich und entriegelte die Tür zu ihrer Zelle. Sie befanden

sich hier im höchsten Stockwerk, 14 dem Lärm nach im Erdgeschoss. Ihm würde dennoch nicht viel Zeit bleiben. Zum Glück war VA49 entsprechend ihrer Größe ein Fliegengewicht und passte auch mühelos durch das schmale Fenster am Ende des Korridors. Das dichte Gebüsch, das die Rückseite des Hauses umgab, würde ihren Sturz schon bremsen. Zumindest hoffte Shaun das. Gerade als er weit genug vom Fenster entfernt war, um keinen direkten Verdacht mehr zu erregen, erreichten die vier Teammitglieder mit den hohen Personalnummern den Zellentrakt. Zwei von ihnen waren blutverschmiert. Sie hatten 14 getötet. Und zwar auf Befehl, da bestand überhaupt kein Zweifel. Es gab keine Deckung auf dem Korridor, nichts das Shaun irgendwie geschützt hätte. Nur das Betäubungsgewehr hatte er noch zur Verfügung. Ein Messer wäre ihm wesentlich lieber gewesen. Der rothaarige Söldner auf der linken Seite hatte eins, aber das würde er Shaun selbst dann nicht freiwillig abtreten, wenn sie sich nicht gerade als Gegner gegenüberstehen würden. Schließlich war es im Moment seine einzige Waffe.

„Warum?", fragte Shaun schlicht. Verrat hatte ihm niemand unterstellt.

„Das interessiert hier niemanden, die Prämie schon", gab der größte von seinen vier Gegnern abfällig zurück. Die Firma hatte folglich sogar ein Kopfgeld auf ihn und 14 ausgesetzt. Shaun schüttelte gelassen den Kopf. Früher waren ihm tatsächlich einmal Söldner begegnet, die so etwas wie Anstand besessen hatten, aber das gab es innerhalb der Firma nicht. Wenn man den Befehl dazu erhielt, tötete man eben auch seine Waffenbrüder, ohne nach dem Grund zu fragen, und kassierte die Prämie.

„Bleib einfach da stehen, dann wird es kurz und schmerzlos", sagte der Große und kam Schritt für Schritt mit der Waffe im

Anschlag auf ihn zu. Shaun betrachtete die Mündung, sie hatte eine Kerbe in der unteren Rundung. Einen Augenblick wägte er ab, ob er den Kampf wagen oder die Sterblichkeit seines Hybridenkörpers auf die Probe stellen sollte. Der Söldner war nun so nah, dass seine Beretta nur noch wenige Zentimeter von Shauns Stirn entfernt war. Sein Herzschlag erhöhte sich nicht, er atmete ruhig weiter. Sein Gegenüber senkte den Blick auf den Kragen seiner Jacke. Ein Feigling war er zu allem Überfluss auch noch.

„Sieh mir in die Augen", forderte Shaun gelassen. Sichtlich verärgert darüber, vor den anderen bloßgestellt worden zu sein, hob der große Söldner den Blick wieder.

„Du wirst einmal sein wie ich. Und an der Stelle stehen, an der ich jetzt stehe." Mehr bekam Shaun nicht mehr über die Lippen. Der Große hatte abgedrückt und das 9-Millimeter-Geschoss war durch seinen Schädel gedrungen.

7. Wahrheit

Es war bereits zwei Tage her, dass Shaun entkommen war. Asheroth überwachte seitdem konzentriert seine Signatur. Um ihn nicht zu stören, machte Mira keinen Spaziergang, sondern ließ sich die letzten Sonnenstrahlen des Tages vor ihrem Hauptquartier ins Gesicht scheinen. Der Vater ihres Gefährten missbilligte ihre Strategie, das hatte er ihr eindeutig zu verstehen gegeben. Wenn Shaun die Hybriden-Söldner nun direkt herführte, war sie dafür verantwortlich. Anzheru erschien an ihrer Seite und legte einen Arm um ihre Taille.
„Hat Vater noch etwas gesagt?"
„Nein, mit mir redet er nicht." Mira ergriff seine Hand. „Wahrscheinlich nimmt er mir obendrein übel, dass er sich seit Tagen so sehr auf einen Feind konzentrieren muss, statt nach den Gardekämpfern suchen zu können."
Anzheru nickte sacht. „Da wirst du wohl Recht haben. Elvera hat sich übrigens gemeldet. Sie hat mit ihrem Team zwei von Jasminas Vampiren an der Grenze zu Russland befreien können und ist jetzt auf dem Rückweg."
Mira seufzte. Natürlich war die Befreiung von Verbündeten eine gute Nachricht, andererseits würde sie Elvera und Marcus erklären müssen, warum Shaun weg und trotzdem noch lebendig war. Schatten, die sich sehr schnell über den Boden bewegten, lenkten sie von diesem unangenehmen Gedanken ab. Mira sah nach oben und entdeckte zwei riesige Adler im Sinkflug. Es handelte sich zweifelsfrei um Kila und Ravenna. Ein paar Atemzüge später nahmen sie wenige Meter über dem Boden ihre menschlichen Gestalten an und landeten sicher auf den Füßen.
„Was zur Hölle ist mit eurer Festung in Schottland geschehen?", platzte Kila ohne jegliche Begrüßung heraus.

Während Anzheru den Adlerschwestern die Situation ausführlich erklärte, stand Asheroth von seinem Platz am Boden auf und näherte sich ihnen. Mira mied es, ihn direkt anzusehen.
„Also ist Leandros in Gefangenschaft dieser künstlichen..." Kila geriet ins Stocken. Ihr standen Tränen in den Augen.
„Hybriden", ergänzte Asheroth. „Ihr wart in Aberdeen?"
„Ich war allein dort", gab Kila heiser zurück. Ravenna legte einen Arm um ihre Schultern, um sie zu trösten.
„Wie viele dieser Söldner hast du dort gesehen?"
Sie überlegte kurz. „Zwei auf den Wehrgängen, aber ich kann natürlich nicht sagen, wie viele sich noch in den Gebäuden aufhalten."
„Ich wäre euch sehr verbunden, wenn ihr dies herausfinden würdet. Genauso über das Hauptquartier des Östlichen Clans", sagte Asheroth ruhig aber bestimmt. „Neben den Angriffen auf die Stützpunkte dieser... *Organisation* werden wir irgendwann unsere eigenen zurückerobern und es wäre für uns von großem Vorteil zu wissen, auf wie viele Gegner wir uns einstellen müssen."
Die Adlerschwestern stimmten sich ab, wer welche Festung übernahm, und machten sich sofort auf den Weg. Mira war ein wenig erstaunt, wie selbstverständlich sich auch Ravenna an diesem gefährlichen Auftrag beteiligte. Schließlich hatte sie damals Bedenken gegen die Beziehung ihrer Schwester zu Leandros gehabt. Andererseits hatte sie genauso erbost auf die Information reagiert, dass eine Gestaltwandlerin die Unsterblichen an die Menschen verraten hatte. Beide Adlerschwestern schienen diese Sache sehr persönlich zu nehmen.
Mira wandte sich um. Achilleas lehnte sich gerade in den Rahmen des offen stehenden Eingangsportals zum Hauptquartier. „Immer noch nichts?"

Asheroth schüttelte nur verärgert den Kopf, ging dann jedoch wieder in die Hocke, um die Handflächen auf den Boden zu drücken. Mira zählte die Atemzüge, bis er endlich wieder aufsah.

„Commodus ist uns wieder etwas näher", sagte er schließlich, erweckte allerdings nicht den Eindruck, deshalb aufbrechen zu wollen. Mira bemerkte, dass er einen kurzen Blick mit Achilleas austauschte. Sie mussten sich auf irgendetwas geeinigt haben, das sie Elvera verschwiegen hatten. Anzheru war ihr Blickkontakt ebenfalls nicht entgangen, Mira konnte es an seiner angespannten Miene ablesen. Statt danach zu fragen, zog er sie enger an sich. „Lass uns jagen. Du musst deine Verluste ausgleichen."

Obwohl Mira nicht besonders durstig war, stimmte sie ihm zu. Es tat gut, das Hauptquartier für ein paar Stunden zu verlassen und flinken Rehen nachzustellen. Der gesamte Clan versuchte, wie auf Eierschalen um sie herum zu balancieren, seit bekannt war, dass Letizia vermisst wurde. Und das machte es keineswegs leichter. Erst am folgenden Nachmittag rief Asheroth sie wieder zu sich. Mira ging gespannt zu ihm nach draußen auf den Vorplatz des Hauptquartiers.

„Dein Söldner-Abschaum nähert sich von Süden der Ostsee. Was gedenkst du jetzt zu tun?", fragte der Älteste vorwurfsvoll.

„Nachsehen", gab die Tageswandlerin ungerührt zurück. Zügig lief sie hinüber in den alten Empfangssaal. Jasmina war mittlerweile wieder auf den Beinen und betrachtete die ausgebreiteten Karten. Achilleas stand neben ihr und wandte sich interessiert zu Mira um, als sie den Saal betrat. „Du willst aufbrechen?"

Sie nickte. „Kommst du mit mir?"

„Natürlich."

Mira lächelte ihn dankbar an, während er sich auf den Weg in sein Gästequartier machte, um seine Waffen zu holen. Jasmina zog mit den Fingerspitzen das Kreuz in der Karte von Sibirien nach, das für ihr Hauptquartier stand. „Die Ältesten sagen, Aberdeen sei ihnen nicht besonders wichtig. Was mein Haus angeht, kann ich diese Meinung nicht teilen."
Mira wusste nicht, was sie darauf antworten sollte. Seit dem Kampf gegen Uk'shan hatte sie nicht mehr viel von der Geborenen gehört. Sie konnte nicht einmal einschätzen, ob Jasmina den Verlust ihres ungeborenen Kindes mittlerweile halbwegs verwunden hatte. Niemand würde es ihr verdenken, wenn dem noch nicht so wäre.
„Wie fühlst du dich?", fragte Mira unbeholfen. Jasmina versuchte ein kleines Lächeln. „Es geht schon. Beeil dich, ich höre Achilleas' Speere klirren."
Das hörte die Tageswandlerin auch. Sie verabschiedete sich und verließ anschließend mit dem Spartaner das Hauptquartier. Anzheru stand wie selbstverständlich an dem voll aufgetankten Hubschrauber bereit. Er musste sie zufällig belauscht haben.
„Es wäre mir lieber, wenn du hier bleibst", sagte Mira, als sie sich ihm näherten. Ihr Gefährte musterte sie streng. „Willst du dann nicht wenigstens noch Artorius mitnehmen? Oder Marek?"
Sie schüttelte entschieden den Kopf. „Ich will unseren Feind auskundschaften und bin nicht auf einen Kampf aus. Da reicht mir ein Hitzkopf."
„Ich verstehe gar nicht, worauf du damit hinauswillst", brummte Achilleas scherzhaft und schwang sich in den Hubschrauber. Wenigstens er hatte seinen Humor noch nicht verloren. Anzheru drückte Mira fest an sich. „Pass auf dich auf."

Sie küsste ihn zum Abschied. Vermutlich konnten Jahrhunderte vergehen und ihr Gefährte würde sich immer noch um sie sorgen und sie am liebsten nie unbewacht gehen lassen. Mira steuerte den Helikopter gen Süden. So ließ sich die Strecke bis zur Ostsee-Küste schnell überwinden. Als sie auf polnischem Boden landeten, war die Nacht längst hereingebrochen. Ein sehr junger Vampir-Clan hatte sich in dieser Region nahe der Küste angesiedelt und hieß sie willkommen. Augenscheinlich handelte es sich um eine Gruppe, die sich in verschiedenen Teilen der Welt zusammengefunden hatte und nun sesshaft werden wollte. Sie erklärten sich bereit, den Helikopter zu bewachen, und liehen Mira und Achilleas ein Auto.
„Ein recht bunter Haufen", lautete der Kommentar des Spartaners, als sie das Clan-Gelände bereits wieder verlassen hatten. „Und schon fast verdächtig hilfsbereit."
„Sie wissen, wessen Gefährtin ich bin", gab Mira tonlos zurück. „Spätestens wenn sie mit einem anderen Clan in Territorialstreitigkeiten geraten, werden sie um ein Bündnis mit Anzheru bitten und uns an ihr Entgegenkommen in diesem Fall erinnern."
„Oder sie müssen vor den Hybriden-Söldnern flüchten", wandte Achilleas ein.
„Stimmt, das ist im Moment leider wahrscheinlicher."
Miras Handy piepste. Sie nahm den Anruf sofort entgegen.
„Da stimmt etwas nicht!", sagte Asheroth am andere Ende der Leitung. „Die Signatur von 12 ist gerade abrupt schwächer geworden."

Kämpfe! Ansonsten war kein Gedanke übrig. Alles andere wurde von pochendem Schmerz überdeckt. Aber gegen wen? Und warum? Seine Erinnerungen ließen sich nur sehr

mühsam wieder zusammensetzen. Er hatte sich gefragt, ob er auch ohne die Dispenser und den Chip unsterblich sein könnte. Davor war ein Mann gestorben, dessen Namen er nicht erfragt hatte. Seine Erinnerungen machten einen Sprung, hin zum Gesicht einer Frau mit dunklen Haaren. Ihre Augen glühten hell wie die Sonne und sie streckte die Hand nach ihm aus. Shaun riss die Augen auf und erblickte den blutüberströmten Rest von Subjekt 14 direkt vor sich. Sie lagen nebeneinander auf dem Boden im Hof des Stützpunktes. Shaun zwang sich mit aller Gewalt, still zu halten, trotz seiner rasenden Kopfschmerzen. Instinktiv wusste er, dass ihn jede noch so kleine Bewegung verraten würde. Die anderen mussten noch in der Nähe sein, daher schloss er die Augen vorsichtshalber wieder. Nun endlich nahm auch sein Gehör seine Arbeit wieder auf. Die vier Söldner diskutierten gerade über die leere Gefängniszelle von VA49.
„Wie zum Teufel ist sie da heraus gekommen?", fragte einer von ihnen aufgebracht.
„Ist doch egal! Hauptsache, wir finden sie sofort."
Allzu lange konnte Shaun nicht bewusstlos gewesen sein, wenn sie ihren Ausbruch jetzt erst bemerkten. Es war wohl etwas mehr als Bewusstlosigkeit gewesen, die Söldner hatten ihn für tot gehalten. Ein sauberer Kopfschuss hatte allerdings nicht genügt, um ihn umzubringen. Shaun musste sich endgültig eingestehen, was mit seinem Körper geschehen war. Da 14 trotz vorhandener Dispenser getötet worden war, spielte der Faktor Zeit wohl eine große Rolle auf dem Weg zur Unsterblichkeit. Die Subjekte 12 bis 20 waren vor ziemlich genau einem Jahr zum ersten Mal mit den synthetisierten Stoffen behandelt worden. Folglich waren Keith und Hugh mit den Nummern 19 und 17 ebenfalls schon zum Tode verurteilt. Shaun hörte hastige Schritte auf sich zukommen

und hielt den Atem an. Hoffentlich schlug sein Herz in Wahrheit nicht so laut, wie es in seinem Kopf dröhnte. Drei der Söldner mit den hohen Personalnummern stürmten an ihm vorbei über den Hof. Shaun widerstand dem Impuls aufzustehen. Noch hatte es keinen Sinn, er brauchte dringend eine Waffe. Was hatte er sich eigentlich dabei gedacht, VA49 aus ihrer Zelle zu holen? Helfen würde sie ihm bestimmt nicht, sie war zu geschwächt, um aufzustehen. Und außerdem sah sie Shaun bestimmt nicht als Verbündeten an. Er ärgerte sich noch über die Sekunden, die er für diese sinnlose Befreiungsaktion verschwendet hatte, als die Söldner schon zurückkamen.

„Und?", schallte es aus dem Gebäude.

„Sie ist weg."

Das erstaunte Shaun allerdings. Hatte sie ihn angelogen? Er hatte mit einem Betäubungsgewehr vor ihrer Zelle gestanden, verdenken konnte er es ihr daher nicht. Zwei der Söldner waren schon wieder an ihm und der Leiche von 14 vorbei marschiert, der Dritte ließ sich etwas mehr Zeit.

„Was machen wir jetzt? Ich melde dem General garantiert nicht, dass wir eine Vampirin verloren haben, während wir 12 und 14 getötet haben", sagte einer der Männer, die schon fast die Tür des Gebäudes erreicht hatten.

„Natürlich müssen wir das melden, du Idiot. Wenn ein Transporter kommt, um sie abzuholen, können wir ja schlecht einen leeren Kubus verladen lassen!", bellte der andere ihn an, während die Tür über den Boden schabte. Der Dritte ließ sich immer weiter hinter den beiden zurückfallen. Shaun spürte, dass er direkt neben ihm stehen blieb. Er wartete, bis die Tür zugefallen war, dann drückte er ihm den Fuß in die Seite, um ihn auf den Rücken zu rollen. „Wo hast du sie versteckt, hm?", knurrte er leise. Shaun konnte nicht mehr widerstehen. Er öffnete die Augen und starrte ihm direkt ins Gesicht. Es war der Rothaarige, sein Messer trug er am Gürtel. Das blanke Entsetzen packte ihn für die halbe Sekunde, die Shaun brauchte, um ihn von den Füßen zu holen. Sofort hatte der Rothaarige sein Messer gezogen und stach auf ihn ein. Shaun wehrte ihn ab und verpasste ihm einen Tritt ins Gesicht, der seine Nase zum Bluten brachte. Sie stemmten sich beide auf die Füße, woraufhin der Rothaarige sofort wieder angriff. Shaun fing seinen Arm ab und setzte eine Hebeltechnik ein, mit der er bei seiner jetzigen Kraft und Geschwindigkeit einem normalen Menschen vermutlich den Arm abgerissen hätte. Dem rothaarigen Söldner kugelte er damit nur die Schulter aus, aber immerhin ließ dieser das Messer fallen. Mit einem drohenden Grollen renkte er sich das Gelenk selbst wieder ein und stürzte sich auf Shaun. Instinktiv wich Shaun aus und rollte sich blitzschnell über den Boden ab, wobei er das Messer aufhob. Die Klinge war mindestens fünfzehn Zentimeter lang und offenbar gerade erst geschärft worden. Hinter dem Rothaarigen flog die Tür auf.

„Was zum…", setzte der Söldner an, als er Shaun erblickte. Sofort zog er seine Pistole. Shaun machte einen gewaltigen Satz nach vorn, rammte dem Rothaarigen das Messer in die Brust und trieb ihn als Schild vor sich her. Ein paar Schläge auf Arme und Kopf nahm er dabei billigend in Kauf. Sein zweiter Gegner feuerte tatsächlich das ganze Magazin auf ihn ab, traf aber nur den Rothaarigen. Sobald Shaun ihn erreicht hatte, riss er das Messer zurück und griff den Schützen damit an. Ein gezielter Stich in die Kehle genügte und das Blut schoss ihm entgegen. Der Schütze schlug mit einer Hand nach ihm, mit der anderen versuchte er, die klaffende Wunde an seinem Hals zuzudrücken. Er fluchte lauthals, als

es Shaun gelang, ihn gegen die Wand zu drängen. Erneut stach der Hybrid mit dem Messer nach seinem Hals, wurde aber gerade noch abgefangen. Mit aller Kraft drückte Shaun die Klinge weiter in Richtung Hals seines Gegners. Um gegenzuhalten, musste der Söldner seine erste Wunde loslassen. Sofort floss das Blut wieder in Strömen und durchtränkte seine Jacke. Ein lauter Knall schreckte sie beide auf. Shaun spürte einen brennenden Schmerz im Oberschenkel. Der Große, der ihm schon in den Kopf geschossen hatte, hatte ihn getroffen und zielte vom Fuß der Treppe aus wieder auf ihn.
„Lass ihn sofort los!", befahl er mit zusammengebissenen Zähnen. Shaun konnte in seinen Augen ablesen, dass auch er nicht glauben wollte, was er da sah. Der Söldner mit der tiefen Stichwunde war inzwischen merklich blasser geworden. Noch ein paar Sekunden und er hatte zu viel Blut verloren, um noch kämpfen zu können. Auch der vierte Söldner mit einer Personalnummer über 90 erschien am Fuß der Treppe. Er verzog die Mundwinkel zu einem freudlosen Grinsen. „Gib es auf 12, du hast keine Chance."
Da war Shaun sich nicht so sicher. Der Rothaarige lag am Boden und rührte sich nicht, sein Herz hatte nicht wieder angefangen zu schlagen.
„Haben sie euch versprochen, dass ihr wieder Menschen sein könnt?", fragte er herausfordernd.
„Was soll das?", gab der Große gereizt zurück.
„Wenn ja, war es gelogen", fuhr Shaun unbeirrt fort. Nur noch ein bisschen. Die Kräfte des Mannes in seinem Griff ließen schon nach. „Nach spätestens einem Jahr seid ihr genau wie die Vampire und Gestaltwandler!"
„Blödsinn!", blaffte der Große zurück und wollte gerade abdrücken, als er hinter sich einen erstickten Laut hörte. Er fuhr

herum und blickte in vor Entsetzen weit aufgerissene Augen. Ein spitzer Metallbolzen ragte aus der Kehle des Mannes, der Shaun eben noch siegessicher angegrinst hatte. Sang- und klanglos kippte er zur Seite. Dahinter kam VA49 zum Vorschein. Die Kugel, die der Große noch auf sie abfeuerte, interessierte sie nicht im Geringsten. Sie schlang die Arme um seinen Nacken und schlug die Zähne in seinen Hals. Shaun rammte derweil das Messer mit einem letzten kräftigen Ruck nach vorn und gab dem schwer verletzten Söldner damit den Rest. Es dauerte gar nicht so lange, bis der Große zusammenbrach und nur noch ein bisschen zuckte. VA49 ließ offenbar keinen Tropfen übrig. Sie setzte sich auf und starrte Shaun mit eisblauen Augen an.
„Besser?", fragte er schlicht. Sie nickte, dann wanderte ihr Blick zu dem Söldner, dem sie den Bolzen durch den Nacken gestoßen hatte. „Der da lebt noch."
Shaun beschloss, das kurz und schmerzlos zu ändern, bevor er sich regenerierte. Anschließend wischte er sich das viele Blut, so gut es ging, aus dem Gesicht. Bis auf ein paar Kratzer und die Fleischwunde am Oberschenkel war er unverletzt. Nachdenklich betastete er seine Stirn. Ein- und Austrittsstelle der Kugel waren so gut wie verheilt. VA49 richtete mit einem ekelhaften Knirschen ihr Handgelenk, der Schmerz kümmerte sie offenbar nicht. Shaun konnte nicht umhin, das Gesicht zu verziehen.
„Daran warst du Schuld. Ich konnte mich nicht richtig abfangen, als du mich aus dem Fenster hast fallen lassen." Sie hob interessiert die Brauen. „Wer bist du? Und warum wollten sie dich töten?"
Er nannte ihr seinen Vornamen und eine knappe Zusammenfassung seiner Entwicklung als Hybrid. „Dass wir unsterblich werden, war nicht beabsichtigt, also wird die

Hybriden-Armee wohl... *erneuert*. Eine andere vernünftige Erklärung gibt es nicht."

„Mein Name ist Nadja", gab sie nachdenklich zurück. „Warum wolltest du wissen, zu wem ich gehöre?"

„Kurzschlussreaktion." Shaun zuckte mit den Schultern. „Einen Augenblick habe ich gedacht, es würde mir später helfen, wenn ich eine Vampirin rette. Aber die Unsterblichen werden mich selbst dann nicht in Frieden lassen, wenn ich jetzt von hier verschwinde, oder?"

„Das kommt darauf an. Hast du mit jemand bestimmtem Ärger?" Sie wies mit einer Geste zur Tür in den Hof. Sie hatten schon die Leiche von 14 passiert, als Shaun endlich antwortete. „Kennst du Asheroth?"

Nadja ließ die Schultern sinken. Offenbar lag er mit seiner Vermutung absolut richtig.

„Es gibt nur wenige Vampire, die ihn nicht kennen. Und nicht einen, der noch nicht von ihm gehört hat", sagte sie resigniert. „Besitzt er deine Signatur?"

„Meine was?"

„Hat er seine Fingerspitzen gegen deinen Hals und deine Schulterblätter gedrückt?"

Shaun bejahte irritiert.

„Dann lohnt sich der Fluchtversuch nicht. Du kannst ihm nicht entkommen."

Der Hybrid verkniff sich einen Kommentar darüber, wie überaus aufbauend diese Aussage war, und warf einen Blick in den Jeep, der neben dem alten Gebäude geparkt war. Der Schlüssel steckte, aber es gab da ein kleines Problem. Nadja sah ihn fragend an. „Was nun?"

„Wir sollten lieber zu Fuß gehen. Die Fahrzeuge haben alle Peilsender und ich weiß nicht, wo."

„Wir?" Sie neigte den Kopf. „Wolltest du nicht eben noch möglichst viel Distanz zwischen dich und die Unsterblichen bringen?"

Er hob unschlüssig die Schultern. Wo sollte er jetzt hin, wenn Weglaufen keinen Sinn ergab? Ein leises Geräusch ließ ihn aufhorchen. Nadja hatte es auch gehört und schaute über ihre Schulter. Es dauerte noch ein paar Atemzüge, dann konnte Shaun die beiden Gestalten erkennen. Der große Blonde und Mira näherten sich ihnen von Norden. *Sie* hatte ihm gerade noch gefehlt. Er trug allen Ernstes einen Speer über der Schulter. Mira lächelte Nadja erleichtert an. Die beiden Vampirinnen begrüßten sich mit einer herzlichen Umarmung, während Shaun sehr argwöhnisch angestarrt wurde.

„Was ist hier geschehen?", fragte der Blonde.

„Sie wollten mich töten, stattdessen habe ich sie getötet."

„Also bist du jetzt ein Verräter", folgerte der Vampir und stellte das stumpfe Ende seines Speers auf dem Boden ab.

Shaun nickte. „Das stimmt wohl. Auch wenn es nicht meine Absicht war."

Mira musterte ihn aufmerksam, als würde sie auf etwas warten.

„Es war, wie du gesagt hast. Irgendwann bringen sie auch uns um, weil wir nicht sind, was sie wollten." Er schob die Hände in die Hosentaschen. Trotz der abweisenden Miene des Speerträgers beschloss er, in die Offensive zu gehen. „Ich könnte einen neuen Job gebrauchen."

„Stellst du dir das so einfach vor?" Miras Augen wurden schmal. „Du sagst, du willst zu uns überlaufen und damit hat es sich schon?"

„Er hat mich aus meiner Zelle befreit", wandte Nadja ein.

Das würde auch nicht genügen, Shaun konnte es an Miras

Augen ablesen. „Ich kann euch einiges verraten. Stützpunkte, Waffen, Gifte... Und wo ich Commodus und Freya zum letzten Mal gesehen habe."
„Darum geht es nicht", erwiderte Mira ungerührt. Natürlich nicht, dachte Shaun. Seine Loyalität war schließlich mehr als zweifelhaft. Einen Augenblick herrschte Schweigen. Immerhin ließen ihm die Vampire ein wenig Zeit zum Nachdenken, was im Vergleich zu ihrem letzten Gespräch schon ein großer Fortschritt war.
„Ich kann dir nicht ewige Treue schwören", setzte er zögerlich an. „Ich... habe noch nicht mal begriffen, dass *ewig* jetzt eine andere Bedeutung hat."
„Siehe da, er hat sich das Lügen abgewöhnt", merkte der Blonde an. Shaun zog die Mundwinkel breit. „Mit wem habe ich eigentlich die Ehre?"
Diese altmodische Formulierung von Commodus war ihm im Ohr geblieben und wurde offensichtlich nicht missbilligt. „Achilleas, Zweiter des Ältestenrats der Vampire." Er wandte den Blick kurz zu dem alten Gebäude. „Wir sollten uns langsam wieder auf den Weg machen, Liebes. Triff eine Entscheidung."
„Was genau willst du von uns, Shaun?", fragte Mira eindringlich.
„Ich will verstehen, wo ich da hinein geraten bin." Er atmete tief durch. „Und das kann ich wohl nur von euch lernen."
„Du wirst dich unterordnen müssen."
„Das wird kein Problem sein." Daran war seine Karriere in der Armee nicht gescheitert. Ein wenig später saß Shaun auf der Rückbank eines schwarzen Autos und verkniff sich mit größter Mühe einen Kommentar über Achilleas' Fahrstil. Der Älteste schien sie alle umbringen zu wollen. Mira erinnerte ihn gerade zum zweiten Mal daran, dass der Wagen

auch Bremsen hatte. Anschließend zog sie ein Handy aus der Jackentasche und wählte den obersten Kontakt ihrer Liste an. Am anderen Ende der Leitung meldete sich sofort eine männliche Stimme. Es klang nach Anzheru. „Ja?"
Mira fasste zusammen, was geschehen war und stellte sofort klar, dass Shaun sich ihnen freiwillig angeschlossen hatte. Eine Weile antwortete ihr Gesprächspartner nicht. Begeisterung hatte der Hybrid nicht erwartet, aber wenigstens irgendeine Reaktion.
„Vater hat seine Bedenken", hieß es schließlich.
„Wann hat er die nicht?", brummte Achilleas.
„Ist Jass in deiner Nähe?", fragte Mira unbeirrt und wechselte damit zum Glück das Thema.
„Nein, sie hatte wieder so einen merkwürdigen Hustenanfall und ruht sich jetzt aus."
„Sag ihr, dass wir Nadja mitbringen, wenn sie wieder aufwacht."
Damit war das Gespräch beendet. Shaun musterte die Vampirin mit den braunen Locken, die neben ihm auf der Rückbank saß. Wer auch immer Jass sein mochte, vielleicht würde sie ähnlich wie Nadja ihm gegenüber etwas offener sein als die anderen Vampire. Nach etwas mehr als einer Stunde Fahrt, die sie wider Erwarten doch unfallfrei überstanden hatten, sagte Mira, dass sie gleich das Gelände eines Vampir-Clans erreichen würden. „Bleib in meiner Nähe und sprich lieber niemanden direkt an."
Shaun nickte. Plötzlich trat Achilleas das Bremspedal durch, bis der Wagen quietschend zum Stehen kam. „Aussteigen! Alle!"
Die beiden Vampirinnen sprinteten schon hinter dem Ältesten her, als Shaun gerade noch die Autotür zuwarf. Sie

reagierten wirklich sehr schnell und das, ohne seinen Befehl zu hinterfragen. In der Ferne war Kampfgeschrei zu hören.

Mit Achilleas war kaum Schritt zu halten. Mira wies Nadja und Shaun mit einer Geste an, hinter ihm zu bleiben, während sie sich von der Gruppe löste. Wenn sie mit dem Licht kämpfen wollte, musste sie Abstand zu ihnen halten. Die Grenze des Clan-Geländes hatten sie nun überschritten. Das Grollen der Vampire erfüllte die Luft. Von weitem war zu erkennen, dass sie sich im Frontalangriff gegen einen Trupp aus Hybriden-Söldnern befanden. Mira schlug einen weiten Bogen, um den Söldnern von schräg hinten in die Flanke zu fallen. Mittlerweile hatte sie das Licht dabei so gut unter Kontrolle, dass sich keine peitschenden Ausläufer bildeten, die auch für ihre Verbündeten gefährlich waren. Nachdem sie die ersten vier Männer außer Gefecht gesetzt hatte, traf sie der erste Giftpfeil. Einer der Söldner zielte aus der Distanz mit einem Gewehr auf sie. Mira dehnte das Licht mit einem Grollen weiter aus und stürmte auf ihn zu, wobei sie auch noch zwei andere Gegner versengte. Ihr eigentliches Ziel erwies sich jedoch als erstaunlich standhaft. Im Augenwinkel bemerkte sie nebenbei, dass Achilleas und Shaun mit Hilfe der Clan-Vampire die übrigen Söldner schon fast besiegt hatten. Der Gewehrschütze ergriff nun die Flucht.
„Töte ihn, bevor er Verstärkung ruft!", brüllte Shaun. Mira zog das Licht zurück, während sie hinter ihm herrannte, um ein wenig Kraft zu sparen. Außerdem war sie so im Dunkeln schlechter zu sehen. Die beiden Pfeile, die der Söldner im vollen Lauf nach ihr abschoss, verfehlten sie um einige Zentimeter. Den Pfeil, der in ihrer Schulter steckte, zog sie gewaltsam heraus, obwohl er sogar Widerhaken aufwies. Langsam aber sicher holte sie den Söldner ein. Sobald Mira

nah genug war, ließ sie dem Licht wieder freien Lauf, doch es verletzte ihn nicht nennenswert. Wie war das möglich? Zornig fuhr er herum und ging zum Gegenangriff über. Sie konnte dem Hieb nur im letzten Moment ausweichen. Er nutzte den kurzen Moment, den sie brauchte, um sich zu fangen, und riss eine Machete aus seinem Gürtel.
„Was zum Teufel bist du?", grollte er und griff wieder an, ohne eine Antwort abzuwarten. Mira war unbewaffnet. Notgedrungen machte sie einen gewaltigen Satz zurück, diesen hatte er jedoch offenbar erwartet. Blitzschnell holte er sie ein und traf sie mit der Machete am Arm. Unbeeindruckt machte Mira einen Ausfallschritt zur Seite und trat ihm hart genug gegen den Oberschenkel, dass sie seinen Knochen brechen hörte. Der Söldner stöhnte schmerzerfüllt, gab aber nicht auf. Er rammte sie und trieb sie vor sich her, bis sie gegen einen Baum krachten. Der Stamm war morsch gewesen und zersplitterte unter der Wucht des Aufpralls. Mira fing gerade noch seinen Arm ab, sonst hätte sie die Machete mit voller Kraft getroffen. Er presste die Waffe immer weiter in Richtung ihrer Schulter. Die Einstichstelle des Giftpfeils begann ausgerechnet jetzt zu kribbeln. Plötzlich sprang eine Gestalt auf vier Pfoten den Söldner von der Seite an und riss ihn zu Boden. Mira atmete erleichtert auf, während die große Hyäne den Söldner mit einem gezielten Genickbiss tötete.
„Ich grüße dich, Igor." Sie befreite sich von den vielen Holzsplittern und inspizierte kurz ihre Wunde, während er seine erste Gestalt annahm. Die Wirkung des Giftpfeils steigerte sich zunehmend. Um die Einstichstelle herum brannte es unangenehm.
„Ich war gerade auf dem Weg zu deinem Clan", sagte Igor und neigte leicht den Kopf. „Ich konnte nicht ganz glauben,

was mir die Nordafrikanischen Gestaltwandler erzählten, aber offensichtlich hatten sie Recht mit ihrer Warnung."
Sie nickte sacht. Mehr brauchte sie ihm wohl nicht zu erklären. Der Gestaltwandler begleitete sie zurück zum Gelände des Vampir-Clans. Nadja entdeckte sie als erste, die übrigen waren damit beschäftigt, die Verletzten ins Haus zu tragen.
„Du!", knurrte sie leise in Igors Richtung. Mira konnte nicht einschätzen, was genau sie ihm übel nahm. Seine Beziehung zu Jasmina, die sie beide in große Schwierigkeiten gebracht hatte, oder dass er sie verlassen hatte, ohne sich zu verabschieden. Er begrüßte sie dennoch mit einem höflichen Nicken. Achilleas und Shaun gesellten sich zu ihnen.
„Diesen Söldner konnte ich nicht verbrennen", berichtete Mira. „Irgendetwas an ihm muss anders gewesen sein."
„Wie schön, dass es wohl schon funktioniert hat", sagte Nadja grimmig. Shaun verzog das Gesicht. „Ich weiß leider nicht, woran das liegen könnte. Normalerweise hatte ich nie Probleme mit der Sonne. Nur mit dir."
„Es wird vielleicht nicht der Letzte mit dieser seltsamen Fähigkeit gewesen sein", merkte der Älteste an, dann fiel sein Blick auf Miras verletzten Arm und die Einstichstelle an ihrer Schulter.
„Es ist nichts Schlimmes", sagte sie hastig. „Das Gift kribbelt nur wie verrückt."
„Der Geruch deines Blutes macht die jungen Vampire hier trotzdem rasend. Wir brechen sofort auf." Er duldete keinen Widerspruch. Mira sah nur noch im Augenwinkel, dass sich das Oberhaupt des Clans dankbar verneigte, um sie zu verabschieden. Die Verluste des Clans hielten sich in Grenzen. Zum Glück war Nadja dazu in der Lage, den Helikopter zu fliegen, sodass Mira sich ausruhen konnte. Achilleas behielt

derweil die Einstichstelle des Giftpfeils genauestens im Auge.

„Auf der Haut zeigt sich normalerweise nichts", merkte Shaun an. „Kannst du deinen Arm noch normal bewegen?"

„Ja." Zum Beweis ballte Mira ihre Hand einmal zur Faust und entspannte sie wieder. Der Hybrid presste kurz die Lippen zusammen. „Dann handelt es sich leider nicht um einen Betäubungspfeil."

„Sondern?", fragte Achilleas ungeduldig und sogar ein wenig drohend.

„Der zweite Gift-Typ ist darauf ausgelegt, euch zu töten."

Mira nickte nur. Jasmina hatte eine ganze Reihe dieser Pfeile abbekommen und lebte immer noch. Ob sie sich Sorgen machen musste, würde sich noch zeigen.

8. *Scharfschütze*

Marcus saß mit verschränkten Armen an einem der Fenster des Empfangssaals in Anzherus Hauptquartier. Finster starrte er die Gruppe von Vampiren an den Kartentischen an. Mira war auf dem Weg her von einem Giftpfeil getroffen worden. Seit Asheroth festgestellt hatte, dass ihre körpereigene Resistenz gegen das angeblich tödliche Gift hoch genug war und ihr nichts weiter geschehen würde, hielten sie eine Lagebesprechung ab. Igor hockte neben ihm auf der Fensterbank. Obwohl sein alter Freund die grundlegenden Dinge erfahren hatte, blieb er angesichts des Hybriden im Raum völlig ruhig. 12 hatte mittlerweile ein gutes Dutzend Stützpunkte der sogenannten *Firma* auf den Karten markiert, die offenbar den Krieg gegen die Unsterblichen führte. Er sagte ihnen wirklich alles, was er wusste, und Achilleas merkte nicht ein einziges Mal an, dass er log.

„Es gibt eine Möglichkeit herauszufinden, wo die Leopardin ist." 12 richtete sich zu seiner vollen Größe auf. „Dr. Morgan hat bestimmt eine Akte über sie angelegt. Man müsste sich nur ins System der Firma hacken."

„Die beiden Gardekämpfer, die sich mit so etwas auskennen, befinden sich in Gefangenschaft", erwiderte Asheroth verdächtig tonlos. „Wenn wir einen der Wissenschaftler finden, werden wir denjenigen nach ihr fragen."

Wie diese *Befragung* aussehen würde, war wohl jedem der Anwesenden klar. Die Tür zum Saal öffnete sich und Ravenna trat ein. Einen Augenblick betrachtete sie die Teilnehmer der Lagebesprechung, dann gesellte sie sich zu Marcus und Igor ans Fenster. „Wer ist das denn?"

„Der Hybrid, der Tove verschleppt und mir vier Kugeln in die Brust gejagt hat", brummte Marcus leise. Natürlich hörte ihn jeder im Saal, 12 wagte es trotzdem, ihn direkt anzusehen. Ravenna hob verblüfft die Brauen, verzichtete aber auf einen Kommentar.

„Du warst bei meinem Haus?", fragte Jasmina gespannt. „Wie viele Söldner konntest du ausmachen?"

Die Adlerfrau schüttelte entschuldigend den Kopf. „Ich konnte dein Schloss von oben betrachten, aber sobald ich etwas näher herangeflogen bin, wurde auf mich geschossen. Ich hatte keine Chance."

Die geborene Vampirin ließ entmutigt die Schultern sinken. Nadja zog sie an sich, um sie zu trösten, die rothaarige Vampirin auf ihrer anderen Seite biss sich merklich auf die Unterlippe. Marcus wurde das Gefühl nicht los, dass mit dieser Frau irgendetwas nicht stimmte. Er wollte aber auch nicht direkt nachfragen, da er sie nicht näher kannte.

„Wer ist Freya?", fragte Mira und nahm damit das Gespräch am Kartentisch wieder auf. „Du wolltest uns verraten, was es mit ihr auf sich hat."

12 wandte sich zu ihr um. „Sie ist GW0, die erste Gestaltwandlerin, die die Firma für ihre Experimente hatte."

„Also die Verräterin", schloss Asheroth aus seinen Worten.

„Nein, auch sie ist eine Gefangene. Sie hat gesagt, eine gewisse Soraya habe ihr das angetan."

Die Adlerfrau an Marcus' Seite schlug sich unvermittelt mit der flachen Hand vor die Stirn. „Das darf nicht wahr sein."

„Ja, Ravenna?", forderte Asheroth sie unmissverständlich auf, ihre Reaktion zu erklären.

„Soraya ist die älteste Löwin, die noch existiert. Sie ist eine Tochter von Jala." Ravenna erschauderte. „Nachdem die Werwölfe ihre Mutter getötet hatten, wollte sie den Ersten Clan anführen, aber der Clan wollte sie nicht. Sie fürchteten,

Soraya würde sie in den nächsten Krieg stürzen. Genau wie ihre Mutter es getan hatte."

„Ist dir dieser *Erste* Clan so neu wie mir, Bruder?", fragte Achilleas Asheroth. Er nickte sacht.

„Warum wohl? Ihr Vampire seid erst später auf uns gestoßen, als wir uns schon in mehrere Clans aufgespalten und in ganz Eurasien verstreut hatten." Ravenna strich ihre Haare zurück. „Ich selbst kenne den Ersten Clan nur aus Erzählungen."

„Was wurde aus ihr?", fragte Mira interessiert.

„Sie wurde verbannt." Die Adlerfrau schlug die Augen nieder. „Seitdem hat Soraya immer wieder versucht, Clanlose und Abtrünnige unter sich zu vereinen. Es gibt viel mehr Einzelgänger unter den Gestaltwandlern, als ihr denkt. Auch wir sind ihr vor vielen Jahren einmal begegnet."

„Nur das eine Mal?", hakte Achilleas nach. Ravenna schnaubte gereizt. „Wenn du es unbedingt genau wissen willst... Ja, wir waren eine Weile bei ihr, nachdem Kila und ich vor Friedrich geflüchtet waren. Allerdings waren ihre Ansichten darüber, wie ein Gestaltwandler-Clan auszusehen hat, nicht wirklich besser. Und das obwohl sie eine Frau ist. Von Gleichheit und Mitsprache wollte sie nichts hören, geschweige denn von freier Partnerwahl für die Töchter des Clans."

„Warum hat sie sich nun mit den Menschen eingelassen?", wollte Anzheru wissen.

„Ich frage sie, wenn ich sie sehe", gab Ravenna bissig zurück. „Jeder Gestaltwandler würde sie dafür verurteilen. Selbst die Abtrünnigen, die derzeit versuchen, den Asiatischen Clan zu überwältigen, würden sich nicht auf Menschen einlassen."

„Sieh an", murmelte Igor. Es klang nicht gerade nach Mitleid für seinen alten Clan. Marcus konnte es seinem Freund nicht verdenken.

„Weißt du auch, wer Freya ist?", fragte Asheroth die Adlerfrau.

„Da muss ich passen. Von ihr habe ich noch nie gehört."

„Sie muss ziemlich alt sein", merkte 12 vorsichtig an. „Sie sagte, sie sei eine Heilerin unter den Gestaltwandlern gewesen."

Ravenna warf ihm einen ungläubigen Blick zu. „Heiler gab es schon Jahrhunderte vor meiner Geburt nicht mehr und ich nähere mich dem Ende meines sechzehnten Jahrhunderts."

12 hob verblüfft die Brauen, erwiderte jedoch nichts. Marcus bohrte die Fingernägel in die Armlehne seines Sessels. Dieser Hybrid durfte ungefragt das Wort ergreifen, als wäre er ein Verbündeter und nicht einmal Asheroth wies ihn in die Schranken. Vertrauten die Vampire ihm etwa? Der einzige unter ihnen, der 12 unablässig argwöhnisch anstarrte, war der Leibwächter Marek. Ihn schien ebenfalls etwas Persönliches mit 12 zu verbinden. Die Lagebesprechung war damit fürs Erste beendet. Die Ältesten berieten noch darüber, in welcher Reihenfolge sie die Stützpunkte der Firma am besten angreifen würden, während die meisten anderen schon den Saal verließen. Marcus bemerkte, dass Jasmina Igor im Vorbeigehen einen sehr eindringlichen Blick zuwarf. Er erwiderte ihn, wirkte allerdings eher besorgt um die geborene Vampirin. Die beiden Gestaltwandler begleiteten Ravenna nach draußen.

„Ich gehe wieder auf Spähflug. Vielleicht wird an dem Stützpunkt, der sich auf Anzherus Territorium befindet, ja nicht sofort auf mich geschossen."

„Komm heil zurück." Marcus versuchte ein Lächeln. Ravenna nahm ihm offensichtlich nicht übel, dass es ihm nicht gelang, und erhob sich in die Lüfte. Er wandte sich zu Igor um und wechselte vorsichtshalber in den alten Dialekt, in dem sie sich hoffentlich unterhalten konnten, ohne dass allzu viele neugierige Ohren zuhörten. „Warum hat Jasmina dich gerade so frostig angestarrt? Gibt es etwas, das ich wissen sollte?"

Igor musterte ihn ein paar Atemzüge lang, als wüsste er nicht, ob er darauf antworten sollte. Marcus verzog irritiert das Gesicht. Seit wann traute ihm sein alter Freund nicht mehr zu hundert Prozent?

„Vor sechs Jahren hat es sich ergeben, dass wir ein Paar wurden", erklärte Igor schließlich. Marcus verstand sein Zögern. Kein Gestaltwandler auf der Welt würde dafür Verständnis aufbringen. Ihm selbst fiel es ebenfalls schwer, dem Hyänenmann zu glauben, dass ein Gestaltwandler und eine geborene Vampirin ein Paar ergeben konnten. Die knapp erzählte Geschichte von ihrem gemeinsamen Kind, das durch den Biss eines Werwolfs getötet worden war, stimmte Marcus traurig und ängstlich zugleich. Hoffentlich war Tove in der Zwischenzeit nichts dergleichen passiert. Wer wusste, was die *Firma* alles an ihr ausprobierte.

„Nach dem Sieg über Uk'shan musste ich gehen, sonst hätten die Ältesten uns beide getötet", fuhr Igor ungerührt fort. Er musste einige Details ausgelassen haben. „Es gab keinen Abschied, daher wundert mich ihre Reaktion nicht besonders."

Marcus schüttelte sacht den Kopf. „Mich auch nicht mehr. Es tut mir leid."

„Danke", gab Igor zurück und verschränkte die Arme vor der Brust. Elvera näherte sich ihnen mit forschen Schritten. Die älteste Vampirin wirkte kaum gelassener als vor ihrem ersten

Angriff auf einen Hybriden-Stützpunkt. Marcus fragte sich, inwieweit dies mit der Gegenwart von 12 zusammenhängen mochte.

„Ich breche in einer halben Stunde auf. Kommst du mit mir?", fragte sie gerade heraus. Der Panthermann verneinte.
„Entschuldige, aber ich will sehen, was hier vor sich geht."
„Das soll mir nur recht sein." Sie wandte sich zu Igor um.
„Dann wird es auf uns und drei Vampire hinauslaufen." Die Vampirin wollte sich schon wieder auf den Weg ins Haus machen.
„Verzeihung?", fragte Igor irritiert. „War es schon beschlossene Sache, dass ich dich begleite?"
„Tatsächlich hast du keine Wahl. In Jasminas Nähe lasse ich dich nicht zurück."
Marcus sagte lieber nichts dazu, sein alter Freund stapfte Elvera wortlos hinterher. Die Vampire waren unnachgiebig wie immer.

Nachdem Shaun sich ein wenig umgesehen hatte, kehrte er zurück in den Empfangssaal des Hauptquartiers. Die Vampire musterten ihn argwöhnisch und mieden den Kontakt mit ihm. Ab jetzt hieß es wohl erst einmal warten. Den gesamten folgenden Tag setzte er sich dem strahlenden Sonnenschein aus, dem die meisten Vampire lieber auswichen. Zu seiner Erleichterung schadete es ihm nicht. Wenigstens in dieser Hinsicht hatte Dr. Morgan nicht gelogen. Warum Mira ihn verbrennen konnte, würde er irgendwann herausfinden, er musste sich nur gedulden. Mit einem Seufzen sah Shaun sich um. Er stand auf dem Vorplatz des Hauptquartiers, das in früheren Zeiten wohl einmal ein Herrenhaus gewesen sein mochte. Marcus hockte in seiner Panthergestalt hoch über ihm auf dem Dach und beobachtete ihn wie schon den ganzen Tag über. Der Hybrid fragte sich noch, ob Marcus wirklich glaubte, er würde ihn nicht bemerken, als eine größere Gruppe von Vampiren an ihm vorbei marschierte. Offenbar veranstalteten Anzheru und der Vampir, der während der Lagebesprechung an Mareks Seite gestanden hatte, ein Kampftraining. Interessiert schaute Shaun zu, wie sich die Vampire auf dem Rasen jeweils zu zweit zusammenfanden. Drei von ihnen stellten sich an die äußersten Ränder der Trainingsfläche.

„Wie viele Anfänger hast du dabei?", fragte Anzherus Partner.

„Keine", grollte die Vampirin neben ihnen. „Spiel dich nicht so auf, nur weil du Gardekämpfer bist, Batiste."

„Wie du meinst", er grinste sie an. „Yvette."

Anzheru bedachte sie mit einem warnenden Blick, dann griff er Batiste ohne jede Vorwarnung an. Obwohl es nur ein Übungskampf war, schenkten die beiden Vampire sich nichts. Shaun musste zur Seite springen, als Batiste von Anzheru in seine Richtung gestoßen wurde. Der Gardekämpfer rollte sich ab und stand sofort wieder auf, als wäre nichts passiert. Noch einmal stießen sie mit aller Gewalt aufeinander. Plötzlich zuckte Batiste heftig zusammen und sie unterbrachen den Kampf. Fluchend zog er ein Wurfmesser aus seinem Oberschenkel.

„Genau darauf wollte ich hinaus", erklärte Anzheru. „Wir haben trainiert, die Umgebung im Auge zu behalten, falls mehr als ein Gegner auf uns zukommt. Aber wir sind noch nicht perfekt darauf eingestellt, dass auf uns geschossen wird. Statt eines Messers werden es Giftpfeile sein, wenn wir gegen die Hybriden-Söldner antreten."

Batiste warf halbherzig das Messer nach ihm. „Eine kleine Warnung wäre nett gewesen."

„Verzeih, alter Freund." Anzheru fing die Klinge mit Leichtigkeit auf. „Ich wollte ihnen zeigen, wie schwirig es ist."
Dennoch wirkten die Vampire auf dem Rasen fest entschlossen. Shaun musste sich wie wohl einige von ihnen eingestehen, dass er die Wurfbewegung von einem der drei Vampire am Rand nicht bemerkt hatte, so fasziniert hatte er Anzheru und Batiste beobachtet.
„Beginnt!", brüllte der Geborene, woraufhin ein tiefes, aggressives Grollen ertönte. Shaun hatte noch nie so viele eisblaue Augenpaare auf einmal gesehen. Obwohl sie nicht auf ihn zukamen, hatte es etwas sehr Bedrohliches an sich. Batiste und Anzheru bezogen am Rand des Trainingsplatzes Position und beobachteten die Vampire, die in atemberaubender Geschwindigkeit aufeinander losgingen. Shaun näherte sich ihnen behutsam.
„Darf ich mich anschließen?", fragte er nach einer Weile. Sie drehten sich beide zu ihm um.
„Du willst mittrainieren?", fragte Batiste skeptisch und auch etwas herablassend. Shaun nickte nur. Davon durfte er sich nicht provozieren lassen.
„Ich glaube nicht, dass das eine gute Idee ist", merkte Anzheru an.
„Lass ihn doch", rief Yvette, während sich ihr Partner mit gleich zwei Messern im Körper zur Seite schleppte. Sie hatte ihn geschickterweise als Schild benutzt. „Du kannst gegen mich kämpfen."
Dankbar nahm Shaun das Angebot an. Yvette schien ihm relativ neutral gegenüber zu stehen. Im Stillen fragte er sich, ob es auch weibliche Unsterbliche gab, die nicht umwerfend hübsch waren. Nach den ersten zwei Attacken stemmte sich der Hybrid mit schmerzenden Gliedern aus dem Dreck. Er

hatte Yvette auch getroffen, aber das schien die Vampirin nicht zu kümmern.

„Du bist stark, aber deine Gelenke schützt du nicht", stellte sie mit einem Grinsen fest. „Wie ein Anfänger."

„Was du nicht sagst", brummte Shaun.

„Möchtest du gegen mich antreten, wenn du mit ihm fertig bist?", fragte Batiste herausfordernd. „Ich zeige dir gern deine Lücken auf."

„Oh, nicht doch. Nachher tust du dir noch weh." Yvette winkte herablassend ab. Shaun verkniff sich ein belustigtes Schnauben. Die beiden erinnerten ihn an Keith und Hugh, wenn sie gemeinsam im Nahkampftraining gewesen waren. Aber ihm war klar, dass seine Sympathie nicht erwidert werden würde, also stieg er nicht in das Wortgefecht ein. Dieses Mal zielte Shaun auf Yvettes Beine, obwohl sie ein ganzes Stück kleiner war als er. Im letzten Moment sprang sie hoch und trat ihm von oben ins Genick, was ihn direkt wieder zu Boden beförderte. Der Hybrid hatte sich gerade erst auf die Knie hochgestemmt, als Batiste allen einen Gegnerwechsel befahl. Während sich die Vampire neu zusammenfanden, gesellte sich noch jemand zu ihnen auf den Trainingsplatz. Shaun beschlich ein mulmiges Gefühl, als er denjenigen direkt auf sich zukommen sah. Mareks Miene war bedrohlich ausdruckslos. Nur im Augenwinkel nahm Shaun noch wahr, dass die anderen auf gehörigen Sicherheitsabstand gingen.

„Was warst du?", fragte Marek tonlos.

„Vor all dem hier?", erwiderte Shaun mit fester Stimme. „Ich war Soldat, dann Söldner." Warum würde er nicht verraten. Und wenn Marek ihm die Haut abzog, es ging ihn nichts an.

„Söldner", wiederholte der Vampir abfällig. Im Bruchteil einer Sekunde stürzte er sich auf ihn. Shaun gelang es nicht ganz, ihm auszuweichen, der schwere Hieb traf ihn in die

linke Seite. Ihm war bewusst, dass die Unsterblichen seine Vergangenheit für unehrenhaft hielten, aber Marek ging es wohl kaum nur darum. Der Vampir schlug wie ein Besessener auf ihn ein. Shaun parierte halbwegs und fand tatsächlich eine Lücke, die er sofort nutzte. Marek reagierte auf den Treffer mit einem aggressiven Grollen. Erst jetzt bemerkte Shaun, dass die anderen den Trainingsplatz vollends geräumt hatten und ihnen gespannt zusahen. Marek griff wieder an. Dieses Mal riss er eine tiefe Wunde in Shauns linken Oberschenkel. Als er leicht einknickte, setzte Marek sofort nach und rammte seinen Brustkorb. Ihm blieb die Luft weg. Brennender Schmerz breitete sich in seiner Lunge aus. Der Vampir musste ihm das Brustbein zertrümmert haben. Zu allem Überfluss nagelte er ihn jetzt auch noch auf dem Boden fest und setzte ein Knie auf seine Brust.
„Marek", rief Anzheru. „Übertreib es nicht."
Shaun atmete mit aller Kraft gegen den Schmerz an, aber es half nicht viel. Mareks Augen glühten immer noch eisblau.
„Gar nicht so einfach ohne deine Betäubungspfeile, nicht wahr? Du kämpfst wie ein kleines Kind!"
Shaun erwiderte nichts. Es wäre sowieso Energieverschwendung gewesen.
„Keine arroganten Sprüche mehr?", bohrte Marek weiter. „Hat das aufgehört, als Mira dich hat brennen lassen? Oder als Asheroth dich aufgeschnitten hat? So etwas kann einem wirklich die Laune verderben."
„Nicht doch", keuchte Shaun trotzig. „Wenn ich wieder stehen kann, begebe ich mich gern wieder auf dein Niveau."
Er wusste, wie dumm das war und nahm den extrem schmerzhaften Ruck in seinem Brustkorb mit einem Schnauben hin.

„Und dabei muss ich dir noch gratulieren." Marek stand auf, schaute aber immer noch voller Verachtung auf ihn hinab. „Du hast es vom verratenen Söldner zu Miras Schoßtier gebracht. Überlebe, solange du kannst. Ich will sehen, ob du es irgendwann über diesen *Rang* hinaus bringst."

Er marschierte davon. Shaun drehte sich auf die Seite, um sich das Atmen ein wenig zu erleichtern. Anzheru und Batiste erschienen in seinem Blickfeld und musterten ihn aufmerksam.

„Geht es langsam?", fragte der Geborene. Shaun nickte, obwohl die Schmerzen in seiner Brust noch nicht nennenswert nachgelassen hatten.

„Jedenfalls hält er eine Menge aus", merkte Yvette an, wobei ein klein wenig echtes Mitleid in ihrer Stimme mitschwang. Anzheru bot ihm eine Hand an, um ihm aufzuhelfen. Shaun ergriff sie und hoffte, dass sich seine Knochensplitter beim Aufstehen nicht ungünstig verschoben. Erst als er sicher auf beiden Füßen stand, registrierte er, dass Anzherus Hand warm gewesen war. Der Geborene wandte sich sofort wieder von ihm ab und bedeutete seinen Vampiren, das Training fortzusetzen.

„Sieh ab jetzt lieber nur zu", riet ihm Batiste überflüssigerweise. Shaun schleppte sich mühsam vom Trainingsplatz und lehnte sich an die Hauswand, während die Vampire wieder aufeinander losgingen. Keiner von ihnen wurde mit voller Absicht so schwer verletzt wie er. Der Hybrid vermutete im Stillen, dass es eigentlich nur zwei Möglichkeiten für seine Zukunft gab. Entweder akzeptierten ihn die Unsterblichen als einen der ihren und er durfte irgendwann in Frieden gehen oder sie brachten ihn um. Irgendwie musste er es fertigbringen, in der Zwischenzeit einmal nach England zurückzukehren. Schließlich wartete trotz allem jemand auf ihn.

Behutsam tastete Commodus nach seinem linken Auge. Ein Verband bedeckte es, seit die Wissenschaftlerin versucht hatte, ein Stück seiner Netzhaut zu entfernen. Ihre Operationswerkzeuge hatten seine Augenhöhle verletzt, aber ihr Ziel hatte die seltsame Sterbliche damit nicht erreicht. Irgendetwas stimmte nicht mit ihr, Commodus war jedoch durch die Narkosemittel zu geschwächt gewesen, um es zu identifizieren. Seit er aus dem Operationssaal zurückgebracht worden war, hatte er auf der Pritsche in seiner Zelle gelegen und bis jetzt so getan, als wäre er immer noch nicht aus der Narkose aufgewacht. Dabei waren die Chemikalien nicht einmal dazu fähig gewesen, seinen Geist zu lähmen, nur seinen Körper hatte er nicht bewegen können.
„Es ist wirklich beunruhigend, wie lange du dich tot stellen kannst", sagte Freya leise. „Ist dein Auge noch, wo es hingehört?"
„Ja." Der Älteste setzte sich auf und wickelte den Verband ab. Es schmerzte ein wenig, aber seine Sehkraft war in keiner Weise beeinträchtigt.
„Sie glauben wohl, sie könnten deine Verbindung zu den Dimensionen durch die Erforschung deiner Zellen ergründen. Sie werden scheitern." Die Gestaltwandlerin durchquerte ihre Zelle, wofür sie kaum fünf Schritte brauchte. Als sie in einen anderen Stützpunkt der Firma transportiert worden waren, hatten sie wieder gegenüberliegende Zellen bekommen, sodass sie sich problemlos beobachten konnten. Commodus hob die rechte Braue. „Zu welchen Dimensionen? Wie muss ich das verstehen?"

Sie lächelte nachsichtig. „Weißt du das nicht? Du befindest dich hier in dieser Dimension, die die Geschöpfe als real empfinden. Wer sieht wie du, besitzt jedoch auch eine starke Verbindung zur anderen Dimension. Jene Welt, die mein Volk einst betrat, um zu erfahren, wer wir wirklich sind."
„Von dort bezieht ihr eure zweite Gestalt", schloss der Älteste aus ihren Worten. Sie nickte sacht.
„Aber ich bin ein Schattenwandler. *Es* war seit meiner Verwandlung einfach da."
Freya verneinte. „Wir nennen diese Fähigkeit *die andere Art, die Dinge zu betrachten*. Sie ist niemals einfach da."
Commodus hätte nur zu gern mehr erfahren, aber einiger Lärm unterbrach ihr Gespräch. Außer Schüssen war das Kläffen und Aufjaulen von Hunden zu hören. Freya stemmte sich gegen die Scheibe ihrer Zelle, obwohl sie genau wusste, dass sie nicht fliehen konnte.
„Es sind Gestaltwandler! Sie kämpfen, aber sie schaffen es nicht", flüsterte sie, wobei sie offensichtlich einen verzweifelten Wutschrei unterdrückte. „Bisher hat diese Firma außer mir nur Vampire gefangen genommen. Das darf nicht sein!"
„Ich fürchte, du irrst dich." Commodus legte die Stirn in tiefe Sorgenfalten. Freya sah ihn durchdringender an als je zuvor. Der Bericht über Tove und ihr ungeborenes Kind gab ihr den Rest. Kraftlos sank sie auf ihre Pritsche und verbarg das Gesicht in den Händen. Nach einer Weile fragte sie leise, ob der Vater des Kindes noch am Leben sei.
„Meines Wissens nach ja. Dank ihm erfuhren wir von den Hybriden und konnten alle anderen warnen."
Freya hob skeptisch den Blick. „Dieser Gestaltwandler hat bei euch Schutz gesucht?"
„Ja, das hat er." Commodus lehnte sich zurück. „Sein Name ist Marcus. Seine Gefährtin ist das Mündel meines Bruders

Asheroth. Er wusste, dass Asheroth sich sofort auf die Suche nach ihr begeben würde."

„Faszinierend", kommentierte die Gestaltwandlerin diese Information. „Im Laufe der Zeit haben sich erstaunliche Verbindungen ergeben."

Sie schwiegen eine Weile. Commodus betrachtete zum wiederholten Male seine Zelle, aber auch mit seiner vollen Sehkraft entdeckte er keine Schwachstelle. Dieses Material war nicht wie Stein oder andere natürliche Dinge. Nichts in seiner Umgebung atmete oder pulsierte vor Leben, außer Freya. Ihr Körper grenzte sich wie ein Leuchtfeuer von allem anderen ab. Von Zeit zu Zeit gingen sogar leichte Schwingungen von ihr aus. Sie mussten ihre Verbindung zur anderen Dimension sein.

„Wird dein Bruder auch nach dir suchen?", fragte Freya. Der Älteste neigte den Kopf. „Er hat mir vor langer Zeit geschworen, er würde keine kopflose Befreiungsaktion versuchen, sollte ich in Gefangenschaft geraten. Der Schutz der Schwächeren, die auf ihn angewiesen sind, hat Vorrang. Vor allem der Schutz meiner Gefährtin."

„Also wird er zuerst nach seinem Mündel suchen", schlussfolgerte die Gestaltwandlerin. Commodus nickte.

„Ich nehme an, du wirst dennoch schmerzlich vermisst. Es gibt nicht viele Vampire, die sind wie du. Das weiß sogar ich, obwohl ich lange im Exil gelebt habe."

„Das mag sein. Aber ich kann mich darauf verlassen, dass Asheroth sein Wort hält."

Hunderte Kilometer entfernt schlich Igor neben Elvera auf einen Stützpunkt der Firma zu. Sie waren von Anzherus Hauptquartier aus einige Stunden nach Süd-Osten gefahren, vermutlich befanden sie sich schon längst auf Jasminas

Land. Lautlos ging ihre fünfköpfige Truppe hinter einigen Felsen in Deckung. Noch war kein Alarm im Stützpunkt ausgelöst worden. Er bestand aus einem alten Flughafen mit einer Hand voll Nebengebäuden. Diese wirkten aus der Distanz recht baufällig. Nur der Flughafen selbst war renoviert worden. Das Innere war hell erleuchtet.

„Wartet einen Augenblick hier. Ich werde herausfinden, wo sie sind", flüsterte Artorius. Elvera nickte ihm zu. „Beeil dich."

„Wie viele Türen und uneinsichtige Winkel wird dieses Gebäude wohl haben?", fragte einer der verbliebenen Vampire.

„Das wird ein taktischer Alptraum." Die andere Vampirin schnaubte leise. Ihre Namen waren Finn und Gwen.

„Seid still!", zischte Elvera drohend. Igor nahm schweigend seine Hyänengestalt an. Ein gutes Stück links von ihnen konnte er Artorius geduckt von Fels zu Fels huschen sehen. Der Vampir hielt inne und spähte durch Fenster, die sie von ihrer Position nicht sehen konnten. Plötzlich zuckte er heftig zusammen und presste sich auf den Boden, um ganz hinter den Felsen zu verschwinden. Ein leises Surren war zu hören gewesen, mehr nicht. Igor sah irritiert wieder zu dem alten Flughafen hinüber, nichts regte sich. Der Wind wehte aus Artorius' Richtung und trug den Geruch von Vampirblut zu ihnen.

„Verdammt", knurrte Elvera. „Sie haben einen Scharfschützen!"

„Im Tower bewegt sich jemand. Da war ein Schatten vor dem mittleren Fenster", merkte Finn an.

„Das wird er sein", ergänzte Gwen. „Vorausgesetzt, er war allein dort oben."

„Wir warten noch." Elvera wirkte trotz ihres Befehls dazu bereit, im Bruchteil einer Sekunde loszuschlagen. Das Raubtier in ihr war unverkennbar, genau wie in Jasmina. Igor warf wieder einen Blick zu Artorius hinüber. Immerhin bewegte er sich noch, die Kugel hatte ihn nicht direkt getötet. Der Gestaltwandler bleckte die Zähne, als sich die Tür des Flughafengebäudes öffnete.
„Du siehst schon Gespenster!", rief eine Stimme. „Die Scanner haben nicht angeschlagen."
„Ihre Reichweite ist auch ziemlich begrenzt!" Gab der Söldner, der das Gebäude verließ, wütend zurück. „Dann sehe eben ich nach."
Ein metallisches Klicken ertönte, folglich hatte er noch mindestens eine Handfeuerwaffe bei sich. Igor hatte noch nie Schusswaffen im Kampf benutzt, da seine Zähne ihren Zweck sehr gut erfüllten. Daher wusste er auch nicht, wie viel Schaden sie bei Gestaltwandlern anrichteten, geschweige denn bei Vampiren. So dicht an den Boden gedrückt wie möglich schlich er auf Artorius zu. Er musste nur nah genug heran, um den Scharfschützen aus dem Sprung erwischen zu können. Seine Sprungkraft konnte nicht ganz mit der eines Panthers mithalten, aber ihm fehlten nur noch wenige Zentimeter und er konnte dem Vampir zu Hilfe kommen. Ein zweiter Schuss ertönte, dieses Mal in voller Lautstärke. Er war aus dem Gebäude gekommen. Igor entdeckte einen Söldner mit der Waffe im Anschlag an einem geöffneten Fenster. Der Scharfschütze war kaum zwei Meter von Artorius entfernt stehen geblieben. Etwas benommen senkte er den Blick auf seine Brust. Das Geschoss hatte seinen Körper durchschlagen und damit eine klaffende Wunde gerissen. Aus dem Gebäude war Gelächter zu hören.

„Der arme 19. Was auch immer er da angeschossen hat, war nicht so tot, wie er dachte."
„Dabei müssen wir noch nicht mal einen Bericht schreiben", ergänzte ein anderer Söldner gehässig. Es handelte sich also um einen der Männer, die von der Firma selbst vernichtet wurden, weil sie bereits unsterblich geworden waren. Die Söldner hatten nur darauf gewartet, dass 19 aus dem Tower des Flughafens herunter kam. Der Scharfschütze hustete, wobei sich ein Schwall Blut aus seinem Mund ergoss. Seine Verletzung zwang ihn in die Knie. Artorius kroch so weit hinter dem Felsen hervor, dass 19 ihn sehen konnte. Die Wange des Vampirs blutete immer noch, aber mehr als gestreift hatte ihn die fast lautlose Kugel wohl nicht.
„Sie werden dich töten", sagte Artorius leise. „Möchtest du wissen, warum?"
Der Scharfschütze stützte sich auf einer Faust ab. „Nein, diese Info reicht mir fürs Erste, danke."
Sein Sarkasmus war unüberhörbar. Igor knurrte leise, um ihn auf sich aufmerksam zu machen. Dieser Söldner war immer noch ihr Feind, auch wenn er gerade das gleiche Problem wie 12 hatte. Eine falsche Bewegung und Igor würde ihm den Rest geben.
„Komm her! Erspar uns die Mühe, dich zu jagen", forderte der Söldner, der auf ihn geschossen hatte. Mittlerweile hatte auch er das Gebäude verlassen. Zwei weitere Männer gesellten sich gerade zu ihm, als wollten sie das Schauspiel nicht verpassen. Igor verzog angewidert das Gesicht. Er konnte nicht leugnen, dieses Verhalten auch schon unter Gestaltwandlern erlebt zu haben. Dennoch war er nicht darauf vorbereitet gewesen. Den Scharfschützen schien es nicht zu wundern. In der linken Hand hielt er immer noch seine

Pistole. Die rechte führte er zum Gürtel, um eine zweite Waffe zu ziehen.
„Gib es auf 19."
Der Söldner mit der Waffe zielte auf ihn. Als er abdrückte, rollte sich der Scharfschütze blitzschnell rückwärts ab und hatte schon zwei Kugeln abgefeuert, bevor seine Gegner reagieren konnten. Irrwitzigerweise rannte er genau auf sie zu und schoss weiter. Igor folgte ihm mit etwas Sicherheitsabstand. 19 verfehlte seine Ziele nicht ein einziges Mal. Und die anderen Söldner waren im Gegensatz zu ihm nicht sofort wieder kampffähig. Einer starb sofort, die anderen beiden versuchten, schwer atmend an ihre eigenen Waffen zu kommen, während 19 mit der Schulter voran die Tür rammte und das Gebäude stürmte. Igor sprang hinterher und beobachtete nur noch, wie der Scharfschütze einen weiteren Söldner erschoss, der gerade ein Telefon am Ohr gehabt hatte. Elvera erschien in der kleinen Eingangshalle des Flughafens. Jetzt wirkte sie vollkommen ruhig, was sie aber nicht ungefährlicher machte. 19 spürte dies offenbar auch. Er richtete die Pistole in seiner linken Hand unmittelbar auf sie.
„Auch wenn ich so etwas noch nie benutzt habe, weiß ich, dass sie leer ist. Genau wie die andere", sagte die Vampirin mit einem bezaubernden Lächeln, das so völlig fehl am Platz war. 19 grinste freudlos zurück. „Einen Versuch war es wert."
„Deine Waffen hätten dir in meinem Fall nichts genutzt." Elvera zog die zwei seltsamen Schwerter hervor, die sie auf dem Rücken trug. Sie hatten nur eine Spitze, keine Klinge und erinnerten Igor eher an einen Dreizack, dessen mittlerer Zinken wesentlich länger war als die beiden äußeren.
„Sais?", fragte 19 sarkastisch. „Du benutzt Sais?"

„Ich bin weit über zweitausend Jahre alt. Du würdest dich wundern, welche seltsamen Waffen es in all der Zeit auf der Welt gab." Wieder lächelte sie. „Die hier haben es mir angetan."

19 zog ein einfaches Messer hervor, woraufhin sie begannen, sich zu umrunden. Igor beobachtete sie und fragte sich im Stillen, warum Elvera überhaupt ein Gespräch mit dem Scharfschützen führte. Irgendetwas bezweckte sie sicher damit. 19 griff an. Er war wirklich schnell, aber gegen die älteste Vampirin hatte er im Nahkampf keine Chance. Mit nur einem geschickten Manöver entwaffnete sie ihn. Das Messer fiel mit einem lauten Klirren zu Boden und schlitterte einige Meter weiter. Noch in derselben Bewegung holte Elvera 19 von den Füßen und fixierte ihn zwischen ihren Knien. Die Spitze ihres Sais drückte leicht die Haut an seinem Kehlkopf ein, verletzte ihn aber noch nicht.

„Erbärmlich", kommentierte die Vampirin seine Leistung im Kampf.

„Du solltest mich erleben, wenn das Ziel siebenhundert Meter entfernt ist", gab er leichthin zurück. Die Tür zum Gebäude öffnete sich mit einem Knarren. Artorius, Gwen und Finn traten ein und betrachteten die älteste Vampirin und ihren Gegner interessiert.

„Sind die beiden da draußen erledigt?", fragte Elvera, ohne den Blick von 19 abzuwenden.

„Ja, Gebieterin", antwortete Artorius. Seine Wange hatte endlich aufgehört zu bluten und begann zu heilen.

„Durchsucht das Gebäude. Wir brauchen hier sowieso noch einen Moment."

Die Vampire tauschten kurze Blicke aus, gehorchten aber, ohne zu widersprechen. Nur Igor rührte sich nicht vom Fleck. Er war nicht unbedingt freiwillig mitgekommen. Jetzt wollte er erfahren, was Elvera mit dieser merkwürdigen Aktion bezweckte.

„Wozu brauchen wir noch einen Moment, wenn ich fragen darf?" Der ironische Tonfall des Scharfschützen überspielte seine Unsicherheit nicht ganz.

„Nun, du besitzt ein gewisses Talent und wir brauchen talentierte Kämpfer." Sie wandte den Blick kurz zu Igor. „Was hältst du von ihm?"

Erstaunt darüber, dass seine Meinung gefragt war, nahm er seine erste Gestalt an und machte erst ein paar Schritte auf die beiden zu. So gewann er wenigsten zwei Sekunden zum Nachdenken. Marcus würde tief enttäuscht von ihm sein, wenn er sich dafür aussprach, einen weiteren Hybriden zu einem Verbündeten zu machen. Andererseits hatte Elvera durchaus Recht. Sie benötigten dringend starke Kämpfer, schließlich hatte 12 gesagt, dass es eine ganze Armee von Söldner-Hybriden gab.

„Wie willst du sicherstellen, dass er uns gegenüber loyal bleibt?", fragte Igor ausweichend.

„Ein sehr guter Einwand", gestand Elvera ihm zu. Sie fuhr mit dem zweiten Sai langsam über den Brustkorb des Hybriden unter ihr. Direkt neben seiner langsam heilenden Wunde hielt sie inne und erhöhte offenbar den Druck auf die Waffe. 19 schluckte merklich. „Bitte nicht."

Die Vampirin lächelte erneut. „Ja, ich könnte dir einen höllisch schmerzhaften Tod androhen, falls du mich hintergehst. Aber…" Sie legte beide Sais auf ihren Schultern ab, sodass sie ihn nicht mehr akut bedrohte. „Wie wäre es stattdessen mit einer Perspektive für den Fall, dass du mir treu bleibst."

„Du bietest mir tatsächlich einen Job an", schloss 19 skeptisch aus ihren Worten.

„Nenn es, wie du willst. Kämpfe für mich. Hilf mir, meinen Gefährten wieder zu bekommen und im Gegenzug werde ich dir helfen, deinen Platz unter den Unsterblichen zu finden, falls du überlebst."

19 schwieg eine Weile. Artorius und die anderen kehrten aus den Flughafenhallen zurück. Jeder von ihnen stützte einen befreiten Vampir. Einen davon erkannte Igor als Gardekämpfer, seinen Namen wusste er allerdings nicht. Elvera nickte ihnen zufrieden zu, während sie vorbei gingen.

„Also entweder gehe ich mit euch oder ich sterbe hier sofort", murmelte 19.

„Richtig." Elvera überkreuzte die Spitzen der Sais hinter ihrem Nacken und machte leise, schabende Geräusche. Langsam verlor sie wohl die Geduld mit dem Scharfschützen.

„Kannst du mir denn erklären, was passiert ist? Vor fünf Minuten war ich noch bei der Firma angestellt."

„Selbstverständlich kann ich das", gab die Vampirin zurück. „Aber das wird eine Weile dauern."

„Na dann sag es mir, während wir von hier verschwinden." 19 schien seinem Gesicht nach bereits eine Ahnung zu haben.

„Hast du einen Namen?"

„Keith."

„Gut." Elvera erhob sich ruckartig und folgte den anderen Vampiren hinaus. Keith litt offensichtlich noch unter den Schmerzen seiner Schusswunde. Mühsam setzte er sich auf. Igor betrachtete ihn skeptisch dabei.

„Sind Vampirinnen alle so?", fragte Keith leise.

„Schön und dabei unberechenbar und gefährlich? Ja, das sind sie." Der Gestaltwandler wägte einen Augenblick ab, ob er dem Hybriden aufhelfen sollte. In Marcus' Augen wäre dies

wohl schon viel zu viel Freundlichkeit. Allerdings war der Panther nicht hier und Igor entschied sich doch dafür. Dankbar ergriff Keith seine Hand und zog sich auf die Füße. Statt den Vampiren hinaus zu folgen, wandte der Hybrid sich in die entgegengesetzte Richtung.
„Wo willst du hin?", fragte Igor misstrauisch.
„Nach oben in den Tower. Mein Gewehr liegt noch dort."
Der Hyänenmann wartete mit verschränkten Armen auf ihn. Als Keith in die Halle des Flughafens zurückkehrte, war das Loch in seinem Brustkorb schon fast geschlossen, weshalb er sich wieder zu seiner vollen Größe aufrichten konnte. Ähnlich wie Shaun war er groß und kräftig, Igor würde neben ihm wie so oft unscheinbar wirken. Sein Gewehr trug er an einem Gurt auf dem Rücken. Der Gestaltwandler wunderte sich darüber, wie groß diese Waffe war. Allerdings wollte er nicht direkt nach ihrer Feuerkraft fragen, um vor dem Hybriden nicht als unwissend dazustehen. Elvera hatte ihm schließlich gerade erst die Macht der wahren Unsterblichen gezeigt. Die älteste Vampirin erwartete sie auf dem Flugfeld. Artorius war offenbar allein vorgegangen, um den Jeep zu holen. Die befreiten Vampire hockten auf dem Boden und musterten Keith feindselig. Natürlich bemerkte Elvera, dass ihr Handeln in dieser Sache auf Widerstand stieß. „Ihr werdet später verstehen, warum ich ihn mitnehme. Habt Vertrauen."
In ihrem Tonfall lag ein wenig Ungeduld. Dennoch verließen sich die drei Vampire am Boden darauf, dass von Keith keine Gefahr mehr ausging, und wandten sich ab. Igor fragte sich, wie Elvera bei ihrer allerersten Begegnung hatte ruhig bleiben können. Damals hatte sie gewusst, dass ihr Gefährte mit Asheroth in den Kampf gegen Horatio gezogen war und sie ihn vielleicht nicht lebend wiedersehen würde. Trotzdem

hatte ihre bloße Anwesenheit den Vampiren und Gestaltwandlern an ihrer Seite Mut gegeben. Dieses Mal verhielt sie sich vollkommen anders. Nicht ein Schritt der Ältesten schien ihr schnell genug zu sein und das machte es für ihre Begleiter nicht gerade einfacher. Im Stillen vermutete Igor, dass ihre Angst um Commodus so groß war, weil Elvera ihren wahren Gegner nicht kannte. Außerdem wusste niemand, warum ausgerechnet der Älteste noch gefangen gehalten wurde, während viele Vampire von der Firma einfach getötet worden waren. Igor dachte nicht im Traum daran, Elvera nach ihren Vermutungen zu fragen. Trösten konnte er sie damit wohl kaum, eher würde er sie noch weiter gegen sich aufbringen. Endlich kam der Jeep in Sicht. Mit den befreiten Vampiren und Keith würde es allerdings ziemlich eng auf den Sitzen werden. Wie selbstverständlich hatte Elvera bereits eine Lösung für dieses Problem. Sie befahl Artorius, mit den Clan-Vampiren und den Befreiten zum Hauptquartier zurückzufahren. „Igor, Keith und ich ziehen allein weiter."
„Vergebung, Gebieterin…" Artorius fuhr sich unwirsch über die heilende Wange. „Ich denke, die Ältesten würden dies für zu gefährlich halten."
„Richte Asheroth aus, dass mich seine Meinung diesbezüglich nicht interessiert", gab Elvera kühl zurück und half dem letzten befreiten Vampir persönlich auf den Rücksitz. Seiner Miene nach war Artorius alles andere als begeistert, dennoch setzte er sich ans Steuer des Jeeps und befolgte ihren Befehl ohne weitere Widerworte. Als der Wagen schon ein gutes Stück entfernt war, wandte sich die älteste Vampirin mit einem gezückten Messer zu Keith um. „Streck den Arm mit dem Peilsender aus."
Der Scharfschütze verzog das Gesicht. „Das mache ich lieber selbst."

„Wie du meinst", sagte sie mit einem Schulterzucken und reichte ihm die Klinge. Igor bemerkte, dass Keith den Atem anhielt, während er den Peilsender aus seinem Unterarm entfernte. Normalerweise war Schmerz etwas leichter zu ertragen, wenn man ausatmete, aber den Hybrid schien es nicht weiter zu kümmern.

„Und die Dispenser?", fragte er anschließend zähneknirschend.

„Du brauchst sie nicht mehr." Elvera wies ihnen die Richtung, in die sie nun gehen würden. „Aber das kann warten. Wir haben jemanden in unseren Reihen, der sie entfernen kann, ohne größeren Schaden anzurichten."

9. Eskalation

Der Schatten eines mächtigen Adlers huschte neben ihm über den Boden. Anzheru blieb stehen und hob den Blick. Der Mond leuchtete in dieser Nacht ungewöhnlich hell, sodass die Adlerfrau im Sinkflug sehr gut zu sehen war. Kila stützte sich unmittelbar nach ihrer Verwandlung auf seiner Schulter ab, wie sie es sonst nur bei Leandros tat. Anzheru nahm es schweigend hin. Normalerweise mied sie den geborenen Vampir immer noch, weil sie damals in Jasminas Hauptquartier seine Zähne zu spüren bekommen hatte. Doch ihren Gefährten in Gefangenschaft zu wissen, setzte ihr offenbar von Tag zu Tag mehr zu und ihre alten Differenzen mit Anzheru spielten keine große Rolle mehr. Ohne ein einziges Wort zu sagen, marschierte Kila ins Hauptquartier und rief nach den Ältesten. Anzheru folgte ihr in gemessenem Abstand in den alten Empfangssaal. Asheroth und Achilleas ließen sich ein wenig Zeit, in der sich auch eine ganze Reihe andere Vampire einfanden, einschließlich seiner Gefährtin. Marcus hockte wie immer an seinem Fenster und beobachtete sie alle mit abweisender Miene. Soweit Anzheru wusste, ließen seine Vampire ihn in Ruhe. Seine schlechte Laune resultierte wohl hauptsächlich daraus, dass Asheroth nicht so intensiv nach Tove suchte, wie er gehofft hatte. Als Shaun hinter Achilleas den Saal betrat, verdüsterte sich die Miene des Panthermanns noch mehr. Seine Abneigung gegen diesen Hybriden schien noch größer zu sein als die gegen ihre Feinde. Natürlich konnte Anzheru seinen Groll nachvollziehen, mit Kila war es ihm zu Beginn nicht anders ergangen. Allerdings hatte er gelernt, sie als Verbündete zu akzeptieren, und nun befand sie sich in seinem Haus, um den

Ältesten Bericht zu erstatten. Die Adlerfrau rieb sich über den linken Oberarm. Offenbar war sie angeschossen worden.
„Sie haben dich entdeckt", merkte Achilleas an.
„Ja, halb so wild. Verfolgen kann mich schließlich niemand so einfach", gab Kila mit einem Schulterzucken zurück. „Ich habe nur sechs dieser Söldner in eurer Festung vorgefunden. Gefangene scheinen sie dort nicht zu halten."
„Wie muss ich mir diese Festung vorstellen?", fragte Shaun interessiert. „Mit Zugbrücke und Wassergraben?"
„Ein Wassergraben wäre wohl kaum von Nutzen, wenn man von Unsterblichen angegriffen wird, die nicht atmen müssen oder exzellente Schwimmer sind." Asheroth warf ihm einen herablässigen Blick zu. „Unsere Festung ist von einer Schlucht umgeben, über die es nur eine Brücke gibt. Sie ist recht gut zu verteidigen, es sei denn, der Angriff erfolgt aus der Luft."
„Hubschrauber. Anders kann ich mir die Niederlage der Garde nicht erklären", brummte Achilleas. „Was nun, Bruder? Erobern wir unser Haus zurück? Sechs Männer können wir schlagen."
Eine Weile herrschte Schweigen. Anzheru rückte näher an Mira heran. Ihrer Miene nach hoffte sie immer noch auf irgendein Lebenszeichen von Letizia, oder wenigstens eine Spur, die sie von Aberdeen aus verfolgen konnten.
„Da Kila dort keine Gefangenen entdeckt hat, halte ich die Rückeroberung unserer Festung immer noch für zweitrangig. Stattdessen brauchen wir mehr unserer Vampire zurück und im besten Fall neuere Informationen über das Vorgehen der Firma." Asheroth verschränkte die Arme vor der Brust, ein sicheres Zeichen dafür, dass er von dieser Meinung nicht abzubringen sein würde. Dennoch fragte Anzheru nach Spuren von ihren vermissten Familienmitgliedern.

„Von Letizia empfange ich nicht das geringste Echo. Das bedeutet, sie bewegt sich nicht", gab sein Vater verbissen zurück. „Toves Signatur verliere ich langsam."

„Und das heißt?" Marcus gab tatsächlich seinen Platz am Fenster auf und näherte sich Asheroth mit forschen Schritten. „Ist ihr etwas zugestoßen?"

Der Älteste schüttelte unbeeindruckt den Kopf. „Ich denke, es liegt an ihrem Kind. Es wird mit jedem Tag stärker und überlagert ihre Signatur."

„Immerhin wissen wir so, dass es lebt", merkte Anzheru an, aber das schien Marcus nicht wirklich zu beruhigen. Der Panthermann ballte die Hände zu Fäusten. „Also ist es nur eine Frage der Zeit, bis du sie nicht mehr finden kannst."

Asheroth schnaubte leise. „Sobald das Kind geboren ist, sollte sich ihre Signatur normalisieren. Verzeih, dass ich mit schwangeren Gestaltwandlerinnen nicht allzu viel Erfahrung besitze."

Der zynische Tonfall seines Vaters trieb Marcus langsam zur Weißglut. Anzheru entschied einzugreifen. „Hört jetzt auf damit. Tove fehlt uns, aber dieser sinnlose Streit wird uns nicht weiterbringen."

„Ach ja? Aber Hybriden zu retten bringt uns weiter?", giftete der Panthermann zurück und wies auf Shaun. „Vertraut ihr ihm etwa? Keiner von euch überwacht ihn!"

„Warum auch? Das tust du doch mit voller Hingabe", knurrte Asheroth.

„Das brauchst du nicht, ich..." Weiter kam Shaun nicht. Im Bruchteil einer Sekunde ging Marcus in seiner Panthergestalt auf ihn los. Die Vampire im Saal wichen den beiden hektisch aus, während sie sich von einer Wand zur anderen trieben. Gegen den Panther konnte Shaun sich merklich besser zur Wehr setzen als gegen Gegner auf zwei Füßen. Außerdem hatte er sich bereits von den Verletzungen aus seinem Kampf mit Marek erholt, weshalb er die Wunden, die Marcus ihm zufügte, wohl auch verkraften würde. Anzheru trennte die beiden erst nach ein paar Sekunden voneinander, wobei ihm seine verbliebenen Leibwächter helfen mussten. Der Panther schien sich während dieser kurzen Auseinandersetzung keineswegs abreagiert zu haben. Wutschnaubend verließ er den Saal.

„Er verlässt uns", übersetzte Kila und schüttelte sacht den Kopf. Asheroth verdrehte kurz die Augen, machte aber keine Anstalten, den Gefährten seines Mündels zurückzuholen.

„Wolltest du ihn nicht beschützen, Bruder?", fragte Achilleas skeptisch.

„Langsam bin ich es leid", gab Asheroth mit einem Schulterzucken zurück. „Er ist schließlich kein Kind mehr."

Und Marcus stand dem Ältesten nicht besonders nah, aber diese Ergänzung schluckte Anzheru lieber herunter. Er hatte damals, als Mira in Aberdeen gefangen gehalten worden war, nicht einfach gehen dürfen. Shaun trat an eines der Fenster, um Marcus nachzusehen. „Es tut mir leid. Das war wirklich nicht meine Absicht."

„Was du nicht sagst", grollte Asheroth. „Kommen wir endlich zum Thema zurück. Ich habe einen der Gardekämpfer gefunden."

Anzheru bemerkte, dass bei diesen Worten nicht nur Kila hellhörig wurde. Auch Marek und Batiste horchten merklich auf, schließlich handelte es sich um einen Waffenbruder.

„Ist es Leandros?", wollte die Adlerfrau wissen.

„Nein, in dieser Hinsicht muss ich dich enttäuschen." Sein Vater erläuterte kurz, welche Route er nehmen wollte, um den Außenposten der Firma auf norwegischem Boden zu

umgehen. Dort befand sich offenbar keiner der Gardekämpfer. Sein Ziel lag in Dänemark.
„Warum radieren wir nicht den Stützpunkt auf meinem Land aus, wenn wir schon auf dem Weg sind?", fragte Anzheru. Dass es schon fast nach einer Forderung klang, war durchaus seine Absicht. Sein Vater hob eine Braue. „Im Moment kennen wir den Sammelpunkt der Firma, falls ein Angriff auf deinen Clan geplant wird. Wenn wir ihn jetzt vernichten, werden sie sich ein neues Versteck suchen, das ich erst bemerken muss."
„Das stimmt leider", brummte Achilleas. Auch ihm gefiel es wohl nicht, Hybriden in der Nähe zu wissen. Anzheru senkte kurz die Lider, um zu signalisieren, dass er sich in dieser Sache bereits geschlagen gab. Ob Asheroth ihn herablässig abblockte oder wie in diesem Fall ein schlüssiges Argument vorbrachte, es war sinnlos, weiter auf einem Angriff auf den unbedeutenden Stützpunkt zu beharren, wenn man sogar beide Älteste gegen sich hatte.

„Kommst du mit mir, Sohn?" Auch dies klang mehr nach einer Forderung als einer Frage. Shaun beobachtete Anzherus Reaktion so genau wie möglich. Allerdings war seine Mimik manchmal ähnlich starr wie die seines Vaters. Die beiden taxierten sich noch einen Augenblick, dann willigte Anzheru ein.
„Ich auch", sagte Kila mit fester Stimme. „Egal wer es ist, je schneller wir eure Garde zurückhaben, desto besser. Irgendwann finden wir Leandros."
Die Adlerfrau schien es gar nicht erwarten zu können. Offenbar verband sie etwas Persönliches mit diesem Vampir. Shaun fragte lieber nicht danach, auch wenn er in diesem Fall neugierig geworden war. Jede seiner Äußerungen schien

irgendwen zu verärgern. Asheroth nickte Kila zu, dann wandte er sich wieder an Anzheru. „Such noch zwei Clan-Vampire aus, wir brechen in zehn Minuten auf."
Shaun lehnte sich rücklings gegen die Fensterbank, während sich der Älteste und die Adlerfrau bereits in Bewegung setzten. Nicht alle Anwesenden waren mit dieser Auswahl zufrieden. Marek und Batiste zogen sich enttäuscht in die hinterste Ecke des Saals zurück. Mira blieb mit verschränkten Armen an ihrem Platz stehen und schaute ihren Gefährten besorgt an. Anzheru nahm ihr Gesicht wortlos in beide Hände, bis sie sich ein kleines Lächeln abrang. Daraus bestand ihre gesamte Verabschiedung. Der geborene Vampir löste sich von ihr und rief nach Yvette und einer weiteren Vampirin, während er mit langen Schritten den Saal durchquerte. Achilleas folgte ihm unaufgefordert hinaus. Shaun war ein wenig verwundert über das stille Einvernehmen zwischen Mira und ihrem Gefährten. Während seines Verhörs hatte sie zornig und viel impulsiver gewirkt. Er hätte erwartet, dass sie Anzheru nicht einfach so gehen ließ. Dummerweise bemerkte sie in diesem Augenblick, dass Shaun sie anstarrte. Betreten wandte er den Blick ab. Die Wunden aus seinem Kampf mit Marcus heilten ohnehin noch und mit der warmen Vampirin wollte er sich so schnell nicht wieder anlegen. Mira näherte sich ihm relativ langsam, er hatte sie wohl nicht provoziert.
„Du beobachtest uns sehr genau", stellte sie fest, als sie neben ihm am Fenster stand.
„Ich versuche, euch etwas besser zu verstehen." Shaun wagte einen erneuten Blick in ihr makelloses Gesicht. „Ist das falsch?"

„Nein, ich denke nicht." Sie schob die Hände in die Hosentaschen. „Tu es nur nicht ganz so auffällig. Manche von uns wollen direkten Blickkontakt als Provokation verstehen."
„Das habe ich mir gedacht." Der Hybrid warf einen kurzen Blick über die Schulter zu Marek und Batiste, die ihn ziemlich finster anstarrten. Er wollte das Thema wechseln. „Darf ich fragen, wer Letizia ist? Offenbar wird sie sehr vermisst."
„Sie ist mein Kind."
Shaun vermied jede Regung angesichts ihrer steinernen Miene. Was sollte er bloß darauf erwidern?
„Streng genommen ist sie die Tochter unserer Freunde, aber sie wurden vor Jahren getötet. Anzheru und ich ziehen sie auf." Mira schlug die Augen nieder. „Mit Zustimmung der Ältesten durften wir sie als Mündel annehmen. Das ist im Grunde eine Adoption."
„Verstehe." Er versuchte ein aufmunterndes Lächeln, stellte aber lieber keine weiteren Fragen zu Letizia. „Kann ich irgendwie von Nutzen sein? Ich sitze nicht so gern herum, wenn eigentlich viel zu tun ist."
Auf diese Äußerung gab Marek ein abfälliges Schnauben von sich. Langsam stieß auch Shauns Geduld an ihre Grenzen. Musste der Leibwächter jetzt jede seiner Äußerungen in irgendeiner Form kommentieren? Mira beachtete Marek nicht, zumindest ließ sie sich nichts anmerken. „Du kannst weiter mit den anderen trainieren. Wenn dir das nicht reicht, lass dich zur Wache an der Mauer zum Clan-Gelände einteilen."
„Ist das dein Ernst?", fragte der Leibwächter vorwurfsvoll. „Du willst diesem Bastard unseren Schutz anvertrauen?"
„Du übernimmst dann einfach den am weitesten entfernten Mauerabschnitt, wenn du dich auch beteiligen willst", gab

Mira trocken zurück. „Oder möchtest du meine Autorität vor meinem Clan in Frage stellen?"

Schlagartig war es vollkommen still. Ein paar ihrer Clan-Vampire befanden sich noch im Saal, außerdem betraten gerade Jasmina und Jacky den Raum. Dank Nadja hatte Shaun die beiden immerhin kennen gelernt, wirklich einschätzen konnte er sie noch nicht. Marek stand von seinem Sessel auf. Batiste schlug ihm mit dem Handrücken gegen den Oberschenkel, als er an ihm vorbei ging, aber das ignorierte der Leibwächter. Erst drei Schritte von Mira entfernt blieb er stehen. Damit war er Shaun viel zu nahe. Die Tageswandlerin änderte absolut nichts an ihrer Haltung, obwohl Marek sie eindeutig bedrohte. Ähnlich wie Asheroth und Anzheru taxierten sie sich noch ein paar Atemzüge lang. Schließlich gab der Leibwächter nach. „Selbstverständlich nicht. Befiel deinem Hündchen, was du für richtig hältst."

Shaun ballte unwillkürlich die Fäuste.

„Ich gehe davon aus, dass *du* reagierst, wenn er einen falschen Schritt macht."

„Hör auf damit!", knurrte der Hybrid. Er war es leid, dass die beiden miteinander diskutierten, als wäre er selbst gar nicht anwesend. Marek wandte ihm betont langsam das Gesicht zu.

„Kümmere dich um deine eigenen Probleme und lass mich in Frieden!", setzte Shaun mit zusammengebissenen Zähnen hinzu. „Hast du wirklich nichts Besseres zu tun, als jeden meiner Schritte zu kritisieren?"

„Nein." Im Hintergrund ertönte ein leises Schnauben. Es stammte von Jacky. Marek fuhr zu ihr herum, als wäre Shaun plötzlich nicht mehr so wichtig. Die rothaarige Vampirin zuckte nur abweisend mit den Schultern, woraufhin der Leibwächter fluchend aus dem Raum stob. Zumindest klang

es nach Flüchen, diese Sprache hatte Shaun noch nie gehört. Batiste eilte ihm nach, wobei er Jacky etwas zu zischte.
„War das Französisch?", fragte die Vampirin, nachdem die Tür zum Saal zugeschlagen war.
„Französisch von vor fünfhundert Jahren." Mira rieb sich die Stirn. „Batiste findet, du bist unfair."
„Etwas in der Art hatte ich mir schon gedacht", sagte Jacky trocken. Sie war Marek also absichtlich in den Rücken gefallen, aus welchem Grund auch immer. Shaun lag ein ironischer Kommentar auf der Zunge, aber den schluckte er lieber herunter. Für heute war es genug Streit gewesen.
„Wird Achilleas sich irgendwann in diese Sache zwischen euch einmischen?", fragte Jasmina skeptisch. „Du hast gerade seinen obersten Leibwächter nicht besonders gut dastehen lassen."
„Ich denke nicht", antwortete Mira leise. „Er hat mir einmal gesagt, dass er sich aus den Beziehungen seiner Leibwachen stets heraus gehalten hat."
„Hoffentlich gilt das auch, wenn es gar keine Beziehung gibt." Jasmina schüttelte sacht den Kopf. Jacky schien etwas erwidern zu wollen, aber sie schloss den Mund wieder und verschränkte die Arme vor der Brust. Die beiden näherten sich ihnen, wobei Mira die geborene Vampirin besorgt musterte. „Wie fühlst du dich jetzt, Jass?"
„Ganz gut. Aber ich spüre, dass mein Körper das Gift immer noch nicht überwunden hat."
Die Tageswandlerin legte die Hände auf Jasminas Schultern. „Du hast mein Blut, ich verstehe nicht, warum sich meine Heilkraft dieses Mal nicht überträgt."
„Vielleicht braucht es einfach nur mehr Zeit", gab die Geborene ratlos zurück und griff nach ihrer rechten Hand. „Schließlich ist es anders als das Gift der Werwölfe. Ohne

deine Wärme wäre ich wohl schon längst an diesem Zeug verreckt."

„Sag mir, wenn es wieder schlimmer wird", beharrte Mira. Shaun ging in Gedanken die Tests durch, die Dr. Morgan an ihm durchgeführt hatte. Das Gift, das zumindest junge Vampire töten konnte, hatte auch ihn ein paar Stunden beeinträchtigt. Deshalb war anschließend der Gestaltwandler-Dispenser verbessert worden, womit sich seine Immunität erhöht hatte. Weder die Kampfgase noch die Giftpfeile hatten ihm noch etwas anhaben können. Allerdings besaß er jetzt keine Dispenser mehr, daher war diese Information für die Vampirinnen wohl nutzlos. Shaun verabschiedete sich an dieser Stelle, um sich zur Wache zu melden. Miras Clan-Vampire stellten ihren Befehl nicht eine Sekunde in Frage, als der Hybrid sich wie geheißen anbot. Ihm wurde sogar ein Platz am Tor des Clan-Geländes zugewiesen. Vermutlich, weil ihn die anderen drei Wachen so im Auge behalten konnten. Stunden vergingen, ohne dass etwas geschah, aber immerhin war Shaun an der frischen Luft und nicht mehr in der Nähe von Marek. Kurz vor Sonnenaufgang näherte sich ein Auto. Es handelte sich um den Jeep, mit dem Elvera und ihr Team aufgebrochen waren. Die älteste Vampirin war in dem überfüllten Wagen jedoch nicht zu sehen, als Artorius kurz anhielt.

„Sag Mira, dass wir sie sofort brauchen", brummte der Vampir. „Sind die Ältesten noch da?"

„Asheroth ist vor ein paar Stunden geflogen", antwortete eine der Wachen. „Mit Anzheru."

Artorius schien abzuwägen, ob dies gut oder schlecht für ihn war, während seine Botschaft an Mira über Funk durchgegeben wurde. Sein nachdenklicher Blick blieb an Shaun hängen. „Du solltest besser mitkommen."

Verwundert lief der Hybrid dem Jeep hinterher, mit hinein hätte er sowieso nicht mehr gepasst. Mira und Achilleas erwarteten sie bereits vor dem Eingangsportal zum Hauptquartier. Nach und nach heilte sie die befreiten Vampire nur mit ihrer Wärme.

„Wo steckt Elvera?", fragte Achilleas währenddessen.

„Sie ist mit Igor weitergezogen." Artorius wartete die Reaktion des Ältesten ab.

„Und?", fragte dieser schon etwas ungeduldig.

„Und mit dem Hybriden, den sie spontan rekrutiert hat."

Mira hob verblüfft die Brauen. „Wurde er wie Shaun von den Söldnern angegriffen?"

„Ja, seine Nummer ist 19."

Achilleas warf Shaun einen fragenden Blick zu.

„Ich kenne ihn. Sein Name ist Keith, er ist Scharfschütze", sagte er wahrheitsgemäß. Wie sehr ihn diese Nachricht freute, offenbarte wohl sein Gesicht.

„Er ist dein Freund", folgerte Achilleas.

„Ja... Er redet ein bisschen viel, aber Keith ist kein schlechter Kerl." Shaun wagte zwar nicht zu hoffen, dass das seinem alten Kameraden helfen würde, aber wenigstens hatte er es versucht.

„Das will ich hoffen", knurrte der Älteste und half dem befreiten Leibwächter auf die Füße. Gemeinsam mit Mira und Artorius schaffte er die geschwächten Vampire ins Haus. Der Hybrid begab sich derweil wieder zum Tor, schließlich war seine Schicht noch längst nicht zu Ende. Seine Laune hatte sich um Längen gebessert. Sobald Keith mit Elvera und Igor zurückkam, hatte Shaun endlich jemanden, mit dem er reden konnte. Nicht einmal der einsetzende Regen konnte seine Stimmung trüben. Am späten Nachmittag wurde er abgelöst. In der Zwischenzeit war er tatsächlich müde geworden. Auf der Schwelle des Eingangsportals wrang der Hybrid gerade seine durchnässte Jacke aus, als Mira wieder nach unten kam.

„Man könnte meinen, es hört überhaupt nicht mehr auf zu regnen", sagte sie mitfühlend.

„Halb so schlimm", gab Shaun mit einem Lächeln zurück. „Wir bekommen ja keine Grippe."

„Das stimmt." Die Tageswandlerin schmunzelte, als könnte sie sich durchaus noch an ihre letzte Erkältung erinnern.

„Wie alt bist du eigentlich?", fragte er unvermittelt. Während seines Verhörs hatte sie nicht darauf geantwortet. Ein Blick über die Schulter bestätigte Shaun, dass die Eingangshalle leer war. Niemand starrte ihn abweisend an, weil er eine indiskrete Frage gestellt hatte. Mira betrachtete die dichte Wolkendecke. „Nächste Woche ist mein einunddreißigster Geburtstag."

„Ich bin älter als du", stellte der Hybrid überrascht fest. Die Tageswandlerin nickte sanft. Wenn ihre Augen nicht taghell leuchteten und sie ganz ruhig da stand, besaß sie ihre ganz eigene Anziehungskraft. Zum ersten Mal ertappte Shaun sich bei dem Gedanken, dass es irgendwie schade war, dass Mira einen Gefährten hatte.

„Da ist sie ja", sagte sie leise und trat hinaus. Der Hybrid folgte ihrem Blick und entdeckte den Umriss eines Adlers am Himmel. Kila kehrte bereits zurück und trug einen leblosen Körper in ihren Klauen. Sobald sie im Sinkflug war, erkannte Shaun an der fahlen Haut, dass es sich um einen Vampir handeln musste. Wenige Meter über dem Boden ließ Kila ihn fallen und Mira fing ihn auf. Die Adlerfrau landete direkt neben den beiden auf ihren menschlichen Füßen.

„Das ging wirklich schnell", merkte die Tageswandlerin an.

„Sie mitten am Tag anzugreifen, hat sie ein wenig überrascht", gab Kila mit einem Nicken zurück. „Anzheru hat dir mitgeteilt, dass er und die anderen noch weiter suchen?"
Mira bejahte. Der Vampir in ihren Armen regte sich. Er war nicht bewusstlos gewesen, wie Shaun zuerst vermutet hatte.
„Wo bin ich?", fragte er erschöpft.
„In meinem Haus, Onur. Ruh dich aus, du bist in Sicherheit." Mira stellte ihn behutsam auf die Füße. Währenddessen eilte ein Clan-Vampir zu ihnen nach draußen, um Onur zu übernehmen. Kila sah ihnen nach. „Wie lange brauchen sie, um sich zu erholen?"
„Mindestens Tage", antwortete Mira.
„Selbst die Gardekämpfer." Die Gestaltwandlerin seufzte leise.
„Was bedeutet das eigentlich?", fragte Shaun. Das war hoffentlich ungefährlicher, als nach Kilas Verbindung zu Leandros zu fragen.
„Die Gardekämpfer sind die Leibwache der Ältesten. Sie sind alle unheimlich stark." Kila ließ die Schultern sinken. „Einer von ihnen ist mein Gefährte."
„Ausnahmen gibt es immer", murmelte Shaun, damit war sein Verdacht bestätigt.
„Wie bitte?", fragte Mira.
„Die Firma hat uns gesagt, die unsterblichen Rassen wären bis aufs Blut verfeindet." Er legte seine Jacke über die Schulter. „Aber irgendein Gegenbeispiel findet man wohl immer, wenn man nur lange genug danach sucht."
Die Adlerfrau nickte nachdenklich. „Mir wurde von klein auf beigebracht, dass Vampire das größte Übel überhaupt sind. Ich bin froh, dass ich mir selbst ein Bild von ihnen gemacht habe. Ein paar sind gar nicht so übel."

„Schmeichelhaft", sagte Mira ironisch, woraufhin Kila sich mit einem Grinsen verabschiedete. Die Vampirin wandte sich ganz zu Shaun um. „Was wurde euch noch über uns vermittelt?"
„Der General hat euch gern mit wilden Tieren verglichen. Da fehlten ihm einige Infos."
Mira neigte den Kopf. „Wirken wir zivilisiert? Wenn wir gerade nicht kämpfen, streiten wir."
„Ist das eine Fangfrage?", erwiderte Shaun skeptisch. Tatsächlich schenkte ihm die Vampirin ein kleines Lächeln. „Nein. Dieser Krieg ist bloß so anders als die, die ich bisher miterlebt habe. Vielleicht sind deshalb alle so reizbar."
„Was tut ihr eigentlich, wenn ihr euch nicht im Krieg befindet?" Shaun versuchte, es unverfänglich klingen zu lassen. Er konnte sich die Ewigkeit längst noch nicht richtig vorstellen.
„Ich reise gern." Mira zuckte mit den Schultern. „Irgendjemand beschäftigt uns immer. Anzheru ist als Diplomat sehr gefragt und Letizia kann einfach nicht still sitzen."
Die Sorge in ihrer Stimme war nicht zu überhören. Shaun senkte betreten den Blick und rieb sich die Augen.
„Wirst du langsam müde?"
„Um ehrlich zu sein, ja. Seit meiner Flucht von hier zum ersten Mal."
„Dann ruh dich aus. Unter dem Dach sind noch ein paar Zimmer frei." Mira wies auf die obersten Fenster ihres Hauptquartiers. „Es wird dich niemand im Schlaf ermorden."
„Sicher?", fragte Shaun.
„Ganz sicher." Die Tageswandlerin setzte sich in Bewegung. „Marek mag dich hassen, aber das wäre unehrenhaft. Wenn, dann fordert er dich zum Kampf."

10. Subjekte

Mit einem leisen Seufzen stellte Tove den leeren Teller neben sich auf der Pritsche ab. Sie war immer noch hungrig, aber das würde die Assistenten von Dr. Morgan erfahrungsgemäß nicht interessieren. Einer von ihnen hatte ausgerechnet, wie viel Nahrung sie angeblich brauchte, um ihr eigenes Leben und das ihres ungeborenen Kindes zu erhalten. Mehr bekam sie nicht. Dabei war wohl nicht einkalkuliert worden, wie sehr es an Toves Substanz zehrte, wenn Dr. Morgan sie wieder einmal betäubte. Neben zahllosen Zellproben und Untersuchungen hatte die seltsame Wissenschaftlerin auch Ultraschallbilder von ihrem Baby gemacht. Wenigstens eins davon hatte Tove kurz gesehen und festgestellt, dass sie einen Sohn erwartete. Allerdings war sie wohl die Einzige, die beim Anblick des Bildes etwas empfunden hatte. Die Wissenschaftler betrachteten sie als reines Forschungsobjekt, niemand sprach mehr als nötig mit ihr oder zeigte auch nur das geringste Mitgefühl für das ungeborene Kind. Tove rieb sich geistesabwesend über die nackten Oberarme. Sie wusste selbst nicht, wo sie war, sie konnte nur vermuten, dass sie irgendwo tief unter der Erde saß. Schließlich gab es keine Fenster in diesem Labor und wenn sie sich ganz an den Rand ihrer Zelle stellte, konnte sie die ersten Stufen einer Treppe erspähen, die nach oben führte. Ob Asheroth sie deshalb noch nicht gefunden hatte? Hatte Marcus es überhaupt bis zu ihm geschafft, oder war mittlerweile alle Hoffnung vergebens? Das durfte einfach nicht sein! Tove weigerte sich, zu glauben, dass die Unsterblichen keinen Widerstand gegen die Menschen und ihre Hybriden leisteten. Die Vampirältesten und die Werwölfe würden bis zum letzten Mann kämpfen, nur bei den Gestaltwandlern war sie sich nicht sicher. Selbst in Zeiten, in denen sie gemeinsame Feinde hatten, schlossen die Clans selten Bündnisse. In diesem Fall konnte dies tatsächlich zu ihrem Untergang führen, aber die Gestaltwandler waren in diesen Dingen noch verbissener als die Vampire. Die Allianz gegen Drago und Horatio war die absolute Ausnahme gewesen. Tove rückte auf ihrer Pritsche so weit nach hinten, dass sie sich an der Panzerglasscheibe anlehnen konnte. Eigens für sie war eine Zelle direkt im Labor aufgebaut worden. Sie besaß keine Tür. Stattdessen konnte der gesamte Kubus über einen Mechanismus angehoben werden, wobei der Boden an Ort und Stelle blieb. Leider ließ sich das Panzerglas keinen Millimeter gegen die Bodenplatte verschieben. Überhaupt nichts bewegte sich, wenn man nicht den Mechanismus in Gang setzte. Andere Gefangene wurden in einem nahen Gebäudetrakt *aufbewahrt*, wie Dr. Morgan zu sagen pflegte. Sie wurden nur im betäubten Zustand hergebracht. Tove war heilfroh darüber, dass sie den Operationstisch von ihrer Zelle aus nicht sehen konnte. Die Assistenten mit rollbaren Tischen vorbeigehen zu sehen, war schon mehr als grauenhaft. Dem Geruch nach waren die meisten Gefangenen Vampire, jedoch hatte sie noch niemanden definitiv wiedererkannt. Irgendwie tröstete dies Tove auch ein kleines bisschen. Wenigstens hatte es wohl noch keins ihrer vampirischen Familienmitglieder erwischt. Eine fremde, weibliche Stimme auf dem Korridor ließ sie aufhorchen. Mittlerweile kannte Tove alle Assistentinnen des Teams um Dr. Morgan und die Hybriden-Söldner waren in der Regel Männer. Um wen mochte es sich handeln?

„Es sollten nur noch wenige Wochen bis zur Geburt sein", sagte Dr. Morgan gerade.

„Und dann?", fragte die Fremde argwöhnisch. „Was wollt ihr noch mit einer Gestaltwandlerin?"

Ergriff etwa gerade jemand Partei für sie? Tove erhob sich gespannt von ihrer Pritsche.

„Ich weiß es noch nicht. Der General schickt sicher in Kürze eine Anordnung." Die Wissenschaftlerin erschien in ihrem Sichtfeld. An ihrer Seite ging eine große, kräftig gebaute Frau, die einen recht schwerfälligen Gang besaß. Ihre hellen Augen musterten Tove eindringlich. Die Leopardenfrau streckte unwillkürlich den Rücken durch, auch wenn ihre Größe leider nicht besonders eindrucksvoll war. Ihr Gegenüber roch schwach nach Katze und vor allem alt. Offenbar hatte Tove eine Löwin vor sich.

„Ihr habt euch geirrt. Das ist keine Gestaltwandlerin." Ohne den Blick von ihr abzuwenden, gab die Löwin ein leises Grollen von sich. Dr. Morgan wich einen Schritt zurück. „Aber sicher! Die Söldner, die sie am Londoner Flughafen sichergestellt haben, haben von ihrer Leopardengestalt berichtet."

Die fremde Gestaltwandlerin kam näher, bis sie unmittelbar vor Toves Zelle stand. „Das, werte Doktorin, ist ein Halbblut. Ein Bastard aus einem Gestaltwandler und einem Menschen."

Tove verschränkte die Arme vor der Brust und wich keinen Zentimeter zurück. Ihr Gegenüber betrachtete sie wie ein wertloses Stück Dreck. „Du kannst keine zweite Gestalt geerbt haben! Woher hast du sie?"

„Warum sollte ich dir das sagen?" Sie bleckte die Zähne. „Verräterin!"

Eine andere Erklärung gab es nicht für die Anwesenheit dieser Löwin, schließlich durfte sie sich frei bewegen. Sie musste diejenige sein, die die Unsterblichen an die Menschen verraten hatte. Ob es dafür einen Grund gegeben hatte, interessierte Tove nicht im Geringsten. Wäre die Panzerglasscheibe nicht gewesen, wäre sie sofort auf die Löwin losgegangen.

„Ich möchte mich klar ausdrücken", knurrte sie leise. „Diese Bastarde könnt ihr genauso abschlachten wie die Blutsauger und alle anderen, wenn ihr auf sie trefft."

„Nun..." Dr. Morgan schien ausnahmsweise nicht zu wissen, wie sie reagieren sollte. „Ich kann noch nicht genau einschätzen, wie relevant die Stammzellen des Fötus sein werden. Vielleicht behalten wir sie..."

„Nein!", fauchte die Löwin. „Sie ist kein Mensch und damit euer Feind! Außerdem waren Geschöpfe wie sie nie vorgesehen."

„Das waren geborene Vampire angeblich auch nicht", sagte Tove trocken. „Sag das meinem Bruder, wenn du ihn triffst. Er ist erstaunlich munter dafür, dass er nicht existieren sollte."

„Willst du damit andeuten, dass du zu einer Familie von Blutsaugern gehörst?" Die Löwin schien ihren Ohren nicht zu trauen.

„Sie nahmen mich auf, nachdem mein eigener Großvater mich zum Tode verurteilt hatte. Du glaubst doch nicht, dass ich auch nur einen Augenblick gezögert hätte." Jedes Wort, das Tove sagte, schien ihre Wut weiter zu steigern. Die Löwin stemmte sich mit beiden Handflächen gegen die Panzerglasscheibe ihrer Zelle. „Tiefer kann man wohl nicht sinken. Aber in deinem Fall sollte es mich nicht wundern. Ist das da in deinem Bauch etwa zur Hälfte ein Vampir?"

„Nein." Tove fuhr langsam mit der Zunge über ihre oberen Schneidezähne. „Und selbst wenn er ein Mischling wäre, *du* wirst nicht über mich richten. Genauso wenig, wie du jemals über einen anderen Unsterblichen richten wirst. Dazu besitzt du kein Recht!"

„Du weißt nicht, wen du vor dir hast, Halbblut." Sie löste ihre Hände von der Scheibe und richtete sich wieder zu ihrer vollen Größe auf. „Ich bin Soraya. Die älteste Löwin, der du jemals begegnen wirst."

„Und inwiefern soll mich das beeindrucken?" Tove zuckte mit den Schultern, um nach außen immer noch kühl zu wirken. Tatsächlich hatten Kila und Ravenna diese alte Gestaltwandlerin irgendwann einmal erwähnt. Sie stammte direkt von Jala ab und musste in etwa so alt sein wie die Vampir-Ältesten. Seit Jahrhunderten war sie nicht in Erscheinung getreten. Das hatte sie mit ihrem Verrat nun mehr als wettgemacht. Was versprach sie sich bloß davon? Soraya durchbohrte sie mit ihrem Blick. „Wärst du eine wahre Gestaltwandlerin, dann wäre dir beigebracht worden, dass wir Löwen von jeher die Herrscher unseres Volkes waren."

„Glaubst du wirklich, herrschen wäre ein Geburtsrecht?", fragte Tove verächtlich. „Die Treue seines Clans muss man sich verdienen."

„Treue...", grollte die Löwin. „Niemand blieb *mir* treu nach dem Tod meiner Mutter."

„Und jetzt, nach all den Jahren, lässt du uns dafür büßen? Die werden uns alle abschlachten!" Mittlerweile schrien sie sich so laut an, dass die Assistenten von Dr. Morgan die Köpfe ins Labor steckten, um zu sehen, was vor sich ging. Bei Sorayas Anblick verschwanden sie jedoch sofort wieder.

„Ja." Sorayas Augen flackerten, als würde sie sich im nächsten Moment verwandeln. „Ich reinige die Welt von diesem Wahnsinn! Nichts von diesem missratenen Ungeziefer wird übrig bleiben."

„Nicht einmal die Clans, die noch immer so leben, wie deine werte Mutter es wollte? Was würde sie dazu bloß sagen?"
Tove schüttelte fassungslos den Kopf. Dann begann sie zu lachen. Die Situation war einfach zu absurd. Es war der Tropfen, der das Fass zum Überlaufen brachte. Soraya nahm mitten im Labor ihre riesige, mächtige Löwengestalt an.
„WAS FÄLLT DIR EIN, SIE AUCH NUR ZU ERWÄHNEN!"
„Was fällt dir ein, uns alle ins Verderben zu stürzen! Was, denkst du, wird wohl mit dir passieren?", grollte Tove, ebenfalls in ihrer Leopardengestalt. „Wenn sie dich nicht mehr brauchen, werden sie auch dich töten! Gehört das etwa auch zu deinem großartigen Plan?"
„Dazu werden sie keine Gelegenheit bekommen."
Die Leopardin hielt inne. „Da bist du dir ja verdammt sicher."
Soraya bleckte die Zähne. „Ich kenne ihre Strategie und ihre Fallen."
„Wie schön für dich. Asheroth wirst du nicht entkommen."
„Du kennst ihn?", gab die Löwin angewidert zurück.
„*Er* war es, der mich als sein Kind annahm."
Soraya wandte sich zu Dr. Morgan um. Mit einem zornigen Knurren verwandelte sie sich wieder in einen Menschen.
„Öffne diesen verdammten Würfel!"
„Nein…"
Bevor Dr. Morgan auch nur ein weiteres Wort über die Lippen gebracht hatte, hatte die Löwin in Menschengestalt sie an der Kehle gepackt und gegen die Laborwand gepresst.
„Ich will sie tot sehen!"
„Wir brauchen die Stammzellen", würgte die Wissenschaftlerin hervor. „Sie haben noch viel größeres Potenzial als die Zellen, die wir aus GW0 gewinnen."

Soraya ließ ruckartig von ihr ab, woraufhin Dr. Morgan sich hustend an der Wand abstützte.

„Schön", knurrte die Löwin. „Schlachtet das Baby aus, dann tötet sie."

Tove verwandelte sich zurück. Sie wünschte sich ernsthaft, Anzherus Aura zu besitzen. Nur dieses eine Mal.

„Wer ist dein Großvater? Ich werde ihm *mitteilen*, dass du deinem Todesurteil entgangen bist." Sorayas Brustkorb hob und senkte sich merklich. Ihre Kampfeslust war noch lange nicht erloschen. Tove lächelte sie sarkastisch an. „Da kommst du ein paar Jahre zu spät. Friedrich Eisengrunth wurde von Asheroth getötet, aber das ist eine viel zu lange Geschichte."

Die Löwin bewegte stumm die Lippen, dann stob sie aus dem Raum. Offensichtlich hatte sie ihn gekannt.

„Gehörst du etwa zur Familie?", rief Tove ihr gehässig nach, ob sie sie noch hören konnte oder nicht. Dr. Morgan hatte sich mittlerweile von Sorayas Angriff erholt und rappelte sich auf. Kopfschüttelnd näherte sie sich dem Gefängnis-Kubus, um die Anzeigen auf dem integrierten Display zu überprüfen. „Meine Güte. Ihr benehmt euch ja wirklich wie die Tiere."

„Sag das nicht so laut." Die Leopardin schenkte ihr ein schiefes Grinsen. „Sonst kommt sie noch zurück und bricht dir das Rückgrat, *Doktor*. Dazu ist sie durchaus in der Lage, auch wenn du dich verändert hast."

Dr. Morgan hob aufmerksam den Blick. Schon vor ein paar Tagen hatte Tove bemerkt, dass sich ihr Geruch eindeutig verändert hatte. Irgendeinen dieser seltsamen Stoffe hatte sie wohl an sich selbst getestet.

„War das auch ein Befehl von deiner Firma?" Die Leopardin stellte sich ihr unmittelbar gegenüber. Dr. Morgan ignorierte

sie und tippte auf dem Display herum. Anschließend wandte sie sich ab und ging auf den Ausgang des Labors zu.
„Jeder Unsterbliche wird es bemerken, wenn er dir begegnet. Was auch immer du getan hast", flüsterte Tove drohend. Sie schaltete das Licht aus, die Tür fiel zu.

Marcus schlich geduckt zwischen mehreren großen Felsen hindurch. Sobald er das Gebäude der Firma sehen konnte, drückte er sich bäuchlings auf den Boden. In seiner Wut hatte er so schnell wie möglich das Land verlassen und war mit Schnellzügen quer durch Europa bis nach Nordspanien gefahren. Hierher waren die Vampire noch nicht gekommen. Die Chance, Tove hier in dieser alten Lagerhalle zu finden, war schwindend gering. Aber wenigstens saß er nicht mehr in Anzherus Hauptquartier fest. Stundenlang beobachtete er die Anlage, die von einem Maschendrahtzaun umgeben war. Der Zaun musste etwa drei Meter hoch sein und war damit kein ernstes Hindernis für seine Sprungkraft. Allerdings wurde das gesamte Gelände von Kameras überwacht. Ob die Temperaturscanner der Firma nur bei Vampiren anschlugen? Oder wurde das Söldner-Team auch alarmiert, wenn sich ein Geschöpf mit höherer Temperatur näherte? Marcus hatte fünf Männer auf ihren Rundgängen beobachtet. Er musste sie überraschen. Wenn sie das Giftgas gegen ihn einsetzen konnten, war er hoffnungslos unterlegen. Mittlerweile zeigte sich ein erster heller Streifen am Horizont, die Sonne würde in einigen Minuten aufgehen. Das Schaben einer Tür ließ ihn aufhorchen. Zwei junge Mädchen verließen das Gebäude und machten offenbar einen kleinen Spaziergang. Beide trugen graue Hosen und Jacken, die ihnen nicht richtig passten. Marcus löste sich von seinem Aussichtspunkt, um sie besser im Auge behalten zu können. Innerhalb der Lagerhalle

ertönte plötzlich einiger Lärm. Im gleichen Moment rannten die Mädchen auf den Zaun zu und trennten hastig die Maschen auf. Nur eine von ihnen hatte eine Zange, die andere hackte wie besessen mit einem stumpfen Messer auf den Zaundraht ein. Marcus beobachtete den Ausbruchversuch gespannt. Der Wind trug ihm den Geruch der Mädchen entgegen. Sie rochen weder wie gewöhnliche Menschen, noch wie die Hybriden-Söldner. Was hatte er da nun wieder entdeckt? Nach fast einer halben Minute hatten sie ein Loch in den Zaun geschnitten, durch das sie mehr oder weniger durchpassten. Die Größere von beiden schnitt sich an den spitzen Drahtenden das Gesicht auf, als sie sich hindurch zwang, aber das schien sie nicht weiter zu interessieren. Sobald sie draußen waren, rannten sie los. Marcus bemerkte, dass sie durchaus schneller waren als Menschen.
„Verdammt!", brüllte eine männliche Stimme aus dem Gebäude. „Holt die Mädchen zurück!"
Die Tür flog erneut auf und vier Söldner stürmten hinter den beiden her. Mit etwas Glück war folglich nur noch einer im Gebäude übrig. Eine bessere Chance, sich im Stützpunkt umzusehen, würde Marcus nicht bekommen. Der Alarm schrillte sowieso schon ohrenbetäubend laut durch die herunter gekommene Lagerhalle. Auf eine so gute Tarnung hatte er nicht zu hoffen gewagt. In Windeseile überwand Marcus den Zaun und betrat das Gebäude. Zuerst sprang er auf ein paar hochgestapelte Kisten und anschließend in die freiliegende Balkenkonstruktion hinauf, die das Dach hielt. Lautlos schlich er über die Stahlträger, bis er den letzten verbliebenen Söldner fand. Dieser tippte hektisch auf der Tastatur seines Computers herum und beachtete die Überwachungsmonitore zu seiner Linken nicht weiter. Marcus konnte darauf nur erkennen, dass sie allein im Gebäude

waren. Die Zellen für Gefangene waren leer. Endlich gelang es dem Söldner, den Alarm abzuschalten. Er atmete erleichtert auf und erhob sich von seinem Hocker.

„Die können was erleben", knurrte er wütend. Den schwarzen Panther hoch über sich bemerkte er erst, als sich seine Reißzähne in sein Genick bohrten. Marcus biss mit voller Kraft zu, bis sein Gegner nicht mehr zuckte. Er hatte beschlossen, sich diese seltsamen Mädchen näher anzusehen und dazu musste er zuerst die Söldner aus dem Weg räumen. Bei einem zweiten Blick auf die Überwachungsmonitore stellte er fest, dass die vier Hybriden bereits mit ihren Gefangenen zurückkamen. Ihren zerrissenen Kleidern nach hatten die Mädchen sich nach Leibeskräften gewehrt und auch jetzt noch stemmte sich die größere von beiden verbissen gegen die zwei Männer, die sie an den Armen weiter zerrten. Dabei waren ihre Hände auf ihren Rücken gefesselt. Ihre Verzweiflung war offenbar groß. Marcus hob den toten Söldner vom Boden auf und schaffte ihn aus dem unmittelbaren Sichtfeld der Eingangstür. Nur wenige Sekunden bevor die Söldner die Lagerhalle betraten, versteckte er sich und die Leiche hinter einer Trennwand.

„ICH GEHE NICHT WIEDER IN DIESES LOCH!", schrie eines der Mädchen. „ICH WILL NACH HAUSE!"

„Halt dein Maul!" Dem Geräusch nach schlug sie einer der Männer ins Gesicht. „Ihr seid Eigentum der Firma. Ihr geht nirgendwo hin, bis Dr. Morgan oder der General es anordnen."

„Brechen wir ihnen lieber gleich die Beine, bevor sie das nochmal versuchen!", schlug ein anderer Söldner vor. Das zweite Mädchen schluchzte panisch auf.

„Wo bleibt 62? Er hat das Kommando, er soll entscheiden."

Marcus bleckte die Zähne. Einer der Söldner ging auf die Monitore zu.

„Hier ist überall Blut!", rief der Hybrid wütend. „Durchsucht die Halle, wir haben Besuch!"

Der Panther lauschte noch einen Augenblick, bevor er seine Position verließ. Drei Paar Füße bewegten sich auf unterschiedlichen Wegen durch die Halle, einer der Söldner blieb bei den Mädchen. Nur einer näherte sich ihm auf direktem Weg.

„Bilde ich mir das ein oder stinkt es hier nach Katze?", grollte er. Dann entdeckte er die Leiche von 62 und ging bei ihm in die Hocke, um sich die klaffende Wunde anzusehen. Marcus zwang sich, während seines Angriffs absolut still zu bleiben. Nur zu gern hätte er gebrüllt wie ein gewöhnliches Raubtier, aber das würgende Geräusch seines zweiten Opfers war schon viel zu laut. Es lockte die anderen Söldner direkt zu ihm. Hastig stob er in seiner zweiten Gestalt davon.

„Es ist ein Panther!", rief eine Stimme hinter ihm. „Er flüchtet zum Hinterausgang!"

Stattdessen sprang Marcus an der Wand empor und stieß sich kraftvoll ab, sodass er sich in der Luft nur zu drehen brauchte, um sicher auf den Stahlträgern der Dachkonstruktion zu landen. Da er jetzt schnell und vor allem wendiger sein musste, verwandelte er sich und lief auf seinen menschlichen Füßen weiter. Der Söldner hinter ihm schoss, die Kugeln verfehlten ihn nur um Haaresbreite.

„Behalt ihn im Auge, ich geh rauf!"

Um ihn einzuholen, würde er allerdings noch ein paar Atemzüge brauchen. Marcus ging auf der Plattform über dem Zentrum der Lagerhalle in die Hocke. Warum benutzten sie noch kein Giftgas? Besaßen ihre Gasgranaten nicht genug Reichweite für ein so großes Gebäude oder hatte es vielleicht etwas mit den Mädchen zu tun? Marcus konnte sie von seiner jetzigen Position aus sehen. Sie knieten auf dem Boden und hielten die Köpfe gesenkt. Die Kleinere schluchzte immer noch hilflos und ängstlich vor sich hin. Die größere hielt irgendetwas in ihren gefesselten Händen. Offenbar war sie schon wieder auf dem besten Weg sich zu befreien.

„Komm her", grollte der Söldner, der Marcus nun viel näher war. „Miez miez miez!"

„Hast du Schwierigkeiten, die Balance zu halten?", fragte der Gestaltwandler spöttisch und schob sich rückwärts über ein wesentlich schmaleres Stahlseil von ihm weg. „Komm du doch!"

Der Söldner zog stattdessen seine Waffe und feuerte auf ihn. Marcus entkam durch einen gewaltigen Satz zur Seite. Gerade noch bekam er die Kante eines Balkens zu fassen und schwang sich wieder hinauf. Ohne das geringste Zögern sprang er auf den Söldner zu und trat ihn von seinem Stahlträger. Den Streifschuss, den er dabei erlitt, nahm er billigend in Kauf. Der Hybrid stürzte ein paar Meter in die Tiefe und prallte auf eine der Kisten am Boden. Sie zerbrach mit einem morschen Krachen, ihr stählerner, rostiger Inhalt durchbohrte den Körper des Söldners an mehreren Stellen. Marcus' vierter Gegner war hinter einer Trennwand in Deckung gegangen und schoss nun auf ihn. Die erste Kugel traf seinen linken Unterschenkel. Lebensbedrohlich würde diese Verletzung natürlich nicht sein, aber sie brachte Marcus aus dem Gleichgewicht und er stürzte ab. Während er fiel, verwandelte er sich und landete gerade noch auf allen vier Pfoten. Der Söldner bewegte sich schon wieder auf ihn zu. Obwohl sein linkes Bein schmerzte und fürchterlich blutete, rannte Marcus im Zickzack um die vielen Kisten und halbhohen Trennwände, bis sein Gegner endlich sein

Magazin leer gefeuert hatte. Mit einem zornigen Brüllen fuhr er herum und ging zum Angriff über. Der Söldner ließ seine Pistole fallen und zog ein Messer, aber auch das half ihm nicht viel gegen die Reißzähne des Panthers. Marcus warf ihn zu Boden und riss ihm die Kehle auf. Dann hielt er kurz inne. Seine Verletzungen begannen, ihren Tribut von ihm zu fordern. Im Zweikampf mit dem letzten Söldner durfte er sich nicht eine falsche Bewegung erlauben. Es war vollkommen still bis auf das Schluchzen des kleineren Mädchens. Marcus setzte sich in Bewegung, der letzte Söldner schien in aller Ruhe auf ihn zu warten. Überraschen konnte er ihn ohnehin nicht mehr, also trat er ihm einfach entgegen. Der Hybrid zog eine Machete von seinem Rücken und stellte sich neben das größere Mädchen. Ihr Gesicht war blutverschmiert und sie zitterte, aber irgendetwas führte sie noch im Schilde.
„Du hast wirklich Nerven, das muss ich dir lassen", sagte der Söldner. Mit der Spitze seiner Machete zwang er das Mädchen, den Kopf zu heben. „Die sind also doch was wert…"
Marcus nahm seine erste Gestalt an. Worauf wollte dieser Kerl denn jetzt hinaus?
„Da du alle anderen beseitigt hast, können wir uns ja jetzt unterhalten." Er legte die Machete auf seiner Schulter ab. „Ich habe schon einige Jobs erledigt und kenne eine Menge zwielichtige Gestalten, aber diese Firma ist eine ganz andere Kategorie. Ich verschwinde bei dieser wunderbaren Gelegenheit."
Der Gestaltwandler blieb stumm. Die Loyalität der Söldner stieß offenbar recht schnell an ihre Grenzen. Ob dieser Mann wusste, dass die Dispenser in seinem Körper ihn innerhalb eines Jahres unsterblich machen würden?

„Jeder nimmt eine und zieht seines Weges. Was meinst du?", fragte der Hybrid mit einem siegessicheren Grinsen. „Du kannst gern die Große haben, wenn dir Widerstand gefällt."
Marcus schüttelte langsam aber bestimmt den Kopf. Er konnte nicht zulassen, dass sich ein Hybrid absetzte und irgendwo im Schatten sein Unwesen trieb. So wichtig ihm sein eigenes Ziel auch war, das konnte einfach zu nichts Gutem führen.
„Wie schade", merkte der Söldner an und hob die Machete. Bevor einer der Kämpfer noch irgendetwas tat, schnellte das Mädchen nach vorn und rammte dem Söldner einen Metallbolzen in den Oberschenkel. Die halbe Sekunde, die er vor Schmerz aufstöhnte und sein Bein anstarrte, genügte Marcus. Mit einem Satz erreichte er in seiner Panthergestalt seinen Gegner und tötete ihn mit einem gezielten Biss in die Kehle. Das kleinere Mädchen schrie entsetzt auf, als das Blut hervorschoss. Marcus konnte es ihr nicht verdenken. Um weniger nach einem Raubtier auszusehen, verwandelte er sich sofort zurück, aber das schien keinen großen Unterschied zu machen. Misstrauisch und verängstigt wichen die beiden vor ihm zurück.
„Du bist ein echter Gestaltwandler, oder?", fragte die Große und wischte sich durchs Gesicht. Sie musste Anfang bis Mitte zwanzig sein, die Kleine mit den buntgefärbten Haaren schätzte Marcus auf höchstens sechzehn. Er nickte. „Und was genau seid ihr?"
„Das wüssten wir auch gern." Sie zog das andere Mädchen in ihre Arme. „Ich bin Valeska. Ihr Name ist Melissa."
Der Panther hatte schon fast mit Subjektnummern gerechnet. Danach würde er lieber erst später fragen, wenn sie ihm halbwegs über den Weg trauten. Er warf einen Blick hinüber zu

den Monitoren. Auf einem der Bildschirme waren sie alle drei wunderbar zu betrachten.
„Wir sollten hier verschwinden."
„Und wohin?", fragte Valeska. Sie löste gerade Melissas Fesseln.
„Ich will heim", wimmerte die Kleine.
„Das wird leider nicht möglich sein. Aber ich kann euch zu jemandem bringen, der herausfindet, was mit euch passiert ist." Der Gestaltwandler versuchte ein aufmunterndes Lächeln. „Ich bin Marcus."
Das überzeugte sie nicht. Valeskas Augen wurden schmal. „Wer wäre das?"
„Asheroth. Er... ist ein Vampir."
„WAS?" Melissa blieb vor Entsetzen der Mund offen stehen.
„Angenehm ist er nicht, das gebe ich zu. Aber einfach abhauen wird euch nicht viel nützen. Wenn ihr Peilsender habt, findet die Firma euch wieder."
Valeska warf einen missmutigen Blick auf die schnurgerade Narbe an ihrem Unterarm. „Und dann? Was wird aus uns?" Sie hatte bereits verstanden, dass es kein Zurück zu ihrer menschlichen Familie gab. Melissa fing wieder an zu weinen.
„Das kann ich noch nicht sagen", gab Marcus ehrlich zu. „Andererseits haben wir schon einen Söldner behalten, der zu uns überlaufen wollte. Eure Chancen stehen vielleicht gar nicht so schlecht."
Auch wenn ihm diese Tatsache widerstrebte, in diesem Fall nutzte sie ihm. Die beiden Mädchen schlossen sich ihm an. Der Gestaltwandler überlegte noch, ob sie zu Fuß zum Bahnhof zurücklaufen sollten, als Valeska ihn auf das geparkte Auto neben der Halle hinwies. Während er die Söldner beobachtet hatte, war es ihm nicht bewusst aufgefallen.

„Wenn du so unter Menschen gehst, rufen sie sofort die Polizei", merkte das Mädchen an. Da hatte sie allerdings Recht. Schließlich war Marcus von oben bis unten mit Blut besudelt.
„Kannst du fahren?", fragte er.
„Klar", gab Valeska verblüfft zurück. Als sie die alte Lagerhalle schon einige hundert Meter hinter sich gelassen hatten, zog der Gestaltwandler sein Handy hervor und wählte Asheroths Nummer. Der Vampirälteste meldete sich sofort.
„Womit verdiene ich die Ehre deiner geschätzten Aufmerksamkeit?"
Marcus hatte keine Begeisterung erwartet, Asheroths triefender Sarkasmus machte ihm trotzdem zu schaffen. Ihm war bewusst, dass er sich egoistisch verhalten hatte, als er allein aufgebrochen war. Im Hintergrund war ein recht lautes Motorengeräusch zu hören.
„Wo bist du gerade?", fragte der Gestaltwandler trotzig. „Ich muss dir jemanden zeigen."
„Nahe Hamburg." Der Tonfall des Vampirältesten änderte sich zum Glück, während sie einen Treffpunkt in Nordfrankreich verabredeten. Marcus ließ sich tiefer in den Beifahrersitz sinken. Die Fahrt würde einige Stunden dauern, daher blieb ihm Zeit sich auszuruhen. Am Abend trafen sie schließlich Asheroth, Anzheru und zwei weitere Vampire auf einem Rastplatz abseits der Autobahn. Von ihrem Fahrzeug war nichts zu sehen.
„Wartet noch einen Moment im Wagen", sagte Marcus, bevor er ausstieg. Valeska und Melissa waren mehr als einverstanden, da sie einem geborenen Vampir in die Augen sehen konnten. Asheroth war nicht weniger beängstigend, da war der Gestaltwandler sich sicher.

„Was sind diese Mädchen?", fragte der Vampirälteste ohne Umschweife.
„Ich hatte gehofft, das würdest du aufklären." Marcus senkte vorsichtshalber die Stimme, obwohl die Autotüren geschlossen waren. „Und ich wäre dir sehr verbunden, wenn ihnen nichts geschieht. Sie sind freiwillig mitgekommen."
„Gefährlich sehen sie nicht aus", merkte Anzheru an.
„Das tut Mira auch nicht", grollte Asheroth leise, aber vorerst stimmte er zu. Erleichtert winkte Marcus die Mädchen heran. Trotzdem musste Valeska Melissa gut zu reden, um sie zum Aussteigen zu bewegen. Die Kleine hatte den Großteil der Fahrt verschlafen, wirkte jedoch keines Wegs erholt. Sie versteckte sich halb hinter Marcus' linker Schulter, während Valeska Asheroth gegenüber trat. Ihr Gesicht war immer noch von ihrer Flucht durch den Zaun gezeichnet und neue Kleidung hatten sie unterwegs auch nicht besorgen können. Daran störte der Vampir sich allerdings nicht, das las Marcus an seiner konzentrierten Miene ab. Zuerst tastete er das Gesicht der jungen Frau ab, dann ihre Schultern und Hüften.
„Ihr seht euch ähnlich. Seid ihr Schwestern?", fragte er.
„Nein, Cousinen", gab Valeska gespannt zurück.
„Ihr beide besitzt die Gabe, unsterbliche Gestaltwandler zur Welt bringen zu können." Seine Fingerspitzen blieben auf ihrem Bauch liegen. „Fehlt bereits einer der Dispenser oder wurde dir absichtlich nur einer eingesetzt?"
Valeska starrte ihn nur verständnislos an. Vermutlich hatte sie noch gar nicht verstanden, worin ihre Gabe bestand. Geschweige denn, welche Konsequenzen sich daraus ergeben würden, wenn andere Gestaltwandler davon erfuhren. Marcus würde ihnen einiges erklären müssen. Begabten wurde

nicht die Wahl gelassen, ob sie überhaupt bei einem Clan leben wollten.

„Ich... hatte immer nur eins von diesen Geräten", antwortete sie stockend. „Dr. Morgan wollte später irgendwas an uns testen."

„Es macht dich zum Teil zu einer Gestaltwandlerin. Welche Nummern habt ihr?", fragte Asheroth ungerührt.

„7 und 8." Valeska verschränkte die Arme vor der Brust.

„Hat 12 nicht gesagt, er hätte die niedrigste Nummer?", knurrte Marcus.

„Offenbar hat er es nicht besser gewusst, sonst hätte Achilleas etwas bemerkt", gab Anzheru zur Antwort. „Nehmen wir sie lieber mit, Vater."

„Natürlich." Der Vampirälteste hob noch einmal die Hände, um Valeskas Stirn zu berühren. Sie erschauderte leicht. „Und wie lange?"

„Sei still!", fauchte er und umgriff ihren Kopf etwas fester. Erst nach mehreren Atemzügen ließ er von ihr ab. „Das ergibt keinen Sinn. Der Dispenser stört meine Wahrnehmung."

„Was auch immer du da *wahrnimmst*", sagte das Mädchen trocken, was ihr einen eisig kalten Blick einbrachte. Sie hielt sich erstaunlich tapfer, wenn man bedachte, wem sie gegenüberstand. Anschließend besah sich Asheroth ihren linken Unterarm. Mit einem entnervten Seufzen wandte er sich an Marcus. „Wirklich? Du hast ihnen nicht die Peilsender herausgenommen?"

„Nein, ich hätte sie unnötig verletzt", wandte der Gestaltwandler ein, aber dieses Argument zählte nicht viel. Das bestätigte ihm die Mimik von gleich vier Vampiren. Ohne jedes weitere Wort drückte Asheroth auf einige Punkte an Valeskas Schulter, woraufhin sie entsetzt nach Luft

schnappte. Ihr Arm hing völlig schlaff herab, wenigstens würde sie wohl keinen Schmerz fühlen. Anzheru umgriff von hinten ihren Oberkörper, Asheroth zückte einen Dolch.
„WAS?", stieß das Mädchen entsetzt hervor. „Du willst das ohne Desinfektionsmittel machen? Hier draußen?"
„Um eine Infektion musst du dir keine Sorgen mehr machen", erwiderte der Vampirälteste kühl und setzte einen präzisen kleinen Schnitt, um ihren Peilsender zu entfernen. Melissa ergriff im selben Moment die Flucht. Marcus lief ihr sofort hinterher, fing sie aber erst ein, als er sich sicher sein konnte, dass Asheroth mit Valeskas Arm fertig sein würde, wenn er die Kleine zu ihm zurück schleifte. Das zappelnde Mädchen in seinen Armen war ein künstlicher Hybrid aus Mensch und Gestaltwandler. Dennoch empfand er Mitleid für sie.
„Ihr habt euch nicht freiwillig bei der Firma gemeldet, oder?", fragte er, um sich zu vergewissern.
„Nein!", schluchzte Melissa leise. Zu mehr fehlte ihr mittlerweile die Kraft. Marcus setzte sie behutsam vor Asheroth ab, als er die Vampire wieder erreichte. Ihr Peilsender wurde ähnlich schnell und präzise entfernt. Immerhin heilte Anzheru ihre Wunde sofort, sodass nicht einmal eine neue Narbe entstand. Währenddessen machten sich seine Clan-Vampire daran, den Tank des gestohlenen Wagens in Brand zu stecken. Marcus trottete ihnen nachdenklich hinterher, als sie den Rastplatz verließen. Die Vampire waren wirklich konsequent darin, ihre Spuren zu beseitigen. Andernfalls wären sie wohl schon viel früher von den Sterblichen entdeckt worden. Marcus wurde erst jetzt bewusst, dass bisher nur die Firma von den Unsterblichen wusste. Und auch er trug wie alle anderen nach wie vor die Verantwortung dafür, dass sich daran nichts änderte. Melissa und Valeska würden

diese Dinge ebenfalls verstehen müssen, wenn sie am Leben bleiben wollten. Dass sie unfreiwillig zu Hybriden geworden waren, spielte dabei keine Rolle. Verblüfft stiegen die beiden gerade hinter Asheroth in den Helikopter, den die Vampire in einiger Entfernung abgestellt hatten.

„Kommst du mit uns?", fragte Anzheru. Die Rotorblätter begannen bereits sich zu drehen.

„Ja, es gibt bestimmt noch mehr Neuigkeiten." Außerdem wollte er die beiden Mädchen noch nicht ganz allein lassen. Schließlich war unberechenbar, wie die anderen auf Melissa und Valeska reagieren würden.

11. Begabte

„Also bist du nicht sicher, welche Folgen die Dispenser für sie haben?", fasste Achilleas Asheroths Einschätzung über die beiden begabten Mädchen zusammen.

„Nein, bei ihnen fühlt es sich anders an als bei Shaun. Vielleicht ist ihre Verwandlung nicht vollständig." Der Älteste rieb sich nachdenklich das Kinn. „Ich nehme an, ihre Gabe schützt sie. Um sicher zu gehen, müsste ich bei einer den Dispenser entfernen und bei der anderen nicht. Dann könnte ich es besser beobachten."

Mira hörte aufmerksam zu, sagte jedoch noch nichts. Melissa und Valeska hatten ihr Haus mit zitternden Knien und fest aneinander geklammert betreten. Eine heiße Dusche und frische Kleidung hatten sie überaus dankbar angenommen. Jetzt ruhten sie sich in einem der Gästezimmer aus und bekamen von der Unterhaltung der Vampire nichts mit. Vielleicht war es im Moment besser so. Vor allem Melissa musste noch verarbeiten, dass sie ein künstlicher Hybrid geworden war und obendrein noch eine Gabe besaß.

„Das mag sehr interessant sein, aber was nützt es uns in diesem Krieg?", fragte Anzheru.

„Leider nicht viel", gestand Asheroth ihm zu. „Sobald die Gestaltwandler von ihnen erfahren, werden sie überaus interessiert sein. Unsterbliche Begabte hat es für sie nie gegeben."

„Vielleicht werden sie später sogar zum Problem für euch", sagte Marcus tonlos. Ihn schien seine Entdeckung am meisten zu beschäftigen. Ausnahmsweise saß er nicht an seinem angestammten Fensterplatz, sondern lehnte neben Batiste an der Wand.

„Da liegst du richtig. Über die Mädchen darf vorerst niemand etwas wissen." Asheroth bedachte die Anwesenden im alten Empfangssaal mit einem warnenden Blick. „Weder Gestaltwandler noch andere Vampire, selbst wenn ihr ihnen vertraut."

„Ich werde es allen mitteilen", sagte Anzheru. „Clanlose Gestaltwandler wagen sich in der Regel nicht in die Nähe meines Hauptquartiers, daher sehe ich da kein Problem."

Mira war im Stillen erleichtert darüber, dass niemand die Mädchen zu seinen Blutsklavinnen machte, und nickte ihrem Schwiegervater ergeben zu. Artorius betrat in diesem Moment den Saal. Anzheru wandte sich irritiert zu ihm um. „Du bist schon zurück? Wo ist Elvera?"

„Noch unterwegs", gab Mira an seiner Stelle zur Antwort. „Mit Igor und dem Hybriden, den sie rekrutiert hat."

Der Leibwächter warf ihr einen dankbaren Blick zu, während Asheroth hörbar ausatmete. Das genügte schon, um seine Missbilligung auszudrücken.

„Sie wird wissen, was sie tut", sagte Achilleas mit einem Achselzucken. „Welchen Stützpunkt nehmen wir uns als Nächstes vor?"

Mira beteiligte sich nicht am Gespräch der Ältesten am Kartentisch. Stattdessen holte sie sich ein Glas Wein und ging hinaus in die Eingangshalle. Als sie dieses Gebäude zum allerersten Mal betreten hatte, hatten einige Gewehre an der Wand gelehnt. Nun trugen die Leibwachen sie bei sich, um im Ernstfall auch aus der Distanz etwas ausrichten zu können. Ein paar ihrer Vampire gingen an ihr vorbei und die Treppe hinauf. Immer noch mieden die meisten den direkten Blickkontakt mit ihr. Niemand wagte, über Letizia zu sprechen. Mira sah ihnen etwas entnervt nach, wobei sie Onur

auf dem oberen Treppenabsatz entdeckte. Der Leibwächter hatte sich sichtlich erholt. Zielstrebig kam er auf sie zu.
„Schön, dass es dir besser geht", sagte Mira mit einem Lächeln. Onur war ihres Wissens nach Commodus' zweiter Leibwächter. Er senkte den Kopf vor ihr. „Ich danke dir dafür, dass du mich geheilt hast." Sein Blick wurde ernster. „Habt ihr meinen Gebieter gefunden?"
„Nein, wir haben weder ihn noch Letizia."
Er ließ die Schultern sinken. „Das ist sehr bedauerlich. Im Gemetzel gegen die Hybriden habe ich nur gehört, wie Commodus Leyth befohlen hat, sie wegzuschaffen."
„Ich kann dir nicht sagen, ob er es geschafft hat." Mira schüttelte bedächtig den Kopf, dann trank sie einen Schluck aus ihrem Glas. „Ich kann dir noch nicht einmal sagen, ob unsere Aussichten gut oder schlecht sind."
Während sie sprach, verließ Batiste den alten Empfangssaal und gesellte sich zu ihnen.
„Wurde auch Zeit, dass du aufstehst", sagte er mit einem breiten Grinsen. Onur schnaubte leise. „Ich freue mich auch, dich zu sehen, alter Freund."
„Dieses Mal hast du noch länger verschlafen als nach der Sache mit den Wölfen in den Ardennen." Der Leibwächter schüttelte den Kopf. „Dabei bist du fast so alt wie ich."
Um welche alte Geschichte es sich auch handelte, Onur blieb gelassen. Er tat den Kommentar seines Waffenbruders mit einem Schulterzucken ab. „Das habe ich anders in Erinnerung."
„Tatsächlich?" Batiste verschränkte die Arme vor der Brust und lehnte sich angriffslustig vor. „Gehen wir nach draußen und sehen, wie sehr du eingerostet bist, während du in deinem Käfig gesessen hast."

Mira schmunzelte, während die beiden Leibwächter das Haus verließen. Wenigstens sie benahmen sich wie immer. Wenige Atemzüge später kamen Achilleas und Anzheru aus dem alten Empfangssaal. Ihr Gefährte wirkte ziemlich angespannt.

„Ihr habt euer nächstes Ziel gefunden", stellte Mira fest.

„Richtig", sagte Achilleas zufrieden. „Kommst du mit mir, Liebes?"

Bevor sie antwortete, musterte sie noch einmal ihren Gefährten. Er war offensichtlich nicht gefragt worden, ob er den Ältesten begleiten würde.

„Ihr nehmt einen Direktflug von Oslo nach New York", sagte er mit zusammengebissenen Zähnen. „Er meint, er hört die Hybriden früh genug, um sie zu umgehen."

„Das meine ich nicht nur", knurrte Achilleas.

„Mit einem Team von fünf Vampiren wird es trotzdem nicht einfach." Mira versuchte, einen beschwichtigenden Tonfall zu treffen. Natürlich würde sie die Chance nutzen, endlich wieder etwas zu tun. Dennoch wollte sie einen Streit zwischen dem Spartaner und ihrem Gefährten vermeiden.

„Deshalb gehen nur wir beide", gab Achilleas leichthin zurück. Anzheru wandte sich ruckartig zu ihm um. „Das ist nicht dein Ernst!"

„Willst du mich in Frage stellen, Neffe?"

„In diesem Fall ja!"

Mira schob sich demonstrativ zwischen die beiden, wobei sie mit dem Rücken zu Anzheru stand. Manchmal war es wirklich erstaunlich, wie schnell sie sich auf eine Lautstärke steigerten, bei der das gesamte Haus zuhören konnte.

„Schließen wir einen Kompromiss", schlug sie vor. „Wir beide und eine Leibwache."

Einen Moment herrschte Schweigen, dann gab Achilleas mit einem leisen Schnauben nach. „Such jemanden aus. In einer halben Stunde müssen wir los."

Die Tageswandlerin nickte zufrieden. Während der Spartaner davon marschierte, wandte sie sich zu ihrem Gefährten um. Anzheru war immer noch nicht überzeugt. „Das ist etwas anderes als ein kurzer Flug nach Polen. Wenn euch in den USA etwas zustößt, braucht Vater sehr lange, um es zu bemerken. Dann besteht die Gefahr, dass wir euch verlieren!"

„Das ist mir bewusst." Mira nahm sein Gesicht in beide Hände. „Du sagtest, Asheroth und du wären noch nie besiegt worden. Das trifft auch auf Achilleas und mich zu."

Bevor er widersprechen konnte, legte sie ihm einen Finger an die Lippen. „Ich kann kein Jahrtausend Kampferfahrung vorweisen, aber es ist wahr. Willst du diese halbe Stunde jetzt wirklich damit verbringen, mit mir zu streiten?"

„Nein." Er schloss sie in die Arme und lehnte seine Stirn gegen ihre. „Wen willst du mitnehmen?"

„Shaun." Noch wollte sie ihn lieber nicht allein bei ihrem Clan und Marcus und Marek zurücklassen. Mira spürte, dass Anzherus linke Hand zu ihrem Genick hinauf wanderte. Natürlich war er mit ihrer Wahl nicht einverstanden. Sie stellte sich bereits auf die nächste Diskussion ein, doch wider Erwarten hielt er ihren Kopf nur fest, um sie zu küssen. Und das nicht besonders sanft. Am liebsten wollte Anzheru sie wohl in ihre abgelegene Villa schleifen.

„Willst du Blut?", flüsterte Mira, als er von ihr abließ.

„Das wäre jetzt nicht besonders ratsam", brummte Anzheru. „Du musst bei vollen Kräften sein, wenn es zum Kampf kommt."

„Ich weiß." Sie seufzte leise und richtete den Kragen seines Hemds. „Du wirst spüren, wenn etwas Ernstes passiert."
„Wenn es so ernst wird, dass der Schatten in mir auf dein Licht reagiert, bringe ich Achilleas um." Das sagte er absichtlich so laut, dass der Älteste es hören musste. Mira schüttelte sanft den Kopf.
„Oh doch!", unterstrich Anzheru seine Aussage noch einmal.
„Wie du meinst." Sie küsste ihn auf die Wange. „Lass uns nachsehen, ob Onur noch etwas von Batiste übrig gelassen hat."
Die halbe Stunde bis zu ihrem Aufbruch wich ihr Gefährte nicht von ihrer Seite. Shaun wirkte im ersten Moment überrascht, als Mira ihm sagte, wohin er sie begleiten würde. Der Hybrid hatte offenbar noch nicht damit gerechnet, mehr als einen Mauerabschnitt bewachen zu müssen.

Ein paar Stunden nachdem Achilleas, Mira und 12 zum Flughafen gefahren waren, hörte Marcus die Stimmen der beiden begabten Mädchen im obersten Stockwerk des Hauptquartiers. Sie hatten ausgeschlafen, nun streiften sie neugierig durchs Haus.
„Hoffentlich finden wir etwas zu essen", sagte Valeska gerade, als der Gestaltwandler ihnen an der Treppe begegnete.
„Außer Alkohol werden die Vampire wohl nichts hier haben." Er versuchte, sie aufmunternd anzulächeln. „Müsst ihr regelmäßig essen?"
Die beiden Mädchen tauschten einen Blick aus. Melissa hob unschlüssig die Schultern. „Bis jetzt haben wir jeden Tag zu essen bekommen. Ich weiß nicht, ob wir es *müssen*."
„Ihr werdet euch ohnehin gedulden müssen." Asheroths harte Stimme war unverkennbar. Der Vampirälteste stieg die

letzten Stufen zu ihnen hinauf. „Niemand verlässt das Gelände, für eine solche Kleinigkeit."
Melissa sank in sich zusammen und schob sich wieder hinter Marcus' Schulter. Er konnte es nur zu gut nachvollziehen. Valeska hingegen musterte Asheroth, während er ungerührt an ihnen vorbei marschierte.
„Diese Hybriden-Söldner machen euch wirklich zu schaffen", merkte sie an. Der Vampir hatte bereits die Tür zu seinem Gästezimmer erreicht. Er warf einen Blick über die Schulter. „Sie sind nicht unbesiegbar."
„Können wir uns irgendwie nützlich machen?", fragte Valeska. Jetzt drehte Asheroth sich wieder ganz zu ihr um. Melissa hielt vor Entsetzen den Atem an.
„Außer Blut spenden!", fuhr ihre Cousine schnell fort. „Es ist nur so…"
Der Vampirälteste näherte sich ihr, wobei seine dunklen Augen sie schon fast durchbohrten. „Ja? Sprich, solange ich es dir erlaube."
Valeska schluckte merklich. „Wir haben Monate in diesem Labor gesessen. Ich glaube, sogar über ein Jahr."
„Da liegst du richtig."
„Und sie haben uns zu künstlichen Gestaltwandlern gemacht, nur um zu sehen, was passiert. Daher würde ich jetzt gern irgendwas gegen diese Firma unternehmen."
Im Stillen bewunderte Marcus ihre Entschlossenheit. Valeska ergab sich ihrem Schicksal nicht, freiwillig würde sie sich wohl kaum einem Clan anschließen, um unsterbliche Kinder in die Welt zu setzen. Welche zweite Gestalt sie auch immer haben mochten. Asheroth berührte erneut ihre Stirn. „Tatsächlich kannst du etwas tun. Ich versuche zu verstehen, wie ihr überhaupt zu dem werden konntet, was ihr jetzt seid.

Zuerst entferne ich bei einer von euch den Dispenser, um zu sehen, ob sich dadurch noch etwas ändert."
„Gern", sagte Valeska prompt, dann wandte sie sich an ihre Cousine. „Bist du damit einverstanden, dieses Ding noch eine Weile zu behalten?"
Melissa nickte nachdrücklich. Der Gedanke, von Asheroth operiert zu werden, ließ sie jetzt schon zittern. Marcus klopfte ihr beruhigend auf die Schulter, woraufhin sie wieder etwas regelmäßiger atmete. Zum ersten Mal brachte sie ein winziges Lächeln zu Stande. Der Vampirälteste beachtete sie nicht weiter. Mit einer Geste bedeutete er Valeska, ihm nach unten zu folgen. Marcus schlug Melissa vor, wieder in ihr Zimmer zu gehen, worauf sie sich sofort einließ. Er selbst folgte Asheroth und Valeska hinunter bis ins Erdgeschoss. Gegenüber des Empfangssaals befanden sich ein Lagerraum und eine Art Krankenstation. Ohne zu zögern legte Valeska sich auf einen der blanken Metalltische und zog ihr T-Shirt hoch. „Kannst du mich dieses Mal ganz betäuben? Ich glaube nicht, dass ich es aushalte, wenn du mir den Bauch aufschneidest. Auch wenn ich es nicht spüre."
Statt ihr zu antworten schob Asheroth eine Hand in ihr Genick und raubte ihr das Bewusstsein. Marcus konnte sich ein entnervtes Schnauben nicht verkneifen.
„Möchtest du etwas sagen?", fragte der Vampirälteste, während er sich schon ans Werk machte.
„Geh ein bisschen pfleglicher mit ihr um."
„Lass mich eins klarstellen, Marcus." Er zerquetschte den Chip zwischen seinen Fingern, den er aus Valeskas Brustkorb entfernt hatte. „Diese Mädchen mögen Opfer der Firma geworden sein. Aber das macht sie nicht so wertvoll, dass wir sie um jeden Preis verteidigen werden. Um ihretwillen werde ich keinen Streit mit den Gestaltwandlern beginnen.

Überleg dir früh genug, wo du in dieser Sache stehst!" Er schlitzte sich den Daumen an seinem Eckzahn auf. Eine kurze Berührung mit der Wunde genügte, um die Blutung zu stoppen. Dann begann sie zu heilen.
„Ihre Regeneration ist besser als die eines Menschen", stellte Asheroth sachlich fest. Marcus erwiderte nichts. Er blieb nur, um das Mädchen nach oben zu tragen, sobald der Vampir ihren Dispenser entfernt hatte. Er würde auch mit seinen Freunden über die Begabten sprechen müssen, bloß waren die Adlerschwestern auf Spähflug und Igor immer noch mit Elvera unterwegs.

Die älteste Vampirin befand sich einige hundert Meter links von ihm. Seit Stunden durchkämmten sie die öde Steppe, gerade noch in Hörweite der anderen. Keith lief irgendwo rechts von Igor. In dieser Gegend gab es einen Stützpunkt der Firma, den Shaun noch nie betreten hatte. Beim Eintrag auf den Karten der Vampire war er sich daher nicht ganz sicher gewesen, wo sich das Gebäude befinden sollte. Igor seufzte leise, sein Atem dampfte in der kalten Nachtluft. Elvera hatte sich in den Kopf gesetzt, genau diesen Stützpunkt zu finden, also suchten sie, solange es dauerte. Keith hatte nicht widersprochen. Der Scharfschütze hinterfragte Befehle offenbar nie. In etwa drei Stunden würde die Sonne aufgehen, aber auch dann würden sie keine Pause machen. Elvera war so alt, dass ihr Sonnenlicht unter normalen Bedingungen nichts mehr anhaben konnte. Aus Igors Sicht war es ein wenig unfair, dass die Vampire ihre Schwächen im Laufe ihres langen Lebens überwanden. Langfristig waren sie den Gestaltwandlern damit überlegen. Ein Pfiff ertönte von links. Der Hyänenmann folgte dem Laut, so schnell er konnte, denn er war das verabredete Zeichen, falls einer von ihnen Hilfe brauchte. Elvera brach einem Söldner gerade per Hebeltechnik das Genick, als Igor sie erreichte. Ansonsten war niemand zu sehen.

„Er wird auf Patrouille gewesen sein", sagte sie vollkommen ruhig. „Wir folgen seiner Spur."

Er nickte, es gab nichts hinzuzufügen. Sobald Keith sie erreicht hatte, verfolgte Igor die Fährte des Hybriden in seiner zweiten Gestalt. Ein summendes Geräusch ließ ihn innehalten.

„Sekunde", flüsterte Elvera und zog ihr Handy aus der Jackentasche. „Was willst du?"

„Nicht weit von euch ist ein Stützpunkt."

Igor erkannte Asheroths Stimme am Telefon und wandte sich zu der Vampirin um.

„Das wissen wir schon", gab sie ungeduldig zurück.

„Gut. Ihr solltet dort Leyth finden. Sie haben ihn in dieser Nacht dort abgeliefert."

Elvera bleckte die Zähne und beendete das Gespräch ohne ein weiteres Wort. Mit einer Geste bedeutete sie Igor, sich zu beeilen. Er erinnerte sich noch gut daran, wie sie dem Leibwächter damals kurz vor der Schlacht gegen Drago begegnet war. Die beiden Vampire hatten sich nie zuvor gesehen, und trotzdem hatte Elvera Leyth als ihren Sohn bezeichnet. Nach einigen Schritten gen Osten bemerkte Igor die Fährte eines zweiten Söldners. Offenbar kamen sie ihrem Ziel näher.

„Wir sollten erst mal außerhalb der Reichweite der Temperatur-Scanner in Deckung gehen", schlug Keith vor. „Oder greift ihr lieber an, ohne zu wissen, wie viele es sind?"

„Nein, wir werden uns zuerst einen Überblick verschaffen", sagte Igor, ohne Elveras Antwort abzuwarten. Die älteste Vampirin nahm seine Aussage kommentarlos hin und schlich auf ein paar Felsen zu, die aus der kargen Landschaft aufragten. Über deren Rand hinweg konnten sie im Liegen das Gebäude erspähen. Es bestand aus schlichtem Beton und hatte einen direkt angebauten Aussichtsturm.

„Sieht aus wie ein altes Militärkrankenhaus", flüsterte Keith. „Durchgangstüren, Fluchtwege... total unübersichtlich. Und auf dem Turm sehe ich einen Wachposten."

„Und wenn wir sie heraus locken?" Elveras Augen wurden schmal.

„Das würde es schon einfacher machen. Den Kerl auf dem Turm sollten wir trotzdem zuerst erledigen. Zum Glück habe ich meinen Schalldämpfer mitgenommen."

Igor gefiel gar nicht, was er da hörte. Er rechnete schon damit, dass er den Lockvogel abgeben musste, als im Gebäude ein lautes Krachen ertönte. Dann mehrere Schreie. Im Erdgeschoss wurde das Licht angeschaltet.

„Wie es aussieht, kommen sie von allein raus." Keith löste das Gewehr von seinem Rücken und brachte es in Position. Offensichtlich machte es ihm überhaupt nichts aus, die Männer zu erschießen, die vor wenigen Tagen noch seine Kameraden gewesen waren. Igor vermutete im Stillen, dass die Söldner sich aufgrund des Rotationssystems der Firma kaum kennenlernten und keine Freundschaften schlossen. Ob dies wirklich immer ein Vorteil für ihn und seine Verbündeten war, würde sich noch zeigen. Die doppelflügelige Eingangstür wurde aufgestoßen und zwei Männer traten ins Freie. Sie schleiften einen Körper hinter sich her.

„Ist das dieser Leyth?", fragte der Scharfschütze, wobei er durch das Zielfernrohr seines Gewehrs schaute.

„Ja!", knurrte Elvera. Sie stemmte schon die Handflächen auf, um sofort aufzuspringen. Die beiden Söldner banden Leyth an einen Fahnenmast, der vor dem Gebäude aufragte.

„Ich glaube, er hat mir ein paar Rippen gebrochen", grollte einer von ihnen. „Bringen wir es hinter uns, bevor er noch mehr Ärger macht!"
Der andere schlug den Vampir mit voller Wucht ins Gesicht. „Bei der Gelegenheit testen wir, was die wirklich aushalten. Ich glaube nicht, dass diese Blutsauger so unzerstörbar sind, wie Dr. Morgan behauptet."
Leyth hustete schwach. Der nächste Faustschlag traf ihn in die Magengrube. Elvera stieß Igor mit dem Ellbogen an, sie wollte angreifen. Dabei gesellten sich gerade noch zwei weitere Söldner zu den beiden vor dem Krankenhaus. In der zweiten Etage öffnete sich ein Fenster. Dort zündete sich ein Hybrid in aller Seelenruhe eine Zigarette an, um sich das Schauspiel am Fahnenmast anzuschauen. Insgesamt stand es also sechs gegen drei.
„Nicht bewegen", flüsterte Keith. Igor zwang sich, seine Muskeln wieder zu entspannen. Elvera hingegen wandte ruckartig den Kopf. „Wir können nicht warten, sie bringen ihn um!"
Der Hybrid legte den Finger an die Lippen, dann schaute er wieder konzentriert durch das Zielfernrohr seiner Waffe. „Du wolltest mein Talent. Gib mir eine Minute."
Igor legte Elvera eine Hand auf den Unterarm. Der Gestaltwandler hatte Verständnis für ihre Verzweiflung, aber zu dritt hatten sie keine Chance in einem direkten Angriff. Noch hatten die Söldner sie nicht bemerkt. Sie mussten in Deckung bleiben, soweit hatte er Keiths Plan verstanden und aus irgendeinem Grund fand er diesen besser, als blindlings drauf loszustürmen. Igor registrierte nebenbei, dass der Hybrid nicht mehr atmete, sein Puls verlangsamte sich merklich. Genau zwischen zwei Herzschlägen drückte er ab. Das Geschoss traf den Söldner auf dem Aussichtsturm genau in

die Schläfe, woraufhin er in sich zusammensackte. Der Schalldämpfer des Scharfschützengewehrs erfüllte seinen Zweck. Die Männer beim Fahnenmast bemerkten nicht, dass ihr Kamerad auf dem Turm zumindest kampfunfähig war. Als Nächstes war der Söldner an der Reihe, der an dem geöffneten Fenster rauchte und zu ihnen hinunter schaute. Sie waren viel zu sehr mit Leyth beschäftigt, um die herunterfallende Zigarette zu registrieren. Nun waren es noch vier. Igor hielt mit Keith den Atem an. Die Söldner standen recht nah beieinander. Jetzt würden sie den stillen Angriff zwangsläufig bemerken. Der dritte Schuss des Hybriden traf den Söldner, der Leyths Haare gepackt hielt, zwischen die Augen und sorgte kaum eine Sekunde lang für Verwirrung. Diese reichte Keith allerdings schon, um noch einen Söldner niederzustrecken. Sein Blut besudelte Leyth von oben bis unten. Die übrigen zwei fanden Deckung und eröffneten das Feuer in ihre Richtung. Die Kugeln schlugen unterhalb ihrer Position in die Felsen ein. Elvera war kaum noch zu halten.
„Sie werden Verstärkung rufen!", fauchte sie leise.
„Werden sie nicht", flüsterte Keith. Seine stoische Gelassenheit war schon fast beneidenswert. Igor selbst hatte Schusswaffen immer als überflüssig erachtet. Die Fähigkeiten dieses Hybriden waren allerdings überaus beeindruckend, schließlich waren sie noch etwa fünfhundert Meter von dem Gebäude entfernt und die Ziele nicht allzu groß und beweglich. Den vorletzten Söldner erwischte er, als dieser an der Kiste vorbei lugte, die ihm Deckung gegeben hatte.
„Dummkopf", lautete Keiths Kommentar.
„Der letzte gehört mir!", grollte Elvera so laut, dass der Söldner sie garantiert hören konnte. Er war derjenige, der am heftigsten auf Leyth eingeprügelt hatte. Igor hetzte hinter der Vampirin her, brauchte ihr allerdings nicht zu helfen. Im

Nahkampf war Elvera nicht zu schlagen. Sie nagelte den Söldner mit ihren seltsamen Waffen an der Kiste fest und nahm sich sein Blut.

„Igitt", sagte sie, nachdem sie ihm den letzten Tropfen ausgesaugt hatte. „Bitter wie Gift."

„Das war unheimlich", murmelte Keith Igor zu. Er hatte in der Zwischenzeit zu ihnen aufgeschlossen und betrachtete die Szene. Elvera wischte sich mit dem Handrücken über den Mund und zuckte mit den Schultern. Igor machte sich derweil daran, Leyths Fesseln zu lösen. Zur Ernährungsweise der Vampire sagte er lieber gar nichts. Als er noch bei seinem Clan gelebt hatte, war ihm oft gesagt worden, dass die Vampire ihren Opfern nicht nur ihr Blut, sondern auch ihre Seele aussogen. Natürlich war das eine maßlose Übertreibung gewesen, um ihm und den anderen Kindern Angst zu machen. Sie konnten lediglich die Erinnerungen anderer Vampire lesen und er hatte Jasminas Biss bestens überstanden. Dennoch sah er nicht gern dabei zu, denn irgendwo tief in seinem Innern rief das Bild eines trinkenden Vampirs einen Abwehrreflex wach. Ähnlich, wie wenn er in Anzherus Augen sah. Er übergab Leyth an Elvera. Der Leibwächter atmete nicht mehr und war kraftlos in sich zusammengesunken.

„Hier, du musst trinken!" Die älteste Vampirin öffnete ihr Handgelenk mit den Zähnen und presste es auf seine Lippen. Leyth hatte nicht einmal die Kraft, selbst zuzubeißen.

„Ich sehe nach, ob der Söldner im zweiten Stock wirklich tot ist", verabschiedete Igor sich schnell. Er hörte noch, dass Keith den Wachposten vom Aussichtsturm holen wollte. Das Krankenhaus war gespenstisch leer. Nur vereinzelt standen ein paar schmale Betten und Infusionsständer herum. Der Söldner, der am Fenster geraucht hatte, war von der Kugel in

seinem Kopf getötet worden. Sein Herz war stehen geblieben, keine seiner Zellen regte sich. Igor fragte sich noch, ob wirklich niemand diese Männer vermisste, als er eine fremde Stimme hörte. Sie schien von weiter unten im Gebäude zu kommen. Lautlos schlich er wieder hinunter ins Erdgeschoss. Noch einmal rief jemand. „Hallo? Ist da noch jemand?"
Es klang immer noch gedämpft. Der Gestaltwandler stieß nach und nach die Türen auf den Korridoren auf, bis er eine Treppe in den Keller fand. Dem Geruch nach waren die Hybriden-Söldner dort unten gewesen. Igor bewegte sich nur langsam vorwärts, bereit zum Angriff.
„Ich bin hier hinten!", rief die männliche Stimme. Außer seinem Herzschlag war nichts zu hören. Der Gestaltwandler folgte dem Geräusch. Die Kellerbeleuchtung war sehr dürftig, zudem war es stickig. Der Korridor mündete in eine Art Operationssaal. Igor trat in der hinteren Ecke vorsichtig an den Rand eines Beckens heran. Es war mehrere Meter tief in die Erde eingelassen, schmal und durchweg gefliest, als könnte man es mit Wasser füllen. Dort unten hockte ein Mann. Seine Haut war seltsam fahl, ähnlich wie die eines Vampirs. Sein Haar war blond, beinahe weiß. Dem Geruch nach war er allerdings ein Gestaltwandler. Igor atmete noch einmal konzentriert ein. Er hatte es sich nicht eingebildet, dieses Geschöpf war wie er, bloß roch er nicht im Geringsten nach seiner Tiergestalt. Er konnte sie nur äußerst selten annehmen, wenn überhaupt.
„Was ist da oben los? Hast du diese grauenhaften Geschöpfe besiegt?", fragte er hoffnungsvoll. Der Hyänenmann nickte zaghaft. „Meine Verbündeten haben alle getötet. Ich bin Igor."

„Mein Name ist Okon." Er erhob sich. „Bitte... Ich verlange nichts von euch, hilf mir nur nach oben. Die Fliesen sind zu glatt, um zu klettern."

„Ja, natürlich", versicherte Igor ihm. Eilig durchsuchte er die Kellerräume, fand aber nur ein sehr kurzes Seil. Alle übrigen waren zu vermodert, um das Gewicht eines Mannes zu halten. Er ließ es in das Becken hinunter. Es reichte gerade einmal zwei Meter in die Tiefe, wenn Igor genug Seil bei sich behielt, um gegenhalten zu können. Okon sprang hoch, rutschte jedoch an der Wand ab, bevor er das Ende des Seils erreichte. Springen wie eine Katze konnte er jedenfalls nicht.

„Warte." Kurz entschlossen band Igor das Seil an einer nahen Säule fest, ließ sich so weit wie möglich hinab und hielt ihm die Hand hin. Diese erreichte Okon. Obwohl das alte Seil bedrohlich ächzte, schafften sie es gemeinsam hinauf.

„Ich danke dir", sagte der blasse Gestaltwandler. „Für mich hatten sie keinen Glaskubus wie für den Vampir, also steckten sie mich in dieses Loch. Was auch immer die waren."

„Künstlich erzeugte Hybriden." Igor klärte Okon in wenigen Sätzen über die Situation der Unsterblichen auf, während sie den Keller des Krankenhauses verließen. Es schien ihn nicht sonderlich zu schockieren. Bei etwas mehr Licht wurde noch deutlicher, wie blass dieser Mann war. Dabei erinnerte seine Gesichtsform Igor eher an einen Afrikaner. Offenbar war Okon ein Albino.

„Ich nehme an, du gehörst zu keinem Clan?", fragte der Hyänenmann im Anschluss.

„Richtig. Ich bin auf mich allein gestellt."

„Das ist im Moment sehr gefährlich." Sie erreichten die Tür nach draußen. „Vielleicht kommst du erst einmal mit uns."

Dieser Vorschlag schien Okon völlig zu widerstreben, als er Elvera, Leyth und Keith erblickte. Er wich irritiert zur Seite, als wollte er sofort flüchten. „Jetzt muss ich fragen, wer *du* bist, Igor!"
„Ich stehe wie du außerhalb", gab er gelassen zur Antwort. „Mein Clan verstieß mich vor Jahrhunderten. Dafür habe ich andere Verbündete gefunden. Sie werden dir nichts tun."
„Du riechst seltsam", merkte Elvera an. „Was ist deine zweite Gestalt?"
„Das geht euch nichts an!", knurrte Okon. In dieser Sache war er offenbar empfindlich. Igor hob verblüfft die Brauen. Ein Gestaltwandler, der nie seine zweite Gestalt annahm, war ihm noch nie begegnet und er hatte auf seinen Reisen schon viele Clanlose und Abtrünnige kennen gelernt.
„Wie du meinst", sagte Elvera kühl. „Wir kehren zu unserem Hauptquartier zurück. Entscheide dich jetzt, ob du weiterhin allein herumstreunen willst, oder bei uns Schutz suchst." Sie erhob sich und zog Leyth auf die Füße. Der Leibwächter erholte sich dank ihres Blutes bereits ein wenig. Keith stützte ihn zur Sicherheit trotzdem, als sie sich in Bewegung setzten. Okon rührte sich hingegen nicht vom Fleck, weshalb auch Igor zögerte.
„Zwei Vampire und ein Hybrid?", fragte er immer noch ungläubig.
„Ist eine lange Geschichte", gab der Hyänenmann ausweichend zur Antwort. „Tatsächlich habe ich mehr verbündete Vampire als Gestaltwandler."
Okon wurde immer misstrauischer, das konnte Igor an seinen Augen ablesen. Da war es nur logisch, ehrlich zu bleiben. „Ich kann gut verstehen, dass dich das irritiert. Als ein Freund von mir sagte, wir verbünden uns fürs Erste mit

ihnen, war ich auch sehr skeptisch. Aber... wie sich zeigte, sind sie sehr verlässlich."
„Hat dich nie einer von ihnen gebissen?"
Igor rieb die Hände an seiner Hose ab. „Wenn ich nein sage, wäre es gelogen. Darum musst du dich allerdings nicht sorgen. Wenn Elvera sagt, du darfst bei uns Schutz suchen, dann meint sie das auch so."
Okon musterte noch einmal die drei Geschöpfe, die sich zusehends von ihnen entfernten. Dann wandte er wieder Igor das Gesicht zu. „Du riechst sehr nach Fell. Tolerieren sie auch deine zweite Gestalt?"
„Natürlich." Wie seltsam der Hyänenmann diese Frage fand, sprach er lieber nicht aus. „Ich denke, manche von ihnen wissen sie zu schätzen. Meine Kiefer sind in der Lage, Knochen zu brechen."
Der blasse Gestaltwandler hob skeptisch die Brauen. „Du kämpfst für sie?"
Igor zuckte mit den Schultern. „Wenn es notwendig ist. Sie haben es schließlich auch für mich getan." Langsam schwand seine Geduld mit Okon. Er schien wirklich niemandem zu trauen, geschweige denn freiwillig irgendeine Information über sich preiszugeben.
„Wenn du nicht mitkommen willst, lauf so weit weg, wie du kannst. Ich empfehle dir allerdings, dem Asiatischen Clan auszuweichen. Sie sind Fremden gegenüber nicht besonders aufgeschlossen und werden dich nicht vor den Hybriden-Söldnern beschützen." Ohne ein weiteres Wort lief Igor Elvera und den anderen hinterher. Wenn Okon ihm nicht glauben wollte, musste er eben allein bleiben. Nach ein paar Atemzügen hörte er die Schritte des fahlen Gestaltwandlers hinter sich. Er schloss zu ihnen auf, mied jedoch jeglichen Blickkontakt.

„Du hast wirklich niemanden, oder?", fragte Elvera überraschend sanft. Ihr Zorn schien für den Moment verraucht zu sein.
„Nein", brummte Okon. Mehr sagte er fürs Erste nicht.

12. Hacker

Shaun starrte seit etwa zwei Stunden aus dem Fenster des Autos, das sie am Flughafen gemietet hatten. Der Stützpunkt der Firma lag ein gutes Stück außerhalb, kurz vor der Grenze zu Kanada. Dieses Mal saß dankbarerweise Mira am Steuer. Auch sie fuhr über der erlaubten Höchstgeschwindigkeit, aber Shaun machte sich weniger Sorgen, dass sie den Wagen um den nächsten Baum wickeln würde. Im Stillen wunderte er sich immer noch darüber, dass sie ausgerechnet ihn als Leibwache ausgesucht hatte. Wollte Mira ihn vielleicht nur nicht in der Nähe von Marek und Marcus zurücklassen? Was auch immer sie sich dabei gedacht hatte, Shaun würde seine Aufgabe ernst nehmen.

„Halte hier an. Den Rest gehen wir zu Fuß", sagte Achilleas und faltete die Landkarte auf seinem Schoß zusammen. Da es hier keinen Rastplatz oder Ähnliches gab, stellte Mira den Wagen einfach neben der Straße ab. Auf ihrem Fußmarsch durch die Dunkelheit begegnete ihnen ein Schwarzbär, der sofort die Flucht ergriff. Shaun vermutete, dass es am Geruch der Vampire lag. Selbst ein großes, kräftiges Tier legte sich nicht freiwillig mit ihnen an. Wie er wohl auf ein Tier wirkte? Bei der nächsten Gelegenheit würde er einmal ausprobieren, ob Hunde sich noch wie früher vertrauensselig von ihm streicheln ließen. Unmittelbar vor ihnen zweigte ein Schotterweg von der Straße ab. Sie folgten dem recht breiten Weg, bis sie ein Gebäude erspähen konnten. Dann schlichen sie zur Seite, um hinter hohen Sträuchern in Deckung zu gehen. Laut dem verwitterten Schild am Schotterweg handelte es sich um ein Chemielabor, allerdings war es nicht mehr in Betrieb.

„Es ist verdächtig ruhig", flüsterte Achilleas. „Ich höre nur zwei Herzschläge im Gebäude."
„Das ist seltsam. Normalerweise werden die Stützpunkte nie mit weniger als vier Männern besetzt. Ich hätte sogar noch mehr erwartet." Shaun starrte angestrengt durch die Fenster im Erdgeschoss. In der völligen Dunkelheit war jedoch kaum etwas zu erkennen. Mira hockte still neben ihm und schien nachzudenken.
„Wie kommen wir am leisesten hinein? Ich möchte die Söldner nicht sofort aufschrecken", sagte sie schließlich.
„Wohl kaum durch den Haupteingang. Versuchen wir es einmal auf der Rückseite", schlug Shaun vor. Achilleas seufzte entnervt, aber Mira stimmte ihm zu. Der Älteste war wohl eher für Frontalangriffe zu haben. Dennoch schlich er lautlos hinter ihnen her, während sie das alte Labor in einem großen Bogen umrundeten. Dem Hybriden stieg ein unangenehmer Geruch in die Nase. Je näher sie der Rückseite des Gebäudes kamen, desto schlimmer wurde es. Keines der Fenster war erleuchtet, nirgendwo war eine Bewegung auszumachen.
„Da unten!", zischte Mira leise und wies auf einen leblosen Körper, der vor dem geschlossenen Tor für Lieferanten lag.
„Er ist tot", flüsterte Achilleas.
„Bist du absolut sicher?"
„Ja. Er stinkt hier so nach Gift und sein Herz macht keine Anstalten, sich zu erholen."
Mira nickte kaum merklich. Bevor sie noch etwas sagen konnte, öffnete sich ein Fenster im zweiten Stock. Ein Söldner erschien mit weit aufgerissenen Augen. Sein Gesicht war kalkweiß und er hustete heftig. Verzweifelt schnappte er noch ein paar Mal nach Luft, dann ertönten nur noch würgende Laute und er kippte nach vorn. Allerdings fiel er nicht in die Tiefe, sondern blieb mit der Hüfte im Fensterrahmen

hängen. Ein paar Sekunden später begann Blut von seinem Kopf herunter zu tropfen. Sein Gesicht konnten sie nicht mehr sehen, es war der Hauswand zugewandt.

„Gab es da einen Unfall mit den Kampfstoffen?", fragte Achilleas leise. Die Vermutung lag sehr nahe.

„Darauf würde ich nicht wetten", flüsterte Shaun. „Wir sollten zur Sicherheit nachsehen, ob der letzte auch gerade ins Gras beißt."

„Unbedingt", stimmte der Älteste zu. Er ging vor, als sie das Gebäude so leise wie möglich betraten. In der ersten Halle lagen zwei weitere Leichen, die halb gefroren und im wahrsten Sinne zersplittert waren. Shaun ging bei ihnen in die Hocke, um sich zu vergewissern, ob er vielleicht einen von ihnen kannte.

„Sie wurden nicht mit einer Waffe so zugerichtet, oder?", fragte Achilleas irritiert. Der Hybrid schüttelte den Kopf und wies auf die Behälter für flüssigen Stickstoff, die nun leer waren. „Als das Zeug ausgetreten ist, hat es sie schockgefroren. Der Aufprall auf dem Boden hat die Sauerei angerichtet. Ein Unfall war das ganz sicher nicht."

Mira wandte sich angewidert ab. „Wer kommt auf so eine Idee?"

Ihre Frage gab Shaun zu denken. Unter den Söldnern, die er während seiner Einsätze kennen gelernt hatte, kamen nicht viele in Betracht. Der letzte Herzschlag im Haus wurde nicht schwächer, folglich war derjenige noch am Leben. Ob er noch weitere Fallen wie diese im Gebäude vorbereitet hatte, um sicher zu gehen, dass ihn niemand erreichte?

„Finden wir es heraus", grollte Achilleas. Er schien ganz genau zu wissen, wo er im ersten Stockwerk des Labors suchen musste. Zielstrebig marschierten sie die Korridore

entlang. Als Shaun den Geruch des letzten Söldners wahrnehmen konnte, hielt er inne. „Wartet!"
„Was?", fragte der Vampirälteste ungeduldig, aber er und Mira blieben stehen.
„Ich glaube, ich weiß, wer das ist." Der Hybrid bedeutete ihnen mit einer Geste, ein Stück zurück zu gehen. Mira warf ihm einen sehr skeptischen Blick zu, Shaun ließ sich trotzdem noch nicht von seiner Idee abbringen.
„Bitte", flüsterte er. Die beiden Vampire sahen sich kurz an, dann wichen sie zwei Schritte zurück. Achilleas bedeutete ihm, dass er nur einen Versuch hatte. Shaun nickte und ging wieder langsam vorwärts.
„Hugh? Bist du es?", rief er deutlich vernehmbar. Rechts von ihm zweigte ein schmalerer Gang vom Hauptkorridor ab. Ein kurzer Blick bestätigte seinen Verdacht, dass er in eine Falle getappt war. Direkt hinter der Ecke klebte auf Knöchelhöhe Sprengstoff an der Wand. Der Zünder war verkabelt und mit Sicherheit programmiert. Tatsächlich lugte Hugh um den Türrahmen am Ende des Ganges.
„Ich dachte mir schon, dass bei deiner Hinrichtung was schief gegangen ist", sagte er. Sein Misstrauen war unüberhörbar.
„Mein Körper hat sich geweigert zu sterben, obwohl ich keine Chips und Dispenser mehr habe. Selbst nach einem Kopfschuss." Shaun bedeutete Achilleas und Mira hinter seinem Rücken, sich weiter von ihm beziehungsweise dem Sprengstoff zu entfernen. Dem Geräusch nach rührten sie sich jedoch nicht von der Stelle.
„Die Firma hat uns angelogen. Wir können nicht wieder zu Menschen werden."

„Ich weiß", gab Hugh tonlos zurück. „Nach unserer letzten Begegnung habe ich mich etwas besser informiert und vorab die Einsatzbefehle meiner Teams gecheckt."
Damit meinte er, dass er auch jene Befehle gelesen hatte, die nicht an ihn übersendet worden waren. Hugh war ein Genie, wenn es darum ging, Computersysteme zu hacken. Er hatte Shaun einmal erzählt, dass er für den britischen Geheimdienst gearbeitet hatte. Nachdem er der Abteilung für Staatssicherheit eindrucksvoll gezeigt hatte, wie viele Sicherheitslücken ihr System aufwies, war er entlassen worden und stand nun auf mindestens einer Fahndungsliste. Wahrscheinlich waren es noch viele mehr.
„Dumme Idee, dich in einem alten Labor erledigen zu wollen." Shaun schüttelte den Kopf. „Womit hast du die beiden vergiftet, die du nicht schockfrosten konntest?"
„Restbestände aus Dr. Morgans Labor. Das waren ihre ersten Versuche, Kampfgas gegen Gestaltwandler zu entwickeln. Total überdosiert."
„Sieh an." Shaun schob die Hände in die Hosentaschen. Er wagte nicht, auch nur einen Schritt nach vorn zu machen. Hugh bewegte sich ebenso wenig. Allerdings musterte er die beiden Vampire, die am anderen Ende des Korridors abwarteten. „Und du bist also zu den echten Unsterblichen übergelaufen."
„Es gab nicht mehr so viel Auswahl", sagte Shaun trocken. An Hughs Miene konnte er ablesen, dass er so in diesem Gespräch nicht weiter kam. Es war an der Zeit, offensiver zu werden. „Hat deine Sprengfalle hier einen Zeitzünder?"
„Dafür hatte ich weder Zeit noch das nötige Material." Der Hybrid winkte ihm mit dem Fernzünder, den er manuell auslösen musste. „Ich wollte gerade zünden, als du nach mir gerufen hast."

Und jetzt wusste Hugh offenbar nicht, was er von der Situation halten sollte. Shaun atmete trotzdem erleichtert auf und ging ein paar Schritte auf ihn zu. Sein Gegenüber hob warnend die Hand mit dem Zünder, als sie immer noch drei Meter voneinander entfernt waren.

„Was willst du von mir?", fragte er.

„Ich werde dich nicht angreifen."

„Der Vampirälteste, den du da mitgebracht hast, schon!"

Shaun warf einen Blick hinter sich. Achilleas hatte eine Schulter vorgeschoben, aber noch waren seine Augen nicht eisblau. Seit er die Sprengfalle erwähnt hatte, war das Vertrauen des Vampirs in Hugh wohl nicht gerade gewachsen. Mira wirkte nur hoch konzentriert.

„Du bist wirklich gut informiert", knurrte Achilleas. „Wie kommt das, wenn du doch zum Tod verurteilt bist?"

„Ich weiß, wo ich suchen muss", gab Hugh zurück. „Die Firma legt fast alles an Informationen digital ab. Die Akte über sie war besonders gut gesichert." Er wies auf Mira. Die Vampirin legte Achilleas eine Hand auf den Arm, als könnte ihn das zurückhalten.

„Und was steht in dieser Akte?", fragte sie.

„Zum Beispiel, dass du zu gefährlich bist, um in Gefangenschaft genommen zu werden." Der Hybrid ließ den Zünder sinken, hielt den Daumen aber immer noch auf dem Knopf. „Das bedeutet im Klartext, sie töten dich, sobald sie auf dich treffen."

Mira nickte anerkennend. „Du bist ein Hacker."

„Ja."

„Kann man auch Daten über Gefangene abrufen?"

Hugh nickte.

„Ich bin auf der Suche nach jemandem. Hilf mir, dann werde ich dir nichts tun", bot Mira an und warf Achilleas einen bittenden Blick zu.

„Bemerkt die Firma es nicht irgendwann, wenn du dir Zugriff auf Dinge verschaffst, die du nicht sehen sollst? Das klingt alles etwas zu einfach.", sagte der Älteste misstrauisch. Obwohl sie vier tote Söldner auf dem Gelände gefunden hatten, vermutete er immer noch eine Falle. Shaun wollte versuchen, die Situation zu klären. „Er ist so eine Art Genie da…"

„Dich habe ich nicht gefragt!", schnitt Achilleas ihm das Wort ab, dann richtete er den Blick wieder auf Hugh am Ende des Korridors. „Nun?"

„Bis jetzt haben sie das nicht. Solange ich nur Daten abrufe, lässt es sich gut verschleiern. Wenn ich die Steuerung von elektrisch versiegelten Türen und sowas übernehmen will, wird es kniffliger." Hugh schob die freie Hand in die Jackentasche und zog seinen Zigarettentabak hervor. Ein sicheres Zeichen dafür, wie nervös er eigentlich war. Shaun konnte es ihm nicht verdenken. Auch wenn Nikotin eigentlich keine Wirkung mehr auf sein Gehirn haben konnte, war diese Gewohnheit wohl schwer loszuwerden.

„Ich finde den Vorschlag von… *der Lady* ganz gut", fuhr der Hybrid fort. „Ich lege jetzt den Zünder weg, wir suchen die Daten, die ihr wollt, und dann geht jeder seines Weges. Niemand wird verletzt."

Achilleas löste sich aus seiner Angriffshaltung. Als Mira weitergehen wollte, hielt er sie zurück. „Mach keine falsche Bewegung", warnte er Hugh nachdrücklich.

„Schon klar", sagte der Hybrid mit zusammengebissenen Zähnen. Mira marschierte an Shaun vorbei auf ihn zu, während er den Zünder für seinen Sprengstoff gut sichtbar auf einem Tisch ablegte. In dem Raum am Ende des Korridors befand sich die Kommandozentrale des Stützpunktes. Einige Monitore zeigten Abschnitte des Gebäudes und die Umgebung. Neben dem großen Hauptbildschirm stand ein Laptop, der über ein Kabel angeschlossen war. Hugh drehte sich zuerst eine Zigarette und zündete sie an, dann setzte er sich vor den Laptop.
„Lass mich erst was erledigen." Seine Finger bewegten sich hastig über die Tastatur.
„Was denn?", fragte Mira.
„Ich bestätige über den Account des Kerls, der oben im Fenster hängen geblieben ist, dass sie mich erwischt haben." Hugh atmete Rauch aus, während er sprach. „So verschaffe ich mir Zeit."
Damit meinte er vermutlich die Zeit, die er brauchen würde, um vor der Firma zu fliehen, bevor sie sein Überleben bemerkten. Mira wollte noch nicht darüber nachdenken, dass sie den Hybriden eigentlich nicht gehen lassen konnten. Jetzt zählte erst einmal nur, ob er etwas über Tove und Letizia herausfinden konnte.
„Das hätten wir", sagte Hugh. „Gib mir eine Minute, bis ich im System bin."
„Ich werde solange ein wenig aufräumen, in Ordnung?", fragte Shaun. „Irgendwann kommt jemand her und diese Leichen sollten nicht gefunden werden."
Mira nickte ihm zu, woraufhin ihr Leibwächter den Raum verließ. Achilleas rührte sich hingegen keinen Millimeter. Sein Blick war starr auf Hugh gerichtet.

„Hat er gelogen?", fragte Mira auf Altgriechisch. Es war unwahrscheinlich, dass Hugh sie verstehen konnte.

„Nein. Aber mit ihm stimmt etwas nicht. Sein Herz schlägt anders als das von Shaun."

Der Hybrid warf ihm einen interessierten Blick zu. „Inwiefern?"

Achilleas hob überrascht die Brauen. Jetzt konnten sie auch wieder in eine moderne Sprache wechseln.

„Als hätte es zu wenig Blut. Wurdest du verletzt?", fragte der Älteste.

„Nein, nicht mal ein Kratzer." Während Hugh redete, tippte er unablässig weiter.

„Das ist seltsam." Mehr schien Achilleas jedoch nicht zu hören. Er verschränkte die Arme vor der Brust und lehnte sich gegen den Tisch, auf dem der Zünder lag. Der Hybrid nahm diese Sache wohl nicht so ernst wie der Vampirälteste und konzentrierte sich wieder auf seinen Laptop.

„Voilà, die Datensätze der derzeitigen Gefangenen, inklusive Fotos", sagte er schließlich. „Wen suchst du?"

„Geh einfach alle durch. Die Vampire zuerst." Mira würde sich einfach jedes Gesicht einprägen, um Jasmina Klarheit darüber verschaffen zu können, wer aus ihrem Clan noch am Leben war.

„Die Verwahrungsorte brauchst du dir gar nicht erst zu merken." Hugh sog an seiner Zigarette. „Sie werden ständig hin und her transportiert, weil einer der Vampirältesten sie sonst angeblich mit seinem Tastsinn aufspüren kann."

„Ich weiß", gab Mira ungeduldig zurück und bedeutete ihm, die Datensätze schneller durchzugehen. Sein Blick wanderte nebenbei zu Achilleas. „Ist das wahr?"

Der Spartaner nickte.

„Dann bist du der, der Lügen hören kann."

„Ja."

Hugh schüttelte den Kopf, als könnte er es kaum glauben. Mira hörte ihnen nur mit halbem Ohr zu. Etwa die Hälfte von Jasminas Clan befand sich in Gefangenschaft der Firma. Die Leibwächter, die in Aberdeen besiegt worden waren, schienen alle noch am Leben zu sein. Das war durchaus bemerkenswert, interessierte Mira aber nicht so sehr, da die Liste der gefangenen Vampire bereits zu Ende war. Letizia war nicht unter den vielen Gesichtern gewesen. Ihre Enttäuschung war ihr wohl deutlich anzumerken.

„Ist sie nicht dabei, Liebes?", fragte Achilleas mitfühlend.

„Nein…" Sie rieb sich die Stirn. „Jetzt die Gestaltwandler, bitte."

Unter GW0 war das Bild einer blonden Frau mit durchdringenden Augen abgelegt. Mira überkam ein ungutes Gefühl, dabei wirkte GW0 äußerlich nicht besonders gefährlich. Hugh rief die nächste Datei auf. Es handelte sich um einen Gestaltwandler, den Mira noch nie gesehen hatte.

„Warte, geh nochmal zurück." Sie zog ihr Handy aus der Jackentasche und schaltete die Kamera ein.

„Die willst du jetzt abfotografieren?", fragte Hugh irritiert.

„Ich habe meine Gründe." Mira würde ihm jetzt nicht erklären, wer ihre Gedanken in ihrem Blut sehen konnte und wer nicht. Die Fotos würde sie Marcus, Igor und den Adlerschwestern zeigen. Vielleicht konnten sie wenigstens ein paar der Gesichter zuordnen. Bei GW4 bedeutete Mira dem Hybriden, eine Pause zu machen. Tove starrte auf dem Bild stur geradeaus statt in die Kamera. Sie war unheimlich wütend gewesen. Ihr Gesicht hatte sich noch ein klein wenig verändert, seit sie sich zum letzten Mal begegnet waren. Sie war erwachsen geworden. Mira überflog die eingetragenen

Daten. Offenbar war Tove schon im achten Monat schwanger und in mäßigem Zustand.

„Sieh an", murmelte Hugh.

„Was?"

„Der Vermerk hier unten bedeutet, dass sie nicht ständig von A nach B gebracht wird. Sie wird in einer bestimmten Einrichtung festgehalten", erklärte der Hybrid.

„Wo?"

„Moment."

Mira begann, ungeduldig mit den Fingern auf dem Tischrand zu trommeln, während Hugh nach dem Standort suchte. Asheroth konnte Tove nicht mehr finden, seit das Kind ihre Signatur zu stark überlagerte. Als sie in die USA aufgebrochen waren, hatte Mira nicht im Traum daran gedacht, dass sie an Informationen über den Verbleib ihrer Schwägerin gelangen könnte. Dieser Hybrid erwies sich als sehr nützlich.

„Frag mich bitte nicht, wie man diesen Ort ausspricht. Er liegt jedenfalls in Rumänien", sagte er schließlich und wies auf die Karte auf seinem Bildschirm. Achilleas trat hinter Mira, um ihr über die Schulter zu schauen. „Ich war dort schon das ein oder andere Mal. Ich kann mich an kein Gebäude erinnern, das für einen Stützpunkt der Firma geeignet wäre."

„Wie lange ist dein letzter Besuch dort her?", fragte die Vampirin skeptisch. „Die Menschen bauen ständig etwas Neues."

„Spielt sowieso keine Rolle", kam Hugh ihm zuvor. „Du kannst es nicht gesehen haben. Dieses *Gebäude* liegt unter der Erde."

Auf dem Bildschirm erschien eine Grafik, die drei unterirdische Geschosse offenbarte. Achilleas pfiff anerkennend durch die Zähne. „Lass mich raten. Tove wird in der untersten Etage festsitzen."

„Anzunehmen", stimmte Hugh ihm zu und zog eine Kopie des Datensatzes auf seinen Laptop. Anschließend ging er mit Mira die restlichen Gestaltwandler durch. Insgesamt befanden sich elf Gefangene in verschiedenen Stützpunkten rund um den Globus verteilt, einer davon in Chicago.

„Lass uns dorthin fahren", schlug Achilleas vor. „Jetzt sind wir schon auf dem Kontinent."

„Anzheru wird nicht begeistert sein", gab Mira zu bedenken. Schließlich war nur dieser eine Angriff geplant gewesen.

„Asheroth genauso wenig. Und du weißt, wie wenig mich das kümmert." Er zuckte mit den Schultern. „Vielleicht möchte dieser Gestaltwandler sich uns anschließen, wenn wir ihn befreit haben."

Hugh klappte derweil seinen Laptop zu und zog das Kabel ab, mit dem er an den Hauptrechner angeschlossen gewesen war.

„Der Stützpunkt in Chicago liegt mitten in der Stadt. Da müsst ihr wirklich aufpassen, wenn man euch nicht sehen soll", sagte er und stand auf. Der Hybrid packte Computer, Kabel und Tabak in eine Umhängetasche. Er wollte das alte Labor nun offensichtlich verlassen. Achilleas trat ihm in den Weg. „Wo willst du hin?"

„Weit weit weg von hier", gab Hugh gelassen zurück. „Mit dieser Firma will ich nie wieder etwas zu tun haben und mit euch auch nicht, wenn es recht ist."

„Du glaubst doch nicht, dass du mit all diesem Wissen einfach verschwinden kannst."

„Wir haben einen Deal", erinnerte der Hybrid ihn eindringlich. „Ich verschaffe euch die Informationen, die ihr wollt, und im Gegenzug greift ihr mich nicht an."

„Ich greife dich nicht an. Ich gebe dir zu verstehen, dass du als Unsterblicher an uns und unsere Regeln gebunden bist." Achilleas' Tonfall war selten so frostig gewesen. Mira hielt unwillkürlich den Atem an, während die beiden einander anstarrten. Natürlich gab es Einzelgänger unter den Unsterblichen, die toleriert wurden. Aber als Hybrid standen Hughs Chancen darauf nicht besonders gut. Gerade als sie etwas sagen wollte, kam Shaun zurück.
„Lass mich mit ihm reden", sagte er. „Allein."

Der Älteste warf ihm einen misstrauischen Blick über die Schulter zu.
„Glaubst du, ich wäre so dumm, mich wieder gegen sie zu wenden?", fragte Shaun und wies auf Mira. „Geht schon vor zum Auto. Wir kommen nach."
Die beiden Vampire tauschten einen Blick aus, dann verließen sie tatsächlich den Raum und gingen nach unten ins Erdgeschoss. Ein paar Atemzüge später schlug die Tür hinter ihnen zu.
„Ich gehe nicht mit denen", sagte Hugh eindringlich. „Da hätte ich mich ja gleich von der Firma töten lassen können."
„Und was hast du jetzt vor?", fragte Shaun. Er bedeutete ihm, dass sie sich langsam auf den Weg machen sollten. Der Hybrid mit der Subjektnummer 17 folgte ihm nur sehr widerwillig.
„Ich werde mich nach Argentinien absetzen. Von da aus wahrscheinlich nochmal woanders hin."
„Und dann?", bohrte Shaun weiter.
„Findet diese Firma mich nie wieder. Sie haben vor Kurzem eine Testreihe gestartet, ob man Vampire nachträglich zu Hybriden machen kann. Ich glaube nicht, dass die Gefangenen das überleben. Oder irgendwas geht da gewaltig schief

und dann will ich nicht in der Nähe sein." Hugh zog die Eingangstür auf. Sie traten gemeinsam ins Freie. Diese Testreihe war durchaus beunruhigend, aber darum ging es Shaun im Moment nicht. Er sah den Hybriden nachdenklich an.
„Ich wollte darauf hinaus, was du jetzt mit deinem Leben anfangen willst."
Hugh runzelte die Stirn. „Solche Gedanken machst du dir jetzt schon?"
„Gerade jetzt." Er nickte nachdrücklich. „Wir sind unsterblich geworden. Immer wieder eine Weile abtauchen und dann einen neuen Job annehmen, ergibt für mich keinen Sinn mehr. Wie lange soll das denn bitte so weiter gehen?"
„Und du meinst, bei den Vampiren ist es besser?" Hughs Skepsis war unüberhörbar. Shaun hob ratlos die Arme. „Sie sind nicht einfach, das muss ich zugeben. VA1 ist noch am Leben und hasst mich wie die Pest."
Hugh verzog das Gesicht. Er wusste ganz genau, wer Marek war.
„Aber... ich glaube, ein paar von denen sind nicht freiwillig zu Vampiren geworden. Wenn ich von irgendwem lernen kann, wie ich mich als Unsterblicher verhalten soll, dann von ihnen." Natürlich hatte niemand im Hauptquartier Shaun offen erzählt, ob er ein Vampir hatte werden wollen oder nicht. Allerdings war ihm der Grundsatz zu Ohren gekommen, dass man Sterbliche fragte, bevor man sie verwandelte. Irgendwie lag die Vermutung nahe, dass sich nicht alle Vampire immer an diesen Grundsatz gehalten hatten. Hugh schüttelte beinahe ungläubig den Kopf. „Und was haben wir unter den Unsterblichen für eine Zukunft?"
„Entweder sie akzeptieren uns oder sie bringen uns um." Da wollte Shaun ihm keine falschen Hoffnungen machen.
„Das findest du besser, als dich allein durchzuschlagen."

„Ehrlich gesagt ja." Shaun schob die Hände in die Hosentaschen. Diese Tatsache war ihm selbst erst in diesem Moment bewusst geworden. „Du wärst ewig auf der Flucht vor der Firma oder vor den Vampiren. Was nützt dir deine Unsterblichkeit ohne Gewissheit? Ohne Aufgabe?"
Hugh brauchte eine Weile, um darüber nachzudenken. Der Wagen, mit dem sie hergefahren waren, kam bereits in Sicht. Mira und Achilleas waren noch nicht eingestiegen und schauten sie erwartungsvoll an. Hugh atmete tief durch, bevor er etwas sagte. „Wenn ihr einverstanden seid, schließe ich mich euch an."
Er war nur wenige Schritte von Achilleas entfernt stehen geblieben. Der Vampirälteste zückte ein Messer, weshalb Hugh sofort wieder zurückwich.
„Den Arm mit dem Peilsender", forderte der Älteste. Hugh kam seinem Befehl widerwillig nach und ließ ihn den Sender entfernen. Shaun versuchte derweil, Miras Mimik zu entnehmen, ob sie zustimmen würde. Sie schien jedoch mit den Gedanken woanders zu sein.
„Hältst du ihn für vertrauenswürdig?", fragte Achilleas. Shaun wandte ihm überrascht das Gesicht zu. Er hatte nicht damit gerechnet, so direkt gefragt zu werden. „Ja, das tue ich."
„Dann gilt für dich das Gleiche wie für 19, Hugh. Ich verlasse mich auf Shauns Wort. Sollte sich das Gegenteil erweisen, ist er mit dir dran. Verstanden?"
Hugh nickte langsam. „Keith hat also auch überlebt."
„Sie haben ihn irgendwo in Südrussland aufgegriffen." Shaun machte sich nicht die Mühe, seine Erleichterung zu verbergen. Sie würden tatsächlich zu viert weiter reisen. Mira schlug sich unvermittelt mit der flachen Hand vor die Stirn.

„Was ist, Liebes?", fragte Achilleas irritiert.
„Wenn Letizia nicht der Firma in die Hände gefallen ist und auch sonst nirgendwo auftaucht, muss sie noch in Aberdeen sein! Sie versteckt sich."
„Das muss aber ein gutes Versteck…" Der Älteste brach mitten im Satz ab, was sehr untypisch war. Die beiden Vampire starrten sich entsetzt an. Offenbar war gerade beiden klar geworden, wo genau sich das Vampirmädchen befinden musste. Mira zog erneut ihr Handy hervor und rief Anzheru an. Shaun konnte auf Hughs fragenden Blick nur ratlos die Schultern heben.
„Ist etwas passiert?", meldete sich ihr Gefährte.
„Ich weiß, wo Letizia ist", erwiderte die Vampirin atemlos.
„Hat die Firma sie?"
„Nein, sie muss noch in Aberdeen sein. In einem der Gefängnisschächte!"
Am anderen Ende der Leitung herrschte einen Augenblick Stille.
„Es ist die einzige logische Erklärung! Asheroth sagte doch, sie bewegt sich nicht und da käme sie allein niemals raus", fügte Mira hinzu. Bei diesem Tonfall hätte Shaun schon nicht mehr gewagt, ihr zu widersprechen.
„Vater und ich brechen gleich auf", sagte Anzheru. Die Entscheidung war wohl nicht schwergefallen.
„Dann steht der Clan ohne Anführer da. Wie viele Kämpfer wollt ihr mitnehmen?", fragte Mira besorgt.
„Elvera wird in Kürze mit Leyth eintreffen und Jasmina ist auch noch da. Mit uns kommen nur Marek und Batiste."
„Und wie wollen sie die Festung zurückerobern?" Achilleas schüttelte den Kopf. „Zu viert werden sie es wohl kaum schaffen."

Shaun konnte sehen, dass Mira sich fest auf die Unterlippe biss. Der Hubschrauber schied aus, denn ein nicht von der Firma angekündigter Helikopter würde beschossen werden, sobald er in Sicht kam.

„Gibt es einen geheimen Zugang?", fragte er Achilleas, während Mira ihren Gefährten dazu überreden wollte, auf sie und ihr Team zu warten.

„Nein. Das hätten feindliche Vampire im Blut unserer Leibwächter entdecken können. Ein viel zu großes Risiko." Achilleas schüttelte nachdrücklich den Kopf.

„Computergesteuerte Elektronik?", fragte Hugh.

„Strom und Internet haben wir, aber darüber ist nichts weiter zu erreichen. Die Tore muss man von Hand öffnen."

„Wie wäre es mit einem Lockvogel?", schlug Shaun vor. Damit bekam er auch Miras Aufmerksamkeit. Sie bat Anzheru am Telefon, einen Moment zu warten. „Wie stellst du dir das vor?"

„Am Flughafen von Glasgow sind zwei oder drei Söldner stationiert. Wir könnten sie erledigen, der Angriff wird den Männern in Aberdeen wahrscheinlich gemeldet."

„Dann erwarten sie uns!", unterbrach Achilleas.

„Richtig. Und schwerverletzte Hybriden, die es gerade so vom Flughafen bis zu eurer Festung geschafft haben, wirken nicht so verdächtig." Shaun konnte an Miras Augen ablesen, dass sie verstand, worauf er hinaus wollte. Anzheru hatte das Gespräch natürlich mitverfolgt und stimmte dem Vorschlag zu. „Wir warten auf euch, so lange wir können."

Mira steckte ihr Handy weg und setzte sich wieder ans Steuer des Wagens. Shaun und Hugh hatten kaum auf der Rückbank platzgenommen und sie trat aufs Gas. Die Rückfahrt zum Flughafen fiel ein wenig kürzer aus als die Hinfahrt. Im

Morgengrauen stand die Vampirin am Schalter einer Fluggesellschaft und diskutierte mit der Angestellten. Die beiden Hybriden und Achilleas hielten sich im Hintergrund.

„Verdammt", knurrte der Älteste, obwohl Mira noch am Schalter stand. „Wie es aussieht, bekommen wir fürs erste nur ein Flugticket nach Schottland."

„Wollen wir lieber warten und gemeinsam fliegen?", fragte Hugh.

„Jede Sekunde, die wir warten, könnte Letizia entdeckt werden." Achilleas schüttelte den Kopf. „Das Risiko werden Asheroth und Anzheru nicht eingehen."

„Wer ist dieses Mädchen eigentlich?", wollte Hugh wissen.

„Meine Großnichte."

Shaun verkniff sich die Frage, ob Blutsverwandtschaft unter den Vampiren überhaupt eine Rolle spielte. Offensichtlich tat sie das nicht, wenn die Bindungen zwischen ihnen nur stark genug waren. Eine beneidenswerte Eigenschaft.

„Dann hätten also drei von uns doch Zeit für den Stützpunkt in Chicago", merkte Hugh an. Achilleas verneinte erneut. „Ich habe die ortsansässigen Vampire bereits gebeten, sich der Sache anzunehmen. Sie wissen über die Firma Bescheid und brauchen unsere Unterstützung nicht."

Mira kam zu ihnen zurück. Mit finsterer Miene hielt sie Shaun das eine Flugticket hin. „Weißt du, wo sie sein werden?"

„Ja, ich habe den Flughafen von Glasgow schon selbst überwacht."

„Wirst du sie allein besiegen können?"

„Ja."

13. Benjamin

Anzheru lag flach auf dem Boden und atmete nicht. Da die Temperaturscanner nicht auf ihn reagieren würden, war er als einziger nah genug an der Festung, um sie zu beobachten. Sein Vater und die beiden Leibwächter warteten in ein paar hundert Metern Entfernung auf seinen Bericht. An der Besetzung der Festung schien sich seit Kilas Spähflug zumindest zahlmäßig nichts verändert zu haben. Sechs Hybriden wechselten sich auf ihren Rundgängen ab. Anzheru schlich zu ihrem Versteck.
„Wie erwartet." Mehr brauchte er nicht zu sagen. Asheroth nickte ihm zu. Seit Stunden drückte sein Vater die Handflächen auf den Boden.
„Es nähert sich ein Wagen", sagte er leise. „Wenn das nicht endlich unser Lockvogel ist, greifen wir so an."
Marek und Batiste standen auf. Sie schienen es kaum erwarten zu können. Anzheru schlich allein zur nahe gelegenen Straße und blieb in Deckung. Ihm war nicht ganz wohl bei dieser Sache. Wie immer würde er an der rechten Seite seines Vaters stehen. Das hatte allerdings den Nachteil, dass er den Schatten nicht sofort benutzen konnte. Abstand zu schaffen, würde Zeit kosten. Der Wagen kam in Sicht. Er wurde langsamer, als würde der Fahrer etwas suchen. Anzheru wartete trotzdem ab, bis er Shaun definitiv erkennen konnte. Erst dann zeigte er sich am Straßenrand. Mira hatte ihm mitgeteilt, dass der Hybrid allein kommen würde. Die Reaktion der anderen war erwartungsgemäß misstrauisch gewesen. Im Stillen fragte er sich, was seine Gefährtin in Shaun sah. Wenn sie sich im Hauptquartier wieder trafen, würde Anzheru dieses Thema klären müssen. Der Hybrid hielt an

und stieg aus. Seine Kleidung war mit Blutflecken übersäht, es schien nicht nur das seiner Gegner zu sein.

„Werden sie dich erkennen?", fragte der geborene Vampir, während Shaun zum Kofferraum ging.

„Gut möglich. Viel Zeit werde ich euch nicht verschaffen können. Höchstens Sekunden." Der Hybrid zerrte einen Gefangenen aus dem Kofferraum, der bewusstlos war. Sein Herz schlug noch. Er bugsierte ihn auf den Beifahrersitz.

„Das Risiko für dich ist extrem hoch", merkte Anzheru an. Er fragte sich, warum Shaun es so bereitwillig auf sich nahm. An Miras Befehl allein konnte es nicht liegen.

„Ich wäre dir überaus dankbar, wenn ihr mich nicht sterben lasst", erwiderte der Hybrid trocken. Er zog die Kapuze seiner Jacke auf und setzte sich wieder ans Steuer. Anzheru brauchte nicht zum Versteck zurückzukehren, Asheroth würde Shaun längst über seinen Tastsinn bemerkt haben. Er stieß ein Stück abseits der Straße auf seinen Vater und die beiden Leibwächter. Gemeinsam bezogen sie so nah wie möglich am Tor Position, ohne in die Reichweite der Scanner zu geraten. Shaun war nicht besonders schnell gefahren. Jetzt bremste er vor dem Tor. Tatsächlich wurde es von innen geöffnet, gerade so weit, dass ein Mann hindurch passte.

„Kommt ihr vom Flughafen?", rief er. „Wir haben vor ein paar Stunden die Meldung erhalten, dass das Team dort angegriffen wurde."

„Ja", antwortete Shaun und hustete, während er ausstieg. So wirkte es nicht verdächtig, dass er den Kopf gesenkt hielt, um sein Gesicht noch einen Augenblick zu verbergen. Anzheru kam der Gedanke, dass der Hybrid nicht zum ersten Mal eine Aufgabe dieser Art übernommen hatte. Oben auf dem Wehrgang stand ein weiterer Söldner mit einem Gewehr. Marek gab mit einem Handzeichen zu verstehen, dass er diesen Feind übernehmen würde. Der Mann, der das Tor geöffnet hatte, zog gerade die Autotür der Beifahrerseite auf. Shaun griff an. Er rammte den Söldner gegen den geschlossenen Flügel des Tors und war damit außer Sicht des Schützen. Während er sich mit ihm durch das Tor zwängte, erklomm Marek so schnell wie möglich die Mauer. Anzheru hörte nur einen Schuss und dann ein würgendes Geräusch über das Schrillen der Alarmsirene hinweg. Er selbst sprintete hinter Asheroth her auf den Innenhof. Den ersten Söldner erwischte sein Vater aus dem Lauf heraus und zertrümmerte ihm den Kiefer. Anzheru wehrte den Zweiten mit seinem Schwert ab. Im nächsten Moment wurde eine Salve Pfeile vom Wehrgang auf sie abgefeuert. Batiste fing die meisten mit einem Schild ab, den er geistesgegenwärtig vom Boden aufgehoben hatte. Für den Rest benutzte Asheroth den Söldner mit dem gebrochenen Kiefer als Schild, bevor er ihm die Kehle durch schnitt. Marek und sein erster Gegner schlugen hart auf dem Steinboden des Innenhofes auf, was dem Söldner einige Knochen brach.

Marek schnitt dem Schützen zur Sicherheit die Kehle durch, dann hechtete er hinter Batiste her, um die beiden Söldner auf dem Wehrgang zu erledigen, die Giftpfeile auf sie schossen. Im vollen Besitz seiner Kräfte wurde er gut mit ihnen fertig. Es hatte etwas sehr Befreiendes, ihre Feinde innerhalb der Festung der Ältesten zu schlagen. Nachdem sie ihre zwei Gegner besiegt hatten, sah Marek zurück in den Hof. Asheroth gab gerade dem letzten Söldner den Rest, indem er ihn köpfte. Er und sein Sohn waren unverletzt, 12 schleppte sich zur Mauer und lehnte sich an. Er hatte sich eine weitere tiefe Verletzung zugezogen. Dank des Überraschungsmoments hatte ihr Angriff schnell und ohne nennenswerte Verluste funktioniert.

„So ein Mist", fluchte Batiste, während er sich drei Giftpfeile aus Oberschenkel und Arm zog.

„Du wirst es überleben." Marek machte sich auf den Weg zur Treppe. „Halte nach Hubschraubern Ausschau. Ich stelle diese lächerliche Sirene ab."

Während er den Hof überquerte, begaben sich Asheroth und Anzheru ebenfalls schon ins Hauptgebäude. Die Leere der Festung war so bedrückend, dass sie Mareks Triumphgefühl sofort wieder dämpfte. Fast alle seine Waffenbrüder befanden sich immer noch in Gefangenschaft der Firma. Sie würden wohl noch sehr viele Siege dieser Art erringen müssen. Der Kontrollraum war zum Glück direkt im Erdgeschoss eingerichtet worden, sodass Marek nicht lange suchen musste. Rechts vom Hauptcomputer war einer der Bildschirme aktiv. Eine ihm bekannte Stimme befahl, sofort Bericht zu erstatten. Der Vampir stellte zuerst den Alarm aus. Mit ihm verstummte auch die Frau auf dem Bildschirm, da sie ihn sehen konnte. Und offensichtlich hatte sie ihn wiedererkannt.

„Hallo, Doktor", sagte Marek mit einem Lächeln, dann schaltete er die Übertragung ab. Ihr Gesicht war vor Angst erstarrt, er brauchte nicht auf eine Antwort zu warten. Anschließend ging er in die Halle hinüber, unter der die Verliese lagen. Asheroth hatte Letizias Zelle bereits gefunden und hob gerade die Bodenplatte an. Anzheru stand mit einem Seil bereit.

„Großvater?", flüsterte die geborene Vampirin ängstlich.

„Ja, Kleines. Wir sind es."

Anzheru ließ das Seil zu ihr hinab. „Halt dich fest."

Es dauerte nur wenige Sekunden, sie herauf zu holen. Asheroth beugte sich vor, um ihr die Hand entgegenzustrecken. Letizia packte sofort zu, ließ sich jedoch nicht einfach auf dem Boden absetzen. Gierig schlang sie die Arme um den Nacken des Ältesten und schlug die Zähne in seinen Hals. Asheroth musste ihren Angriff vorausgeahnt haben, wehrte sich allerdings nicht. Marek hob verblüfft die Brauen, während die Geborene von seinem Blut trinken durfte. Nicht einmal Anzheru hatte Asheroth dies je erlaubt. Oder zumindest hatte Marek nie davon erfahren.

„Genug jetzt", sagte der Älteste nach wenigen Atemzügen und wand sich aus Letizias Griff. Anzheru zog sie sofort an sich und küsste sie auf die Wangen. „Wir hatten solche Angst um dich."

Nun standen dem Mädchen Tränen in den Augen. „Wir wurden angegriffen! Leyth hat mich in dieses Loch gesteckt! Wo ist er?"

„In Sicherheit bei Elvera", antwortete Anzheru und schob sie wieder seinem Vater hin. Nach und nach tastete der Älteste ihre Schultern, Hüften und Knie ab.

„Du hast dir das linke Bein gebrochen", merkte er an. „Wir werden das richten müssen."

„Egal!", schluchzte Letizia. „Leyth hatte keine Zeit, mich mit einem Seil hinunter zu lassen. Wo ist Leandros? Und Commodus?"

Ihr Blick fiel auf Marek. Trotz allem lächelte sie ihn erleichtert an. Es fiel ihm schwer, es zu erwidern. Zum Glück musste er nicht auf Letizias Fragen antworten. Anzheru nahm ihre Hand, um sie aus der Halle zu führen. Marek folgte ihnen mit ein paar Schritten Abstand.

„Sind sie tot?", würgte sie hervor.

„Nein, sie sind in Gefangenschaft. Ich spüre ihre Signaturen noch. Allerdings sind sie sehr geschwächt und weit entfernt. Ich werde eine Weile brauchen, bis ich sie gefunden habe." Asheroths Tonfall war seltsam emotionslos. Die Suche nach ihren Verbündeten war bis jetzt nicht besonders erfolgreich gewesen und das ärgerte den Ältesten vermutlich sehr.
„Wir werden sie finden", versicherte Anzheru seinem Mündel. Im nächsten Moment musste er die Geborene mit aller Kraft zurückhalten. Sie hatte 12 im Innenhof der Festung entdeckt. Der Hybrid hockte immer noch an der Wand. „LASS MICH LOS! DAS IST EINER VON DENEN!", grollte Letizia. Ihre Stimme ließ selbst Marek leicht erschaudern. Dafür, dass sie noch nicht einmal ausgewachsen war, konnte das Mädchen schon recht bedrohlich wirken. 12 drückte sich mühsam von der Wand ab.
„Reizendes Kind", murmelte er.
„Das ist Shaun. Er hat sich uns angeschlossen", versuchte Anzheru, sie zu beruhigen. Er erklärte ihr, was mit den Söldnern der Firma geschah, die zu lange den Stoffen der Dispenser ausgesetzt waren. „Mira hat ihn bei uns aufgenommen, nachdem die Firma ihn loswerden wollte."
„Aha", lautete Letizias Kommentar. Mitgefühl hatte sie für 12 nicht übrig, machte aber keine Anstalten mehr, ihn in tausend Stücke zu reißen. Der Hybrid entspannte sich ein wenig. Marek lag eine Warnung auf der Zunge, er solle sie lieber im Auge behalten. In der Gegenwart von Anzheru sprach er sie jedoch nicht aus. Stattdessen wandte er sich an Asheroth. „Im Kontrollraum war die Übertragung zur Firma aktiv. Sie haben bemerkt, was hier geschehen ist."

„Dann sollten wir sofort aufbrechen." Der Älteste bedeutete Batiste, vom Wehrgang herunter zu kommen. Der Leibwächter bewegte sich aufgrund der Giftpfeile schon bedeutend langsamer.
„Wir verstecken uns in der Stadt, bis ihr euch erholt habt", beschloss der Älteste. „Mit Letizia müssen wir sowieso den Tag abwarten."

Folglich war die geborene Vampirin wohl noch lichtempfindlich. Shaun betrachtete die Wand, an der er sich abgestützt hatte, bevor er den anderen folgte. Eine Art Wappen war darauf gemalt. In der Mitte befand sich ein Auge. Vom Rand der Iris führten sechs Zacken zu jeweils einem Buchstaben im äußeren Ring. Er hätte gern nach der Bedeutung gefragt, aber die Vampire hatten es eilig und vermutlich ging es ihn sowieso nichts an. Shaun hielt während des Fußmarschs nach Aberdeen lieber etwas Abstand zu Letizia, da sie ihm immer noch sehr feindselige Blicke zuwarf. Marek musste Batiste stützen. Sie quartierten sich in einem Hotel am Stadtrand ein. Anzheru trug eine Sonnenbrille, während er mit dem Mann an der Rezeption sprach. Er nickte nur apathisch und überreichte dem Geborenen die Schlüssel.
„War alles in Ordnung mit ihm?", fragte Shaun auf der Treppe in den ersten Stock.
„Ja, er wird sich nur nicht an mich erinnern. Geschweige denn, dass mitten in der Nacht fünf blutverschmierte Männer und ein kleines Mädchen im Hotel aufgekreuzt sind. Sterbliche sind zum Glück leicht zu beeinflussen."
„Es ist unser Blick", knurrte Marek hinter ihnen. Shaun hob verblüfft die Brauen, davon hatte die Firma bei seiner Einweisung nichts gesagt. Sie teilten sich auf ihre Zimmer auf. Der Hybrid hatte ein Einzelzimmer am Ende des Ganges

bekommen. Zuerst duschte er sich ab. Während er sich ein Bild von seinen Verletzungen machte, hörte er kurz Letizias Stimme durch die Wand. Die Schusswunde von seinem Kampf am Flughafen von Glasgow war schon weitgehend zugewachsen. Die neuere an seinem rechten Oberschenkel, die er sich in der Festung der Ältesten zugezogen hatte, klaffte noch recht weit auf, blutete aber nicht mehr. Er holte sich den Verbandskasten vom Hotelflur und legte einen Verband an. Kurz darauf klopfte Anzheru an seine Tür.
„Ich vermute, du brauchst ebenfalls Ersatzkleidung." Er hielt ihm ein Hemd und eine Hose aus seinem Gepäck hin.
„Danke", sagte Shaun. „Ist mit der Kleinen alles in Ordnung? Es klang eben, als hätte sie geschrien."
„Vater hat ihr gebrochenes Bein gerichtet. Sie hält sich tapfer."
Die Bisswunde an seinem Unterarm sprach für sich. Shaun nickte nur. „Ich müsste dich um noch etwas bitten."
„Das wäre?" Trotz Anzherus starrer Mimik war sein Misstrauen erkennbar.
„Ich möchte nach England. Da gibt es noch jemanden, den ich ewig nicht besucht habe. Da ich schon hier bin, würde ich die Gelegenheit gern nutzen."
Der Geborene verengte die Augen zu Schlitzen. „Ich soll dich gehen lassen."
„Und darauf vertrauen, dass ich von allein zurückkomme."
Der Hybrid gab die Hoffnung schon fast auf, doch Anzheru nickte. „Dann erledige diesen *Besuch*, wenn er nicht warten kann. Du hast den kommenden Tag und die Nacht. Wir brechen am Abend auf und werden nicht auf dich warten."
Shaun atmete innerlich auf. Er verließ das Hotel am folgenden Morgen und stieg am Bahnhof von Aberdeen in den ersten Fernzug nach England. Schon am Bahnsteig hatte er

das Gefühl, beobachtet zu werden. Den Zug durchsuchen wollte er deshalb aber nicht. Bestimmt ließ Asheroth ihn überwachen und früher oder später würde er denjenigen schon entdecken. Wo er hin wollte, gab es nicht viele Möglichkeiten sich zu verstecken. Vom Bahnhof aus waren es noch sieben Stationen mit der U-Bahn. Wie immer, wenn er diesen Ort besuchte, schnürte es Shaun langsam die Kehle zu. Trotzdem achtete er darauf, sich nicht schneller zu bewegen als die Menschen, die ihn umgaben. Nach gut zwanzig Minuten Fußweg erreichte er die Klinik, die eine großzügige Grünanlage umgab. Die Dame am Empfang musterte ihn argwöhnisch, als er sich nach dem Aufenthaltsort eines Langzeitpatienten erkundigte. Vielleicht sah man ihm mittlerweile an, dass sich etwas an ihm verändert hatte? Fast zwei Jahre hatte Shaun keine Zeit gehabt herzukommen. Sein Ziel waren nun die Holzbänke im hinteren Teil der Parkanlage. Nur ein einziger Patient saß dort, allerdings nicht auf den Bänken, sondern in seinem Rollstuhl. Shaun atmete tief durch, während er sich ihm näherte. Es half nicht viel.
„Hallo, Benjamin", sagte er leise.
„Hallo. Ist lange her, dass du da warst", erwiderte er und wendete seinen Rollstuhl, sodass sie sich gegenübersitzen konnten. Shaun nahm auf der Holzbank platz und musterte die abgemagerte Gestalt, die einmal ein kräftiger munterer Junge gewesen war. Benjamin lächelte ihn an. „Guck nicht so, ich bin dir nicht böse. Ich habe mir bloß Sorgen gemacht, weil du dich seit Monaten überhaupt nicht mehr meldest."
Shaun nickte bedrückt. „Es tut mir Leid. Es… war ziemlich viel los."
„Du warst in eine Schlägerei verwickelt, oder?" Er wies auf den Kratzer über Shauns linker Braue.

„Das trifft es nicht ganz. Ich kämpfe in einem Krieg, der ganz bestimmt nicht in den Nachrichten erwähnt wird."
„Du bist wieder ins Söldnergeschäft eingestiegen." Benjamin rieb sich die Stirn. „Du weißt, dass ich das nicht will."
„Es ging nicht anders", entgegnete Shaun.
„Ich will nicht, dass du für mich draufgehst!" Er schüttelte mit Nachdruck den Kopf. „Das ist es nicht wert."
„Sag sowas nicht!" Sie hatten diese Unterhaltung schon unzählige Male geführt. Shaun seufzte leise. „*Bitte*, sag das nicht."
„Behaupte nicht, dir wäre nichts passiert! Ich sehe, dass irgendetwas anders ist." Benjamin starrte ihn wütend an, dann entspannten sich seine Züge wieder. „Aber du scheinst wirklich gut in Form zu sein."
„Ja…" Bedrückt tippte er ihm gegen sein Knie. „Kannst du gar nicht mehr gehen?"
„Nein, der letzte Schub war ziemlich heftig. Da ist nichts mehr zu retten."
Shaun stützte den Kopf auf und sah zu Boden. „Was sagt der Arzt?"
„Er hat keine Ahnung. Wir wissen beide, dass diese Krankheit unberechenbar ist. Vielleicht erhole ich mich vom nächsten Schub, vielleicht kann ich mich dann gar nicht mehr bewegen." Benjamin stützte sich auf die Ellbogen, um sich leicht im Rollstuhl nach vorn zu beugen. „Es reicht, Shaun. Ich will diese Therapie nicht mehr. Vor allem will ich nicht, dass du ständig deinen Hals riskierst, um das Geld dafür aufzutreiben."
Shaun erwiderte nichts. Auch soweit waren sie schon einmal gewesen, als er noch Berufssoldat gewesen war und sich wegen der Gefahrenzulage freiwillig für Auslandseinsätze gemeldet hatte.

„Weißt du, was ich viel lieber machen würde?", fragte Benjamin viel fröhlicher. „In die Highlands zu Großvaters altem Hof fahren."
„Den gibt es nicht mehr", sagte Shaun traurig.
„Ja, aber ich meine die Gegend. Dort haben wir damals das Jagdmesser im Gebüsch gefunden, weißt du noch?"
„Natürlich weiß ich das noch." Angesichts seiner Miene musste auch Shaun grinsen. „Wir haben damit gespielt und dann eine gehörige Tracht Prügel von Großvater bekommen."
„Nicht ganz zu Unrecht", lachte Benjamin. „Da würde ich wirklich gern noch einmal hin."
Shaun nickte. Es war ein so bescheidener Wunsch, er sollte sofort mit ihm zum Bahnhof fahren. Aber es gab da eine Horde Unsterblicher, die auf seine Rückkehr wartete. Sollte er länger fortbleiben, als er mit Anzheru abgesprochen hatte, würde das sicher üble Konsequenzen haben.
„Ich muss noch ein paar Sachen erledigen. Dann hole ich dich ab", sagte Shaun entschlossen. Benjamin musste den Widerwillen in seiner Stimme gehört haben. Er neigte den Kopf und sah ihn nachsichtig an. „Nur ein paar Sachen."
„Ich meine es ernst. Wenn ich das hinter mir habe, komme ich sofort zurück." Die Vampire würden ihn erschlagen müssen, um ihn davon abzuhalten. Shaun bedauerte zutiefst, dass er Benjamin nicht einfach alles erklären konnte. Allerdings würde er ihm die Geschichte von echten Vampiren und Werwölfen wohl kaum glauben. Und dass er selbst ein Hybrid aus Vampir und Gestaltwandler geworden war, erst recht nicht.
„Ich glaube, der Kerl da hinten starrt uns schon die ganze Zeit an", sagte Benjamin plötzlich. Shaun brauchte nur kurz in die Richtung zu sehen, um Marek zu erkennen. Er lehnte

an einem Baum und beobachtete sie. Ausgerechnet er war auf ihn angesetzt worden. Bestimmt hatte der Leibwächter sich sofort freiwillig für diese Überwachung gemeldet, in der Hoffnung Shaun würde irgendeinen Fehler machen.

„Da liegst du richtig. Die *Leute*, mit denen ich im Moment arbeite, vertrauen mir nicht ganz." Der Hybrid wandte ein zweites Mal den Kopf, um Marek durchdringend anzusehen. Er rührte sich keinen Finger breit.

„Ist der aus der Leukämiestation ausgebrochen?", fragte Benjamin skeptisch, woraufhin Shaun belustigt schnaubte. „Schön wär's. Dann wäre ich ihn irgendwann los."

Da die Sonne bereits unterging, wurde es langsam kühler. Benjamin zog seinen Pulli fester um sich.

„Ich bringe dich jetzt lieber rein." Shaun stand auf und wollte den Rollstuhl anschieben.

„Nein, das kann ich selbst." Der Trotz in seiner Stimme war unüberhörbar. Den ganzen Weg zur Klinik fuhr er aus eigener Kraft zurück. Erst in der Eingangshalle hielt Benjamin an, um sich von ihm zu verabschieden. „Bitte pass auf dich auf."

Shaun ging in die Hocke, um nicht mehr zu ihm hinab zu sehen. „Das werde ich. Und wenn ich wieder da bin, machen wir uns auf den Weg in die Highlands."

„Ja." Benjamin lächelte schwach.

„Ich verspreche es dir." Shaun ergriff seine Hand. „Und ich habe mittlerweile gelernt, dass ich mein Wort zu halten habe."

„Von den *Leuten*, die dir nicht vertrauen?"

„Ja. Das klingt vielleicht komisch, aber..." Shaun überlegte kurz. „Sie besitzen mehr Anstand als sehr viele Menschen, die ich kenne."

Benjamin verzog das Gesicht. „Sind sie etwa keine Menschen?"
Darauf antwortete der Hybrid lieber nicht. „Ich erkläre es dir, wenn wir allein in den Highlands sind und mich keine Krankenschwester genervt anguckt, weil ich dich davon abhalte, zum Abendessen anzutreten."
Benjamin nickte verwundert. Sein Körper mochte zum Teil gelähmt sein, aber sein Geist war hellwach. Er hatte verstanden, dass er keine weiteren Fragen mehr stellen sollte. Shaun drückte ihn zur Verabschiedung an sich. Nie zuvor war er mit einem so guten Gefühl aus dieser Klinik gegangen. Dieses Mal hatte er Benjamin nicht dazu überredet, die Therapie auf unbestimmte Zeit fortzuführen, obwohl er es überhaupt nicht mehr wollte. Selbst als er Marek auf der Straße zurück zum Bahnhof entdeckte, änderte das nichts an seiner Laune. Shaun marschierte direkt auf ihn zu. Offenbar hatte der Vampir ein paar Fragen, denn er machte keine Anstalten, sich in Bewegung zu setzen.
„Nicht ganz das, worauf du gehofft hast, nicht wahr?", eröffnete Shaun mit einem sarkastischen Lächeln ihr Gespräch.
Marek ging nicht darauf ein. „Dieser Mann sieht dir sehr ähnlich."
„Er ist ja auch mein kleiner Bruder."
Der Vampir nickte langsam. „Was ist das für eine Krankheit, an der er leidet?"
„Multiple Sklerose", erwiderte Shaun knapp.
„Es lähmt ihn nach und nach?"
„Ja und irgendwann kann er sich gar nicht mehr bewegen."
Der Hybrid versuchte, einen etwas weniger forschen Ton anzuschlagen. Marek zeigte tatsächlich einen Hauch von Anteilnahme. „Er wird bald daran sterben?"

Shaun nickte. „Der Verlauf ist bei ihm sehr schwer ausgeprägt. Er wird nächsten Monat dreißig. Fünfunddreißig wird er wohl nicht."
Der Vampir rührte sich immer noch nicht.
„Gehen wir dann zum Bahnhof? Ich glaube, wir müssen nach Norwegen."
Marek wandte sich recht langsam in die Richtung um, in die sie gehen mussten. Nach einigen Schritten zog er ein Handy aus der Jackentasche und tippte eine Nachricht.
„Meldung darüber, dass ich euch nicht verraten habe?", fragte Shaun ironisch.
„Nein, ich schreibe, dass wir jetzt auf dem Rückweg sind. Anzheru verlangt regelmäßige Lebenszeichen von uns." Marek steckte das Telefon wieder ein. „Du hast das alles nur für deinen Bruder getan?"
„Ja", entgegnete der Hybrid entnervt. „Ist das wirklich so schwer zu begreifen?"
„Aufopferung hatte ich in deinem Wesen nicht vermutet", gab der Vampir prompt zurück. Sein Tonfall war so anders als sonst. Im Moment sprach er zum ersten Mal weder herablassend noch hasserfüllt mit Shaun.
„Und was hat mir diese Aufopferung gebracht?", fragte er dennoch gereizt und blieb stehen. „Er wird sterben und ich bin unsterblich!"
Marek hielt ebenfalls inne, erwiderte jedoch nichts. Seine dunklen Augen musterten ihn nur. Shaun atmete angestrengt aus. Er hatte gerade ausgerechnet dem Vampir, der ihn am allermeisten verachtete, seinen wunden Punkt offenbart.
„Vergiss es", knurrte der Hybrid und marschierte schnell weiter. Marek schloss zu ihm auf und verkniff sich tatsächlich jede gehässige Bemerkung, mit der Shaun nun gerechnet hätte. Erst als sie die Küste erreichten, sprach der Vampir ihn

wieder an. „Rede mit meinem Gebieter darüber, oder Anzheru."

„Warum sollte ich das?", fragte Shaun misstrauisch.

„Du musst es ihnen nicht ausführlich erklären. Sag nur, dass es jemanden gibt, der von dir abhängig ist." Seinem Gesicht nach meinte Marek es wirklich ernst. „Es wird sich sicher jemand finden, der sich um Benjamin kümmert, falls du in diesem Krieg stirbst."

Dieser Gedanke war auf seine Art irgendwie tröstlich. Shaun überlegte im Stillen, wem er sich in dieser Sache anvertrauen sollte. Mira war die Einzige, die ihm wirklich Vertrauen entgegenbrachte, und ihn manchmal sogar in Schutz nahm. Sie war wohl die beste Wahl, wenn es um seinen kleinen Bruder ging.

„Die Verwandlung in einen Vampir würde ihm seine Beine nicht zurückgeben, oder?", fragte er, nur um sicher zu gehen.

„Nein, akute Verletzungen oder Infektionen kann unser Blut heilen, aber das nicht."

Kurz nach Mitternacht betraten Anzheru und die anderen sein Gelände. Bereits die Wachen am Tor ließen es sich nicht nehmen, Letizia zur Begrüßung in die Arme zu schließen. In der Eingangshalle des Hauptquartiers wurden sie vom gesamten Clan erwartet. Mira standen Tränen der Erleichterung in den Augen, als sie die Geborene an sich drückte. Es ging sogar ein leichtes Schimmern von ihr aus. Den Vampiren an ihrer Seite stockte kurz der Atem, weil sie genau wie Letizia in wenigen Sekunden warm wie Menschen wurden. Mira nahm kaum wahr, dass das Lichtwesen auf diese Weise ihre Gefühle widerspiegelte. Sie umarmte Anzheru, nachdem sie ihr Mündel ein wenig widerwillig losgelassen hatte.

Der Clan wollte sie schließlich auch willkommen heißen. Gwen küsste Letizia gerade auf die Stirn.

„Ich bin so froh, dass es funktioniert hat", sagte sie leise. „Wo sind die anderen?"

„Shaun wollte noch etwas erledigen. Marek hat ein Auge auf ihn." Anzheru strich über ihr Haar.

„Du traust ihm immer noch kein Stück? Er kämpft für uns." Er hob die Brauen. „Ich denke nicht, dass Shaun dieses Risiko aus bloßer Treue zu uns auf sich genommen hat. Er verfolgt irgendein Ziel."

„Ich werde bei Gelegenheit mit ihm sprechen." Mira löste sich von ihm. „Jetzt will ich mich um unser Kind kümmern."

14. Hund

Als Shaun und Marek das Hauptquartier erreichten, waren alle anderen bereits eingetroffen. Mira, Anzheru, die Ältesten und Elvera hatten sich zurückgezogen, um zu beraten. Shaun entdeckte Hugh und Keith in einer Ecke des Empfangssaals und gesellte sich zu ihnen.

„Du bist also auch nicht totzukriegen", begrüßte ihn der Scharfschütze und klopfte ihm auf die Schulter.

„Sag das lieber nicht zu laut", entgegnete Shaun mit einem Grinsen. „Wie ist deine Rekrutierung abgelaufen?"

Nachdem Keith von Elveras Überredungskunst berichtet hatte, senkte er die Stimme. „Akzeptiert haben die uns hier noch lange nicht."

„Das stimmt." Hugh kramte seinen Tabak hervor. „Sind wir die einzigen?"

„Bisher ja. 14 ist jedenfalls schon tot." Shaun schob die Hände in die Hosentaschen.

„13, 15 und 16 auch. 18 gilt laut seiner Akte als verschollen. Ich vermute, er ist geflüchtet."

„Er wird nicht allzu weit kommen", meinte Keith. „Entweder fällt er an irgendeinem Flughafen auf oder er trifft zufällig auf ein paar echte Unsterbliche."

„Was ist eigentlich mit den Subjekten von 1 bis 11?", wollte Shaun wissen. Zwei davon kannte er, dennoch interessierte ihn, was mit den anderen geschehen war. Hugh drehte seine Zigarette fertig. „Über 1 bis 10 gibt es nur kurze Einträge. Dr. Morgan hat am Anfang ziemlich falsch gelegen mit der Mischung ihrer Substanzen. Acht Tote! Nur zwei Mädchen, Nummer 7 und 8, haben die erste Testreihe überlebt. Sie sind aber zu harmlos, um gegen Vampire anzutreten."

„Das stimmt", gab Shaun nachdenklich zurück, woraufhin die beiden Hybriden ihn irritiert anschauten.
„Sie sind hier. Marcus hat sie aufgestöbert", ergänzte er.
„Der Panther?" Keith verzog das Gesicht.
„Ja, der Panther, dem wir die Leopardin weggenommen haben. Er hält sich im Moment auch hier auf." Er brauchte nicht anzumerken, dass sie ihm lieber aus dem Weg gehen sollten. Darauf würden Hugh und Keith von ganz allein achten.
„Melissa und Valeska heißen die Mädchen übrigens", nahm Shaun ihr ursprüngliches Thema wieder auf. „Irgendetwas in ihren Genen hat sie vor dem Tod bewahrt, unsterblich sind sie trotzdem geworden. Und was ist mit Subjekt 11?"
„Sackgasse." Hugh zündete seine Zigarette an. „Egal, wo ich gesucht habe, über 11 gibt es keine Daten."
„Aber das System der Firma vergibt laufende Nummern. Es muss ein Subjekt 11 geben, wenn ich die 12 bekommen habe."
„Ich sagte nur, dass es keine *Daten* gibt." Der Hacker zuckte mit den Schultern. Anschließend wanderte sein Blick zu jemand anderem im Saal, der ihm seiner Miene nach bedrohlich vorkommen musste.
„Mit der Zigarette gehst du sofort nach draußen!"
Shaun brauchte sich nicht umzudrehen, es war zweifelsohne Yvette. Hugh machte sich sofort auf den Weg und achtete pedantisch darauf, nirgendwo im Haus Asche zu verstreuen.
„Wer ist sie?", flüsterte Keith, nachdem die Vampirin ihr Gespräch mit Igor und einem anderen Mann wieder aufgenommen hatte.
„Sie gehört zur Leibwache des Clans und das nicht ohne Grund." Shaun rieb sich das Genick. Ihr gezielter Tritt während ihres Übungskampfes war ihm im Gedächtnis geblieben. Genauso wie der Hauch von Mitgefühl in ihrer

Stimme, nachdem Marek ihn besiegt hatte. Yvette bemerkte seinen Blick und hob die Brauen. Shaun stieß Keith mit dem Ellbogen an und sprach absichtlich laut genug, dass die Vampirin es hören musste. „Merk dir eins. Starr Vampire niemals an. Sie bemerken es."

Darauf erwiderte Keith nichts, er nickte nur eifrig. Igor hatte den Eindruck, dass Yvette nicht besonders beleidigt war. Sie wandte sich wieder zu ihm und Okon um. „Uns gehen langsam die Gästezimmer aus. Könntet ihr ihn bei euch unterbringen? Meistens seid ihr ja nicht alle auf einmal anwesend."
„Ja, natürlich."
Okon schien kaum zuzuhören. Die vielen Vampire machten ihn nervös, seit sie nur in die Nähe des Hauptquartiers gekommen waren. Die beiden Hybriden auf der anderen Seite des Saals machten es nicht besser. Der Albino verschränkte schon fast krampfhaft die Arme vor der Brust.
Igor tippte ihm auf die Schulter. „Komm mit. Ich stelle dir die anderen vor."
„Andere Gestaltwandler?" Okon erweckte zuerst den Eindruck, sie lieber meiden zu wollen. Dann folgte er Igor doch hinaus aus dem Saal. Sie fanden Marcus und die Adlerschwestern in einem der Gästezimmer in der ersten Etage. Der Panthermann begrüßte Igor mit einem Lächeln. „Elvera entlässt dich aus ihrem Dienst?"
„Nur vorübergehend, fürchte ich." Igor grinste zurück. Es tat gut, seine Freunde wohl auf wieder zu sehen. Dann schob er Okon noch ein Stück nach vorn. „Ihn hier haben wir mit Leyth aufgegriffen."
„Ich bin Marcus, das sind die Adlerschwestern Kila und Ravenna", sagte der Panthermann freundlich.

„Okon." Der Albino behielt seine krampfhafte Haltung immer noch bei, obwohl niemand im Raum sein Feind war. Ravenna stieß ihn scherzhaft mit dem Ellbogen an. „Und was hast du verbrochen, dass dein Clan dich verstoßen hat?"

„Ich war nie in einem", gab Okon eisern zurück. Darüber wollte er nicht sprechen, so viel stand fest.

„Gut, niemand bedrängt dich." Die Adlerfrau hob beschwichtigend die Arme. „Darf ich nach deiner zweiten Gestalt fragen, oder ist sie auch tabu?"

„Du riechst überhaupt nicht danach", merkte Marcus an.

„Das könnte daran liegen, dass ich sie nur genau einmal angenommen habe", antwortete Okon gereizt. Es war also, wie Igor vermutet hatte. Er versuchte ein aufmunterndes Lächeln. „Ich kann mir nicht vorstellen, dass deine zweite Gestalt so fürchterlich ist, aber wenn du es uns nicht zeigen willst, lässt du es eben."

„Und das sagt unsere *Hyäne*", ergänzte Kila. Igor warf ihr einen undankbaren Blick zu, es gelang ihm aber nicht, dabei ernst zu bleiben. Okon lachte verhalten. Langsam schien er ein wenig Vertrauen zu ihnen zu fassen. „Nein, meine Gestalt ist harmlos. Ich bin… ein Hund."

„Na bitte. War doch gar nicht so schlimm." Ravenna schenkte ihm ein warmherziges Lächeln, woraufhin der Albino unschlüssig von einem zum anderen sah. „Ein Hund ist für euch normal?"

„Wenn ich einer wäre, hätte ich bei meinem Clan bleiben dürfen", sagte Igor trocken. „Die Clans in Europa und Asien halten seit Jahrhunderten sehr viel auf ihre Hunde, weißt du das denn nicht?"

Okon schüttelte den Kopf. Seinem Geruch nach war er noch jung. Offenbar hatte er sein bisheriges Leben lang einen Bogen um jeden anderen Gestaltwandler geschlagen und

wusste so gut wie nichts über die Clans. Das war merkwürdig. Auch Marcus hatte nie bei einem gelebt, die grundlegenden Dinge hatte er trotzdem durch andere Clanlose und schließlich die Adlerschwestern erfahren.
„Stammst du aus Westafrika? Dort leben meines Wissens nach die einzigen Gestaltwandler, die die Hundgestalt geringschätzen." Igor pflegte seit ein paar Jahren Kontakt zu ihnen und wusste, dass nicht ein Hund unter ihnen lebte. Der Albino nickte stumm. Es musste eine längere Geschichte dahinter stecken, die er nicht erzählen wollte. Auch Marcus entschied offenbar, in dieser Sache nicht weiter nachzubohren, und stand auf. „Ich wette, einen Hund beachten die Vampire im Haus wesentlich weniger als einen Panther und eine Hyäne. So normal ist die Hundgestalt auch für sie."
„Tatsächlich?" Okon hob ungläubig die Brauen. „Worum wollen wir wetten?"
Marcus bleckte die Zähne. „Wenn nicht, besorge ich dir persönlich etwas zu essen. Von Zeit zu Zeit höre ich deinen Magen knurren."
Wieder lachte der Albino, dieses Mal schon etwas selbstsicherer. „Da bin ich dabei."
Trotzdem zögerte er noch einen Augenblick, nachdem Igor und Marcus ihre Tiergestalten angenommen hatten. Die Verwandlung kostete ihn nicht nur Überwindung, sondern auch Kraft, so ungeübt war er. Außerdem war er kaum größer als ein gewöhnlicher Hund. Sie verließen das Zimmer und machten eine Runde durchs Haus. Es war, wie der Panther vermutet hatte. Die Vampire registrierten, dass der blasse Mann, den Igor mitgebracht hatte, nun ein weißer Hund war. Dennoch beachteten sie ihn kaum weiter und behielten vor allem Marcus im Auge, während sie vorbei gingen.

„Ich habe die Wette wohl gewonnen", knurrte der Panther. Sie hatten ihr Gästezimmer schon fast wieder erreicht.

„Absolut", stimmte Igor ihm zu. Okon sagte nichts, er war ein paar Schritte hinter ihnen zurückgefallen. Offenbar war selbst Gehen in seiner zweiten Gestalt anstrengend für ihn. Igor sah über die Schulter. Tatsächlich war Okon von einem Mädchen abgefangen worden. Ein Zweites, das etwas älter sein musste, erschien ebenfalls auf dem Flur.

„Schau mal! Der ist ja schneeweiß." Sie streckte gleich beide Hände nach Okons Kopf aus und kraulte ihn hinter den Ohren. „Ob wir ihn adoptieren dürfen?"

„Der gehört bestimmt irgendwem." Valeska schüttelte den Kopf. Der Albino nahm irritiert seine menschliche Gestalt an. Das Mädchen schreckte zurück und schlug entsetzt beide Hände vor den Mund. Sie hatte ihn zuvor nicht als Gestaltwandler erkannt.

„Entschuldigung", stammelte sie, während Okon immer noch die Worte fehlten. Marcus schnaubte vor Lachen, während er sich verwandelte. Igor schüttelte mit einem breiten Grinsen den Kopf. „Damit hast du wohl nicht gerechnet."

Der Albino musterte das Mädchen eindringlich. „Allerdings nicht."

„Es tut mir leid", presste sie hervor und versuchte ein Lächeln. „Die anderen sind alle viel größer als Tiere."

„Darf ich dir Melissa vorstellen?" Marcus lachte immer noch. „Und ihre Cousine Valeska."

Wie zum Ausgleich fuhr Okon mit den Fingerspitzen durch ihre bunt gefärbten Haare. „Ihr beide seid also Subjekt 7 und 8 und der Firma entkommen?"

„Ja. Dank Marcus." Valeska neigte den Kopf. „Und du?"

„Mich hatten sie nur kurz eingefangen, dann hat mich zum Glück Igor gefunden." Der Albino warf ihm einen dankbaren

Blick zu. Offenbar war er endlich davon überzeugt, am richtigen Ort gelandet zu sein. „Darf ich fragen, was so anders an euch ist? Die drei Hybriden haben darüber gesprochen, aber ich habe es nicht ganz verstanden."
Igor hob verblüfft die Brauen. Diese Sache musste Okon sehr wichtig sein, wenn er so direkt danach fragte. Zwei Vampire marschierten an ihnen vorbei. Melissa machte ihnen weit mehr Platz als nötig. „Wollen wir wirklich hier auf dem Gang darüber reden?"
„Gehen wir zurück ins Gästezimmer", schlug Marcus vor. Die beiden Mädchen schlossen sich ihnen bereitwillig an. Während sie sich den Sessel teilten, ließen sich die anderen auf dem Bett und dem Boden nieder. Igor lehnte mit dem Rücken an der Wand.
„Wie hatte Asheroth diese Gabe gleich wieder genannt, die wir beide angeblich besitzen?", fragte Valeska an Marcus gewandt.
„Ihr seid dazu in der Lage, unsterbliche Gestaltwandler zu gebären. Und ihr müsst euch leider damit abfinden, dass es wahr ist."
Die Adlerschwestern schauten die Mädchen ein wenig mitleidig an, was Okon offenbar nicht entging.
„Ist das etwas Schlechtes?", fragte er.
„Wie man es nimmt", sagte Ravenna trocken. „Jeder Clan wird euch haben wollen, da es nur sehr wenige Frauen wie euch gibt und die Clans kaum Töchter haben."
„Macht uns das wertvoll?", wollte Melissa wissen.
„Es wurden schon Kriege für Begabte angefangen." Marcus bleckte die Zähne. „Und zu allem Überfluss seid ihr unsterblich. Du hast keine Ahnung, *wie* wertvoll ihr seid."
„Vorausgesetzt, wir wollen Kinder bekommen." Valeskas Tonfall war ihr Widerwille anzumerken.

„Nach eurem Willen wird euch kein Clan fragen", sagte Kila bitter. „Passt bloß auf, wem ihr in die Hände geratet, sollten die Vampire euch gehen lassen."
„Das werden sie. Asheroth war in dieser Hinsicht mehr als deutlich." Marcus war deshalb wütend auf den Ältesten, hatte ihm aber vermutlich nicht widersprochen. Igor hatte nichts zum Gespräch beizusteuern. Seine Mutter war eine Begabte gewesen, hatte ihren Söhnen aber keine erwünschte Gestalt geben können. Dieses Wissen wollte Igor vor allem Melissa noch ersparen. Das Mädchen wirkte ziemlich aufgewühlt. Okon war ebenfalls sehr still geworden. Er schien über etwas nachzudenken.
„Warum fragst du eigentlich danach?", fragte Valeska den Albino. „Du bist ein Gestaltwandler, du müsstest das alles doch wissen."
Okon schüttelte langsam den Kopf. „Mir wurde nicht gesagt, was ich bin, bis ich mich zum ersten Mal verwandelte. Jetzt weiß ich, dass meine Mutter eine Begabte wie ihr gewesen sein muss. Aber sie war nur ein Mensch."
„Das wäre ich auch gern", murmelte Melissa. Valeska legte tröstend einen Arm um ihre Schultern.
„Reden wir über etwas anderes", beschloss sie. Dieses Mädchen hatte eine sehr direkte Art an sich, beinahe wie die Vampirinnen. „Melissa und ich stammen aus Kroatien. Wo kommt ihr denn so her?"
„Geboren wurde ich in Kanada." Marcus rieb sich den Nacken. „Aber ich bin nie wieder dort gewesen."
„Unser Clan war damals im heutigen Nordfrankreich ansässig. Seit wir verstoßen wurden, spielt das keine Rolle mehr." Ravenna zuckte mit den Schultern, Kila stimmte ihr mit einem Nicken zu.
„Sibirien."

„Westafrika."

Mehr hatten Igor und Okon nicht beizusteuern. Melissa sah bestürzt von einem zum anderen. „Das heißt, keiner von euch hat ein Zuhause? Ihr seid nur unterwegs oder irgendwo zu Gast?"

„Entschuldigt." Valeska senkte betreten den Blick.

„Du musst dich nicht entschuldigen. Wir leben schon lange auf diese Weise und sind auf unsere Art frei." Igor lächelte sie aufmunternd an.

„Immerhin haben wir Freunde, an die wir uns jederzeit wenden können", ergänzte Marcus.

„Und einen Vampirältesten, der dich nicht leiden kann." Kila grinste ihn ironisch an.

„Danke, dass du mich daran erinnerst."

Okon seufzte leise, während die anderen lachten. Igor entging es trotzdem nicht. Der Albino war tatsächlich der einzige, der niemanden hatte. Melissa hatte seine Reaktion wohl ebenfalls bemerkt. Außerdem schien ihr immer noch peinlich zu sein, dass sie ihn für einen normalen Hund gehalten hatte. Bisher hatte sie nämlich den Blickkontakt mit Okon gemieden. Jetzt versuchte sie wieder, ihn anzulächeln.

Seit Stunden war es auffällig still im Labor von Dr. Morgan. Commodus lehnte mit dem Rücken an der Wand seiner Zelle und lauschte konzentriert. Die Wissenschaftlerin hatte noch mehrmals versucht, die Beschaffenheit seiner Augen zu ergründen, aber offenbar kam sie auf keinem Weg zu einem zufriedenstellenden Ergebnis. Sein Blut schien hingegen den gewünschten Zweck zu erfüllen. Mittlerweile hatte Dr. Morgan ihm so viel gestohlen, dass sein Durst merklich gewachsen war. Die menschlichen Assistenten, die von Zeit zu Zeit an seiner Zelle vorbeigingen, machten sich darum allerdings keine Sorgen. Solange der Vampirälteste entweder betäubt oder in seiner Zelle eingeschlossen war, fürchteten sie sich nicht. Freya beachteten sie sogar noch weniger, was Commodus sehr verwunderte. Schließlich war diese Gestaltwandlerin weit mächtiger, als es äußerlich den Anschein hatte. Commodus hörte ihren leisen, regelmäßigen Atem in einiger Entfernung.

„Ob Dr. Morgan uns heute noch mit ihrem Besuch beehrt?", fragte sie sarkastisch. „Sie reist im Moment wirklich sehr oft zwischen den Stützpunkten der Firma hin und her."

„Ich verzichte gern auf ihre Anwesenheit", gab der Vampirälteste trocken zurück. Im Stillen befürchtete er, dass Asheroths Mündel genau jetzt den Misshandlungen der Wissenschaftlerin ausgeliefert war. Hoffentlich waren sie und ihr Kind noch am Leben. Asheroth hatte bereits genug Gründe, keine Gnade gegenüber der Firma walten zu lassen. Sollte Tove etwas zustoßen, würde er keinen Stein auf dem anderen lassen, bis er auch den letzten, vergleichsweise harmlosen Assistenten von Dr. Morgan gefunden hatte. Commodus erhob sich und trat an die Panzerglasscheibe seiner Zelle. Die Wand gegenüber war vollkommen kahl, dennoch atmete der Stein im gewohnten Rhythmus des Lebens. In diesem Gebäude gab es endlich einmal etwas Natürliches. Der Vampirälteste überlegte noch, ob ihm dies irgendwie nutzen konnte, als Freya ohne jede Vorwarnung begann zu schreien. Es war so entsetzlich hoch und langgezogen, dass innerhalb von Sekunden einer der Wissenschaftler auf dem Korridor erschien.

„Was soll der Lärm?", fragte er entnervt und marschierte an Commodus' Zelle vorbei. „Sei gefälligst still, sonst flute ich deine Zelle mit Gas!"

„TU ES!", brüllte sie noch lauter, allerdings einige Oktaven tiefer als zuvor. Der Vampir hatte keine Ahnung, warum Freya sich plötzlich so verhielt, aber das spielte auch keine Rolle. Der Assistent war allein mit ihnen im Gebäudetrakt. Verblüfft musterte er die Gestaltwandlerin, Commodus konnte ihn von seiner Scheibe aus gerade noch beobachten.

„Drehst wohl langsam durch", schnaubte er, dann sah er zufällig in die Richtung des Ältesten. Sofort war er im Blick des Vampirs gefangen. Commodus war der Einzige, der sich nicht verwandeln musste, um Menschen zu kontrollieren. Er befahl ihm, zu seiner Zelle zu kommen und die Verriegelung zu öffnen. Der Korridor wurde mit Kameras überwacht, daher hatten sie maximal Sekunden, bis ein Alarm ausgelöst wurde. Sobald seine Zellentür mit einem leisen Zischen zur Seite geglitten war, entließ Commodus den Assistenten aus seinem geistigen Griff, packte ihn stattdessen im Genick und schlug die Zähne in seine Kehle. Sein Blut würde fürs erste genügen, um seine Verluste auszugleichen. Freya starrte ihn fassungslos an, als er vor ihre Zellentür trat.

„Ist etwas passiert?", fragte der Vampir leise, während er das Tastenfeld ihrer Zelle betrachtete. Auf vier der Zahlen 1 bis 0 waren Fingerabdrücke zu sehen. Eilig probierte er die ersten möglichen Kombinationen aus.

„Als ich neulich die Hunde in unserer Nähe gespürt habe, waren es drei. Jetzt bekämpfen sie einen ganzen Clan", flüsterte Freya heiser. Auf welchem Weg es Commodus gelungen war auszubrechen, kümmerte sie offenbar nicht. Wie er vermutet hatte, schrillte nun ein Alarm durch das Gebäude.

„Uns bleibt nicht viel Zeit." Während er sprach, erwischte er endlich die richtige Zahlenkombination. Freyas Zelle öffnete sich, doch sie zögerte. Commodus legte die Stirn in Falten.

Hatte er diese so wichtigen Sekunden für ihre Befreiung etwa verschwendet?

„Verzeih", murmelte sie und setzte sich in Bewegung. Gemeinsam stürmten sie aus dem Labortrakt. Für den Transport in diese Einrichtung hatte man sie betäubt, weshalb Commodus den schnellsten Weg nach draußen nicht kannte. Instinktiv entschied er sich für den Korridor, der vom Labor aus nach rechts führte. Freya blieb ihm dicht auf den Fersen. Hinter ihnen waren bereits die Schritte von zahlreichen schweren Stiefeln zu hören.

„Verzeih mir", wiederholte die Gestaltwandlerin. „Ich hätte nicht zögern dürfen."

„Hattest du Angst, ich würde dich aus Blutdurst angreifen?" Ein Söldner erschien vor ihnen auf dem Korridor. Commodus erreichte ihn mit einem gewaltigen Satz und stieß ihn dabei so heftig gegen die nächste Wand, dass sie einbrach. Noch immer hatten sie kein Fenster gefunden, was die Orientierung immens erschwerte.

„Nein, das ist es nicht", rief Freya und schloss zu ihm auf. „Ich fürchte dich nicht."

„Gut." Das genügte dem Vampirältesten erst einmal. „Hast du Verbündete, zu denen du gehen kannst? Vorausgesetzt, diese Festung hat irgendwo einen Ausgang."

„Nein."

Viele Schritte hinter ihnen gab jemand den Befehl zum sofortigen Angriff. Commodus rammte die Tür am Ende des Ganges, die es aus den Angeln sprengte. Sie betraten einen Lagerraum, der tatsächlich ein Fenster besaß. Ein Blick hinaus entmutigte den Vampirältesten ein wenig. Das Gebäude war unmittelbar an einer Steilküste errichtet worden. Unter dem Fenster ging es viele Meter senkrecht in die Tiefe und das Wasser, das am Grund gegen die Felsen schlug, war nicht tief genug, um seinen Sturz ausreichend abzufedern. Mit gebrochenen Gliedmaßen war eine Flucht so aussichtslos, dass er sich dagegen entschied.

„Und nun?", fragte Freya bekümmert, die ihm seine Entscheidung von den Augen abgelesen hatte.

„Musst du ohne mich von hier flüchten." Commodus öffnete das Fenster. Da es klemmte, riss er es kurzer Hand aus dem Rahmen. Dem Geräusch nach hatten die Söldner den Korridor erreicht, der sie direkt herführen würde.

„Bitte verschwinde nicht. Deine Fähigkeiten werden in diesem Krieg mit Sicherheit gebraucht." Er war sich zwar nicht sicher, worin genau Freyas Fähigkeiten bestehen mochten, aber sein Instinkt täuschte ihn in dieser Sache ganz bestimmt nicht.

„Ich habe so lange im Exil gelebt, dass mich niemand mehr kennt." Ihre Miene wurde bitter. „Und sie werden mich fürchten."

„Dann geh zu meinem Neffen. Nach Norwegen!" Commodus half ihr auf den schmalen Fensterrahmen.

„Der Geborene, der der Träger des Schattens ist?", zischte sie argwöhnisch.

„Dafür, dass du so isoliert lebst, bist du sehr gut informiert." Die ersten Betäubungspfeile wurden durch die durchbrochene Wand auf sie abgefeuert. Commodus fing sie absichtlich mit seinem breiten Rücken ab. „Er wird dir zuhören. Vertrau mir!"

Bevor die Gestaltwandlerin noch einmal widersprechen konnte, stieß er sie gewaltsam aus dem Fenster. Dann drehte er sich um und zog nach und nach die Pfeile aus seinem Rücken. Er ließ sie einzeln zu Boden fallen, damit auch die Söldner das leise Klirren hörten, die ihn nicht sehen konnten.

Es galt, Freya so viel Vorsprung wie nur irgend möglich zu verschaffen.

„Kommt her!", grollte Commodus und setzte sich in Bewegung. „Lasst mich sehen, ob ihr überhaupt etwas taugt!"

15. Schneeeule

Kurz vor Sonnenaufgang war die Lagebesprechung der Vampire beendet. Mira hatte zwischenzeitlich die Gestaltwandler und Jasmina dazu gerufen. Shaun fiel die bittere Miene der Geborenen auf, als er ihr nach der Besprechung begegnete. Mira hatte ihr wohl mitgeteilt, welche ihrer Vampire in Gefangenschaft waren. Der Hybrid passte die Tageswandlerin an der Treppe ins Erdgeschoss ab. „Wo geht es jetzt hin?"
„Ich bleibe fürs Erste hier, daher gilt das auch für dich."
„Verstehe." Offenbar nahm nur sie ihn als Leibwächter mit. Das sollte Shaun mehr als recht sein. Anzheru blieb neben seiner Gefährtin stehen und legte einen Arm um sie. „Achilleas und ich werden sofort aufbrechen."
„Ist etwas passiert?", wollte Shaun wissen.
„Vater ist sich nicht ganz sicher. Wir werden nach den Asiatischen Gestaltwandlern sehen."
„Schleicht euch lieber nicht an", lautete Igors Kommentar. Der Hyänenmann ging gerade an ihnen vorbei. „Das macht sie noch misstrauischer, als sie es sowieso sind."
„Ich werde es mir merken." Anzheru sah ihm kurz nach, dann rief er die Vampire zusammen, die ihn und Achilleas begleiten würden. Es waren mehr als sonst. Außerdem schloss sich Marcus der Gruppe an. Shaun blieb in Miras Nähe, während sie in der Eingangshalle des Hauptquartiers ihre Vampire verabschiedete. Igor und Marcus diskutierten derweil leise aber energisch in einer Sprache, die Shaun nicht verstand. Achilleas erschien mit seinem Speer bewaffnet in der Halle. Im Grunde wartete das Team nun nur noch auf den Panther.

„Seid ihr dann soweit?", fragte der Älteste nach ein paar Atemzügen. Marcus verschränkte die Arme. „Meine Meinung steht fest. Ich gehe mit."
„Gut. Erwarte bloß keine Vernunft von ihnen!" Igor wandte sich abrupt ab und marschierte davon.
„Ich weiß", erwiderte Marcus leise. Anzheru warf ihm einen skeptischen Blick zu. „Er ist dagegen, dass du dich seinem alten Clan näherst."
„Was sie angeht, überlasse ich euch sehr gern den ersten Schritt." Er verzog das Gesicht. „Ravenna hat neulich Abtrünnige erwähnt, die gegen den Clan gekämpft haben. Vielleicht kann ich sie wenigstens zu einer Waffenruhe überreden, solange wir es mit der Firma zu tun haben."
Mit diesem Vorschlag waren Achilleas und Anzheru einverstanden. Das Team verließ das Hauptquartier. Anschließend folgte Shaun Mira in den großen Empfangssaal. Ihr Ziel war leicht auszumachen. Letizia unterhielt sich gerade an einem der Tische mit Nadja. Wie sollte er bloß unter all diesen Vampiren und Gestaltwandlern mit ihr über Benjamin reden? Mira strich dem Mädchen liebevoll über den Kopf. „Du erholst dich gut, wie ich sehe. Was macht dein Bein?"
„Das geht schon, mach dir keine Sorgen. Ich werde nur langsam müde."
Allerdings war sie noch munter genug, um Shaun einen recht feindseligen Blick zuzuwerfen. Der Hybrid wich unwillkürlich einen Schritt zurück.
„Gib ihm eine Chance", meinte Nadja gutmütig. „Er hat mich befreit."
Letizia schaute verblüfft von der Vampirin wieder zu Shaun, dann hellte ihre Miene sich tatsächlich auf. „Wenn das so ist... Wie bist du überhaupt in diese Sache hinein geraten?"

Im ersten Moment fehlten ihm die Worte. Shaun räusperte sich, um ein bisschen Zeit zu gewinnen. „Lange Geschichte. Kurz gesagt, brauchte ich dringend Geld und die Firma bezahlt nicht schlecht."
„Dafür, dass diese Männer uns abschlachten. Halten die uns für Ungeziefer?", fragte Letizia abfällig.
„Ganz ehrlich? Ja, das tun sie. Sie erforschen euch für ihre Zwecke, dann wollen sie euch ausrotten." Shaun schob die Hände in die Taschen. „Soraya hat euch als reine Parasiten dargestellt. Außerdem hat ihre Idee von künstlichen Hybriden die richtigen Ohren gefunden."
„Denkst du, die Firma will die Hybriden später für die Kriege der Menschen vermieten?"
„Du schaust zu viele Filme, Letizia", wandte Nadja ein. „Die Sterblichen hätten viel zu große Angst vor diesen Söldnern. Außerdem können sie es nicht kontrollieren, die Hybriden werden unsterblich."
„Noch", murmelte Shaun. Der Ehrgeiz von Dr. Morgan kannte keine Grenzen.
„Ich vermute, sie halten es geheim, solange sie gegen uns kämpfen", sagte Mira. „Weißt du, wer das ganze finanziert?"
„Nein, aber frag Hugh bei Gelegenheit. Es würde mich nicht wundern, wenn er sich auch darüber informiert hat." Der Hybrid hörte plötzlich aufgeregte Stimmen aus der ersten Etage. Wenige Atemzüge später schob der Albino, den man grundsätzlich nur mit Igor zusammen antraf, die Türe zum Saal auf. Hinter ihm erschien der Hyänenmann. Er trug Jasmina in seinen Armen. Ihr Kinn war blutverschmiert.
„Sie hustet wieder Blut", sagte Igor. „Kannst du ihr helfen? Mein Blut will sie nicht annehmen."
Von ihm getragen werden wollte sie offensichtlich auch nicht. Die Vampirin wand sich aus seinen Armen, obwohl sie

anschließend Mühe hatte, sich auf den Beinen zu halten. Mira nahm ihr Gesicht in beide Hände. „Du hättest mir doch vorhin sagen können, dass es wieder schlimmer wird."
„Ich habe es nicht sofort gespürt", knurrte sie leise. „Warum kann mein Körper dieses Gift nicht besiegen?"
„Vielleicht solltest du Igors Angebot annehmen. Ich war durch meinen Gestaltwandler-Anteil immun", merkte Shaun an.
„Du *warst* immun?", hakte Mira nach.
„Solange ich meine Dispenser hatte. Aber das nützt uns doch jetzt nichts mehr."
„Wurde getestet, ob deine Immunität verloren gegangen ist?", fragte die Tageswandlerin weiter. Shaun hob unschlüssig die Arme. „Soweit ich weiß, hat Dr. Morgan nur festgestellt, dass ich unsterblich geworden bin. Pfeile habe ich seitdem nicht mehr abbekommen."
„Wenn du noch immun bist, ist dein Blut wesentlich vielversprechender."
„Aber Elvera sagt, Hybridenblut sei bitter wie Gift", wandte Igor ein. „Was, wenn es ihr in diesem Zustand nur noch mehr schadet?"
Während sie sprachen, betrat Asheroth den Saal. Er tastete Jasminas Rücken ab. „Das Gift greift immer wieder deine Atemwege an, bis sie einreißen und Blut in deine Lunge fließt. Ich denke, es ist einen Versuch wert."
„Gut zu wissen", grollte Igor. Ihm lag offensichtlich viel an Jasmina, wenn er sogar freiwillig sein Blut angeboten hatte. Shaun schluckte schwer. Sie erwarteten jetzt wohl von ihm, dass er dasselbe tat.
„Du musst das nicht", widersprach Jasmina der unausgesprochenen Vermutung in seinem Kopf. „Ich werde dich nicht zwingen."

„Ist schon in Ordnung", sagte er zögerlich. „Eigentlich würde ich es gern wissen."
Denn wenn sein Körper dem Gift der Firma immer noch standhalten konnte, könnten zukünftige Kampfsituationen anders aussehen. Vor allem, wenn er jemanden schützen musste.
„Bist du sicher?" Jasmina schaute ihn überrascht an, wie die meisten anderen. Nur Asheroths Miene blieb gewohnt starr.
„Tut das sehr weh?", fragte der Hybrid mit einem schiefen Grinsen, um es noch ein bisschen aufzuschieben.
„Ja", gab Mira prompt zurück. „Versuch, nicht zu sehr zu verkrampfen."
Das fiel Shaun bereits schwer, als Jasmina sein ausgestrecktes Handgelenk ergriff. Er presste die Lippen zusammen, während sich ihre Zähne in sein Fleisch bohrten, bis hinein in seine Adern. Er konnte sogar fühlen, wenn sie schluckte. Nach wenigen Atemzügen war es zum Glück vorbei. Jasmina wischte sich über den Mund. „So bitter ist es gar nicht."
„Vermutlich, weil wir die Dispenser entfernt haben. Das ist mir schon am Geruch aufgefallen, als du in Aberdeen verwundet wurdest." Asheroth verschränkte die Arme vor der Brust. An seiner Haltung zu Shaun würde sich wohl nie etwas ändern. Der Hybrid nickte müde. Er musste die Bisswunde so weit möglich zudrücken.
„In ein paar Stunden wissen wir, ob es geholfen hat. Ruh dich jetzt aus", sagte Mira und bedeutete ihm, den Saal zu verlassen. Dagegen hatte Shaun nichts einzuwenden. Jasmina und die Tageswandlerin gingen derweil gemeinsam in die erste Etage hinauf. Das Zimmer unter dem Dach musste er inzwischen mit Keith und Hugh teilen. Die beiden waren im Moment aber noch unterwegs, um sich das Clan-Gelände anzusehen. Shaun setzte sich auf die Bettkante und betrachtete

erneut den hässlichen Bissabdruck an seinem Handgelenk. Es war ihm unbegreiflich, dass Mira ihr Blut manchmal freiwillig auf diese Art hergab. Selbst wenn keine Narben zurückblieben. Die Tageswandlerin betrat wenige Augenblicke später sein Zimmer. Der Hybrid sah überrascht auf.
„Jacky ist bei Jasmina, solange es dauert. Ich danke dir."
„Ich dachte, wir wissen erst später, ob mein Blut sie heilen kann."
Sie nickte und senkte die Stimme zu einem Flüstern. „Trotz dieser Ungewissheit hast du es geopfert."
Shaun grinste verlegen.
„Genauso hast du dich als Lockvogel angeboten, um Aberdeen zu stürmen. Warum nimmst du das alles auf dich?"
„Ehm..." Er wusste nicht, was er darauf antworten sollte. Beide Male hatte der Hybrid nicht lange darüber nachgedacht, welcher Gefahr er sich aussetzte. „Ich... will euch helfen."
„Ich möchte dir das glauben. Mein Gefährte vermutet, du verfolgst ein anderes Ziel." Mira schaute ihn mit einer Mischung aus Besorgnis und Argwohn an.
„Ich wusste nicht, dass mich das schon wieder verdächtig macht." Shaun hob ratlos die Arme. „Was soll ich sagen? Die Firma ist auch mein Feind geworden und ich kämpfe auf eurer Seite. Falls die Unsterblichen siegen, hoffe ich natürlich, dass ihr mich in Frieden gehen lasst."
Mit dieser Antwort schien sie zufrieden zu sein, Mira rührte sich jedoch nicht vom Fleck. Erst nach ein paar Atemzügen hob sie die Brauen. „Wolltest du mir nicht noch etwas sagen? Wofür brauchtest du so dringend Geld?"
Sie hatte ihn durchschaut, schließlich war er ihr wie ein Schatten gefolgt. Shaun atmete tief durch. „Ich muss mich

um jemanden kümmern. Es ist sonst niemand mehr für ihn da. Und wenn ich hier drauf gehe…"
„Ich verstehe." Die Tageswandlerin lächelte ihn warmherzig an. „Gib mir den Namen und die Adresse."

Shaun war sichtlich erleichtert. Er kritzelte die Daten auf einen kleinen Zettel und reichte ihn ihr. Es überraschte Mira nicht besonders, dass er all das tat, um für jemand anderen zu sorgen. Wer genau Benjamin war, musste sie nicht wissen. Er war Shaun wichtig, das genügte. Anschließend begab sie sich wieder hinunter in den Saal, um Letizia abzuholen. Asheroth tastete gerade ihren Unterschenkel ab, den er nachträglich hatte richten müssen.
„Bitte sag, dass es jetzt wieder gerade zusammenwächst."
Letizia verzog das Gesicht.
„Ja, es ist alles in Ordnung." Der Älteste erhob sich und berührte ihre Wange. „Du solltest zu Bett gehen."
Die Geborene stimmte ihm etwas widerwillig zu und stand auf. Mira legte einen Arm um ihre Taille.
„Du brauchst mich nicht zu tragen. Ich kann wieder laufen."
„Das mag sein." Mira hob sie hoch. „Aber dir fallen schon die Augen zu."
Ihr Mündel wehrte sich nicht weiter und ließ sich zur Villa tragen. Schon auf der Hälfte des Weges schlief sie ein. Ihr Kopf schmiegte sich dabei an Miras Schulter. Vor ein paar Wochen erst hatte Letizia felsenfest behauptet, sie sei viel zu alt, um in ihrem oder Anzherus Arm einzuschlafen. Jetzt, nachdem sie sie endlich gefunden hatten, war es *ausnahmsweise* wieder für ein paar Tage in Ordnung. Mira legte sie in ihrem Bett ab und setzte sich neben sie. Behutsam strich sie ihr die Haare aus dem Gesicht. Je älter Letizia wurde, desto mehr ähnelte sie äußerlich ihrer Mutter. Trotzdem war auch

das Erbe ihres Vaters unverkennbar. Violetta und Konstantin hatten eine tiefe Lücke hinterlassen, die jeder im Clan immer noch spürte. Manchmal ertappte Mira sich sogar bei dem Gedanken, dass es nicht fair war, dass sie das Kind ihrer besten Freunde aufziehen durfte. Natürlich hatte der ganze Clan seinen Anteil daran, aber Letizia betrachtete eindeutig sie und Anzheru als ihre Ersatzeltern. Mira gab ihr einen Kuss auf die Stirn, dann verließ sie das Zimmer, das früher einmal der Abstellraum gewesen war. Die meisten Dinge darin hatten sie verschenkt. Nur Anzherus alter Waffenrock befand sich noch in der kleinen Bibliothek des Hauses. Mira las ein wenig, horchte jedoch die ganze Zeit über auf Letizias Herzschlag. Im Gefängnisschacht in Aberdeen festzusitzen, war grauenhaft gewesen, aber auch davon erholte sich ihr Mündel ganz gut. Sie schlief einige Stunden, ohne dass sich ihr Puls erhöhte. Am späten Nachmittag entschied Mira, dass sie Letizia allein lassen konnte, und kehrte ins Hauptquartier zurück, um nach Jasmina zu sehen. Die geborene Vampirin unterhielt sich gerade auf dem Korridor in der ersten Etage mit Igor und Nadja.

„Mein Körper ist endlich geheilt."

„Bist du sicher?", fragte ihre Vertraute.

„Ja, es geht mir blendend." Jasmina warf Igor einen herausfordernden Blick zu. „Lass uns vor die Tür gehen. Nach ein paar Knochenbrüchen glaubst du mir."

„Ich verzichte." Der Gestaltwandler hob beschwichtigend die Arme. „Ich bin nur froh, dass es funktioniert hat."

„Seit wann ist *dir* eigentlich so wichtig, wie ich mich fühle?" Ob sie Igor immer noch nicht vergeben hatte, dass er damals nach dem Kampf gegen Uk'shan verschwunden war, ohne sich zu verabschieden? Mira warf Nadja einen kurzen Blick zu. Jasminas Vertraute würde sich heraushalten. Hoffentlich mischte Asheroth sich ebenfalls nicht sofort ein. Allzu weit konnte er nicht entfernt sein.

„Das ist doch selbstverständlich! Ich…" Der Hyänenmann geriet ins Stocken. Jasmina näherte sich ihm. „Sechs Jahre lang erhalte ich nicht das geringste Lebenszeichen von dir. Ich habe mir Sorgen gemacht!"

Igor schaute sie verblüfft an. Damit hatte er offensichtlich nicht gerechnet. „Es tut mir so leid. Ich habe es nicht über mich gebracht, dir in die Augen…"

Er brach mitten im Satz ab.

„Was ist?", fragte Jasmina irritiert. Igor schlang zitternd die Arme um seinen Oberkörper. Die feinen Härchen auf seiner Haut standen zu Berge.

„Ich weiß es nicht", brachte er mühsam heraus. Plötzlich löste er sich aus seiner Starre und eilte nach unten. Mira, Jasmina und Nadja folgten ihm. In der Eingangshalle des Hauptquartiers schloss sich ihnen Asheroth an. Seiner Miene nach hatte auch er irgendetwas gespürt. Was hatte den Gestaltwandler so sehr aufgeschreckt? Igor schob die schwere Eingangstür auf und ging noch ein paar Schritte auf den Rasen hinaus. Mira blieb an seiner Seite stehen und betrachtete die zierliche aschblonde Frau, die wie aus dem Nichts aufgetaucht war. Regungslos stand sie da und musterte die Geschöpfe vor dem Hauptquartier. Ihre Augen waren klar wie Kristalle, ansonsten wirkte sie ein wenig mitgenommen. Mira hatte ihr Gesicht schon einmal in den Dateien der Firma unter der Bezeichnung GW0 gesehen. Sie war die Gestaltwandlerin, auf der die Forschung der Firma basierte. Die Adlerschwestern landeten in ihren menschlichen Gestalten auf dem Rasen und rückten dicht zusammen.

„Verzeih, ich… wollte nicht…", stammelte Kila und senkte den Kopf. Ravenna ergriff ihre Hand, als wollte sie ihrer

Schwester vor Gericht beistehen. „Du bist Freya? Die Heilerin?"

Sie nickte.

„Wir wussten nicht, welche Gestalt du haben könntest", rechtfertigte sich die Adlerfrau.

„Ich mache euch keinen Vorwurf, ihr habt euch nur verteidigt", sagte Freya mit einem sanften Lächeln.

„Dazu neigen wir alle, wenn wir nicht wissen, ob wir Freund oder Feind gegenüberstehen", mischte Asheroth sich in diese seltsame Unterhaltung ein. Die Gestaltwandlerin wandte sich ihm zu. „Betrachte mich als deines Feindes Feind. Commodus sagte mir, ich solle nach euch suchen, als er mir zur Flucht verhalf."

Das schien dem Ältesten fürs Erste zu genügen. Er neigte leicht den Kopf, woraufhin Freya seine Geste erwiderte. Dann richtete sie ihren Blick auf Mira. Der Vampirin stockte der Atem. Es war wie damals, als sie Commodus zum ersten Mal in die Augen gesehen hatte. Im Blick dieser Gestaltwandlerin war sie wie gefangen. Asheroth packte sie an der Schulter und nicht einmal das half.

„Was ist?", zischte der Vater ihres Gefährten.

„Sie sieht in mich hinein", flüsterte Mira hilflos. Freya suchte nach etwas, das wurde ihr plötzlich bewusst. Das Lichtwesen erhob sich, um sie abzuschirmen. Selbst wenn Mira gewollt hätte, hätte sie es nicht zurückhalten können. Warum entfernte Asheroth sich nicht sofort aus ihrer Reichweite? Er musste es doch sehen. Freya schlug die Augen nieder und entließ sie damit endlich aus ihrem Griff. Mira atmete erleichtert auf.

„Nun muss ich um Vergebung bitten. Das war sehr unhöflich von mir", sagte die Gestaltwandlerin. „Aber ich musste sicher gehen, dass es wirklich hier unter euch ist."

„Was?", gab Asheroth gereizt zurück. Wie ein Schild schob er sich vor Mira. Niemand sonst wagte, sich zu rühren. Freya blieb hingegen unbeeindruckt. „Das Lichtwesen natürlich. Vom Träger des Schattens hatte ich bereits gehört. Die Gerüchte sind also wahr. Beide besitzen eine formbare Aura, die sich verbergen lässt."
Asheroth rieb die Fingerspitzen aneinander, was Mira zum Glück nicht entging. Bevor der Älteste zum Angriff überging, legte sie ihm eine Hand auf die Schulter. „Nicht. Sie hat mich nicht verletzt."
„Und was war das bitte? Dein Herz rast!"
Da hatte er Recht. Die Tageswandlerin zwang sich, den Rücken durchzustrecken und ruhiger zu atmen. Dann trat sie hinter Asheroth hervor und näherte sich Freya. Wie auch immer diese Gestaltwandlerin es fertig gebracht hatte, dass das Lichtwesen auf sie reagierte, noch wollte Mira den Frieden wahren. Informationen waren schließlich sehr wertvoll, vor allem wenn sie Commodus betrafen. Sie blieb erst stehen, als sie nur noch zwei Armlängen voneinander trennten.
„Du hast gefunden, wonach du in mir gesucht hast. Jetzt sei so gütig und offenbare uns deine zweite Gestalt", sagte sie mit fester Stimme. Die Adlerschwestern hatten sie zwar schon gesehen, aber das war Freya ihr schuldig. Die Gestaltwandlerin lehnte sich leicht nach hinten und streckte die Arme aus. In einer fließenden Bewegung ging sie in ihre Tiergestalt über. Sie war eine Eule, schneeweiß und mit feinen schwarzen Linien überzogen. Ihre Größe reichte längst nicht an die der Adlerschwestern heran, dennoch hatten Kila und Ravenna sofort vor ihr kapituliert. Freyas Macht lag folglich in etwas anderem als ihrer Eulengestalt. Mit lautlosen Flügelschlägen hielt sie sich einen Moment in der

Schwebe, dann wurde sie wieder zum Menschen. Die anwesenden Gestaltwandler erschauderten heftig. Mira warf einen irritierten Blick über die Schulter.

„Warum ist es bei dir so anders, wenn du dich verwandelst?", fragte Ravenna, während Igor zögerlich ein paar Schritte näher kam. Einen gewissen Sicherheitsabstand hielt er jedoch noch.

„Das würde mich auch sehr interessieren", knurrte Asheroth. „Ich spüre mehr, als wenn sich einer der Jüngeren von euch verwandelt."

„Kannst du es beim Namen nennen?", wollte Freya wissen. Der Älteste verneinte gereizt. Ihm mit einer Gegenfrage zu antworten, war nie empfehlenswert. Für all das hatte Mira allerdings keine Nerven übrig. „Was willst du von uns, Freya?"

„Wissen, wie es steht. Die Sterblichen haben eine sehr große Bedrohung für uns alle geschaffen."

Wenigstens in diesem Fall blieb die Eulenfrau so direkt wie die Vampirin. Mira nickte zufrieden und bedeutete ihr mit einer Geste, ins Haus zu gehen. „Offenbar ist der Redebedarf auf beiden Seiten sehr groß. Sei mein Gast, bis wir alles Wichtige geklärt haben."

Freya willigte ohne zu zögern ein und ging neben ihr her. „Commodus sagte, ich solle seinen Neffen aufsuchen. Stattdessen spreche ich mit der Dame des Hauses?"

„Korrekt. Anzheru ist gestern aufgebrochen, um bei den Asiatischen Gestaltwandlern nach dem Rechten zu sehen."

Auf dem Weg in den Empfangssaal stellte Mira sich kurz vor. Am Kartentisch machten sie halt. Asheroth, Jasmina und die Adlerschwestern folgten ihnen. Elvera hatte offenbar den Namen ihres Gefährten vernommen und gesellte sich ebenfalls dazu. Igor war hinauf zu den Gästezimmern geeilt und schob nun Okon in den Saal. Der Albino starrte Freya misstrauisch an. Mira bedeutete ihren Clan-Vampiren, fürs Erste hinaus zu gehen.

„Um es kurz zu machen; wir überfallen die Außenposten der Firma, um unsere Kämpfer zurückzubekommen. Noch sind wir zu wenige, um sie direkt anzugreifen", begann sie das Gespräch von neuem, als Ruhe eingekehrt war. „Dabei stoßen wir auch auf abtrünnige Gestaltwandler. Ich wäre dir verbunden, wenn es deshalb keine Probleme gibt."

„Sie werden ihre Gründe haben, die Clans zu meiden. Die habe ich auch", gab Freya gelassen zurück. Darüber schienen die anwesenden Gestaltwandler durchaus erleichtert zu sein. Nur Kila wirkte immer noch angespannt.

„Außerdem haben wir drei Hybriden rekrutiert. Mindestens einen davon kennst du", fuhr Mira fort.

„Ist es 12?"

Die Tageswandlerin nickte verblüfft.

„Das überrascht mich nicht. Er wirkte ziemlich aufgewühlt, als ich ihn zum letzten Mal gesehen habe." Sie ließ sich auf einem der Stühle am Kartentisch nieder. „Du erlaubst? Ich bin etwas erschöpft."

„Selbstverständlich. Wie weit musstest du fliegen?"

Freya schaute auf die Karte von Europa, nahm sich einen Stift und zeichnete einen Stützpunkt an der irischen Westküste ein. „Ungefähr dort müsste es gewesen sein."

„Wie bist du entkommen?", wollte Elvera wissen. Ihr dauerte dieses Gespräch jetzt schon zu lang. Und Freyas kurzer Bericht besserte ihre Laune nicht besonders, da ihr Gefährte seine eigene Flucht recht schnell aufgegeben hatte.

„Ich breche sofort auf", sagte die älteste Vampirin im Anschluss. Asheroth schüttelte den Kopf. „In der Zeit, die Freya für ihren Flug her gebraucht hat, haben sie ihn fortgeschafft."

„Was du nicht sagst", grollte Elvera und marschierte aus dem Saal.

„Nimm wenigstens Marek und Batiste mit", rief Asheroth ihr nach, statt sie aufzuhalten. Das hatte er wohl endgültig aufgegeben. Die beiden Leibwächter standen gerade Wache am Tor und mussten erst zum Hauptquartier zurückgerufen werden, aber Mira glaubte Zustimmung aus Elveras entferntem Grollen herauszuhören.

„Womit wir das geklärt hätten." Asheroth schaute Freya wieder durchdringend an. „Was bist du? Du bist nicht nur älter als die anderen Gestaltwandler."

Jeden anderen hätte er einfach angefasst, zu dieser Gestaltwandlerin hielt der Vater ihres Gefährten allerdings gehörigen Abstand. Fürchtete er sie etwa? Mira fragte sich mittlerweile, ob es ratsam war, sich als einzige in Freyas unmittelbarer Reichweite aufzuhalten. Die Eulenfrau schloss für einen Moment die Augen. Diese Frage überraschte sie gewiss nicht, dennoch schien sie ihre Worte sorgfältig zu wählen. „Geboren wurde ich als Mensch. Genau wie du, Asheroth."

Die vier Gestaltwandler im Raum rückten näher zusammen. Ravenna stand vor Erstaunen der Mund offen. „Dann musstest du die Grenze zur anderen Dimension noch selbst überwinden, um deine zweite Gestalt zu erlangen?"

„Das ist richtig. Wie schön, dass wenigstens dieses Wissen überliefert wurde."

„Wie bitte?", fragte Mira.

„Ich und einige andere meines Volkes überwanden die Grenze unseres Geistes und betraten die andere Dimension. Stell es dir wie eine... *Reise* vor, an deren Ende die Gestalt steht, die zeigt, wer du bist."

„Das tun unsere Gestalten doch auch", merkte Kila an. Igor schnaubte sarkastisch, verstummte jedoch sofort wieder, als er Freyas eisige Miene bemerkte.

„Euch wurde nicht die Chance gegeben, euch selbst zu erkennen. Euch wurde von klein auf eingebläut, wie ihr zu sein habt, sofern die Gestalten eurer Mütter bekannt waren. Das macht einen gewaltigen Unterschied."

„Lass mich raten", meldete sich Asheroth zu Wort. „Jala hat alles zerstört."

Die Gestaltwandlerin wandte ihm das Gesicht zu. „Bist du ihr begegnet?"

„Nein, nach Hector, Dastan und Irsia hatte ich ehrlich gesagt genug von dieser verfluchten Sippe." Der Älteste verschränkte die Arme vor der Brust. „Die Werwölfe haben sie ohnehin erledigt. Was hat sie euch angetan?"

„Unsere Kinder waren stets Menschen und hatten die Wahl, ob sie zu Gestaltwandlern werden wollten. Ich habe nie herausgefunden wie, aber Jala schuf das Erbe der zweiten Gestalt."

Mira lauschte wie gebannt. Über den Ursprung der Gestaltwandler hatte kein Vampir je so viel erfahren. Igor und die anderen wirkten ebenso fasziniert. Asheroth hob eine Braue. „Es hat sofort funktioniert? Dastan glaubte, dass Jalas Abkömmlingen die Kinder fehlten."

„Dastan war ein leichtgläubiger, alter Narr." Die Abneigung der Eulenfrau gegen diesen Mann war offensichtlich tief. „Sie haben ihn belogen! Jedes einzelne von Jalas fünf Kindern war ein geborener Gestaltwandler. Genau wie jedes andere Kind von uns Ursprünglichen. Wenn wir Kinder mit Menschen zeugten, ergaben sich jedoch unsterbliche Halbblute. Diese armen Geschöpfe waren nicht, was Jala wollte. Und einige von uns vermieden es, noch mehr Kinder zu bekommen. Ihr gingen die Partner für ihre Brut aus, das war alles."

„Ohne die Begabten wäre die Geschichte der Gestaltwandler also schon längst beendet", sagte Asheroth trocken. Sein Mitgefühl hielt sich in Grenzen. Mira verkniff sich einen vorwurfsvollen Blick in seine Richtung.

„Stattdessen zieht sich dieser Wahnsinn nun schon über zweieinhalb Jahrtausende hin", bestätigte Freya. „Generation um Generation."

„Wo warst du in all der Zeit? Ich habe die ganze Welt bereist und nie von dir gehört." In Igors Stimme lag nicht der geringste Vorwurf. Ihre Miene wurde dennoch bitter. „Darauf habe ich in meinem Exil pedantisch geachtet. Nach dem Krieg gegen die Werwölfe, in dem Jala getötet wurde, war der Erste Clan tief gespalten. Nur sehr wenige wollten zu unserem alten Leben zurückkehren. Ich war… nicht mehr erwünscht."

„Das kommt uns bekannt vor", sagte Kila mitfühlend. Die Eulenfrau warf ihr einen sehr wehmütigen Blick zu. „Trotz allem bin ich einem Menschen immer noch ähnlicher als geborene Gestaltwandler. Deshalb hat Soraya mich in diese Sache hineingezogen. Mit meinen Zellen war es möglich, Hybriden zu produzieren."

„Von Soraya wissen wir bereits." Mira versuchte ein Lächeln. Wer diese Löwin war, musste Freya nicht auch noch erklären. Sie wirkte wirklich erschöpft.

„Habt ihr sie zu Gesicht bekommen?", fragte sie.

„Nein, aber das ist nur eine Frage der Zeit." Der Älteste bleckte die Zähne. „Sie wird mir nicht entkommen."

„Das hoffe ich doch."

Mira erschauderte leicht. Ob Soraya zuerst Asheroth oder Freya über den Weg lief, die Begegnung würde in keinem

Fall gut für sie ausgehen. Damit war alles Wichtige geklärt. Kila bot ihr Gästezimmer an, was die Eulenfrau dankbar annahm. Die Gestaltwandlerinnen verließen gemeinsam den Saal. Mira schaute derweil auf ihr Handy. Noch hatte Anzheru keine Nachricht geschickt.

Der geborene Vampir stieg die Treppe des Asiatischen Gestaltwandler-Quartiers hinauf. Der Gestank nach Gift und Blut war im Erdgeschoss unerträglich, in der oberen Etage ließ er ein wenig nach. Auf dem Korridor fanden sich keine Blutspuren. Anzheru sah sich dennoch kurz um. Das Quartier war schlicht eingerichtet und bot reichlich Platz, allerdings wurden einige Räume der Staubschicht nach schon lange nicht mehr benutzt. Die Gestaltwandler selbst waren wie vom Erdboden verschluckt. Eine einzige tote Sterbliche hatten sie im Erdgeschoss gefunden. Sie musste eine Begabte gewesen sein, die im Kampf gegen die Hybriden in die Schusslinie geraten war.

„Oben ist auch niemand", sagte Anzheru. Achilleas schloss der toten Frau gerade die vor Entsetzen aufgerissenen Augen. Er hatte die Gegenwart der Söldner bemerkt, lange bevor sie in Sichtweite gewesen waren. In einem für den Spartaner typischen Frontalangriff hatten sie die Hybriden überwältigt. Die sechs Männer waren in jenem Moment damit beschäftigt gewesen, die technische Ausrüstung der Firma von einem LKW abzuladen. Folglich hatten zwischen dem Abtransport der gefangenen Gestaltwandler und dem Eintreffen der Vampire nur Stunden gelegen. Anzheru verband nichts mit diesem Clan. Er hatte sogar schon gegen sie gekämpft, um Igor zu schützen. Trotzdem bedauerte er, dass sie niemanden mehr vorgefunden hatten. Gemeinsam mit dem Ältesten verließ er das Gebäude. Seine Clan-Vampire durchkämmten noch die nähere Umgebung.

„Ob sie auch die Abtrünnigen erwischt haben?" Marcus fuhr sich unwirsch durchs Haar.

„Selbst wenn nicht, denkst du wirklich, sie würden sich uns anschließen?", fragte Achilleas skeptisch. „Ich vermute eher, sie haben sich aus dem Staub gemacht."

Verdenken könnte es ihnen niemand. Anzheru zog sein Handy hervor, um Mira eine Nachricht über ihren grausigen Fund zu schicken. Anschließend las er ihren kurzen Bericht über die Eulenfrau.

„Wir haben dank Commodus Besuch von GW0 bekommen. Ihr Name ist Freya. Bist du schon einmal einer ursprünglichen Gestaltwandlerin begegnet?", fragte er Marcus. Der Panthermann schüttelte den Kopf. „Vincent sagte, er hätte seit über zwei Jahrtausenden keine mehr getroffen. Wenn es noch welche gibt, verstecken sie sich verdammt gut."

Achilleas nickte bedächtig. „Ich bin gespannt, ob diese Freya uns unterstützen kann. Lasst uns noch die toten Söldner verscharren."

Nachdem sie diese Aufgabe erledigt hatten, rief Yvette nach ihnen. Die Vampirin erschien am recht weit entfernten Waldrand. „Ich habe ein paar von ihnen gefunden. Sie wurden ziemlich übel zugerichtet."

Marcus schaute Anzheru besorgt an. „Hättest du etwas dagegen, wenn sich verletzte Gestaltwandler in deinem Haus verstecken, um sich zu erholen?"

„In diesem Fall natürlich nicht, aber sprechen wir erst einmal mit ihnen."

Sie schlossen zu Yvette auf und folgten ihr durch den Wald. Auf einer kleinen Lichtung fanden sie eine Hand voll Geschöpfe vor. Einige waren nicht einmal dazu in der Lage, den Blick zu heben, so schwer verletzt und erschöpft waren sie. Nur eine Frau erhob sich sofort, um ihnen entgegenzutreten. Ihrer Statur nach musste sie eine Bärin sein.

„Ihr kommt zu spät, falls ihr auf einen Kampf aus wart", sagte sie mit fester Stimme. Achilleas schüttelte sacht den Kopf. „Ich grüße dich. Wir sind nur hergekommen, weil mein Bruder den Eindruck hatte, dass etwas passiert sei. Und wie ich sehe, lag er richtig."

„Du meinst Asheroth", stellte die Bärenfrau misstrauisch fest. „Dann bist du der Vampirälteste, der Jahrhunderte verschollen war und wieder aufgetaucht ist. Achilleas, nicht wahr?"

„Und Zweiter des Ältestenrates." Er musterte die Gestaltwandler am Boden. Es befanden sich sogar zwei Kinder unter ihnen. Marcus bemerkte, dass ihn das kleine Mädchen unverhohlen anstarrte. Höchstwahrscheinlich war sie noch nie einem Halbblut begegnet.

„Ich nehme an, das sind alle, die dem Gemetzel entkommen konnten?", fragte der Älteste.

„Richtig. Die anderen haben sie verschleppt. Selbst die Toten haben sie mitgenommen." Ihre Toten nicht bestatten zu können, setzte der Bärin und auch den anderen offensichtlich zu. Achilleas nickte verständnisvoll.

„Die Söldner in eurem Quartier haben wir vernichtet. Ihr könntet dorthin zurück gehen, aber es ist gut möglich, dass die Firma bald Verstärkung schickt. Daher biete ich euch an, dass ihr mit uns kommt." Anzheru trat an Achilleas' Seite und sah die Bärenfrau direkt an. „In mein Haus."

„Dieses Quartier ist nicht das unsere", knurrte sie leise.

„Allerdings, es gehört uns", sagte darauf ein Mann, der hinter ihr auf dem Boden hockte. Marcus verkniff sich ein Seufzen. Sie standen den Abtrünnigen und den Resten des Clans gegenüber.

„Wie dem auch sei. Mein Angebot gilt, solange ihr euch friedlich verhaltet." Anzheru ließ sich nicht beirren. „Erholt euch unter unserem Schutz oder lasst es bleiben."

„Wir kommen mit euch", keuchte ein schwerverletzter Hund, der offenbar zum Clan gehörte. Marcus vermutete, dass er nicht das Oberhaupt war, aber der älteste unter ihnen. Die anderen warfen ihm irritierte Blicke zu, doch sie widersprachen nicht. Die Bärenfrau wandte sich zu den anderen Abtrünnigen um. „Ihr solltet das Angebot auch annehmen."

„Und du?", fragte einer der Männer.

„Ich habe noch gesehen, in welche Richtung unsere Freunde abtransportiert wurden. Ich werde nach ihnen suchen." Ihre Verletzungen schienen die Bärenfrau nicht aufhalten zu können. Es handelte sich um Schusswunden, nach Gift roch sie nicht.

„Ich begleite dich, wenn es recht ist", sagte Marcus. „Bestimmt finden wir einen neuen Stützpunkt dieser Söldner."

Anzheru nickte ihm zu. „Melde dich hin und wieder von unterwegs."

Die Bärenfrau musterte ihn skeptisch. „Warum gehst du das Risiko ein, wenn du schon längst bei den Blutsaugern untergekrochen bist?"

„Die Firma hat meine Gefährtin und sie ist schwanger."

Das überzeugte offenbar. Nachdem sie ihre Bärengestalt angenommen hatte, setzte sie sich in Bewegung. „Wenn du meinst, dass du mithalten kannst, Halbblut."

Zum Beweis verwandelte er sich auch. „Ich bin Marcus. Verrätst du mir noch deinen Namen?"

„Später vielleicht."

Das war etwas unhöflich, aber es gehörte zu ihrer direkten Art. Marcus sah kurz über die Schulter zurück. Die Vampire machten sich bereits daran, die Gestaltwandler zu tragen, die selbst nicht mehr gehen konnten. Es erleichterte ihn ungemein, dass er sich auch dieses Mal auf sie verlassen konnte.

16. Heilerin

„Denkst du, die Eule sagt die Wahrheit?", flüsterte Okon.
Igor nickte nachdenklich. „Warum sollte sie uns belügen?"
Sie saßen auf dem Dach des Hauptquartiers. Nach Freyas Ankunft hatten sie trainiert, um sich die Zeit zu vertreiben. Okon fiel es mittlerweile etwas leichter, seine zweite Gestalt anzunehmen. Als Hund zu laufen und zu kämpfen, würde er allerdings noch eine ganze Weile üben müssen. Die Sonne ging bereits wieder auf.
„Na ja, wenn sie wirklich eine Heilerin ist, warum sollte ihr Clan sie dann verstoßen haben? Sie muss doch sehr wertvoll gewesen sein."
„Ich kann es dir nicht sagen. Die Entscheidungen von Clan-Oberhäuptern sind nicht immer... logisch. Warum gibt es wohl sonst so viele von uns, die allein herum streunen oder sich sogar verstecken." Igor rieb die Hände an seiner Hose ab. In einem Punkt stimmte er vollkommen mit der ursprünglichen Gestaltwandlerin überein. Die Clans schrieben den Gestalten Eigenschaften zu, nach eigenen Charakterzügen wurde nicht gefragt. Er hatte nie im Sinn gehabt, seinen Leitlöwen herauszufordern. Es war ihm einfach unterstellt worden.
„Wir könnten sie bitten, uns mehr zu erzählen", schlug er vor. Okon verzog das Gesicht. „Lieber nicht. Ich finde sie unheimlich."
„Warum? Weil sie so viel älter ist als wir?"
„Nein... Es sind ihre Augen. Als sie mich angesehen hat, hatte ich das Gefühl, sie sieht *alles*."
Igor war es ähnlich ergangen, dennoch faszinierte ihn die Ursprüngliche. Im Moment ruhte sie sich noch aus. Vielleicht konnte er später allein mit ihr reden. Ein weit entferntes

Dröhnen ließ ihn aufhorchen. Der Umriss eines Helikopters erschien am Horizont. Ravenna befand sich gerade im Segelflug über dem Hauptquartier und flog ihm entgegen.
„Sind das die Vampire?", fragte Okon. Igor stand auf. „Ja. Wenn dem nicht so wäre, würde Ravenna sie schon sehen und uns warnen. Lass uns zu den anderen gehen."
Sie begaben sich in die erste Etage des Hauptquartiers. Freya und Kila begegneten ihnen auf dem Korridor. Die Eulenfrau hatte sich sichtlich erholt. Ihre wachen Augen musterten Igor erneut auf diese seltsame Weise, sie sagte jedoch nichts. Gemeinsam betraten sie den Raum, aus dem Miras Stimme zu hören war. Sie unterhielt sich gerade mit Jasmina, Nadja und Jacky.
„Da kommt euer Helikopter", sagte Okon zögerlich.
„Ich weiß." Die Tageswandlerin lächelte ihn höflich an. Da Elvera keine Bedenken gegen Okon gehabt hatte, nahm sie ihn einfach als weiteren Verbündeten hin.
„Na endlich." Jasmina bleckte die Zähne. „Meinethalben tanken wir ihn sofort auf und ich sehe nach, was von meinem Haus übrig ist."
Mit ihrer Gesundheit war auch ihr Kampfgeist zurückgekehrt. Igor wunderte, dass sie überhaupt noch ruhig mit Mira am Tisch saß.
„Lass uns abwarten, bis Elvera zurück ist. Dann kannst du meinetwegen ein Team haben", vertröstete Mira sie.
„Müssen wir wirklich so vorsichtig sein?", wollte Jacky wissen.
„Ich bekomme seit Tagen keine Nachricht mehr vom Südlichen Clan. Wenn du mich fragst, ja." Mira biss sich leicht auf die Unterlippe. Igor fragte sich im Stillen, ob Jasmina ihn mitnehmen würde. Es wäre eine Gelegenheit, nach all der Zeit miteinander zu reden. Allerdings war er auch erleichtert

darüber gewesen, dass ihr letztes Gespräch von Freyas Ankunft unterbrochen worden war. Igor wusste immer noch nicht, was er Jasmina überhaupt sagen sollte.

„Anzheru und Achilleas sind gelandet", rief einer der Vampire aus dem Erdgeschoss. „Sie haben die Gestaltwandler mitgebracht."

Mira verließ sofort den Raum, um ihnen entgegenzugehen. Igor blieb wie versteinert stehen. Als die Vampire aufgebrochen waren, hatten sie nur nach dem Rechten sehen wollen. Niemand hatte davon gesprochen, den Asiatischen Gestaltwandler-Clan herzuholen. Kila versuchte ein Lächeln. „In Anzherus Haus werden sie es nicht wagen."

„Wer wird was nicht wagen?", mischte sich Freya in das Gespräch ein.

„Mein Clan hat mich vor dreihundertachtzig Jahren zum Tode verurteilt. Das gilt immer noch." Igor wagte nur, zu flüstern, obwohl die Gestaltwandler das Haus noch nicht erreicht haben konnten. Die Eulenfrau hob skeptisch die Brauen. „Was hast du angestellt?"

„Falsche Gestalt."

„Ich verstehe." Sie rieb sich die Stirn. „So weit ist es also tatsächlich gekommen."

Igor nickte kaum merklich.

„Dann hast du jetzt wohl zwei Möglichkeiten. Du fliehst oder du stellst dich ihnen." Freyas Tonfall nach fühlte sie sich auch nicht ganz wohl bei dem Gedanken, einem Clan zu begegnen. Okon und Jasmina schauten ihn gespannt an. Noch herrschte Stille im Haus. Igor zählte die Sekunden, bis er die schweren Türen im Erdgeschoss über den Boden schaben hörte. Sich zu verstecken, hatte all die Jahre gut funktioniert. Aber er hasste es wie die Pest. Ob sich etwas an ihrer Einstellung änderte, wenn alle Unsterblichen nun einen

gemeinsamen Feind hatten? Er würde es dieses eine Mal darauf ankommen lassen. Außerdem hatte Kila recht. Im Haus des Vampirs, der ihnen Obdach gewährte, würden sie ihn nicht sofort angreifen. An der Treppe holte Jasmina ihn ein.
„Jeder weiß, dass Anzheru und ich Verbündete sind", flüsterte sie. „Meine Anwesenheit wird sie nicht überraschen."
Der Hyänenmann brachte ein dankbares Lächeln zustande. Ihre bloße Gegenwart machte die Situation erträglicher. Am Fuß der Treppe blieben sie stehen. Die Gestaltwandler spalteten sich sofort in zwei Gruppen, nachdem die Vampire sie in die Eingangshalle gestützt oder sogar getragen hatten. In beiden fand Igor bekannte Gesichter, weshalb er direkt wusste, wer die Abtrünnigen waren. Dem jungen Hundemann namens Jason war er sogar erst vor kurzem auf seiner Reise durch Afrika begegnet. Zu den Clan-Gestaltwandlern gehörten auch ein kleines Mädchen und ein Junge. Igor kannte weder sie noch die anderen drei Männer mit Namen. Achilleas stützte einen weiteren Hundemann, der sich kaum mehr auf den Beinen halten konnte. „Marcus ist mit einer Bärin auf Spurensuche. Das hier ist der letzte."
„Insgesamt also elf. Überschaubar", lautete Miras Kommentar. „Würdet ihr mich kurz über eure... *Lagerspaltung* aufklären?"
„Das da ist der Rest des Asiatischen Clans", sagte Jason. Seine Abneigung war offensichtlich. „Wir sind der Abschaum, der angeblich kein Recht auf ein Zuhause besitzt."
„Und was gibt euch das Recht, unser Quartier anzugreifen?", herrschte der Junge des Clans ihn an. Der Schwerverletzte, den Achilleas gerade neben ihm absetzte, hustete gequält. „Lasst es gut sein. Die Hauptsache ist, dass wir noch leben."

Die Abtrünnigen stimmten ihm widerwillig zu. Seine Stimme war kratzig durch das Gift, das er eingeatmet hatte. Dennoch kam sie Igor schmerzlich bekannt vor. Sein Gesicht konnte er von der Treppe aus nicht sehen. Der Hyänenmann setzte sich wieder in Bewegung. Er musste es einfach wissen.
„Jedenfalls danken wir euch für eure Hilfe", sagte Jason zu Mira. Dann fiel sein Blick auf Igor, der sich automatisch auch ihm näherte. „Dich kenne ich doch. Wir sind uns neulich in Westafrika begegnet."
„Hallo, Jason", gab Igor geistesabwesend zurück. Die anderen Clan-Mitglieder beachtete er nicht weiter. Er ging vor dem Schwerverletzten in die Hocke und hob sein Gesicht. Es war blutverschmiert, aber unverkennbar. Fjodor.
„Du wirkst überrascht." Er lächelte schwach.
„Ja... Onkel." Igor traute seinen Augen immer noch nicht. Vor ihm saß der Bruder seines Vaters. „Ich dachte immer, sie hätten dich getötet, nachdem du mich gewarnt hast."
Fjodor ergriff seine Hand. Bevor er etwas sagen konnte, hustete er einen Schwall Blut hervor. Igor drückte ihn einfach an sich. Erst jetzt bemerkte er, dass ihn fast alle anstarrten. Jasmina war neben Mira stehen geblieben und schaute ihn überrascht an. Die übrigen Clan-Mitglieder rückten misstrauisch ab. Außer den beiden Kindern wussten nun alle, wer er war. Der Hyänenmann scherte sich nicht weiter um sie. Er hob Fjodor in seine Arme, um ihn in die Krankenstation zu tragen. Dort legte er ihn auf einem der Metalltische ab. Unter seinem blutdurchtränkten Hemd kamen tiefe Wunden zum Vorschein. Der bittere Geruch schien immer schlimmer zu werden.
„Dieses Mal werde ich wohl nicht davon kommen." Fjodor ergriff erneut seine Hand. „Kümmere dich lieber um die, die noch eine Chance haben."

Igor biss die Zähne zusammen. Es gab sehr wohl eine Chance.

„Ich bin gleich zurück", versprach er ihm und eilte nach oben in den Gemeinschaftsraum. Freya hatte sich in einem der Sessel niedergelassen. Sie schaute ihn über ihre verschränkten Finger hinweg an, als wüsste sie schon ganz genau, worum er bitten würde.

„Es hat meinen Onkel ziemlich übel erwischt", begann Igor zögerlich. „Kannst du ihn heilen?"

„Eben noch hattest du Sorge, sie würden dich töten. Jetzt bittest du für einen von ihnen um meine Hilfe?"

Das musste seltsam wirken, aber schließlich ging es um seinen letzten lebenden Verwandten. Igor rieb die Hände an seiner Hose ab. „Ja, genau das tue ich. Dank ihm bin ich noch am Leben."

Freyas Augen wurden schmal. „Ist es das? Eine alte Schuld?"

„Nein." Bis eben hatte er geglaubt, Fjodor wäre längst tot. Hätte Igor es besser gewusst, hätte er schon vor Jahrhunderten versucht, Kontakt zu ihm aufzunehmen.

„Was dann?", hakte die Eulenfrau nach. Kila und Okon schienen sich zunehmend fehl am Platz zu fühlen. Nadja zupfte Jacky am Ärmel. „Lass uns sehen, ob wir helfen können."

Igor wartete ab, bis sie gegangen waren. Was wollte Freya bloß von ihm hören? Ihm fiel nichts ein, das er als Gegenleistung anbieten konnte. Es blieb nur die schlichte Wahrheit. „Ich will ihn nicht verlieren und er würde dich nicht fragen. Selbst wenn er wüsste, wer du bist."

Das würde vermutlich keiner der Gestaltwandler wagen, die in der Eingangshalle hockten. Ob aus Scham, Misstrauen oder Stolz, spielte keine Rolle. Freya nickte verständnisvoll

und stand auf. Ohne jede weitere Diskussion ging sie nach unten. Igor tauschte irritierte Blicke mit Kila und Okon aus, dann folgte er ihr. Seine offene Antwort hatte der Eulenfrau offenbar genügt. Mira und ihre Vampire trennten die Gestaltwandler mittlerweile. Die Übrigen des Clans brachten sie in der Krankenstation unter, die Abtrünnigen fürs Erste im großen Saal. Mira trug das kleine Gestaltwandler-Mädchen auf dem Arm, als sie mit Freya und Igor die Krankenstation betrat. Das Mädchen war bis auf eine Schramme im Gesicht unverletzt aber völlig übermüdet.
„Wer bist du?", fragte einer der Männer misstrauisch. Freya warf ihm nur einen kurzen Blick zu und beugte sich über Fjodor. Sie legte eine Hand auf seine Stirn, die andere auf seine Brust.
„Was hast du vor?", keuchte Fjodor müde.
„Atme", erwiderte sie sanft. Freya selbst atmete tiefer und langsamer. Igor konnte hören, dass ihr Puls ein wenig sank. Ein paar Atemzüge später veränderte sich noch etwas an ihr. Den Gesichtern der anderen entnahm Igor, dass sie es auch spürten. Allerdings schien niemand zu verstehen, was es war. Sie alle erkannten hingegen eindeutig, dass sich die tiefen Wunden in Fjodors Brust langsam schlossen. Igor sah wie gebannt zu. Sein Onkel setzte sich aus eigener Kraft auf, noch bevor Freya fertig war.
„Du solltest dich trotzdem ausruhen. Das Gift hat dir sehr geschadet", merkte die Eulenfrau an.
„Ganz wie du meinst." Fjodor lächelte sie dankbar und fasziniert an. „Bitte, verrate mir nur noch deinen Namen."
„Freya."
Mehr Fragen stellte er tatsächlich nicht. Während Fjodor es sich auf dem Metalltisch soweit möglich bequem machte, ging die Eulenfrau auf die anderen zu. Niemand stellte sie

mehr in Frage. Okons Bedenken gingen Igor durch den Kopf. Wie hatte jemand ein so mächtiges Geschöpf verstoßen können? Eine kurze Berührung genügte und die Schramme im Gesicht des kleinen Mädchens verschwand. So etwas hatte er sonst nur gesehen, wenn Mira ihre Vampire heilte. Die Tageswandlerin beobachtete Freya ganz genau, wobei sie sich mit der Hand kurz über den Nacken rieb. Irgendetwas schien sie zu beunruhigen. Nachdem der Clan versorgt war, verließ Freya die Krankenstation und begab sich in den Empfangssaal. Igor wollte zur Sicherheit dabei sein, wenn sie den Abtrünnigen ihre Hilfe anbot, Mira hielt ihn jedoch in der Eingangshalle zurück.

„Achilleas, Jass und mein Gefährte werden sie zur Not in Schach halten können", flüsterte sie. „Wie macht sie das?"
„Ich weiß es nicht", gab Igor ehrlicherweise zurück. „Es ist wundervoll, nicht wahr?"
„Was geht hier vor?", fragte Okon von der Treppe. Kila und er näherten sich ihnen zögerlich.
„Kommt mit, ihr müsst es selbst sehen."
Als er die Türen zum Saal aufschob, stand Jason Freya bereits gegenüber. Offenbar war der Hund zum Anführer der fünf Abtrünnigen geworden. Igor hatte ihn nur flüchtig kennengelernt. Er war auf der Suche nach einem Zuhause gewesen und hatte in der Zwischenzeit Gleichgesinnte gefunden. Dieses Mal war es vermutlich deshalb in Gewalt geendet, weil niemand sein Gebiet hatte teilen wollen.
„Ich kann eure Wunden heilen. Es ist selbstverständlich nur ein Angebot", sagte sie. Jason zögerte mit der Antwort. Er spürte genau wie die anderen, dass Freya besondere Fähigkeiten besaß.
„Was verlangst du dafür?", fragte er unsicher.

„Die Bedingung ist, dass ihr innerhalb dieses Hauses friedlich bleibt." Die Eulenfrau neigte den Kopf etwas zur Seite, um auch die vier geschundenen Geschöpfe hinter Jason zu betrachten. Sie hielten ihrem Blick kaum Stand.
„Ja, werden wir", gab der Hundemann hastig zurück. Achilleas' und Anzherus Anwesenheit mochte dabei ebenfalls eine Rolle spielen. Jason beäugte argwöhnisch, wie Freya die Hand nach ihm ausstreckte. Sobald sie ihn berührte, stockte ihm vor Erstaunen der Atem. Der Clan hatte nicht gewagt, der Eulenfrau irgendwelche Fragen zu stellen. Die Abtrünnigen verwickelten sie in ein Gespräch, während sie noch den Letzten von ihnen heilte. Igor beteiligte sich nicht, er hörte nur zu.
„Wie alt bist du?", fragte eine der beiden Frauen.
„Ich fürchte, älter als jeder andere hier."
Obwohl Jason irritiert in Achilleas' Richtung wies, blieb Freya bei dieser Antwort. Der Vampirälteste wirkte hingegen nicht überrascht. Er und die anderen Vampire ließen sie allein im Saal, dennoch blieb Freya dieses Mal vage und erzählte weder von Jala, noch von der anderen Dimension.
„Woher hast du diese Heilkraft?", fragte Jason schließlich.
„Das erkläre ich euch vielleicht später. Ruht euch jetzt aus." Damit beendete die Eulenfrau das Gespräch und verließ den Saal. Die Abtrünnigen wirkten ein wenig enttäuscht, fanden sich jedoch recht schnell mit ihrer Antwort ab.
„Und wer seid ihr beide?" Jason musterte Okon und Kila interessiert. Der Albino hatte sich die ganze Zeit über schweigend im Hintergrund gehalten. Nun stellte er sich vor und traute sich, nach den Gestalten der anderen zu fragen. Sein Selbstvertrauen wuchs offenbar schneller als das Vertrauen in die Fähigkeiten seiner Hundgestalt. Igor wandte

sich zufrieden ab und ging hinaus. Er fand Freya auf dem Rasen vor dem Hauptquartier.

„Gehen wir ein Stück?", bot er an. Außerhalb der Hörweite der anderen würde sie vielleicht eher mit ihm reden. Die Eulenfrau schaute ihn eine Weile einfach nur an, dann nickte sie.

„Du siehst wie Commodus, nicht wahr?" Die Vermutung lag nahe, Igor wollte bloß Gewissheit.

„Ja."

„Auch das ist ein Ergebnis deiner Reise durch die andere Dimension?"

„Ja."

„Wie auch deine Heilkraft?"

Wieder bejahte sie. Es war kaum zu glauben, wie mächtig sie durch diese ominöse Reise geworden war. „War das unter den Ursprünglichen normal? Unsterblichkeit, die zweite Gestalt, gesteigerte Sinne und noch eine großartige Fähigkeit?"

„Absolut nicht." Sie schüttelte entschieden den Kopf. „Mein Sehsinn ist eine Ausnahme. Und es gab genau zwei Männer, die hören konnten wie Achilleas. Asheroths Sinn hat niemand außer ihm je besessen."

„Was war dann normal?"

„Jeder von uns, der die Reise überlebt hat, verlor seine Sterblichkeit und erhielt eine Tiergestalt. Das ist soweit korrekt. Zudem behielten wir nach unserer Reise ein Gespür für den Geist anderer. Diese Fähigkeit äußert sich bei dir, indem du es spürst, wenn sich andere Gestaltwandler verwandeln."

Igor hob verblüfft die Brauen. So hatte er das noch nie betrachtet.

„Dieses Gespür war bei uns allerdings noch sehr verschieden ausgeprägt. Mir ermöglicht es das Heilen. Wenn dein Körper schwer verletzt ist, nimmt auch dein Geist Schaden. Diesen kann ich mit Hilfe der anderen Dimension heilen und es überträgt sich auf deinen Körper."

„Aha", gab der Hyänenmann zurück.

„Es ist überhaupt nicht schlimm, wenn du es nicht gleich verstehst." Freya lächelte nachsichtig.

„Gab es noch andere Ausprägungen dieses *Gespürs*?", fragte er trotzdem.

„Genau da beginnen die Dinge, über die ich nicht sprechen möchte."

Sie blieben stehen. Mittlerweile war das Haupttor des Geländes in Sicht.

„Man kann den Geist anderer auch verletzen", riet Igor. Freya ließ die Schultern sinken. „Ich habe wohl schon zu viel gesagt."

„Verzeih." Er versuchte ein entschuldigendes Lächeln. „Ich habe gesehen, wie Anzherus Schattenwesen den Geist eines Mannes zerbrochen hat, als wäre er ein trockener Zweig. Die Vermutung war naheliegend."

Sie nickte. „Ich kann auch kämpfen, aber dazu bin ich zum Glück nicht in der Lage."

Darüber schien Freya wirklich froh zu sein, selbst wenn sie ohne diese Fähigkeit weniger kampfstark war. Igor rieb die Hände an seiner Hose ab. „Darf ich fragen, warum du nur mit mir darüber sprichst? Die anderen sind genauso von dir fasziniert."

Die Eulenfrau ließ sich einen Moment Zeit. „Jason und seine Kameraden machen auf mich den Eindruck, den Kampf zu suchen. Sie würden mich überzeugen wollen, meine Macht einzusetzen."

„Ist das denn falsch? Wir kämpfen gegen eine übermächtige Firma, die uns ausrotten will."

„Was das angeht, werde ich meinen Beitrag leisten. Aber nehmen wir an, wir siegen. Was dann?"
Igor hob ratlos die Schultern.
„Was würdest du danach tun?", hakte Freya nach.
„Vermutlich würde ich wieder reisen. Wo soll ich auch hin."
Sie lächelte sanft. „Deshalb spreche ich mit dir, Igor. Du bist friedfertig und verlangst nicht von mir, dir einen Vorteil zu verschaffen. Ich möchte nicht, dass das Wissen über unseren Ursprung und die andere Dimension verloren geht. Bewahre es für uns."
Er wusste im ersten Moment nicht, was er darauf antworten sollte. Ihre klaren Augen musterten ihn gelassen.
„Dein Vertrauen ehrt mich sehr", setzte er zögerlich an. „Aber ich fürchte, du irrst dich in mir. Ich habe schon so oft gekämpft. Und getötet."
„Warum hast du das getan?"
Wieder musste Igor über seine Antwort nachdenken. In der Regel hatte er seine Freunde oder sich selbst verteidigt. Außer damals, als er mit Jasmina und allen anderen gegen Uk'shan in die Schlacht gezogen war. Er hatte sehen wollen, wie die Werwölfe getötet wurden.
„Meine Beweggründe waren nicht immer ehrenhaft."
„Diese Erkenntnis unterscheidet dich bereits von vielen anderen." Freyas Vertrauen in ihn schwand kein bisschen. Dabei kannte sie ihn erst seit wenigen Tagen. Igor neigte respektvoll den Kopf. Er wollte sie nicht enttäuschen. Als sie sich zurück zum Hauptquartier begeben wollten, näherte sich ein Geländewagen dem Tor. Er hielt nur kurz an, dann ließen Anzherus Vampire ihn passieren.
„Die älteste Vampirin kehrt zurück", merkte Freya leise an.
„Lass uns sehen, ob meine Fähigkeiten schon wieder benötigt werden."

Statt eines weiteren Gestaltwandlers hob Marek eine Vampirin von der Rückbank des Wagens, als sie den Rasen vor dem Hauptquartier erreichten. Jasmina eilte aus dem Gebäude, um sie zu übernehmen. Es musste sich um eins ihrer vermissten Clan-Mitglieder handeln. Sie lächelte Elvera erleichtert und dankbar an. Die älteste Vampirin schien ausnahmsweise mit ihrem Fund zufrieden zu sein. Gemeinsam mit Jasmina betrat sie die Halle.

17. Entscheidungen

Shaun hatte nach Jasminas Biss etwas geschlafen, dann hatte er eine Wachschicht am Tor übernommen. Von den Gestaltwandlern aus Zentralasien und Freya wusste er dank seiner Wachablösung bereits, als er am Nachmittag zum Hauptquartier zurückging. Da es durch eine dichte Wolkendecke bereits recht dunkel war, hatte das Training auf dem großen Rasen vor dem Haus schon angefangen. Melissa und Valeska saßen am Rand und schauten interessiert zu, als wollten sie mitmachen. Shaun betrat die Eingangshalle und entdeckte Keith und Hugh. Sie standen Marek und Batiste gegenüber.
„Ihr gebt keine besonders guten Soldaten ab", sagte Batiste skeptisch. „Wozu taugt ihr, wenn ihr nicht richtig kämpfen könnt?"
„Hast du schon mal den Begriff moderne Kriegsführung gehört?", gab Hugh unbeeindruckt zurück.
„Du meinst Krieg, bei dem man seinem Gegner nicht mehr in die Augen sehen muss? Ja, davon habe ich gehört." Batiste bleckte die Zähne. Zu diesem Konter fiel Hugh offensichtlich keine gute Antwort mehr ein.
„Punkt für dich", sagte er schlicht. Shaun versuchte derweil, in Mareks Miene abzulesen, wie sehr er auf einen Kampf aus war. Der Leibwächter schien relativ entspannt zu sein, obwohl ihm drei Hybriden gegenüber standen. Auf die beiden Gestaltwandlerinnen, die gerade den Empfangssaal verließen, traf dies nicht zu. Die eine setzte sofort zum Angriff an, die Zweite hielt sie jedoch zurück.
„Ihr seid wie immer sehr beliebt", merkte Marek an, während die beiden Gestaltwandlerinnen die Treppe nach oben nahmen.

„Allerdings." Shaun schob die Hände in die Jackentaschen. Das würde sich so bald auch nicht ändern.

„Konntest du dein Problem mittlerweile lösen?", fragte der Leibwächter. An den verständnislosen Blicken der anderen störte er sich dabei kein bisschen. Shaun nickte überrascht. Mareks Anteilnahme an Benjamins Schicksal war wirklich echt gewesen. Bevor er etwas erwidern konnte, stürmte Okon herein. Er trug Melissa in seinen Armen. Das Mädchen hustete gequält.

„Habt ihr Igor gesehen?", fragte der Albino panisch. „Oder die Eule?"

„Nein, hast du ihr versehentlich die Rippen gebrochen?", fragte Batiste herablassend.

„Sie ist einfach umgekippt!", knurrte Okon. Valeska holte ihn und ihre Cousine ein. Abgesehen von der Schramme in ihrem Gesicht, schien es ihr bestens zu gehen. „Lass uns oben suchen."

Igor und Freya erschienen bereits am Kopfende der Treppe. Sie mussten Okon gehört haben. Shaun bemerkte, dass Hugh und Keith langsam zurückwichen, um nicht in das direkte Blickfeld der Gestaltwandlerin zu geraten. Verdenken konnte er es ihnen nicht, allerdings hatte es auf die Dauer keinen Sinn, vor ihr zu flüchten. Daher blieb er einfach stehen und hielt ihrem kurzen Blick in seine Richtung stand. Selbstverständlich erkannte sie ihn, überrascht wirkte sie jedoch nicht. Freya beachtete ihn nicht weiter und wandte sich Melissa zu.

„Sie wollte gegen mich antreten und hat plötzlich angefangen zu husten", erklärte Okon verzweifelt. Ihm schien einiges an diesem Mädchen zu liegen. Igor klopfte ihm auf die Schulter.

„Es ist etwas Fremdes in ihrem Körper", stellte Freya fest. „Es bringt sie aus dem Gleichgewicht."

„Der Dispenser, den uns die Firma eingesetzt hat, vielleicht?" Valeska deutete auf die Stelle, an der sie operiert worden war. „Meinen hat Asheroth entfernt und mir geht es gut."

„Da wirst du recht haben." Die Eulenfrau berührte Melissas Kehle mit den Fingerspitzen, woraufhin ihr Husten sofort nachließ. „Auf diesem Weg kann ich nur die Symptome lindern. Wir werden dieses *Gerät* entfernen müssen, wenn du überleben willst."

Das Mädchen sah sie verängstigt an, widersprach jedoch nicht. Shaun unterdrückte den kalten Schauer, der ihm den Rücken hinauf kriechen wollte, als er an die Entfernung seiner eigenen Dispenser dachte. Wie aufs Stichwort betrat Asheroth die Halle. Er bedeutete Okon, Melissa in die Krankenstation zu tragen.

„Oder möchtest du das übernehmen?", fragte er an Freya gewandt. Sie schüttelte den Kopf. „Deine Fähigkeiten haben sich bereits bewährt, wie ich höre."

Nachdem Okon, die beiden Mädchen und Asheroth in die Krankenstation gegangen waren, wandte sich die Eulenfrau zu den Hybriden um. Keith und Hugh hielten den Atem an.

„Ihr solltet die Dispenser ebenfalls entfernen lassen. Euch wird es bald ergehen wie ihr."

„Wie kannst du das wissen?", fragte Hugh verwirrt.

„Ich sehe, dass diese Stoffe eure Körper immer noch beeinflussen, obwohl ihr vollständig in Hybriden transformiert seid. Sie schaden euch schon eine Weile, selbst wenn ihr es nicht spürt." Freya schaute die beiden besorgt an. „Sie… stören euren Stoffwechsel, würde man heute wohl dazu sagen."

Shaun erstaunte neben ihrer Diagnose vor allem ihre Arglosigkeit. Freya hegte keinen Groll mehr gegen ihn und seine beiden Freunde. Keith und Hugh tauschten einen kurzen Blick aus. Ihnen war nicht wohl bei dem Gedanken, sich von dem Ältesten aufschneiden zu lassen.

„Hört lieber auf sie", sagte Igor. „Asheroth kann euch betäuben."

„So kann man es auch nennen", lautete Batistes amüsierter Kommentar.

„Das ist nicht hilfreich", brummte Shaun. Okon kam bereits mit Melissa wieder aus der Krankenstation. Sie war noch bewusstlos, ihre Arme hingen schlaff herab. Valeska gesellte sich zu Shaun und den anderen, während der Gestaltwandler ihre Cousine davon trug. Keith seufzte leise und stieß Hugh mit dem Ellbogen an. „Bringen wir es hinter uns."

„Na großartig", murmelte der Hacker widerwillig, dennoch schloss er sich Keith an.

„Ob es irgendwann allen Hybriden so ergeht?", fragte Valeska nachdenklich.

„Die letzten, die ich im Labor von Dr. Morgan gesehen habe, zeigten noch keine Anzeichen", merkte Freya an. „Vielleicht ist es wie mit der Unsterblichkeit eine Frage der Zeit."

„Darauf würde ich mich nicht verlassen", meinte Shaun. „Die Dispenser und die Stoffe werden ständig weiterentwickelt. Wir sind nur die ersten zwei fehlerhaften Generationen."

„Und selbst wenn die Hybriden irgendwann von innen vergiftet werden, die Firma erschafft sich doch sowieso neue." Marek verschränkte die Arme.

„Das ist wahr", bestätigte Freya. „Diesen Menschen scheint nichts an ihresgleichen zu liegen. Egal, wie viele sie im Krieg

gegen uns opfern. Dabei sagen sie, die Welt müsste vor uns beschützt werden."
Dazu wollte Shaun lieber nichts sagen. Er beobachtete kurz die Männer und Frauen, die die Eingangshalle durchquerten. Ein weiterer Gestaltwandler steuerte direkt auf ihre Gruppe zu.
„Alles in Ordnung, Jason?", fragte Igor.
„Ja, alle erholen sich bestens." Er nickte Freya dankbar zu. Für Shaun schien er sich zum Glück nicht so sehr zu interessieren. Stattdessen musterte Jason Valeska von der Seite.
„Hoffentlich ist es für Melissa noch nicht zu spät", sagte sie bekümmert. Freya lächelte das Mädchen aufmunternd an. „Warte ab, bis sie wieder aufwacht. Dann sollte sie das Schlimmste bereits überstanden haben."
„Könntest du ihr helfen, falls sie dann noch nicht gesund ist?", wollte Valeska wissen. „Schließlich sind wir nur halbe Gestaltwandlerinnen."
Während sie sprach, neigte Jason sich leicht zu ihr herüber und sog die Luft ein.
„Hast du gerade an mir geschnüffelt?", fauchte Valeska, ohne Freyas Antwort abzuwarten. Batiste schnalzte missbilligend mit der Zunge. „Typisch Hund. Keine Ahnung von Frauen."
„Das musst du gerade sagen, Blutsauger", knurrte Jason zurück. Dann grinste er das Mädchen entschuldigend an. „Du riechst unwiderstehlich."
„Das rettet dich nicht", gab Valeska schon etwas weniger feindselig zurück. Immer noch kopfschüttelnd wandte sie sich wieder zu Freya um. Die Eulenfrau schaute sie nachdenklich an. „Falls deine Cousine meine Hilfe braucht, werde ich es versuchen."

„Danke!" Das Mädchen machte sich erleichtert auf den Weg nach draußen. Vermutlich, um sich wieder dem Kampftraining anzuschließen. Jason lief ihr beharrlich hinterher. Shaun konnte noch hören, dass er sie nach ihrem Namen und ihrer Gabe fragte. Währenddessen kam Asheroth aus der Krankenstation und wischte sich die blutigen Hände an einem Tuch ab. Ohne ein einziges Wort verließ er das Gebäude. Shaun beschloss, lieber nach Keith und Hugh zu sehen.

In der folgenden Nacht bat Fjodor alle Gestaltwandler in den Empfangssaal des Hauptquartiers. Igor beschlich ein ungutes Gefühl, als er mit Okon den Saal betrat. Die Übrigen des Clans saßen bei seinem Onkel, Jason und die Abtrünnigen hatten sich mit gehörigem Abstand zu ihnen nieder gelassen. Die Vampire hatten sich höflicherweise zurückgezogen. Der Albino und er selbst gesellten sich zu Kila und Ravenna. Auch Melissa und Valeska kamen zu der Versammlung und setzten sich mit an Igors Tisch. Nur Freya fehlte noch.
„Also, warum wolltest du uns sprechen?", fragte Jason an Fjodor gewandt.
„Wir sollten gemeinsam klären, wie es nun weitergeht." Er stand auf. „Jeder von uns hat Freunde an die Menschen und ihre Hybriden verloren oder muss um Gefangene fürchten. Da wir einen gemeinsamen Feind haben, möchte ich eine Allianz vorschlagen."
„Mit uns?", fragte eine der Abtrünnigen ungläubig. „Wie stellst du dir das vor?"
„Wir könnten ähnlich vorgehen wie die Vampire. Wir beobachten die Stützpunkte und greifen sie an, wenn sie nicht damit rechnen. Oder wir überfallen ihre Transportwagen, wenn sie weit genug von den Stützpunkten entfernt sind."

„Das meinte ich nicht", knurrte die Abtrünnige. Ihrem Geruch nach war sie eine Hündin. Folglich würde sie immer nur einem Anführer treu sein. Jason erhob sich ebenfalls. „Worauf sie hinaus will, ist die Befehlsgewalt. Wir ordnen uns dir nicht unter, nur weil du eine Strategie vorschlägst."
Fjodor schwieg einen Augenblick. „Das dachte ich mir. Du verstehst, dass ich von meinen wenigen Männern ebenfalls nicht verlangen kann, sich dir unterzuordnen."
Igor lauschte ihrem Gespräch mit großer Skepsis. Sie waren bereits an dem Punkt angelangt, an dem Gestaltwandler-Allianzen so oft gescheitert waren. Er fragte sich, wann sein Onkel auch ihn und seine Freunde einbeziehen wollte. Der Gedanke gefiel ihm ganz und gar nicht.
„Was hältst du davon, wenn nicht einer das alleinige Sagen hat. Stattdessen sprechen wir uns ab, Jason", fuhr Fjodor fort. „Wir müssten uns ohnehin aufteilen, um die Kinder zu beschützen."
Eins der Clan-Mitglieder schüttelte den Kopf. „Du willst diesem Abschaum vertrauen? Unter normalen Umständen…"
„Die Umstände sind nicht normal!", unterbrach ihn Fjodor. „Wir sind zu wenige, um etwas auszurichten. Wir haben keine sichere Basis, zu der wir zurückkehren können. Unser Oberhaupt wurde verschleppt. Vergiss, was wir normalerweise mit Abtrünnigen tun!"
Die drei Männer sahen ihn ungläubig an, widersprechen wollte jedoch keiner mehr von ihnen. Der Junge und das kleine Mädchen rückten auf ihrem Sessel näher zusammen und lauschten wie gebannt. Igor vermutete im Stillen, dass die anderen nur gehorchten, weil Fjodor der Älteste der Gruppe war. Nennenswerten Einfluss im Clan besaß sein Onkel wahrscheinlich nicht, seit er ihm das Leben gerettet

hatte. Obwohl seine Argumente überzeugend waren, erweckten auch die Abtrünnigen den Eindruck, den Clan-Gestaltwandlern kein bisschen zu vertrauen.

„Wir haben noch nie eine Basis gebraucht, geschweige denn ein Oberhaupt", merkte die andere Abtrünnige an. Im Vergleich zu ihrer Kameradin war sie dünn und bleich, typisch für einen Raben.

„Bei der ersten Gelegenheit werden sie uns in den Rücken fallen", fügte sie abfällig hinzu. „Lass uns lieber allein gehen."

„Ihr überseht eine einfache Alternative", sagte Kila und zog damit die gesamte Aufmerksamkeit auf sich. „Warum bleibt ihr nicht und kämpft mit den Vampiren gegen die Firma? Sie sind stark."

„Ausgeschlossen", sagte Fjodor leise. „Ihre Ältesten mögen Bündnisse mit uns erlaubt haben, aber uns ist es immer noch verboten."

„Wer sagt das?", erwiderte Kila herausfordernd. „Darius und seine Bären haben sich vor acht Jahren mit den Vampiren verbündet, um gegen Drago und Horatio anzutreten."

„Genau das ist der Grund." Fjodor verschränkte die Arme vor der Brust. Igor konnte seine eiserne Miene nicht recht deuten.

„Kurz darauf fand eine Versammlung der Clans aus Asien, Europa und Afrika statt. Darius' und Dragos Handeln hat ihren Clan tief gespalten und für eine heftige Diskussion unter den anderen gesorgt. Nach außen hat es ausgesehen, als wären die Gestaltwandler leicht zu entzweien und damit schwach. Die Versammlung beschloss damals, dass das nie wieder passieren darf. Wenn ich jetzt ein Kriegsbündnis mit Anzheru eingehe, verliert mein Clan jedwede Unterstützung auf drei Kontinenten."

Kila hob erstaunt die Brauen. „Aber ihr habt seine Hilfe angenommen."

„Ich sah keinen anderen Ausweg. Wenn wir unser Oberhaupt zurück haben, werde ich mich dafür verantworten müssen." Fjodors schlug die Augen nieder. Er hatte wohl schon eine Ahnung, was auf ihn zukam. Igor unterdrückte mit aller Macht den Schauer, der ihm den Rücken hinauf kriechen wollte. Der Umgang der Clans mit ihren eigenen Angehörigen widerte ihn aufs Neue zutiefst an. Sein Onkel hatte doch nur die Wenigen retten wollen, die überhaupt übrig waren, und dafür würde er später bestraft werden.

„Ich verstehe." Kila schaute Fjodor besorgt an. „Und ich danke dir für deine Offenheit. Von dieser Versammlung wussten wir natürlich nichts."

Er nickte ihr ohne jeden Vorwurf zu und wandte sich wieder zu Jason um. „Ihr seid in dieser Hinsicht frei. Wollt ihr bleiben?"

Jason sah über die Schulter zu seinen vier Kameraden.

„Die verbünden sich sogar mit Hybriden!", knurrte die Hundefrau. „Was kommt als Nächstes? Werwölfe?"

Jason warf Igor einen fragenden Blick zu.

„Nicht unmöglich", sagte er wahrheitsgemäß. Inzwischen hatte er erfahren, dass Charles und Kian gemeinsam fortgegangen waren. Folglich gab es mindestens eine Verbindung zwischen den Rassen, die sich nie wieder lösen würde. Außerdem hatten sich die Ältesten und Vincent schon einmal zusammengetan. Die Abtrünnigen sowie die Clan-Mitglieder schauten ihn fassungslos an. Er konnte nicht umhin, teilnahmslos mit den Schultern zu zucken.

„Wir werden nicht bleiben", stellte Jason sachlich fest. „Mit Hybriden verbünden wir uns nicht."

„Die Hybriden sind hier, weil die Firma sie töten wollte", sagte Valeska mit fester Stimme. Dieses Mädchen war wirklich nicht einzuschüchtern. „Sie sind übergelaufen!"
„Weil die Vampire es zulassen", ergänzte Jason. „Du brauchst sie nicht in Schutz zu nehmen. Wir werden sie in Anzherus Haus nicht angreifen, aber wir wollen auch nichts mit ihnen zu tun haben."
„Gilt das auch für Melissa und mich?", fragte Valeska bissig. „Gestern hast du noch wie eine Klette an mir geklebt!"
Statt zu antworten, schaute der Abtrünnige sie nur verlegen an. Seine Kameraden tauschten skeptische Blicke aus.
„Ihr beide seid Begabte, nicht wahr? Was ist geschehen?", wollte Fjodor wissen. Valeska nickte missmutig. „Von dieser Gabe wissen wir erst, seit Marcus und die Vampire uns aufgenommen haben. Die Firma hat uns verschleppt und an uns herum experimentiert. Jetzt sind wir halb Mensch halb Gestaltwandler. Also sind wir auch Hybriden."
Melissa senkte den Kopf und schob die Schultern leicht nach vorn. Da sie sich sichtlich unwohl fühlte, strich Okon tröstend über ihren Rücken.
„Ich verstehe", sagte Fjodor mitfühlend. „Unter diesen Umständen machen wir für euch natürlich eine Ausnahme."
Damit waren Jason und seine Abtrünnigen einverstanden.
„Wie schön", knurrte Kila. „Aber komm bloß nicht auf die Idee, Besitzansprüche anzumelden."
„Misch dich da gefälligst nicht ein!", herrschte sie einer der Clan-Hunde an. „Du stinkst nach Vampir! Wie kannst du deine eigene Rasse verraten?"
„Du hast keine Ahnung, Hund", grollte die Adlerfrau. Ihre Schwester lehnte sich bedrohlich vor. Mittlerweile schien Ravenna sich mit Kilas Beziehung zu Leandros abgefunden zu haben und wieder hinter ihrer Schwester zu stehen. Egal,

worum es ging. Igor fletschte ebenfalls kampfbereit die Zähne.

„Wir sind nicht hier, um übereinander zu richten." Fjodor trat demonstrativ zwischen seinen Clan-Hund und Kila. Die Anwesenden beruhigten sich langsam. Igor war beeindruckt, wie gut es seinem Onkel gelang, die Versammlung friedlich zu halten. Er hätte schon längst nicht mehr gewusst, was er an seiner Stelle sagen sollte.

„Kila hat recht. Die Begabten gehören weder uns noch euch", sagte Jason. „Werdet ihr sie freiwillig gehen lassen, wohin sie wollen?"

Es klang mehr wie eine Forderung als eine Frage. Fjodor biss sich leicht auf die Unterlippe, statt sofort etwas zu erwidern. In der kurzen Pause bemerkte Igor, dass Melissa zögerlich nach Okons Hand griff. Die beiden waren mittlerweile unzertrennlich.

„Das kann ich nicht beantworten", sagte Fjodor schließlich. „Solche Entscheidungen trifft allein unser Oberhaupt. Genauso wenig kann ich euch versprechen, dass ihr euch unbehelligt auf unserem Land aufhalten dürft, sollten wir siegen."

„Also wenden wir uns wieder gegeneinander, sobald diese Allianz ihren Zweck erfüllt hat?", bohrte Jason weiter.

„Ich hoffe, nicht." Fjodor legte die Stirn in tiefe Sorgenfalten, was ihn Jahre älter aussehen ließ. „Über die Zukunft zu diskutieren, ergibt im Moment leider wenig Sinn. Ich kann dir dieses Bündnis nur so lange garantieren, bis wir unsere Angehörigen gerettet haben."

„Ich verstehe. Wenigstens bist du ehrlich." Der Abtrünnige neigte den Kopf. „Unsere Bedingungen sind die gleichen. Wir befreien gemeinsam unsere Freunde. Erst dann sehen wir weiter."

Igor rieb die Hände an seiner Hose ab, während sein Onkel die respektvolle Geste erwiderte. Die Allianz war tatsächlich zustande gekommen. Nun wandte Fjodor sich der Gruppe an seinem Tisch zu.

„Auch euch möchte ich um eure Unterstützung bitten. Kommt ihr mit uns?"

„Nein." Kila verschränkte die Arme vor der Brust. Sie suchte nach ihrem eigenen Gefährten und würde daher bei den Vampiren bleiben. Ravenna schloss sich ihr mit einem Kopfschütteln an. Melissa zupfte ihre Cousine am Ärmel. „Ich möchte gehen."

„Es wird gefährlich werden", gab Valeska zu bedenken.

„Ich weiß, aber das ist es hier auch und nach Hause können wir nicht mehr."

„Das stimmt leider." Valeska nickte Jason und Fjodor zu. Okon schloss sich ebenfalls der Allianz an, was nach Melissas Entscheidung keine große Überraschung war. Igor saß regungslos auf seinem Stuhl. Sein Onkel sah ihn nur kurz an, um ihm seine Ablehnung von den Augen abzulesen.

„Also gut. Lasst uns beraten, wo wir anfangen wollen." Er und Jason begaben sich als erste zum Kartentisch. Die anderen Gestaltwandler folgten ihnen neugierig. Igor bewegte keinen Muskel. Er konnte einfach nicht verstehen, was sein Onkel gerade getan hatte.

Anzheru hatte von seiner Villa aus mit seinen Verbündeten telefoniert, um auf dem neuesten Stand zu sein. William und Robin befanden sich mit ihren Clans in der bewährten Festung in Kanada. Sie hatten zwei Stützpunkte der Firma ausschalten können, allerdings hatten sie auch Verluste hinnehmen müssen. Den Japanern war es bisher ebenfalls gelungen, die Söldner aus ihrem Quartier fernzuhalten. Vom

Westlichen Clan hatte Anzheru zuletzt die Nachricht erhalten, dass sie aus ihrem Haus geflohen waren und sich nun irgendwo in den Katakomben von Paris versteckten. Der Südliche Clan reagierte weder auf Mails noch auf Anrufe. Er wollte seinem Vater vorschlagen, nach ihnen zu sehen, und ging zum Hauptquartier. Yvette und Gwen unterbrachen ihr Kampftraining, um mit ihm zu sprechen, als er den Vorplatz erreichte.
„Die Gestaltwandler haben unseren Saal besetzt, um sich zu beraten", berichtete seine Leibwächterin.
„Wie lange diskutieren sie schon?"
„Etwa eine halbe Stunde", antwortete Yvette. „Es klingt, als würden sie langsam zum Ende kommen."
„Dann werde ich mir ihre Entscheidung anhören."
Achilleas trat an seine Seite. „Das interessiert mich auch."
„Gut. Wo ist Vater?"
„Er sitzt auf der anderen Seite des Hauses und will nicht gestört werden." Gwens Tonfall nach war sie ihm vor kurzem zu nahe gekommen. Anzheru klopfte ihr auf die Schulter, dann betrat er mit Achilleas die Eingangshalle. Freya erwartete sie in der Mitte der Halle und schloss sich ihnen an. Es wunderte ihn, dass sie nicht an der Versammlung teilgenommen hatte. Allerdings hielt die Eulenfrau allgemein Abstand zu ihresgleichen, seit sie sie geheilt hatte. Igor war die einzige Ausnahme. Anzheru schob die Türen zum Saal auf. Wie immer, wenn ihm Gestaltwandler in die Augen sahen, hielten sie kurz inne.
„Ich freue mich zu sehen, dass ihr euch gut erholt habt. Worum geht es hier, wenn ich fragen darf?"
Die Clan-Gestaltwandler rückten näher zusammen und murmelten in einem sibirischen Dialekt miteinander. Anzheru hob fragend die Brauen, woraufhin Fjodor ein paar Schritte

auf ihn zu machte. „Bitte verzeih. Die Jüngeren unter uns sind manchmal etwas unhöflich. Ich danke dir für deine Gastfreundschaft. Wir werden jetzt aufbrechen, um nach unseren Vermissten zu suchen. Jason, seine Kameraden, Okon und die beiden Begabten kommen mit uns."
Igor, Kila und Ravenna würden folglich bleiben, was Anzheru nicht überraschte.
„Ich wünsche euch viel Glück dabei", sagte er aus Höflichkeit. Ihre Chancen standen schlecht, da sie vier wehrlose Geschöpfe bei sich hatten. Anderen Vampiren hätte Anzheru angeboten, ihre Kinder und Begabten bei ihm zu lassen, aber das war an dieser Stelle überflüssig.
„Danke." Anschließend wandte Fjodor sich zögerlich zu Freya um.
„Die Antwort lautet nein", nahm sie seine Frage vorweg. „Ich werde euch auf diesem Weg nicht unterstützen."
„Bedauerlich", sagte der Hundemann leise. Er wagte jedoch nicht, ihre Entscheidung zu hinterfragen. Die anderen Gestaltwandler sprachen sie ebenfalls nicht an, während sie den Saal verließen. Nur Fjodor, Okon und Igor blieben noch von der Versammlung übrig. Der Albino wartete, bis die anderen ein wenig Vorsprung hatten. Dennoch flüsterte er. „Ich will alles über sie lernen. Deshalb gehe ich mit, verstehst du?"
„Tu das", erwiderte Igor tonlos. „Und pass auf Melissa auf, wenn sie dir so sehr am Herzen liegt."

„Das werde ich." Okon verabschiedete sich mit einem erleichterten Lächeln und eilte hinaus. Igor fand endlich die Kraft, von seinem Stuhl aufzustehen und seinem Onkel gegenüber zu treten. Sein Gesicht sah genauso aus wie an jenem Tag, an dem er ihn aus seinem Zimmer im Quartier der Asiatischen Gestaltwandler gezerrt hatte. Die Augen voller Sorge und Schmerz.

Flieh, Neffe! Sie werden dich töten!
Aber was habe ich denn getan?
Du bist eine Hyäne!

Die Erinnerung an seine Worte hallte wie ein Echo in Igors Kopf wider. Bis nach draußen hatte er ihn begleitet. Auf die Frage nach seinen kleinen Brüdern hatte Fjodor damals nur den Kopf geschüttelt. Trotzdem war Igor ihm ewig dankbar gewesen. Jetzt schaute sein Onkel ihn traurig an und sprach mit ihm im Dialekt ihrer gemeinsamen Heimat. „Ich weiß, ich kann nicht verlangen, dass du dem Mann zu Hilfe kommst, der deinen Tod fordert. Ich wünschte, die Dinge lägen anders."
„Warum tust du das?", knurrte der Hyänenmann fassungslos. „Sie verachten dich immer noch, weil du mich gewarnt hast, nicht wahr?"
„Ja."
„Selbst wenn es dir gelingt, deinen Clan zu befreien, werden sie dir nicht danken. Sie werden dich dafür bestrafen, dass du Anzherus Hilfe angenommen hast. Wie kannst du zu ihnen halten?" Es fiel ihm mittlerweile schwer, die Stimme gesenkt zu halten. Fjodor seufzte leise. „Ich kann sie nicht im Stich lassen. Ich bin ein Wächter."
„Du tust das alles nur, weil du mit der Hundgestalt geboren wurdest!"
„Ja und ich nehme meine Aufgabe an." Sein Onkel legte bekümmert die Stirn in Falten. „Ich bedaure bis heute, dass du als Herausforderer des Leitlöwen giltst."
„ICH FORDERE NIEMANDEN HERAUS!"

Plötzlich herrschte Totenstille im Saal. Igor bemerkte, dass die Vampire sie aus sicherer Entfernung beobachteten. Sie verstanden wohl nicht, worum es ging. Freya wusste es hingegen. Das konnte Igor an ihren kristallklaren Augen ablesen. Elvera, Jasmina und ihre Vampirinnen betraten den Saal. Sie wollten offensichtlich ihren nächsten Schritt besprechen. Igor wandte den Kopf zurück zu Fjodor.
„Verzeih mir. Ich wollte dich nicht anschreien", flüsterte er. Sein Onkel legte ihm die Hand auf die Schulter. „Denk nicht mehr daran."
Der Hyänenmann nickte kaum merklich.
„Du siehst deinem Vater sehr ähnlich, weißt du das?" Fjodor lächelte ihn zum Abschied an. Igor fiel nichts ein, was er darauf erwidern konnte. Er besaß nur wenige Erinnerungen an seinen Vater. Er war vor der Geburt seines jüngsten Bruders im Kampf getötet worden. Sein einziger lebender Verwandter löste sich von ihm, um seinen Clan in diesem Krieg zu führen. Igor stand einfach nur da und ließ ihn ziehen. Während die Leibwächter der Ältesten sich hinter Achilleas aufstellten, trat Jasmina an seine Seite.
„Ich habe euch zugehört. Einige aus meinem Clan sprechen diese Sprache." Sie berührte ihn am Arm, obwohl mittlerweile auch Asheroth im Saal erschienen war.
„Hund bleibt eben Hund."
Damit traf sie den Nagel auf den Kopf. Igor nickte erneut. Er kehrte zu seinem Stuhl zurück und ließ sich nieder. Anzheru berichtete den anderen derweil über seine Telefonate mit seinen Verbündeten.
„Der Südliche Clan antwortet uns nicht mehr", sagte er schließlich. „Besitzt du zufällig Signaturen von ihnen, Vater?"
„Nein, das war nie notwendig."

„Dann lasst uns nach ihnen sehen", schlug der Geborene vor. „Vielleicht brauchen sie unsere Hilfe."
„Ich bin dafür. Spürst du irgendein anderes Echo in der Nähe von Saragossa?", wollte Elvera wissen. Asheroth bejahte. „Ich bin mir allerdings nicht ganz sicher, wer es ist. Die Signatur ist sehr schwach."
„Das finden wir heraus, wenn wir dort sind", sagte die älteste Vampirin zuversichtlich. „Kommst du mit mir, Liebes?"
„Selbstverständlich", lautete Jasminas Antwort. Leyth und Onur meldeten sich freiwillig, um die Gefährtin ihres Gebieters zu beschützen.
„Was ist mit dir?" Jasmina stupste Igor sanft gegen die Schulter. „Willst du kämpfen?"
„Nein." Er erhob sich und ging hinaus, ohne sich von ihr zu verabschieden.

Marcus erreichte Anzherus Hauptquartier kurz vor dem Morgengrauen. Am Tor erfuhr er von der Abreise der Gestaltwandler. Er bezweifelte, dass Melissa und Valeska bewusst war, worauf sie sich eingelassen hatten. Warum hatten Igor und die Adlerschwestern sie nicht aufgehalten? Im Empfangssaal zeichnete der Panthermann den Stützpunkt der Firma auf den Karten ein, den er mit der abtrünnigen Bärin aufgespürt hatte. Sie hatte nach ihrer Entdeckung einen gewissen Jason angerufen, folglich waren der Clan und die Abtrünnigen nun auf dem Weg dorthin. Die Adlerschwestern gesellten sich zu ihm.
„Du hattest Erfolg mit deiner Suche", stellte Ravenna fest.
„Ja, aber ich schätze, diesen Stützpunkt wird die Firma nicht mehr lange haben." Er richtete sich auf. „Warum habt ihr die Mädchen gehen lassen? Der Clan wird sie für sich beanspruchen."

„Es war ihr eigener Wunsch." Kila zuckte mit den Schultern. „Sie werden sehen, was sie davon haben."
Marcus hätte sich mehr Verantwortungsbewusstsein von ihnen gewünscht, aber jetzt ergab es keinen Sinn mehr, darüber zu diskutieren. Er selbst war nicht hier gewesen, um Melissa und Valeska aufzuhalten.
„Wo ist Igor?", fragte er schließlich.
„Er hockt auf dem Dach, seit sein Onkel mit den anderen fortgegangen ist."
„Sein was?" Marcus hob verwirrt die Brauen. Die Adlerschwestern fassten die Ereignisse der letzten Tage sowie die Versammlung der Gestaltwandler für ihn zusammen.
„Versuch du, mit ihm zu reden. Mit uns will er nicht sprechen." Ravenna wirkte ernsthaft besorgt. Marcus versprach es ihr und wollte sich sofort auf den Weg machen. Allerdings kamen in diesem Moment Mira und eine ihm unbekannte Frau herein.
„Das ist Freya", flüsterte Kila. „Du musst sie kennenlernen." Die Tageswandlerin stellte sie einander vor. Während sie erzählte, dass Marcus die Vampire als erster vor der Firma gewarnt hatte, hörte er gar nicht richtig zu. Die ursprüngliche Gestaltwandlerin musterte ihn mit ihren kristallklaren Augen, als wüsste sie bereits alles über ihn. Vincent hatte ihm damals von den Ursprünglichen und seinem Krieg mit ihnen erzählt. Sie waren weit mächtiger gewesen als ihre Nachkommen.
„Es freut mich, dich kennen zu lernen", sagte sie. „Du bist ein Halbblut und doch besitzt du eine Panthergestalt. Erklärst du mir, wie das möglich ist?"
„Ich habe mich mit einem anderen Unsterblichen ausgeglichen. Er gab einen Teil seiner Macht für meine zweite Gestalt."

Normalerweise erntete Marcus für diese Erklärung ungläubige Blicke. Freya nahm es mit einem interessierten Nicken hin.

„Es war Vincent, nicht wahr?", fragte sie prompt. Der Panthermann bejahte verblüfft. „Woher weißt du das?"

„Ich habe geraten", gab die Ursprüngliche mit einem Lächeln zurück. „Halbblute besitzen doch viel mehr Potenzial, als man ihnen zugestehen wollte. Dieser Ausgleich hat eure Verbindung zur anderen Dimension immens erweitert."

„So ist es wohl." Er grinste verlegen. Ihre Anmerkung über die andere Dimension verstand er nicht ganz, aber dazu würde er sie später befragen. „Du entschuldigst mich? Ich möchte nach Igor sehen."

„Natürlich."

Marcus verließ den Saal und durchquerte das Gebäude. Wie Ravenna gesagt hatte, saß die Hyäne regungslos auf dem Dach. Marcus verwandelte sich und nahm neben ihm platz.

„Die anderen haben mir alles erzählt", setzte er vorsichtig an. „Wie fühlst du dich?"

Er schnaubte nur abfällig.

„Verstehe." Marcus senkte leicht den Kopf. „Du machst dir Sorgen um deinen Onkel."

Immer noch keine Antwort.

„Offenbar brauchst du Zeit für dich. Wenn du reden willst, sind wir für dich da." Er erhob sich und ging ein paar Schritte über das Dach.

„Marcus", knurrte Igor leise. Er hielt inne.

„Was denkst du über deine Gestalt?"

Darüber hatten sie nie ernsthaft diskutiert. Nach Auffassung der Clans waren sie beide automatisch Herausforderer der Leitlöwen. Die Abtrünnigen schätzten sie für ihre Kampfstärke. Marcus sah zu ihm zurück. „Es kümmert mich nicht,

wozu ich bestimmt sein soll. Meine Familie ist das Wichtigste in meinem Leben geworden und ich werde für sie kämpfen. Wer auch immer sich uns in den Weg stellt."
„Das dachte ich mir." Igor erhob sich ruckartig und folgte ihm ins Haus.

18. Igor

Am folgenden Abend war Shaun nicht zur Wache am Tor eingeteilt und schloss sich daher mit Keith und Hugh dem Training vor dem Hauptquartier an. Sein erster Gegner war Marek. Dieses Mal ging es dem Leibwächter nicht mehr darum, ihn vor allen anderen vernichtend zu schlagen. Stattdessen lieferten sie sich einen fairen Kampf. Diese Tatsache entging den anderen sicher nicht, aber niemand machte eine Bemerkung darüber. Auch Keith und Hugh wurden gut in das Training integriert. Als sie die Kampfpartner wechselten, bekam Shaun Igor zugeteilt. Der Gestaltwandler hatte den ganzen Tag über in einer Ecke des Empfangssaals gesessen und mit niemandem geredet. Was auch immer in ihm vorgehen mochte, jetzt wollte er sich offensichtlich davon ablenken. Er ging sofort zum ersten Angriff über. Igor war unheimlich wendig. Wann immer es ihm einen Vorteil verschaffte, verwandelte er sich blitzschnell zwischen seiner menschlichen und seiner Hyänengestalt hin und her. Nach einem schweren Treffer ging Shaun zu Boden. Während er sich aufrappelte, spürte er ein Stechen in der Lunge.
„Du musst deine linke Seite besser verteidigen", sagte Igor und deutete die Höhe seiner Verteidigungslücke an. Shaun neigte nur den Kopf. Jeder Atemzug schmerzte.
„Oder du hältst ihm frontal das Brustbein hin", schlug Batiste vor, wobei er nach Letizia schlug. Das Vampirmädchen nutzte seine Unaufmerksamkeit, um unter seinem Arm wegzutauchen und ihn mit einer Hebeltechnik von den Füßen zu holen. Der Leibwächter fluchte und entging nur sehr knapp ihren Zähnen. Shaun grinste, bedeutete Igor aber noch einen Moment zu warten. Mittlerweile hatte er auch

stechende Schmerzen in Hüften und Knien. Woher kamen sie bloß so plötzlich?
„Was?", fragte der Hyänenmann herausfordernd. „Ich habe dir noch gar nichts gebrochen."
„Ich weiß nicht..." Es wurde immer schlimmer. Shaun konnte kaum noch scharf sehen. Die Schmerzen und der plötzliche Schwindel zwangen ihn in die Knie. Mit aller Kraft krallte der Hybrid die Finger ins nasse Gras, während sich seine Beine in Krämpfen überstreckten.
„AUFHÖREN!", brüllte Shaun, obwohl es sinnlos war. Die Vampire und die beiden Hybriden starrten ihn überrascht an, bis Igor sie ein paar Schritte zurückdrängte. „Weg von ihm! Macht ihm Platz."
Er wälzte sich am Boden und kniff die Augen zusammen. Nicht mehr zu sehen, machte das Ganze etwas erträglicher. Plötzlich war es vorüber, der Schmerz ebbte ab. Zitternd öffnete Shaun die Augen. Die Vampire starrten ihn immer noch an. Mira, Freya und Marcus waren aus dem Gebäude gekommen. Trotz seiner Panthergestalt waren sein Erstaunen und dann sein Widerwille deutlich erkennbar. Freya hingegen wirkte nicht sonderlich überrascht. Verwirrt rappelte Shaun sich vom Boden auf und fand sich auf allen Vieren wieder. Seine Hüften erlaubten ihm nicht mehr, aufrecht zu stehen. Sein Blick wanderte unwillkürlich zu seinen Händen. An deren Stelle erblickte er Raubtierpranken. Eine leichte Muskelspannung genügte und messerscharfe Krallen traten hervor. Sein Fell war braun mit einem leichten Rotstich. Shaun wandte den Kopf, wobei er bemerkte, dass sein Sichtfeld breiter geworden war. Er hatte den Körper einer Raubkatze und wohl auch eine entsprechende Stimme. Denn als er fragte, was mit ihm geschehen war, tauschten die Vampire

nur verständnislose Blicke aus. Igor, Marcus und Freya hatten ihn verstanden.

„Du bist ein Hybrid, aber der vorherrschende Anteil tut sich nun deutlich hervor", erklärte Freya. „Soweit ich weiß, bist du als Puma einzigartig."

Ein Puma. Hätte er nur auf zwei Füßen gestanden, wäre Shaun ins Taumeln geraten. Auf vier Pfoten ließ sich diese Erkenntnis leichter verarbeiten. Sein unsterblicher Körper hatte sich auch ohne Chips und Dispenser immer weiter entwickelt. Nun besaß er eine zweite Gestalt.

„Mit diesen Augen ist er ganz bestimmt einzigartig", merkte Batiste an. „Sie sind schließlich von uns."

Marek lehnte sich von hinten auf seine Schulter. „Kaum zu glauben, dass er von meinem Blut ist."

„Passiert das bald auch mit uns?", fragte Hugh. „Unsere Dispenser sind auch entfernt worden."

Er und Keith erweckten den Eindruck, am liebsten die Flucht ergreifen zu wollen. Shaun konnte es ihnen nicht verdenken, aber dafür war es schon lange zu spät. Freya musterte die beiden Hybriden einen Augenblick. „Wir werden sehen, was mit euch geschieht. Jedenfalls erholen sich eure Körper sehr gut von den überschüssigen Dispenserstoffen."

Das tröstete sie nicht sonderlich. Mira kam ein paar Schritte auf Shaun zu. „Darf ich etwas testen?"

Der Hybrid nickte unschlüssig. Worauf wollte sie hinaus? Die Tageswandlerin griff nach seinem Ohr und setzte ihr Licht ein. Es brannte genauso wie beim ersten Mal, obwohl sie sofort wieder losließ. Shaun rieb unwillkürlich mit seiner rechten Vorderpfote über sein Ohr.

„Entschuldige, aber ich musste es wissen." Mira sah ihn verblüfft an. „Du bist der einzige Gestaltwandler auf der

Welt, den ich verbrennen kann. Diese Schwäche der Vampire hast du behalten."

„Soweit wir wissen", wandte Igor ein. „War dieser Söldner, den ich im Wald in Polen getötet habe, nicht immun gegen dein Licht?"

„Ja, war er."

„Dann mach zur Sicherheit noch einen Test, ob das noch mehr Hybriden betrifft." Marek schob Hugh ein paar Schritte vor, obwohl er sich mit aller Kraft gegen ihn stemmte.

„Bitte nicht!", stammelte der Hybrid.

„Ich kann dich auch wieder heilen", versuchte Mira, ihn zu beruhigen. „Er hat leider recht. Wir müssen wissen, wie ihr euch entwickelt."

Widerwillig streckte Hugh den Arm aus. Shaun beobachtete das Ganze gespannt. Mira berührte Hughs Arm nur mit den Fingerspitzen. Nichts geschah. Sie drückte die gesamte Handfläche auf seinen Brustkorb, der Hybrid schaute sie nur verwirrt an. Als ihre Augen zu leuchten begannen, wichen die Vampire sofort zurück. Doch Hugh konnte die Tageswandlerin nichts anhaben.

„Es war also wirklich kein Einzelfall, wie Achilleas vermutet hat", lautete Igors Kommentar. Freya rieb sich die Augen. „Beunruhigend."

„Verbündete, die ich nicht verletzen kann, haben auch ihren Vorteil", hielt Mira dagegen.

„Das meinte ich nicht." Die Eulenfrau versuchte ein Lächeln und wandte sich zum Gehen. Die Tageswandlerin ging ihr irritiert hinterher. Marek und Batiste würden sich jetzt wohl Hugh und Keith im Training vorknöpfen. Shaun stand unverändert in seiner Pumagestalt da und traute sich kaum, sich zu bewegen.

„Wie kann ich wieder zurück?", fragte er Igor. Der Hyänenmann musterte ihn aufmerksam.

„Irgendwann spürst du, dass es so weit ist", gab er zur Antwort. „Es ist bei jedem verschieden."

„Vorausgesetzt, bei ihm verhält es sich wie bei uns", knurrte Marcus gereizt und marschierte davon. Warum war er plötzlich schon wieder so wütend? Shaun machte einen Schritt nach vorn und stolperte über seine eigenen Pfoten. Igor hielt sich die Hand vor den Mund und unterdrückte ein Grinsen, Marek und Batiste gaben sich weit weniger Mühe.

„Wir unterbrechen das Kampftraining, bis du laufen kannst. Keine Angst, das geht schnell." Der Hyänenmann nahm ebenfalls seine zweite Gestalt an. Shaun folgte ihm, so gut es ging, über den Trainingsplatz. Langsam aber sicher bekam er ein Gefühl dafür, die Bewegungen des linken Vorderbeins mit dem rechten Hinterbein zu koppeln und seine anderen zwei Beine entsprechend zu benutzen. Zu seinem Pech erhöhte Igor sehr bald das Tempo. Sie verließen das Clan-Gelände und liefen ein gutes Stück durch den Wald. Die Hyäne nickte ihm zufrieden zu. „Siehst du, es geht. Jetzt sprinten wir. Vorder- und Hinterbeine abwechselnd!"

„Was du nicht sagst!", knurrte Shaun ihm hinterher. Auch er hatte eine Raubkatze schon einmal rennen sehen. Zufrieden stellte er fest, dass er sich auch daran gewöhnte. Es gelang ihm sogar, mit Igor Schritt zu halten. Bald erreichten sie einige steile Felsen.

„Mein Körperbau eignet sich nicht optimal zum Klettern, aber versuch du es." Igor wies mit dem Kopf hinauf. Es ging bis zu fünfzehn Meter senkrecht in die Höhe. Shaun zögerte. Wenn er abrutschte, würde er sich den Hals brechen.

„Marcus ist hervorragend darin. Leider wird er es dir nicht zeigen."

„Warum ist er eigentlich schon wieder so sauer?", fragte der Hybrid. Zum einen war er dankbar für die Ablenkung, zum anderen nervte ihn das Verhalten des Panthers. Er gab sein Bestes, um ihn und die Vampire bei der Rettung ihrer Vermissten zu unterstützen. Was erwartete Marcus denn noch? Igor stellte seine Ohren in einen anderen Winkel zu seinem breiten Schädel. „Vielleicht findet er es ungerecht, dass du eine zweite Gestalt hast. Marcus ist ein Halbblut. Das bedeutet, er wurde ohne diese Veranlagung geboren."
„Wie hat er sie dann bekommen?", fragte Shaun neugierig. Aus den Unterlagen der Firma war hervorgegangen, dass Gestaltwandler und Menschen Mischlingskinder zeugen konnten. Mehr hatte er bis jetzt allerdings nicht darüber gewusst. Igor setzte sich auf die Hinterläufe zurück und erklärte ihm den Ausgleich zwischen zwei Geschöpfen, und wer Vincent in der Welt der Unsterblichen war. Noch vor wenigen Wochen hätte der Hybrid diese Erklärung als mystischen Unsinn abgetan, aber da er nun auch bewusst in die Augen einer ursprünglichen Gestaltwandlerin gesehen hatte, schien es gar nicht so abwegig.
„Und Tove ist übrigens das Ausgleichsgeschöpf von Asheroth", ergänzte Igor im Anschluss. „Auch sie ist ein Halbblut und hat ihre Leopardengestalt durch den Ausgleich mit ihm erhalten. Eine gewisse Bindung bleibt zwischen Ausgleichsgeschöpfen für immer, so gegensätzlich sie auch sind."

Der Hybrid dachte noch einen Augenblick darüber nach. Dann sah er die Felsen hinauf und setzte zum Sprung an. Mit dem ersten landete er auf einem Vorsprung, der breit genug war, um darauf balancieren zu können. Seine zweite Station war schon wesentlich schmaler, aber von dort aus würde

Shaun die Spitze der Felsen erreichen, wenn er sich denn mit seinen Krallen halten konnte. Er rutschte einige handbreit vorher ab und fiel. Sein Aufprall auf dem Boden war recht ungelenk, er schien sich jedoch nichts getan zu haben.
„Darf ich es morgen nochmal versuchen?" Shaun rollte sich kraftlos auf die Seite.
„Natürlich. Jeder von uns hat eine Weile gebraucht, bis er seine Tiergestalt unter Kontrolle hatte."
Das tröstete den Hybriden ein wenig. Gemeinsam kehrten sie zum Clan-Gelände zurück. Gerade rechtzeitig, um Achilleas und seine Leibwächter am Helikopter anzutreffen. Igor nahm seine menschliche Gestalt an. „Wohin so plötzlich?"
„Asheroth hat Leandros in der Nähe ausfindig gemacht. Sie haben ihn vor maximal einer halben Stunde abgeladen."
Achilleas verstaute seinen Speer. Marek und Batiste stiegen bereits in den Helikopter, während Mira und Anzheru aus dem Hauptquartier auf sie zukamen. Die Tageswandlerin hatte eine kleine Tasche dabei. „Ich werde mitkommen. Asheroth sagt, seine Signatur ist sehr schwach."
„Wie du meinst, Liebes." Achilleas bot ihr mit einer Geste den Platz des Co-Piloten an. Anzheru hielt seine Gefährtin am Arm zurück. „Ich kann dich wohl nicht dazu überreden, erst in dieses Gebäude zu gehen, wenn die anderen die Söldner aus dem Weg geräumt haben?"
„Das kommt überhaupt nicht in Frage." Sie schüttelte seine Hand ab, wandte sich aber noch für einen kurzen Abschiedskuss um. Kila kreiste bereits über ihnen. Sie würde die Vampire unterstützen, um ihren Gefährten zu befreien. Als Shaun nur einen Schritt auf den Helikopter zu machte, schüttelte Anzheru energisch den Kopf. „Du bleibst hier, bis du diese Pumagestalt kontrollieren kannst. Im Moment kannst du ja nicht einmal sprechen!"

„Doch, kann ich", knurrte Shaun, was nur Igor verstand. Er stieß ihm freundschaftlich gegen die Schulter. „Sei vernünftig. Er hat recht."
Der Puma schlich mit hängendem Kopf zurück zum Hauptquartier. Igor folgte ihm mit etwas Abstand, während hinter ihnen der Helikopter startete. Ihm war immer noch nicht nach einem ernsthaften Kampf. Weder über seine Gestalt nachzudenken noch mit den anderen zu trainieren, hatte seine Stimmung bessern können. Wenig später traf er Freya allein auf dem Korridor in der ersten Etage an. Die Eulenfrau schaute aus dem Fenster und rührte sich kaum. Igor lehnte sich neben ihr an die Wand. „Shauns Gestalt ist seltsam, findest du nicht auch?"
„So seltsam wie deine?", gab sie zurück.
„Nein, ich meine..." Er rieb die Hände an seiner Hose ab. „Die Firma hat deine Zellen verwendet, um ihn zu einem Hybriden zu machen. Hätte er dann nicht deine Gestalt haben müssen?"
„Shaun ist nicht mein Kind", erwiderte Freya. „Er hat seine Gestalt durch seine ganz eigene Verbindung zur anderen Dimension bekommen. Am Anfang habe ich auch nicht gedacht, dass sie stark genug werden könnte, aber der lebende Beweis schleicht gerade durch dieses Haus."
Igor dachte einen Augenblick nach. „War es früher unter den Ursprünglichen normal, dass jeder eine andere Gestalt hatte? Unabhängig von seiner Familie?"
„Natürlich. Die andere Dimension zeigt uns, wer wir sind. Und da wir alle verschieden sind, war es logisch, dass wir vielfältige Gestalten hatten. Jala hat das zerstört. Durch das Erbe der zweiten Gestalt wurde es überflüssig, die gefährliche Reise anzutreten. Dafür sind wir seit jenem Moment auf wenige Tiergestalten beschränkt."

„Außer es tauchen Begabte auf, die andere Nachkommen zur Welt bringen."
„Exakt", bestätigte Freya. Igor seufzte leise. „Denkst du, ich könnte die Reise machen, um mich selbst zu erkennen?"
Sie sah ihn mit einer seltsamen Mischung aus Mitgefühl und Misstrauen an. „Die Worte deines Onkels beschäftigen dich sehr."
Er nickte schwach. „Ich hatte nie die Absicht, einen Clan an mich zu reißen."
„Was versprichst du dir von der Reise?"
„Ich möchte wissen, wo ich hingehöre."
Freya schüttelte sacht den Kopf. „Das kann die andere Dimension dir nicht zeigen. Unser Platz in der Welt ist nicht statisch, wie viele glauben. Er verändert sich vielleicht irgendwann."
„Eine erste Orientierung würde mir sehr helfen." Igor verschränkte die Finger ineinander, um nicht nervös gegen die Wand zu trommeln. Die Eulenfrau berührte seine Stirn mit den Fingerspitzen. „Ich denke, dein Geist würde den Übergang in die andere Dimension auch ohne Jahre der Meditation aushalten. Aber... ich rate dir dringend davon ab."
„Warum?" Er biss die Zähne zusammen.
„Weil es überaus gefährlich ist. Wenn dein Geist zu lange in der anderen Dimension bleibt, löst er sich auf und du wirst sterben. Und auch wenn du in eine zu tiefe Ebene der anderen Dimension gerätst, wirst du sterben. Wenn du es zurück schaffst, besteht immer noch die Gefahr, dass du wie Jala damals den Verstand verlierst."
Darauf fiel ihm keine sinnvolle Antwort ein. Die Eulenfrau setzte sich in Bewegung. Igor folgte ihr, bis sie eines der zwei Gästezimmer erreichten, die sich die Gestaltwandler teilten. Im Moment war niemand hier. Ravenna war auf

Spähflug, Marcus machte vermutlich immer noch seinem Ärger Luft. Im gesamten Haus war es recht still.

„Ich will es versuchen. Trotz der Gefahr", sagte Igor. Freya verengte die Augen zu Schlitzen. „Gab es bisher wirklich gar nichts, das du als deine Aufgabe angesehen hast? Selbst wenn du gescheitert bist?"

Er schluckte schwer. Wenn sie es so ausdrückte, gab es da etwas. Die Miene der Eulenfrau wurde nachsichtiger. „Was ist geschehen?"

„Es gab da mal wen, den ich hätte beschützen müssen. Meine kleinen Brüder wurden nach meiner Flucht getötet, weil sie alle Hyänen geworden wären. Ich konnte nichts tun."

„Ihr Tod liegt schon eine Weile zurück", schloss Freya aus seinen Worten und nahm auf der Bettkante Platz. Igor nickte. „Und um wen geht es dir noch?"

Sie ersparte ihm nichts. Igor bohrte die Fingernägel in die Oberschenkel. Würde sie immer noch gelassen darauf reagieren, dass er eine geborene Vampirin liebte? Den Inbegriff dessen, was die Gestaltwandler an den Vampiren so sehr hassten.

„Es ist Jasmina, nicht wahr?" Freya schlug die Augen nieder. „Die Art, wie du sie ansiehst, verrät dich."

„Ja." In diesem Gespräch gab es nichts mehr zu verlieren. Zum Glück waren sie allein. Er setzte sich ihr gegenüber. „Was sie angeht, habe ich ebenfalls versagt."

Seine Kehle schnürte sich zu. Nie hatte er ausgesprochen, was ihn so sehr bedrückte. „Sie trug mein Kind in sich, als wir von Werwölfen angegriffen wurden. Ich konnte nicht verhindern, dass... es in ihr getötet wurde."

Freya seufzte mitfühlend. „Wie traurig. Trotzdem kannst du diese Vampirin nicht haben. Das verbieten die Gesetze ihrer Ältesten."

„Das ist mir bewusst", gab er bitter zurück. „Ich habe die Beziehung zu ihr beendet, damit sie am Leben bleibt."
Die Eulenfrau erwiderte nichts. Igor sank ein wenig in sich zusammen. Jasmina hegte trotz allem noch Gefühle für ihn und würde sicher nicht gut heißen, worum er Freya in diesem Moment bat. Aber weder sie noch Marcus waren hier, um ihn aufzuhalten.
„Wenn ich dir die Reise ermögliche, gehe ich das Risiko ein, dass sich dein Gespür für den Geist verändert", flüsterte die Ursprüngliche. „Es wäre möglich, dass du eine der Fähigkeiten erlangst, die für andere eine große Gefahr bedeuten."
„Das beunruhigt dich mehr als mein möglicher Tod", stellte Igor fest. Sie nickte streng.
„Was auch immer ich von... *der anderen Seite* mitbringe, ich werde es nicht benutzen, um zu kämpfen."
„Das hat schon jemand vor dir versprochen und sich nicht daran gehalten."
„Jala", riet er.
„Korrekt." Freya hatte ihr offenbar nie vergeben, was geschehen war.
„Ich strebe nicht danach, die Gestaltwandler in den Krieg zu stürzen. Das würde ich nie." Igor schüttelte nachdrücklich den Kopf. Die Eulenfrau schloss kurz die Augen. „Das war nicht ihr vorrangiges Ziel. Es ergab sich, weil die Mondwandler ihre Schwester getötet hatten."
„Was war dann ihr Ziel?", fragte er verwundert.
„Sie tötete Menschen, wenn sie glaubte, dass ihr niemand zusah." Freya erschauderte. „Das unterstelle ich dir natürlich nicht. Es ist bloß eine der Wahrheiten, die von ihren Nachkommen verdrängt wurden."

„Keine große Überraschung. Ihr Anspruch auf Herrschaft hätte durch diese Tatsache gefährdet werden können." Igor stützte die Ellbogen auf die Knie. „Das ist grauenvoll."
Die Ursprüngliche ergriff seine Hände. „Du verstehst unsere Welt besser als einige, die ich kannte. Ich will dir glauben, dass du wirklich nur die Erkenntnis suchst. Wir versuchen es."
Igor hielt gespannt den Atem an, während sie eine Hand an seine Stirn führte.
„Atme. Unser Atem ist eine wichtige Brücke für den Übergang. Du darfst nicht für einen Wimpernschlag an mir zweifeln, sonst verliere ich dich und dein Geist löst sich in der Schwebe zwischen den Dimensionen in Nichts auf."
Er verkniff sich den Kommentar darüber, wie beunruhigend diese Vorstellung war, und versuchte, so tief und gleichmäßig zu atmen wie sie. Nach einer Weile schloss Freya konzentriert die Augen und holte tief Luft. Obwohl sie sich nicht verwandelte, sah Igor die Eulengestalt über sich aufsteigen. Ihre Klauen umschlossen ihn sanft und trugen ihn. Fort in die Dunkelheit. Er verlor langsam jegliches Gefühl für Zeit und Raum. Das war nicht weiter schlimm, es kam ihm gar nicht mehr so wichtig vor, wo er sich befand und welcher Tag sein mochte. Die Eule war da und trug ihn sicher über den schier endlosen schwarzen Graben. Seine Füße berührten den Boden. Einen Augenblick dachte Igor, er wäre wieder in dem gemütlichen Zimmer in Miras Haus. Doch der Boden unter ihm bestand aus mosaikartig zusammengefügtem Glas, das in jeder erdenklichen Farbe schimmerte. Vor ihm erstreckte sich hingegen eine graue Wand. Darin erkannte er eine Gestalt, die gekrümmt am Boden saß. Verwundert ging Igor auf das Häufchen Elend zu. Die Wand war in Wahrheit ein Spiegel! Er war es, der dort auf dem Boden kauerte und das

Gesicht in den Händen verbarg. Igor legte eine Hand gegen den Spiegel und atmete tief durch. „Was tust du denn da?"
Sein Selbst hinter dem Spiegel schaute erschrocken auf. Es sah jünger aus, ob es seine ganze Geschichte kannte? Igor konnte nur vermuten, warum es so traurig war.
„Falls es um das Kind geht, bist ganz bestimmt nicht du schuld. Du konntest nicht ahnen, dass das je passieren würde." Er lehnte die Stirn gegen den Spiegel. Er war angenehm kühl. „Ich brauche immer noch Zeit, um darüber hinweg zu kommen. Irgendwann schaffe ich es."
Sein jüngeres Selbst hinter dem Spiegel stand auf und kam ein paar Schritte näher. Seinem Gesicht nach war es jetzt wütend. Igor kam es sehr merkwürdig vor, auf diese Art mit sich selbst zu sprechen. Andererseits war er so nicht ganz allein vor dieser endlosen Wand. Unvermittelt kam ihm in den Sinn, dass es von hier aus irgendwie weiter gehen musste.
„Ganz sicher! Jass gibt mir auch nicht die Schuld. Ich fürchte eher, sie liebt mich immer noch."
Darum und um das tote Kind schien sich sein jüngeres Selbst hinter dem Spiegel überhaupt nicht zu scheren. Unwirsch fuhr es sich durch die Haare, nahm die Hyänengestalt an und dann wieder seine erste.
„Was ist?" Irritiert tat Igor es ihm nach. Sein jüngeres Selbst starrte ihn wütend und schmerzerfüllt zugleich an. Seine Atmung wurde unregelmäßig. Igor verstand nicht, worauf es damit hinaus wollte. „Sprich doch einfach mit mir."
Sobald er es gesagt hatte, verfärbte sich der Mosaikboden schwarz und klirrte bedrohlich. Ihm lief offenbar die Zeit davon.
„Du warst... Nein... *ich* war jung, als es so weit war und diese Gestalt bekam. Ich war eben kein Hund! Darum geht es hier doch."

Ein erster sichtbarer Riss bildete sich mit einem lauten Knirschen im Glas. Sein jüngeres Selbst schüttelte nur energisch den Kopf. Igor zog nachdenklich die Stirn in Falten. „Der Leitlöwe wollte mich nicht, aber irgendwann gab es andere, die mich genauso akzeptierten und jetzt sogar wertschätzen, wie ich bin."
Sein jüngeres Selbst kam noch näher und blieb nur einen Schritt vom Spiegel entfernt stehen. In seinen Augen war nicht mehr viel von seiner Wut übrig. Es verschränkte die Arme vor dem Gesicht und biss die Zähne fest zusammen. Ein ganz anderes Gefühl herrschte nun vor.
„Neben dem Schmerz über deine verlorenen Brüder hast du dich geschämt", murmelte Igor leise. „Du wolltest gar nicht anders sein als die anderen Jungen im Clan."
Sein junges Selbst verschob die Arme so, dass es ihn wieder ansehen konnte.
„Jahrelang hast du dein eigenes Spiegelbild gemieden." Igor legte auch seine zweite Hand gegen die kühle Spiegelwand. Wie gern er den Jungen auf der anderen Seite berührt hätte, um die Arme von seinem Gesicht zu lösen und ihn an sich zu drücken. Es war eine Erinnerung, die er schon lange verdrängt hatte. Rückblickend hätte er sich nicht für seine zweite Gestalt schämen müssen, aber als Kind hatte er eben noch nicht geahnt, dass sich jemals eine engelsgleiche Frau in ihn verlieben konnte. Sein Spiegelbild hob die Hand und drückte sie von innen gegen die glatte Oberfläche, sodass sich ihre Hände genau gegenüberlagen. Sie brachten beide ein kleines Lächeln zu Stande. Plötzlich spürte er einen heftigen Ruck in der Brust und schloss aus Reflex die Augen. Als er sie wieder öffnete, stand sein jüngeres Selbst auf dem schwarzen Glasboden und er befand sich innerhalb des Spiegels. Erste riesige Scherben brachen ab. Er würde fallen.

Befand sich überhaupt noch etwas unterhalb des Mosaiks oder fiel man dort in die Schwebe, von der Freya gesprochen hatte und war verloren? Igor sah wie gebannt zu. Sein junges Selbst breitete die Arme aus und grinste zufrieden.

„Ich werde dich nicht vergessen", versprach er und wandte sich von der endlosen Spiegelwand ab. Das war also der Beginn seiner Reise gewesen. In einiger Entfernung war ein Licht zu sehen. Da es der einzige Anhaltspunkt in der kargen Umgebung war, beschloss Igor, ihm zu folgen. Der Boden wurde zu zerklüftetem Gestein. Um besser voranzukommen, nahm er seine Hyänengestalt an. Es war bedrückend einsam hier. Igor konnte nicht sagen, wie lange er schon auf das Licht zugelaufen war, als er etwas hörte. Er hielt inne und lauschte konzentriert. Es waren Atemgeräusche. Erschreckend vertraute Atemgeräusche. Innerhalb eines Wimpernschlags war er von sechs Werwölfen umzingelt.

„Ihr habt hier nichts verloren", grollte Igor wütend. Die Wölfe knurrten angriffslustig, verstehen konnte er sie auch in dieser Dimension nicht. Unvermittelt griffen sie an. Igor wehrte sich nach Leibeskräften, dennoch gelang es ihnen, ihn vom Weg abzudrängen. Genau wie damals vor Jasminas Gefangennahme. Unter ihnen tat sich plötzlich ein Spalt auf und Igor fiel. Die Wölfe hatten ihn unzählige Male gebissen, nun starrten sie über den Rand des Spalts auf ihn hinab. Er wollte sie anschreien, doch seine Stimme versagte. Seine Knie gaben nach, jeder Muskel schien plötzlich gelähmt zu sein. Bald würde wohl auch das Gift wirken. Igors Atem ging nur noch stoßweise. Hektisch sah er sich um, aber da war nur nackter Fels. Ein erneuter Blick hinauf verriet ihm, dass sich die Wölfe zurückzogen. Und der Spalt wurde schmaler! Die Panik schnürte ihm die Kehle zu. Igor war der festen Überzeugung, er müsse hier unten ersticken. Sobald der Spalt sich über ihm geschlossen hatte, war es auch noch vollkommen dunkel. Nur ein einziges Mal hatte Igor je so große Angst empfunden wie in diesem Moment, und zwar damals, als die Werwölfe Jasmina fortgeschleppt und ihn in dem kleinen, kalten See zum Sterben zurückgelassen hatten. Der Wille, sie zu retten, hatte ihn irgendwie am Leben erhalten. Außerdem war Igor nicht allein geblieben. Nigel und Asheroth hatten ihn gefunden, bevor es endgültig zu spät gewesen war. Aber wer sollte ihn *hier* finden? In der anderen Dimension, die niemand ohne weiteres betreten konnte. Außer Freya, aber sie würde nicht kommen. Seine Gedanken begannen zu rasen, er musste dringend atmen. In seiner ersten Gestalt tastete er die Umgebung ab, sie war rau und undurchdringlich. Mit aller Kraft schlug und trat Igor gegen die Felswände, doch nichts geschah. Erschöpft stützte er sich mit den Händen ab. Warum war es in der anderen Dimension bloß so viel schwerer, seine Angst zu überwinden? Bisher hatte er es doch immer irgendwie geschafft. Entweder hatte er sich zusammengerissen, um anderen zu helfen, oder ihm war schlicht keine Zeit geblieben, um die Gefahr zu umgehen. Der Zeitfaktor spielte in der anderen Dimension allerdings keine Rolle. Das wurde ihm nun bewusst. Wie lange er schon reglos auf dem Gästebett liegen mochte und wie lange er schon hier eingeschlossen war, war vollkommen irrelevant. Er musste sich der Angst an sich stellen. Wovor fürchtete er sich eigentlich so sehr? Igor dachte an die zwei Vergiftungen zurück, die er bereits überlebt hatte. Er würde auch diese überleben. Seine zugeschnürte Kehle erlaubte ihm einen ersten Atemzug. Dann einen Zweiten. Flach und unregelmäßig, aber er würde nicht ersticken. Warum waren es ausgerechnet Werwölfe gewesen, die ihn in den Spalt gedrängt hatten? Einige von ihnen hatte er schließlich in der Schlacht gegen

Uk'shan besiegt und er fürchtete sich nicht mehr vor dem Kampf mit ihnen. Sein Hyänenkiefer konnte ihre Knochen brechen. Igor sah zur geschlossenen Felsformation über sich auf. Aufgrund der Dunkelheit konnten seine Augen sie nicht sehen, dennoch konnte er sie ziemlich genau ausmachen. Seine Instinkte zeigten ihm ganz genau, wo sein Gefängnis endete. Je länger er sich darauf konzentrierte, desto klarer wurden die Umrisse der Felsen. Endlich fand er einen Riss. Zielstrebig ging Igor darauf zu. Das Licht, das durch den Riss in sein Gefängnis fiel, erschien auffällig pünktlich. Allerdings konnte er nicht einmal eine Hand hindurch strecken, dafür war der Riss viel zu klein. Resigniert lehnte Igor die Stirn oberhalb des schwachen Lichtstrahls gegen den Felsen. Genauso war es ihm damals vorgekommen, als Anzheru und die Ältesten Jasmina gefunden hatten. Kurzzeitig hatte er gehofft, sie und das Kind wären in Sicherheit, aber die Hoffnung darauf war im wahrsten Sinne gestorben. Igor hatte nichts tun können. Neben der Schuld hatte er sich entsetzlich ohnmächtig gefühlt. Davor fürchtete er sich in Wahrheit. Die, die er liebte, befanden sich in größter Not und er konnte nichts tun. Die Felsen glitten sanft und beinahe geräuschlos zur Seite. Igor trat hinaus und stand einem einzigen Werwolf direkt gegenüber. Seine Schnauze triefte vor fremdem Blut, seine Augen flackerten vor Wahnsinn. Er und die anderen Wölfe waren ein Sinnbild für Igors tiefste Angst gewesen. Auf diese Erkenntnis hin verwandelte sich der Wolf in einen Menschen. Ganz so, als würde die andere Dimension unmittelbar auf Igors Gedanken reagieren.

„Komm her!", knurrte der Hyänenmann angriffslustig. „Ich weiß, dass ich manche Dinge nicht verhindern kann. Ich muss lernen damit umzugehen!"

Mit gefletschten Zähnen stürzten sie aufeinander zu. Was auch immer geschehen würde, Igor fürchtete sich nicht davor. Sie prallten mit voller Wucht aufeinander, der Gestaltwandler wurde in die Höhe geschleudert und schlug so hart auf dem Boden auf, dass es ihm die Luft aus den Lungen trieb. Hastig rappelte er sich auf und sah sich um. Der Werwolf war nirgends zu entdecken. Igor stellte fest, dass er sich in etwa wieder dort befand, wo er in die Felsspalte gestoßen worden war. Allerdings hatte sich die andere Dimension völlig verändert. Statt über zerklüftete Felsen lief er jetzt über eine blütenweiße Schneedecke. Immer wieder passierte er hartnäckige kleine Sträucher, die Schnee und Kälte trotzten. Es erinnerte Igor ungemein an die Heimat des Asiatischen Clans. Zügig fand er zurück auf den Weg, der ihn zum Licht führen würde. Igor ging, statt zu rennen. Auch wenn es noch weit war, hatte er das Bedürfnis, sich etwas mehr Zeit auf dieser Reise zu lassen. Zum ersten Mal nahm er bewusst wahr, dass die Grenzen der anderen Dimension weiter gefasst waren als die der physischen. War es das, was Freya mit der anderen Art, die Dinge zu betrachten, meinte? War ihr Geist einfach nur stark genug, um mehr zuzulassen, als ihre Augen normalerweise erfassten? Während Igor sich fragte, ob er diese wunderbare Fähigkeit vielleicht auch erlangen konnte, huschte etwas an ihm vorbei. Auf alles gefasst wandte er sich um, aber dieses Mal waren es keine Werwölfe. Ein kleiner Junge mit zerzausten schwarzen Haaren lugte hinter einem Strauch hervor. Igor erkannte ihn sofort. Es handelte sich um seinen jüngsten Bruder Genrih, der vor weit mehr als drei Jahrhunderten getötet worden war. Fröhlich kam er auf ihn zu gelaufen und umklammerte sein linkes Bein. Der Schmerz über seinen Verlust traf Igor ein zweites Mal so hart, dass er hätte schreien können. Er wollte

Genrih jedoch auf keinen Fall erschrecken. Behutsam griff er nach seinem winzigen Arm, um ihn von seinem Bein zu lösen, doch er bekam nichts zu fassen. Igor starrte Genrih verwirrt an. Er war doch da und kniff ihn mit einem breiten frechen Grinsen in den Oberschenkel! Jetzt kamen auch die anderen. Alle seine Brüder scharrten sich um ihn und ein paar Schritte entfernt, hinter den Sträuchern stand eine zierliche kleine Frau mit schwarzem Haar und dunklen Augen.
„Mutter", flüsterte Igor gedankenlos. Sie verschränkte schüchtern die Arme und lächelte. Er hatte damals als Kind schon erfahren, dass sie als Begabte sterblich war und er ihren Tod irgendwann hinnehmen musste. Dennoch hatte er ihren Verlust genauso schmerzhaft wahrgenommen wie den seiner Brüder. Tagelang hatte er sich in einer Höhle verkrochen und um sie alle getrauert. Dann war der Zorn auf seinen Clan gewachsen. Ein heftiger Windstoß wirbelte den Schnee auf. Einzelne Flocken landeten auf Genrihs Haar und sie wollten einfach nicht schmelzen. Er war schon lange tot. Derjenige, der dafür verantwortlich war ebenso. Igor seufzte leise. Vielleicht war es an der Zeit, nicht mehr den gesamten Asiatischen Clan dafür zur Rechenschaft ziehen zu wollen. Die meisten hatten bestimmt erst vom Mord an seinen Brüdern erfahren, als er schon weit fort gewesen war. Sein Onkel Fjodor und vielleicht auch andere hatten die Auslöschung seiner Familie nicht befürwortet. Erneut versuchte er, seinen Bruder zu berühren, und dieses Mal war es ihm möglich. Sanft strich er Genrih durchs Haar. Seine Mutter kam von sich aus auf Igor zu, um sein Gesicht zu berühren. Irgendwann würden auch die Clans akzeptieren müssen, dass ihr Nachwuchs nicht immer ihren Vorstellungen entsprach. Falls Freya sich nicht wieder ins Exil zurückzog und stattdessen mit den Clans Kontakt aufnahm, gab es sicherlich

Hoffnung darauf. Ihr würden die Gestaltwandler zuhören. Igor schloss die Augen und atmete tief durch. Als er sie wieder öffnete, waren seine Brüder und seine Mutter verschwunden. Trotz der schmerzhaften Erinnerungen war es schön gewesen, ihnen noch dieses eine Mal zu begegnen. Endlich hatte er Abschied nehmen können. Nichts von dem, was er hier sah, würde sich wiederholen. Selbst dann nicht, wenn er die andere Dimension ein zweites Mal betreten sollte. Hatte Freya ihm dies vor seiner Reise gesagt? Je länger er darüber nachdachte, desto sicherer war Igor, dass es seine eigene Erkenntnis gewesen war. Erschrocken schaute er sich um und stellte fest, dass ihn seine Brüder vom Weg zum Licht abgebracht hatten. Zum Glück fand er den Pfad recht schnell wieder. Das Licht schien nun heller, außerdem hatte er das Gefühl, dass es schon viel näher war als zuvor. Gespannt marschierte Igor immer weiter darauf zu. Nun ging es sanft bergauf. Hinter dem Licht lag die physische Dimension, in der die anderen auf ihn warteten, daran brauchte er nicht mehr zu zweifeln. Ein Lachen ließ Igor aufhorchen. Seine Brüder waren stumm gewesen. Was war das nun wieder? Irritiert wandte er sich um und entdeckte ein stahlblondes Mädchen, das geschickt von Stein zu Stein hüpfte. Sie musste etwa zehn Jahre alt sein. Außerdem war sie ein unsterbliches Kind und würde noch wachsen. Und wunderschön würde sie werden, genau wie ihre Mutter, die sie gerade auffing. Jasmina wirbelte sie durch die Luft. Das Mädchen jubelte. Als die beiden wieder innehielten, schauten sie Igor direkt an und winkten ihm. Die Kleine war sein Kind! Fassungslos näherte er sich den beiden ein paar Schritte. Sogar ein zweites Kind, ein kleiner Junge, erschien und zupfte seine Mutter am Rock. Jasmina ließ sich auf dem Boden nieder, um beide liebevoll an sich zu drücken. Der

Junge sah Igor schon um einiges ähnlicher. Er lächelte ihn zaghaft an. Igor blieb stehen und ließ sich auf einem Felsen nieder.

Er brauchte sie nicht zu berühren, er wünschte sich nur eine Ewigkeit, um seiner Familie zuzusehen. Das Licht hinter ihm vergaß er dabei.